LA PORTEUSE DE LETTRES

FRANCESCA GIANNONE

LA PORTEUSE DE LETTRES

roman

Traduit de l'italien
par Françoise Bouillot

ALBIN MICHEL

Édition originale italienne parue sous le titre :
LA PORTALETTERE

CENTRO
PER IL **LIBRO**
E LA **LETTURA**

Cet ouvrage a été traduit avec le soutien du Centre pour le livre et la lecture du ministère italien de la Culture.

À ma sœur Elisabetta.
Où tu seras, je serai aussi.

DEBORAH : « Tu as attendu longtemps ? »
NOODLES : « Toute ma vie. »

Sergio Leone,
Il était une fois en Amérique.

PROLOGUE

13 août 1961

Lizzanello (Lecce)

– La postière est morte !

La nouvelle se répandit comme une traînée de poudre dans chaque rue et chaque venelle du village.

– Figure-toi qu'elle est crevée pour de vrai, celle-là, commenta donna Carmela en passant une tête par la porte d'un air endormi.

Le mascara de la veille formait un halo noir autour de ses yeux.

– Paix à son âme, répondit la voisine en peignoir – et elle se signa.

– Paraît qu'elle n'allait pas bien, intervint une autre depuis son balcon. On ne la voyait plus depuis un moment.

– Les bronches, à ce qu'on raconte, appuya une grosse dame qui balayait devant sa porte.

– Elle avait la maladie des facteurs, reprit celle du balcon. Vous vous rappelez Ferruccio ? Lui aussi est mort jeune.

Donna Carmela eut une petite moue.

– Je vais aller repasser ma robe du dimanche, dit-elle en tournant les talons.

Dans une maison située à la lisière du village, là où commençaient les champs d'oliviers, Giovanna, assise à la table de sa cuisine, versait des larmes sur une carte postale datée du 22 mai 1936. Elle la plia en deux, la glissa au creux de ses seins et sortit.

Selon les dernières dispositions d'Anna, la veillée funèbre se tenait dans le jardin de grenadiers et de basilic à l'arrière de la maison. Le mortier qu'elle avait apporté avec elle de Ligurie près de trente ans plus tôt avait été posé à son côté dans le cercueil, qui contenait aussi deux paires de chaussettes de nouveau-né, une rose et une bleue. L'alliance de Carlo, qu'elle avait tenu à emporter avec elle, était glissée à son doigt par-dessus la sienne. Elle n'avait pas besoin d'autre chose pour prendre congé de la vie, avait-elle dit quelques heures avant d'expirer.

Roberto faisait les cent pas, fumant à la chaîne des Nazionali sans filtre. Sa femme Maria ne cessait de s'agiter sur sa chaise de paille – l'une des sept disposées autour du cercueil. Son ventre de neuf mois lui donnait des suées ; si c'était une fille, elle l'appellerait Anna, comme promis.

Le défilé de connaissances venues présenter leurs condoléances avait commencé aux premières lueurs du jour. « Heureusement que j'ai vu les choses en grand pour les thermos de café », pensa Maria en changeant de position encore une fois. À ce moment arriva un petit groupe compact de femmes conduit par Carmela, sanglée dans une robe bleue, les cheveux relevés en chignon et les paupières soulignées d'un épais trait de crayon noir. Comme une prima donna, elle gonfla la poitrine et avança jusqu'au cercueil, consciente des regards curieux fixés sur elle. Un baiser pour la défunte, une poignée de main pour Maria, une étreinte pour Roberto : une interprétation magistrale.

Mais le premier rôle lui fut soudain soufflé par Giovanna, qui entra en coup de vent. Elle se jeta sur Anna, l'étreignit et embrassa longuement son visage, au grand embarras du reste de l'assemblée.

– Celle-là, elle a toujours été bizarre, murmura quelqu'un.

Puis Giovanna se redressa, sortit la carte postale, la déplia et la remit à Roberto, qui venait d'allumer une nouvelle cigarette.

– C'est quoi ? demanda-t-il en la retournant entre ses doigts.

– Lis, répondit Giovanna en s'essuyant les yeux.

– « Amicales salutations », lut Roberto.

Il regarda Giovanna, perplexe.

– Non, pas là. Ici, tu vois ? dit-elle en posant le doigt sur le coin supérieur droit de la carte postale.

Roberto s'aperçut que les timbres avaient été décollés, révélant une série de mots minuscules.

– Une idée de ta mère, expliqua Giovanna d'une voix émue. Il n'y avait qu'elle pour aller inventer une chose pareille.

Roberto rapprocha la carte postale de ses yeux en s'efforçant de déchiffrer les mots. Puis, décontenancé, il interrogea à nouveau Giovanna du regard.

– Elle me faisait écrire un message secret pour mon amoureux, et elle collait les timbres par-dessus, expliqua celle-ci. On s'est écrit comme ça pendant des années.

Roberto ébaucha un sourire et voulut lui rendre la carte, mais Giovanna l'arrêta.

– Non, celle-là, tu dois la garder, dit-elle en posant sa main sur la sienne. En souvenir.

– D'accord, dit-il.

Et tout en regardant Giovanna s'éloigner en traînant la jambe, il replia la carte postale et la fourra dans la poche de sa veste.

À ce moment, une vieille femme au visage joufflu et aux épais cheveux gris s'approcha et déposa au pied du cercueil un vase de fleurs blanches.

« Est-ce que l'oncle Antonio va venir ? » pensa Roberto en

jetant son mégot à terre. Il se demanda s'il avait déjà lu la lettre. « Tu l'apporteras à ton oncle dès que je serai partie », lui avait dit sa mère en lui remettant une enveloppe blanche fermée.

Anna et Antonio ne s'étaient plus adressé la parole depuis cette fameuse nuit, neuf ans plus tôt.

Se peut-il qu'il soit à ce point tenace, l'amour qui laisse place à la haine ?

PREMIÈRE PARTIE

juin 1934 – décembre 1938

1

Lizzanello (Lecce),
juin 1934

L'autocar bleu, bringuebalant et rouillé, s'arrêta dans un crissement de freins sur l'asphalte brûlant en ce premier après-midi. La chaleur était étouffante, et un vent chargé d'humidité agitait les feuilles du grand palmier au centre de la place déserte. Les trois seuls passagers à bord descendirent : Carlo le premier, un cigare éteint entre les dents, habillé de pied en cap, ses Oxford en cuir marron bien cirées, sorties indemnes d'un voyage qui, en train d'abord et en autobus ensuite, avait duré deux jours. Il lissa sa moustache et, les yeux fermés, s'enivra de cette odeur particulière qu'avait toujours eue son village, ce mélange de pâtes fraîches, d'origan, de terre mouillée et de vin rouge. Comme elle lui avait manqué pendant toutes ces années passées au Nord, du Piémont à la Ligurie… Ces derniers temps, sa nostalgie du Sud était devenue constante, douloureuse, comme un poids sur la poitrine. Il ôta son chapeau et s'en servit pour s'éventer, mais il ne parvint qu'à déplacer de l'air chaud. En été, le sirocco qui soufflait d'Afrique était impitoyable, exactement comme dans ses souvenirs.

Anna le ressentit dès qu'elle eut posé le pied à terre. Elle était vêtue d'une longue robe noire, signe du deuil qu'elle s'obstinait à porter depuis trois ans désormais, et tenait dans ses bras Roberto, un bébé d'un an au regard vif.

Carlo tendit la main pour l'aider, mais Anna secoua la tête. « Je vais y arriver toute seule », dit-elle sans réussir à masquer son irritation. Le plaisir de Carlo, son enthousiasme, comme si on lui avait enfin rendu son jouet favori après une longue punition, lui étaient incompréhensibles. Tout ce qu'elle voulait, c'était dormir : le voyage avait été exténuant. Elle examina la place, le curieux jaune paille de ses édifices, les enseignes décolorées des boutiques, la tour massive et grise du château. Ce serait le nouveau décor de sa vie, si différent de tout ce qu'elle connaissait… Elle comprit à ce moment, avec un coup au cœur, combien ils étaient loin de sa Ligurie, de sa Pigna étalée sur sa colline avec ses bois de châtaigniers.

– Antonio devrait déjà être là, marmotta Carlo en regardant autour de lui. Il sait bien que l'autocar arrive à trois heures. Et il est trois heures et quart…, ajouta-t-il en levant les yeux sur l'horloge de la mairie.

– Je ne serais pas surprise que dans ce coin les horloges aussi avancent au ralenti, répliqua Anna en essuyant de sa manche le front moite de Roberto.

Carlo lui jeta un regard amusé, puis secoua la tête avec un petit rire ; tout lui plaisait chez sa femme, même son ironie tranchante.

Antonio arriva hors d'haleine quelques minutes plus tard, en sueur, les cheveux brillantinés de frais.

– Le voilà ! s'exclama Carlo avec un sourire radieux.

Et il courut à sa rencontre.

Il se jeta au cou de son frère, puis il l'étreignit avec tant d'énergie qu'Antonio faillit tomber.

Anna regarda les deux hommes qui riaient comme des

gamins, sans s'approcher : ce moment n'appartenait qu'à eux. Il ne s'était pas passé un jour sans que Carlo mentionne son frère : « Antonio penserait que... » ; « Antonio ferait ceci ou cela... » ; « Je ne t'ai jamais raconté la fois où Antonio et moi... ». Malgré les années d'éloignement, ponctuées de colis de nourriture et d'huile d'olive qui arrivaient du Sud, accompagnés de cartes postales, de lettres et de télégrammes, leur relation était intacte ; elle semblait même s'être renforcée.

Carlo prit Antonio par le coude et le mena devant Anna.

La ressemblance avec son mari était impressionnante, se dit-elle quand elle fut face à lui : le même visage en lame de couteau, avec quelques rides en plus et sans la moustache ; le nez rond, la lèvre inférieure un peu renflée... Une copie fidèle du tableau original.

– Voici mon Anna, dit joyeusement Carlo. Et ce magnifique enfant est ton neveu. Tu fais enfin sa connaissance.

Antonio sourit d'un air gauche, puis tendit une main qu'Anna serra mollement. Mais les yeux, pensa-t-elle, non, ils n'avaient rien à voir avec ceux de Carlo, si rusés, si séducteurs. Antonio avait un regard intense et mélancolique, qui à cet instant semblait la pénétrer jusqu'aux tréfonds. Elle sentit ses joues s'empourprer et détourna la tête : « Voilà, j'ai encore rougi, quelle barbe ! »

Antonio s'approcha de Roberto.

– Je suis ton oncle, dit-il en lui caressant la tête.

L'or de son alliance miroita un instant dans le soleil. Anna lui tendit l'enfant.

– Mais *quantu sinti beddru*, comme tu es beau, s'illumina Antonio en le soulevant par les aisselles.

– Comme sa maman, dit Carlo, en effleurant la joue d'Anna du dos de la main.

Elle ne se déroba pas, mais il était clair qu'elle n'était pas d'humeur.

Le chauffeur de l'autocar, sa chemise trempée lui collant au dos, finit de décharger les valises et une grande boîte en carton ; puis il salua en soulevant sa casquette et s'achemina en soufflant vers l'unique café de la place, le Castello.

Carlo empoigna les deux valises.

– Toi, tu t'occupes de la boîte, ordonna-t-il à Antonio.

Et il se mit en marche. Anna reprit Roberto des bras de son oncle et intima à celui-ci :

– Fais attention. Il y a là-dedans ce que j'ai de plus précieux.

Avec une pointe d'embarras, elle s'aperçut que c'étaient les premiers mots qu'elle lui adressait.

– Je ferai attention, promis, répondit-il.

Il souleva le carton avec délicatesse, le soutint par en dessous des deux mains, et suivit son frère. Anna avançait à son côté, le claquement de ses talons sur les pavés lisses et glissants faisant écho à sa respiration un peu haletante.

– On est presque arrivés, la rassura gentiment Antonio.

La maison destinée à Carlo et Anna se trouvait *via* Paladini, à quelques pas de la place. C'était autrefois celle de Luigi, leur oncle maternel, dit « Lu Patrunu » à cause des nombreux hectares de terre qu'il possédait. Il avait fait de l'argent, mais pas d'enfants, aussi avait-il tout laissé à Antonio et Carlo : des terrains, des maisons et une somme confortable, de quoi voir venir pour un moment.

C'était la faute de ce fichu oncle si elle avait dû quitter sa vie et ses élèves à Pigna pour déménager dans le Sud, pensa Anna. Et tout mort qu'il était, elle l'avait détesté.

Antonio posa la boîte devant la porte et fouilla dans la poche de son pantalon en quête de la clé. Il l'inséra dans la serrure du portail en bois, dont il ouvrit les deux battants. La lumière entrant à flots révéla un charmant vestibule voûté aux murs couleur de miel, meublé d'une table ronde et de deux chaises en fer forgé ; dans un coin, une plante en pot depuis longtemps desséchée.

Carlo lâcha les valises dans la cour et entreprit de faire le tour de la maison, montant et descendant l'escalier, examinant chaque recoin et soulevant les draps étendus sur les meubles du salon. Appuyé au chambranle de la porte d'entrée, Antonio le suivait du regard, envahi par l'émotion. Comme il lui avait manqué, son Carlo joueur et farceur, le petit frère des grandes embrassades. Dès lors qu'il l'avait eu à son côté, il n'avait plus jamais eu besoin des autres : Carlo était son frère, certes, mais c'était surtout son ami le plus proche, son compagnon de virée favori, le seul qui le connaissait vraiment. Après son départ, il s'était senti seul au monde, et personne n'avait réussi à chasser cette solitude, à redonner de la couleur à son univers. Pas même, songea-t-il avec une pointe de remords, sa femme Agata et sa fille Lorenza.

Anna regardait autour d'elle, Roberto serré contre sa poitrine, en se disant que cette maison était trop vaste pour trois personnes, et que les plafonds étaient d'une hauteur excessive à son goût. Elle était convaincue que l'amour n'a nul besoin d'une abondance de chambres à fermer à clé : les premières années de leur mariage, ils les avaient passées dans un appartement de trois pièces plutôt exiguës et basses, et pourtant ils avaient été heureux – oh oui, comme ils l'avaient été ! Trop d'espace accroît la distance entre les cœurs : les princesses ont-elles jamais été heureuses en leurs châteaux ?

– Anna, viens voir ! s'écria Carlo en la rejoignant et en la tirant par la main. Toi aussi, Anto'.

Il la conduisit à travers le salon, la salle à manger et la cuisine jusqu'à un jardin rempli de grenadiers.

Anna sourit, ce qui ne lui était plus arrivé depuis qu'elle était montée dans ce train pour le Sud. Ce jardin lui parut le premier signe d'espoir depuis leur départ : les fleurs au calice rouge et à la corolle jaune, les feuilles d'un vert vif, le contraste des couleurs, les troncs tordus... Tout lui plut. Et elle allait y planter du basilic, assez pour saturer l'air de son parfum. C'était ce qu'il lui fallait pour se sentir chez elle – au moins un peu.

– *Quel délice ! Mon jardin secret**[1] ! s'exclama-t-elle. Et elle posa un baiser sur la joue de son fils.

Antonio, perplexe, interrogea Carlo du regard.

– Oui, tu vois, de temps en temps mon Anna nous gratifie de quelques phrases en français...

– Chez moi, c'est naturel, puisque j'ai grandi à la frontière avec la France, l'interrompit Anna.

Elle posa sur Antonio ses grands yeux de la couleur des feuilles d'olivier, mis en relief par le noir de ses cheveux, qu'elle portait en une natte tressée de façon assez lâche. Ses joues pâles d'étrangère virèrent au cramoisi. Antonio n'aurait pas su dire si c'était à cause de la chaleur ou si c'était lui qui la faisait rougir une fois encore.

Puis elle se retourna et se mit à tâter avec délicatesse le tronc d'un grenadier.

« Dieu sait si, à la bibliothèque municipale, ils ont une grammaire de français », s'interrogea Antonio. Il irait demain le leur demander.

– Alors ? Elle est comment ?

Ce soir-là, Agata, la femme d'Antonio, n'en finissait plus avec ses questions.

1. Les mots en italique suivis d'un astérisque sont en français dans le texte. *(Toutes les notes sont de la traductrice.)*

– Elle est grande ? Elle était bien habillée ? La maison lui a plu ? Qu'est-ce qu'elle a dit ? Elle avait l'air contente ?

Antonio se leva de son fauteuil.

– Je ne sais pas, soupira-t-il. Je crois que oui.

Agata pouvait se montrer insistante par moments.

– Elle est belle ? poursuivit-elle, debout derrière lui.

Si elle était belle ? Une femme comme ça, Antonio n'en avait jamais vu. Ç'avait été comme une gifle qui l'avait laissé étourdi. Ces yeux verts... Il n'arrivait pas à se les ôter de la tête : intenses et lumineux, avec un très léger strabisme qui en adoucissait l'expression, marqués au coin de deux fines rides ; et ce nez droit et fier de statue grecque ; et cet air d'assurance solide, bien qu'elle eût des chevilles fines de gamine.

– Normale, répondit-il. Je n'ai pas fait attention.

– Ah, quel dommage ! Assieds-toi, va, grogna-t-elle.

Agata était déçue : elle aurait voulu un compte rendu détaillé et devait se contenter de quelques monosyllabes.

– Lorenza ! hurla-t-elle ensuite en regardant vers le haut. Viens manger, c'est prêt !

Alors qu'Agata sortait de la cuisine, une marmite fumante entre les mains, les pas vifs de la petite fille résonnèrent dans l'escalier.

– Salut, papa, dit-elle en posant un baiser sur la joue d'Antonio.

Il lui caressa la tête et, dès qu'elle fut assise, lui demanda ce qu'elle avait étudié à l'école ce jour-là. Il avait hâte de changer de sujet et espérait que la présence de la petite ferait enfin taire sa femme.

Celle-ci versa dans l'assiette de Lorenza deux louches de ragoût de légumes, puis elle prit l'assiette d'Antonio et le servit à son tour. « Ces mains, pensa Antonio, toujours négligées, avec les phalanges écorchées et les ongles abîmés à force de les ronger. » Dix ans s'étaient écoulés depuis le jour de leur rencontre, mais il n'avait jamais pu s'y faire. « Que veux-tu, ce sont des mains qui travaillent », avait coupé Agata, agacée, la seule fois où il lui avait timidement suggéré d'en prendre soin.

Les mains d'Anna, au contraire, il les avait remarquées, ça oui ! Si soignées, si lisses, si douces même au regard.

– L'Italie est une péninsule, ce qui veut dire qu'elle est baignée de trois côtés par la mer, récitait Lorenza comme une cantilène.

– Et on va la voir quand ? l'interrompit Agata en s'asseyant.

– Laissons-leur le temps de s'installer, répondit Antonio en soufflant sur sa cuillère.

– Un déjeuner de bienvenue, s'exclama Agata en feignant de n'avoir rien entendu. C'est ça qu'il nous faut. Dimanche prochain !

Le dimanche suivant, Agata se réveilla aux premières lueurs du jour. Elle referma doucement la porte de la chambre à coucher pour ne pas réveiller Antonio et se dirigea vers la salle d'eau. Elle retira la combinaison blanche qui serrait ses flancs généreux pour passer la petite robe de coton marron à manches courtes qu'elle avait suspendue à côté de l'essuie-mains la veille au soir. Tout en se regardant dans le miroir, elle donna quelques coups de brosse rapides à ses cheveux cuivrés, qu'elle attacha ensuite en une queue-de-cheval ; puis elle se lava la figure.

À pas feutrés, elle descendit l'escalier et se rendit dans la cuisine. Une fois la cafetière sur le feu, elle éminça un oignon, une carotte et une branche de céleri. Elle jeta le tout dans la sauteuse et une odeur de friture se répandit bientôt dans la cuisine, se mêlant à celle du café. Elle vida dans la poêle deux bouteilles de sa sauce tomate maison, ajusta le sel et couvrit le tout. Puis elle s'assit un instant pour boire son café et passer en revue tout ce qui lui restait à faire : pétrir la pâte pour les *orecchiette* et les rouler une à une à la main – « un kilo ? Oui, ça devrait suffire… » –, confectionner les boulettes de pain et de fromage, les faire frire et les repasser dans le jus. Elle imagina le déjeuner : elle qui servait les plats l'un après l'autre et les réactions de Carlo et d'Anna. « *Mamma mia*, c'est délicieux, dirait Carlo, en soulignant ses paroles d'un geste de la main. Ah, comme notre cuisine m'a manqué. Et ces boulettes, on croirait manger de la viande ! » Pendant qu'ils sauceraient tous leur assiette avec du pain pour ne pas perdre une goutte de sauce, Antonio la fixerait d'un air plein d'orgueil en mesurant sa chance d'avoir pour épouse une pareille cuisinière.

« Il faut que tu me montres comment on fait », ajouterait alors Anna en la regardant avec admiration. Et Agata lui répondrait gaiement qu'elle le lui apprendrait bien volontiers. Elles allaient devenir de grandes amies, elle en était sûre.

Elle but sa dernière gorgée de café, se leva et mit sa tasse dans l'évier ; puis elle prit une *puccia* de pain dans le garde-manger et se mit à la creuser pour en enlever la mie.

Quant au dessert, décida-t-elle, elle laisserait Antonio s'en charger. Dès qu'il serait réveillé, elle l'enverrait acheter un plateau de gâteaux aux amandes au Castello.

Anna et Carlo, ponctuels, frappèrent à la porte à midi et demi. « Les voilà ! » dit Agata, un éclair de plaisir dans les yeux. Elle dénoua son tablier, le jeta sur la chaise de la cuisine et courut ouvrir. Antonio, qui s'était installé dans son fauteuil pour lire le *Corriere della Sera*, replia son journal et se leva, les mains enfoncées dans les poches de son pantalon.

« Bienvenue ! » lança Agata d'une voix aiguë, les joues toutes rouges. Carlo se jeta dans ses bras. En dix ans, ils ne s'étaient vus qu'à trois reprises, et seulement pour quelques jours : la première fois quand il était revenu dans les Pouilles pour être témoin à leur mariage, la deuxième pour fêter la naissance de Lorenza, et la dernière lors de l'enterrement de son père.

Anna s'arrêta sur le seuil, Roberto profondément endormi contre son épaule.

– Anna, ma chérie, enfin ! dit Agata en lui plantant un baiser humide sur chaque joue. J'avais tellement hâte de faire ta connaissance. Mais entrez, je vous en prie, ajouta-t-elle en tendant le bras. Installez-vous où vous voulez.

Et elle essuya d'un doigt la sueur qui perlait sur sa lèvre.

Antonio vint à leur rencontre. Il étreignit son frère, puis salua Anna d'un mouvement du menton.

– Comment ça va ?

– Bien, répondit-elle. Pour autant que ça puisse aller bien dans…

– Et ma nièce, elle est où ? l'interrompit Carlo. Ce doit être une vraie demoiselle, à présent.

– Lorenza ! hurla Agata en direction de l'escalier.

Anna grimaça et, d'instinct, couvrit d'une main l'oreille de Roberto.

– Descends ! Ils sont arrivés ! (Puis, baissant la voix, elle dit à Anna avec un petit rire :) Il faut toujours l'appeler cent fois, ma fille. Elle n'est jamais prête !

Carlo, les mains dans le dos, examinait les lieux.

– Ma chère Anna, ne reste pas debout. Viens donc t'asseoir ici, l'invita Agata en indiquant le divan de velours vert au milieu de la pièce.

Anna la remercia.

– Mais d'abord, allons mettre le petit dans la chambre. Sinon, ici, il va se réveiller, reprit Agata.

– Oui, ça vaut sans doute mieux, merci.

– Mais je t'en prie. Viens, viens, dit Agata en lui posant une main dans le dos. Comme ça, on va en profiter pour aller chercher ma fille.

Et elles se mirent à gravir l'escalier.

– Tu as tout laissé comme c'était, observa Carlo, l'air vaguement surpris, dès qu'il fut seul avec son frère.

Antonio habitait encore la maison où ils avaient grandi, à une centaine de mètres à peine de celle de l'oncle Luigi. Tant que leur père avait été en vie, Antonio y avait vécu avec lui, sa femme et sa fille, occupant la chambre à coucher devenue à présent celle de Lorenza. Les meubles, grossiers et un peu lourds, étaient ceux que leurs parents avaient achetés avant leur mariage ; le divan de velours vert aux accoudoirs râpés était celui où Carlo et Antonio, enfants, venaient se blottir dans les bras de leur père les soirs d'hiver devant le feu ; les tableaux peints par leur mère quand elle était encore jeune et en bonne santé, représentant des champs d'oliviers, étaient suspendus au même endroit, à côté de la cheminée ; les bibelots – leur père aimait collectionner des objets en tout genre, en particulier des miniatures en fer forgé – n'avaient pas bougé de place, et même la couverture en laine de leur mère était encore sur le fauteuil près de la fenêtre où aimait à s'asseoir Antonio.

– Ça me plaît comme ça, répondit ce dernier en haussant les épaules.

À l'étage, après avoir étendu Roberto sur le lit matrimonial, maintenu de chaque côté par un coussin, Agata conduisit Anna à la chambre de Lorenza. Elle ouvrit en grand la porte entrebâillée : l'enfant était assise par terre, occupée à jouer avec une poupée de chiffon.

– Comment se fait-il que tu ne répondes jamais quand on t'appelle ? la gronda sa mère.

Anna s'avança dans la chambre et alla s'accroupir à côté de l'enfant.

Lorenza la fixa en ouvrant de grands yeux.

– Salut, lui dit Anna en souriant, main tendue. Je suis ta tante Anna.

L'enfant lui rendit son sourire et lui serra la main.

– Moi, je m'appelle Lorenza.

– Oui, je sais.

– Tu as quel âge ?

– Vingt-sept ans, répondit Anna.

Lorenza se mit à compter à mi-voix sur ses doigts.

– Huit de moins que maman. Et moi, j'en ai neuf, comme ça, dit-elle ensuite en levant les deux mains.

– Ça aussi, je le sais.

– C'est vrai que vous êtes venus de très loin ?

– Oui, de très, très loin.

– Loin comme l'Amérique ?

Anna se mit à rire et lui donna une petite tape sur la joue.

– Plus ou moins, dit-elle.

Lorenza avait des yeux sombres et pénétrants, avec une flamme qui les faisait briller de l'intérieur.

– Tu es vraiment belle, tu sais ? dit Anna en faisant glisser entre ses doigts les boucles de sa nièce, de la même couleur cuivrée que ceux d'Agata.

– Toi aussi. Tu es tellement si belle !

– Oh, merci !

Anna serra l'enfant dans ses bras. Elle l'imaginait exactement comme ça, sa Claudia, sa petite fille perdue, si elle avait eu le temps de grandir.

– Bon, allez, Lorenza, lança Agata depuis le seuil d'un ton agacé. Mets tes chaussures et descends. Ton oncle Carlo t'attend pour te dire bonjour.

Dès qu'ils entendirent leurs pas dans l'escalier, Carlo et

Antonio se levèrent du divan. Antonio vit qu'Agata avait un air renfrogné, comme si sa joie de tout à l'heure s'était évanouie d'un coup. Lorenza au contraire semblait ravie de tenir la main d'Anna, qui souriait enfin. « Elle devrait sourire plus souvent », se dit-il.

– Tonton ! s'écria Lorenza, et elle courut à sa rencontre.

Carlo se mit à rire et écarta les bras, puis il souleva sa nièce et la fit tourner comme une toupie à travers la pièce, tandis que la petite riait à gorge déployée.

– Doucement, elle va avoir mal au cœur, intervint Anna.

– Allez, tout le monde à table, dit Agata. Je vais faire cuire les pâtes. C'est de la pâte fraîche, on a à peine le temps de la jeter dans l'eau qu'il faut déjà l'en ressortir.

Elle se dirigea vers la cuisine, s'attendant à ce qu'Anna la suive pour l'aider, mais elle la vit écarter sa chaise pour s'asseoir à table. « On est chez les fous », pensa-t-elle en secouant la tête. S'il y avait une autre femme parmi les invités, elle se devait d'aider la maîtresse de maison à servir. C'était l'usage : des choses comme ça, on n'avait même pas à les demander.

– Je veux être à côté de ma tante ! s'écria Lorenza en s'installant sur la chaise voisine de celle d'Anna.

– Lorenza, viens m'aider ! lança Agata d'un ton brusque.

– Papa va y aller, ne bouge pas, dit Antonio à sa fille en l'invitant à rester assise.

Et il rejoignit sa femme dans la cuisine.

Une fois les plats sur la table, Agata fit le signe de croix, puis, les mains jointes et les yeux baissés, se mit à réciter le *Pater Noster*. Carlo et Antonio posèrent aussitôt la cuillère qu'ils avaient déjà en main et l'imitèrent.

– Et toi, tatie, tu ne dis pas la prière ? demanda soudain Lorenza.

Agata releva les yeux.

– Je ne suis pas croyante, répondit Anna laconiquement.

Carlo toussota et regarda autour de lui.

– Ça veut dire quoi, pas croyante ? demanda l'enfant, stupéfaite.

– On mange, maintenant, sinon ça va refroidir, l'interrompit Agata.

Antonio ne pouvait détacher ses yeux d'Anna ; il ne les détourna que quand il s'aperçut que sa femme le fixait, sourcils froncés. Il lui lança alors un sourire gêné, prit sa cuillère, pencha la tête et commença à manger.

Quelques heures plus tard, dans la douce quiétude suivant le repas dominical, la lumière de l'après-midi filtrant à travers les rideaux tirés, Antonio était assis dans son fauteuil, les mains croisées sur ses genoux, et fixait le carrelage d'un air absent. De la cuisine où Agata rinçait les assiettes lui parvenaient le tintement de la vaisselle et le gargouillis de l'eau. Elle était anormalement taciturne, tout en ne cessant de pousser de petits grognements. Lorenza était remontée dans sa chambre.

– Ouf, j'ai fini, annonça Agata en entrant dans le séjour, l'air épuisé. Je vais aller m'étendre, moi aussi.

Antonio parut revenir à lui et leva les yeux sur sa femme.

– Vas-y. Tu dois être fatiguée…

– Eh bien ! répliqua-t-elle d'un air piqué. Tout ce travail pour rien…

– Pourquoi pour rien ? Ça s'est bien passé, il me semble. Et tout était délicieux, comme toujours.

– Ah, ça fait plaisir à entendre, il y en a au moins un qui s'en est aperçu.

Antonio décroisa les mains et se pencha en avant, les coudes sur les genoux.

– Qu'y a-t-il, Agata ? demanda-t-il avec une pointe d'impatience.

Sa femme répondit par une grimace et agita la main, comme pour lui dire de laisser tomber. Elle se dirigea vers l'escalier mais s'arrêta un instant, le pied sur la première marche.

– En tout cas, ils ont raison, à propos des gens du Nord, dit-elle simplement, avant de disparaître derrière la cloison.

2

Juillet-août 1934

Le lendemain de son arrivée, Anna n'avait pas défait les valises, mais elle avait aussitôt ouvert la grande boîte en carton pour en extraire ses trésors : les graines noires de basilic enfermées dans un petit sachet en raphia ; le mortier en marbre blanc strié de veines grises qui avait appartenu à sa bisaïeule, puis à toutes les femmes de sa famille ; le coffret en bois de cerisier marqueté où elle conservait les premières chaussettes de Claudia, en laine rose, et celles de Roberto, en laine bleue ; le collier de perles de sa mère, qu'elle avait reçu en cadeau pour ses vingt et un ans ; les draps en soie lilas que sa grand-mère avait ourlés elle-même, parce que, comme elle le disait toujours, « la soie garde la peau du visage jeune et lisse » ; et les livres qu'elle avait voulu emporter avec elle : certains en français, comme *Madame Bovary* et *L'Éducation sentimentale*, mais aussi *Anna Karénine*, *Jane Eyre*, *Les Hauts de Hurlevent* et *Orgueil et Préjugés*.

Prenant le petit sachet de graines, elle était ensuite allée au jardin et s'était mise au travail : elle avait creusé une vingtaine de petits trous espacés de trente centimètres et dans chacun d'eux avait planté deux graines. Avec la chaleur qu'il faisait dans la région, elle n'aurait pas à attendre longtemps pour voir poindre les premières pousses, elle en était certaine.

En ce samedi matin de juillet, elle était précisément en train d'arroser les premières touffes de basilic quand elle entendit frapper. Avec un soupir, elle rentra dans la maison et dénoua le ruban de son chapeau de paille. « Est-ce que j'arriverai un jour à m'habituer à la chaleur du Sud ? » pensa-t-elle en posant son chapeau sur la table. « J'arrive ! » cria-t-elle ensuite en se dirigeant vers la porte.

Elle se trouva face à Agata, le visage luisant et rouge, serrant son sac à main dans ses mains. Elle portait une jupe droite, de couleur rose, qui lui arrivait au-dessous du genou, et un chemisier blanc à l'encolure bouffante en dentelle qui accentuait encore sa généreuse poitrine.

– Bonjour. Tu es en avance, dit Anna.

– Oui, parce que j'avais hâte, s'excusa Agata en pénétrant dans la maison.

– Il faut que je me change, j'étais au jardin.

– Mais oui, prends ton temps, ne t'occupe pas de moi, répondit Agata. Pendant ce temps, je vais faire des bisous à mon neveu.

– Je ne l'ai pas encore réveillé, dit Anna en indiquant d'un signe de tête le landau au milieu du salon.

– Je m'en charge. Va t'habiller.

Anna leva un sourcil, puis monta à l'étage d'un pas indolent en se tenant à la rampe.

« Pourquoi me suis-je laissé convaincre ? » se demanda-t-elle en ôtant son peignoir de soie bleue et en tirant de l'armoire l'une de ses innombrables robes noires. Agata avait insisté pour la traîner au marché du samedi matin, et elle y avait consenti par lassitude, puisqu'elle l'en priait depuis son arrivée au village. Mais il n'y avait pas que cela : Anna avait l'impression que jusqu'ici, la vie d'Agata avait été un océan de solitude et qu'elle-même était comme une île pointant à l'horizon – son unique espoir de salut. En effet, sa belle-sœur ne lui laissait aucun répit : elle venait la voir chaque jour, aux heures les plus insensées et toujours à l'improviste ; elle lui proposait sans cesse de faire des choses ensemble – les courses, une promenade, la récitation du rosaire du samedi après-midi – ou simplement de boire un café, accompagné d'interminables bavardages. Et souvent, elle lui apportait à manger. « J'ai cuisiné spécialement pour toi », disait-elle toute contente, même si personne ne le lui avait demandé.

Anna finit de tresser ses cheveux et redescendit. Les deux femmes sortirent et se dirigèrent vers la place, Anna poussant le landau, Agata pendue à son bras.

Les éventaires avec leurs stores blancs occupaient la totalité de la piazza Castello et des rues qui y conduisaient. Le bruit de fond qu'Anna avait perçu de loin se fit assourdissant : c'était un brouhaha de commerçants hélant les clients, de cris, de rires bruyants et de prises de bec entre des gens qui gesticulaient.

La première partie du marché empestait le *cacioricotta*, le fromage de chèvre et les olives piquantes en saumure. Une odeur épouvantable, à vous donner la nausée, surtout à cette heure de la matinée. Anna accéléra le pas en se couvrant le nez de la paume de la main.

– Par ici ! s'exclama Agata.

C'était son secteur préféré : celui des ustensiles et des bibelots pour la cuisine, véritables joyaux d'artisanat local.

– Regarde, tu vas bien trouver quelque chose à ton goût.

Le type posté derrière le premier étal, un costaud avec une moustache noire et des cheveux bouclés, était occupé à vanter sa marchandise tout juste arrivée, « si spéciale que vous ne la trouverez nulle part ailleurs ! ». Il leur montra un vase en pierre de Lecce décoré de fleurs jaunes peintes à la main, une *pignata* pour cuire les légumes et des louches en bois au manche en céramique émaillée.

– Et ça, qu'est-ce que c'est ? demanda Anna en montrant un objet en terre cuite qui avait la forme d'une pomme de pin ou d'un bouton près d'éclore, avec deux feuilles repliées sur le côté.

– C'est un *pumo*, expliqua Agata. Il te plaît ? ajouta-t-elle, le regard plein d'espoir.

– C'est un porte-bonheur, ajouta le vendeur. Mais seulement si vous l'offrez à quelqu'un.

Anna grimaça, comme pour dire que les porte-bonheur, elle n'y croyait pas du tout.

– Il faut y croire, la pressa le vendeur en lui faisant un clin d'œil.

Et avant qu'Anna ait eu le temps de répliquer, Agata avait pris le *pumo*, l'avait payé et glissé dans son sac.

– Celui-là, je t'en fais cadeau !

Anna remercia, mais sans sourire, songeant : « Qu'est-ce que je vais faire de ce machin ? Ce n'est pas seulement inutile, c'est hideux. »

Elles se dirigèrent ensuite vers l'éventaire des personnages en papier mâché. Entre les madones, les jésus et les saints divers disposés à la file, raides comme des soldats de plomb, le regard d'Anna tomba sur une petite statue qui semblait abandonnée dans un coin de l'étal : une paysanne dans une robe blanche à volants, les cheveux soulevés par le vent et un panier de pommes rouges dans les bras. Elle avait un petit défaut sur le visage. C'était la seule abîmée, parmi tous les personnages exposés.

– Je prends celle-ci, dit-elle sans hésitation en la montrant du doigt.

Agata eut l'air perplexe.

– Tu n'aimerais pas mieux la statue de San Lorenzo, notre saint patron ? Regarde comme elle est belle !

Mais Anna l'ignora.

L'homme assis derrière l'étalage se pencha, prit une feuille de journal dans un tas posé à ses pieds et entreprit d'envelopper le personnage avec soin.

– Faites attention à ne pas l'écraser dans votre sac. Le papier mâché est fragile, dit-il en lui tendant le petit paquet.

Un peu plus loin, elles s'arrêtèrent devant un empilement de paniers en osier. Une vieille femme, la lèvre ornée d'un duvet sombre, les mains gonflées et calleuses, était assise par terre, pieds nus, occupée à en terminer un : elle venait de finir le bord et s'apprêtait à faire les anses. Agata la salua avec chaleur et se mit aussitôt à bavarder avec elle. Tandis qu'elles échangeaient une série de « Avec l'aide de Dieu, on fait aller », Anna ne put s'empêcher de fixer les pieds de cette vieille artisane : noirs de terre, aux talons fissurés et aux longs ongles jaunis. Un instant, elle se rappela sa grand-mère, qui chaque soir avant de se mettre au lit se massait les pieds avec du lait, puis les enfilait encore humides dans des chaussettes. « Ne néglige jamais les mains et les pieds, répétait-elle toujours. Les gens regardent d'abord les détails, ne l'oublie pas. »

– Par ici, dit ensuite Agata en prenant Anna par le bras.

Elles enfilèrent une rue latérale et parvinrent à la charrette des étoffes. Une petite dame à chignon, un châle vert en crochet sur les épaules, montrait un rouleau de soie bleue à une femme vêtue d'une robe qui la sanglait comme si elle était peinte sur elle. Ses cheveux épais et sombres lui tombaient dans le dos en boucles gracieuses. Mais Anna fut surtout frappée par ses mains : pas seulement par leur délicate façon d'effleurer la soie, mais surtout parce que leurs ongles étaient parfaitement soignés et laqués de rouge. Aucune des femmes qu'elle avait vues à Lizzanello n'avait des mains aussi élégantes.

– Ah, voici notre Agata. Bonjour ! s'exclama la vendeuse d'étoffes avec un large sourire.

– Voici Anna, ma belle-sœur, dit Agata.

La dame aux ongles rouges se retourna d'un coup et la soie bleue lui glissa des doigts.

Tout en serrant la main que lui tendait la vendeuse, Anna vit du coin de l'œil que la cliente la toisait de la tête aux pieds.

– Qu'est-ce qu'il vous faut, mesdames ?

– Je veux faire des rideaux pour la chambre à coucher, expliqua Agata. Donne-moi plusieurs mètres de coton blanc et du coton fin à travailler au crochet pour les bords.

– Je vous laisse, alors, intervint la cliente, en détournant enfin le regard d'Anna. Puis, en dialecte, elle dit à la vendeuse : La soie est bien ; mets-la-moi de côté, j'enverrai mon mari la prendre un peu plus tard.

Sur ces mots, elle s'éloigna sans saluer.

– Qui est-ce ? demanda Anna à l'oreille d'Agata.

– Carmela, répondit Agata avec une certaine gêne.

– Carmela comment ?

– La couturière…

– Voilà, l'interrompit la vendeuse en lui tendant un sac en papier.

Agata paya et la remercia en lui promettant de revenir bientôt. Puis les deux femmes retournèrent sur la place.

– On passe chez le fruitier ? dit Anna en indiquant un primeur à l'autre bout de la place. Il me faut une botte de basilic pour le pesto demain.

À peine les eut-il aperçues qu'un homme maigrichon, arborant un sourire joyeux, les accueillit sur le seuil en soulevant sa casquette.

– Qu'est-ce que je vous sers ?

– Du basilic, s'il vous plaît, dit Anna. Et surtout avec les feuilles entières, comme celui de la semaine dernière.

– Michele, donne-nous ton bouquet le plus frais, ajouta Agata.

– Mais certainement, répondit-il. (Puis il se tourna vers l'intérieur de la boutique et hurla :) Giacomino ! *Pigghia lu basillicu per la forestiera !*

Anna leva un sourcil, étonnée et vaguement mécontente. « L'étrangère » ? C'était donc comme ça qu'on l'appelait dans le pays ? Au bout de quelques instants, un garçon au visage semé de taches de rousseur, qui avait à peu près l'âge de Lorenza, arriva avec une poignée de basilic dans les mains.

– Donne-le à la dame, lui ordonna Michele en indiquant Anna.

– Tenez, dit l'enfant.

Une fois qu'elles furent sorties de la boutique, Agata lui demanda si elle voulait bien prendre une limonade au café avant de rentrer à la maison.

– Comme ça, on reste encore un peu ensemble et on se rafraîchit, dit-elle en s'éventant de la main.

Fendant la petite foule de femmes qui avançaient chargées de lourds filets et d'autres qui avaient posé leur butin à terre et s'attardaient à bavarder, elles entrèrent au Castello en écartant le rideau en corde de l'entrée. L'homme derrière le comptoir, un type gras à la carnation olivâtre et à l'épaisse moustache brune, était en train d'essuyer un verre avec un coin de son tablier blanc. Les murs étaient lambrissés jusqu'à mi-hauteur ; sur la partie supérieure étaient accrochées quelques photographies du village, une réclame pour le Fernet-Branca et la carte des prix écrite à la main. Les petites tables étaient recouvertes d'épaisses nappes rouges, entourées de chaises en paille, et sur l'une d'elles était posé un exemplaire froissé de *La Gazzetta del Mezzogiorno.*

– Nando, deux limonades s'il te plaît, commanda Agata.
– Une seule, la corrigea aussitôt Anna. Moi, je vais prendre un café grappa.
– Tu prends de la grappa ?
Agata n'en revenait pas.
– Oui, parfaitement, répliqua Anna. Au bar, je bois toujours mon café comme ça.
Nando lui fit un clin d'œil et dit d'une voix tonnante : « Moi aussi ! »

Le lendemain, Anna prépara tous les ingrédients dans des coupelles en céramique et les disposa sur la table de la cuisine : du basilic, des pignons, du gros sel, de l'ail, du pecorino, du parmesan. Il ne manquait que l'huile d'olive, mais Antonio avait promis de lui en apporter ce matin. Elle noua son tablier dans son dos et sortit le mortier du placard.
– On peut ?
C'était la voix d'Antonio qui arrivait de l'entrée.
– Entre donc ! cria Anna.
– Tatie, tatie ! piailla Lorenza en courant à sa rencontre.
Anna eut un grand sourire, s'accroupit et écarta les bras.
– Viens m'embrasser, chipie.
– Bonjour !
Antonio entra avec un sourire timide, en soulevant sa casquette.
– Carlo n'est pas là ?
– Il a emmené Roberto à la messe, répondit-elle en levant un sourcil.
Antonio esquissa un sourire.
– Voici ton huile. Deux litres, cette fois.
Et il posa sur la table un bidon portant le logo de sa

fabrique, l'Oleificio Greco : un huilier en fer-blanc d'où perlait une goutte en forme de feuille d'olivier.

– Papa, on peut rester pour regarder Tatie faire le pesto ? S'il te plaît !

– Si ta tante est d'accord…, répondit Antonio en cherchant la réponse dans les yeux d'Anna.

– Bien sûr que je suis d'accord, dit-elle en ébouriffant les cheveux de la petite fille, qui tira aussitôt une chaise et se jucha dessus à genoux.

Antonio pour sa part prit celle posée à côté du buffet et où personne ne s'asseyait jamais : on s'en servait pour suspendre les vêtements à repasser.

– Alors, mettons-nous à l'œuvre ! s'exclama Anna en prenant les feuilles de basilic, qu'elle déposa à l'intérieur d'un torchon. Les feuilles, il ne faut jamais les plonger dans l'eau, rappelle-toi, expliqua-t-elle à Lorenza. Il faut les laver comme ça, en les tamponnant délicatement avec un linge humide. Parce que sinon, tu risques de les abîmer, et il faut qu'elles restent intactes.

Elle mit de côté les feuilles nettoyées et commença à remplir le mortier de gousses d'ail et de gros sel.

– Ma mère disait toujours qu'il faut une pincée, mais vraiment une toute petite pincée de sel. Surtout pas plus.

Et elle se mit à broyer le mélange en dessinant des cercles à l'intérieur du mortier.

Antonio, sa joue fraîchement rasée appuyée sur sa paume, l'observait en silence : les mains d'Anna, si lisses et si soignées, s'agitaient avec des gestes souples et sûrs ; c'étaient les mains savantes d'une femme qui pratiquait le rite du pesto depuis son enfance. Il ne l'avait jamais vue d'aussi bonne humeur depuis son arrivée. Si ça lui faisait cet effet, elle devrait faire du pesto tous les jours de l'année, se dit-il.

– Tu dois attendre que l'ail ait cette consistance, disait

Anna. Comme de la crème, tu vois ? (L'enfant se pencha en avant.) C'est seulement à ce moment-là que tu peux ajouter le basilic, poursuivit-elle en prenant le bouquet de feuilles. Et une autre pincée de sel.

– Je peux la mettre ? demanda Lorenza.

– Oui, mais un tout petit peu, comme je t'ai montré tout à l'heure.

Lorenza plongea ses petits doigts dans la coupelle et prit les grains entre le pouce et l'index.

– Très bien, bravo, dit Anna en souriant. À présent, c'est la partie la plus amusante.

Et elle recommença à broyer avec vigueur, jusqu'à transformer les feuilles en purée.

– Et maintenant, les pignons, le pecorino et le parmesan. Mais à petite dose, tout doucement, dit-elle en vidant une à une les coupelles dans le mortier. Il faut que tu aies mal au bras à la fin. Regarde un peu les muscles que je me suis faits à force de préparer le pesto !

Lorenza se mit à rire et tourna la tête vers son père, qui lui fit un clin d'œil.

– *Et voilà* !* s'exclama Anna, satisfaite.

L'enfant s'approcha et regarda le pesto d'un air admiratif, comme si elle venait d'assister à un tour de magie, en pensant qu'elle avait hâte de raconter tout ça à ses copines de classe. Depuis l'arrivée de « sa tante qui venait de loin », comme elle l'appelait, elle leur rapportait chaque jour les aventures, réelles ou imaginaires, d'une héroïne qu'elle était seule à connaître : une fois, sa tante avait vu des montagnes si hautes qu'elles touchaient le ciel ; un autre jour, elle avait dansé avec le roi en personne ; elle avait aussi touché un arbre malade et l'avait guéri.

– L'huile, à présent, et on aura fini, dit Anna. Tu veux la verser, *ma petite** ?

– « *Piccola mia* », murmura Antonio.

– Qu'est-ce que tu dis ? demanda Anna.

Il rougit.

– *Ma petite*… ça veut dire « *piccola mia* », non ?

Anna le contempla en haussant un sourcil.

– Tu t'es mis à étudier le français ?

Antonio baissa les yeux.

– Un peu.

– Pourquoi donc ? C'est moi qui t'en ai donné envie ?

Il haussa les épaules.

– J'ai envie de comprendre les choses que je ne connais pas, c'est tout…

« J'ai envie de te comprendre, toi », aurait-il voulu ajouter.

Anna ne pouvait pas savoir que chaque soir, quand Agata et Lorenza allaient au lit et que la maison tombait dans le silence, Antonio s'enfermait à clé dans son bureau et sortait de son tiroir la grammaire française qu'il avait prise à la bibliothèque. Il restait à la lire et à en souligner des passages jusque tard dans la nuit, et ne s'arrêtait que quand le sommeil lui fermait les yeux.

Carlo était assis à l'une des petites tables de la terrasse du Castello, Roberto sur ses genoux et un cigare à la main, en train de boire l'épouvantable piquette de la maison. Mais quel plaisir d'être là à observer le va-et-vient du dimanche matin… Les gens qui sortaient de l'église, ceux qui s'arrêtaient chez le boulanger pour acheter un plateau de gâteaux, ceux qui allongeaient une pièce au petit vendeur de journaux et s'éloignaient avec *La Gazzetta del Mezzogiorno* repliée sous le bras.

Carlo soulevait son chapeau et saluait les passants aimablement : il les connaissait tous et la réciproque semblait vraie, comme s'il n'avait pas bougé de cette table au cours des dix dernières années.

– Salut, étranger, entendit-il dans son dos.

Cette voix. Carmela. Il s'attendait bien à la revoir tôt ou tard. C'était même curieux qu'ils ne se soient pas encore croisés. Depuis son arrivée, il avait été extrêmement occupé. Les valises à défaire, la maison à rouvrir, une avalanche de signatures chez le notaire, l'inspection des terrains reçus en héritage… Mais le village comptait à peine six mille habitants, et il était facile de savoir qui se trouvait ou non dans les parages.

Carlo tira la chaise à côté de lui et, d'un air engageant, l'invita à s'installer.

– On m'avait dit que tu étais revenu. Je t'ai vu à l'église, déjà, dit-elle, debout devant lui, en abaissant sur son cou le châle noir qui lui couvrait les cheveux.

Elle était devenue une femme, Carmela. Quand elle s'était épanouie, l'été de ses seize ans, une sorte de concours avait débuté entre les garçons pour savoir lequel lui toucherait les seins le premier. Ils s'étaient tous mis à la courtiser intensément, comme s'ils faisaient le siège d'une forteresse : ils lui offraient le bras, se poussaient du coude pour s'asseoir à côté d'elle à la messe ; l'un lui achetait un gâteau fourré à la confiture, un autre l'accompagnait à pied jusque chez elle. Carlo la connaissait depuis l'enfance : ils avaient grandi dans la même rue, à quelques mètres l'un de l'autre. Il l'avait vue pleurer et hurler sous les coups de sa mère, s'écorcher les genoux quand ils jouaient à chat, s'essuyer le nez du dos de la main. Une année, à son retour de colonie de vacances à Santa Maria di Leuca, il l'avait retrouvée remarquablement grandie, sûre d'elle, belle à couper le souffle ; il s'était senti intimidé, et il avait soudain cessé de lui adresser la parole. Il se bornait à l'étudier de loin, comme une nouvelle et incompréhensible créature. Il faisait en sorte qu'elle croise son regard pour détourner le sien aussitôt. À la fin, à force de l'ignorer, il l'avait conquise. Pendant deux ans, il lui avait touché les seins et donné des baisers furtifs et passionnés, jusqu'au jour où il avait dû partir : on l'envoyait travailler comme comptable dans le Piémont, à Alessandria. Mais il reviendrait bientôt et il l'épouserait. C'était ce qu'il lui avait dit.

– Et lui, ce doit être Roberto.

– Oui ! s'exclama Carlo en posant un baiser sur le front de son fils.

– Il en a, de grands yeux…

– Ceux-là, il les a pris à sa mère, heureusement.

Carmela reporta son attention sur la place qui se vidait lentement. Mario, le cireur, un grand gars aux traits anguleux, à la raie sur le côté et aux sourcils drus, avait les yeux rivés sur elle, assis bras croisés sur le banc entre le palmier et la fontaine à colonnes. Elle le salua du menton, puis baissa les yeux et remit son châle sur sa tête. Ses mains étaient belles, élégantes, exactement comme autrefois, pensa Carlo, en observant ses doigts fuselés et ses ongles peints en rouge.

– Et toi ? Tu as des enfants ?

– Oui, un, dit-elle d'un ton hésitant. Il s'appelle Daniele. Il aura dix ans en décembre.

– En tout cas, je te trouve très bien, tu sais, murmura Carlo. Tu es encore plus belle qu'à l'époque.

Elle le gratifia d'un regard sombre et perçant.

– Mais pas assez pour te faire revenir.

Il prit une gorgée de vin et ne parvint pas à retenir une grimace. « *Mamma mia*, ce qu'il est acide, tout juste bon pour la vinaigrette. »

– Tu le savais, je te l'avais écrit, dit-il en reposant son verre sur la table.

– Oui, oui, je le savais, répondit-elle, agitant la main comme pour chasser un insecte.

– Mais je vois que depuis, un autre t'a passé la bague au doigt.

Carmela toucha son alliance.

– Eh bien, si je t'avais attendu, je serais morte vieille fille !

– Tu ne serais jamais restée vieille fille. Pas toi.

– Et ta femme, à propos ? C'est tout juste si on la voit dans le village. Qu'est-ce qu'elle a ? L'endroit n'est pas à son goût ?

– Mais qu'est-ce que tu racontes. Laissez-lui le temps, elle est en train de s'adapter. Tu sais, ça n'a pas été facile pour elle. Claudia, le déménagement… Tu verras que peu à peu…

– J'ai appris pour la petite. C'est terrible.

– Oui, dit-il en plissant la lèvre, avant de boire une autre gorgée. Jésus, ce vin est vraiment dégoûtant, cracha-t-il.

Carmela se mit à rire.

– Pas comme le vin que faisait mon père. Il te plaisait, celui-là.

– Le vin de don Ciccio ! Comment pourrait-on l'oublier. Il le fait encore ?

– Non. C'est trop de fatigue. Il a le dos cassé à présent.

– Quel dommage. J'en aurais bien goûté un verre.

– Il m'en reste quelques bouteilles à la maison. (Elle lança un regard à l'horloge de la mairie, et un autre à Mario, qui ne la lâchait pas des yeux.) Il faut que j'y aille, finit-elle par dire.

– Un de ces jours, je viendrai peut-être te rendre visite, s'exclama Carlo. Pour le vin, j'entends, ajouta-t-il d'un air gêné.

Carmela eut un sourire crispé et le salua. Puis elle lui tourna le dos et s'éloigna, certaine qu'il la suivait du regard.

Lorenza s'engouffra en trombe dans la maison :

– Maman, regarde, on a fait le pesto avec la tante Anna !

Et elle courut à la cuisine pour lui montrer le pot en verre qu'elle tenait serré dans ses mains.

– J'ai déjà préparé le repas, répliqua Agata d'un ton brusque.

Le sourire sur le visage de Lorenza s'éteignit aussitôt. Antonio s'approcha, poussa un grand soupir et chercha à la rassurer.

– On le gardera pour demain, dit-il en lui caressant la tête.

– Ça ne me dit rien, ce truc. Ce n'est pas de chez nous, ronchonna Agata sans cesser de s'affairer.

Antonio savait déjà que le pesto allait tourner et qu'il finirait à la poubelle. Anna avait bien recommandé de le manger dans la journée…

– Viens, Lorenza. Aide-moi à mettre le couvert, dit-il doucement en lui enlevant le flacon des mains et en le posant sur la table.

– C'est ça, bonne idée, allez voir là-bas si j'y suis, commenta Agata en s'essuyant les mains sur son tablier.

– Nous voici !

Carlo entra dans la cuisine, Roberto endormi sur son épaule.

– Les effets de la messe ? ironisa Anna.

Carlo éclata de rire, s'approcha et l'embrassa dans le cou.

Anna, amusée, lui dit d'arrêter, qu'il allait réveiller le petit. Mais une fois qu'il l'eut déposé dans son berceau, ce fut elle qui se colla à lui dans un de ces longs baisers qu'elle seule savait lui donner.

Les *trofie* au pesto, qui fumaient encore dans la marmite posée sur la table, ils les mangèrent froides, ce dimanche-là.

Au 15 août, la chaleur régnait depuis les premières heures de la matinée. Anna se réveilla tout en sueur et releva sur son front le masque de soie noire qui lui couvrait les yeux. Dans le lit, la place de Carlo était vide ; elle l'entendit alors chantonner derrière la porte de la salle de bains, comme il le faisait toujours quand il se rasait. Elle se passa un coup de brosse dans les cheveux et, après avoir caressé la joue de son fils, qui dormait béatement dans son berceau, descendit à la cuisine où elle fit tiédir son lait dans une petite casserole. Puis elle alla le boire au jardin, sur le banc à l'ombre du grenadier. Elle ramena sous elle ses jambes roses et fines et, tenant sa tasse à deux mains, prit une première gorgée. Où était-elle l'année précédente au 15 août ? Roberto avait quelques mois, et Carlo les avait emmenés faire une promenade dans les alentours de Pigna. Ils avaient déjeuné assis sur une couverture dans la fraîcheur du sous-bois qu'elle aimait tant, où l'on n'entendait que le crissement des grillons et le gazouillis des oiseaux. Puis, d'une enveloppe en carton, Carlo avait sorti une *pisciadela*, sa fouace favorite, et l'avait coupée en deux.

Anna passa une main sur son cou moite. « Incroyable, se dit-elle. Je continue à suer même à l'ombre... » Elle s'adossa au banc avec un soupir et prit une autre gorgée de lait. Ils n'avaient pas vu Agata depuis quelques jours. Non qu'elle lui manquât, d'ailleurs, c'était plutôt un soulagement que sa belle-sœur ait relâché sa prise. Mais disparaître complètement comme ça, du jour au lendemain... Est-ce qu'elle s'était vexée à cause de leur dernier échange ? Pourtant, elle ne pensait pas avoir été impolie. Une semaine plus tôt, Agata s'était présentée à l'heure du déjeuner en lui apportant une friture d'œufs, de mie de pain et de menthe. « Agata, lui avait-elle dit, je te remercie, vraiment. C'est très gentil de ta part. Seulement voilà, je veux cuisiner moi-même pour ma famille. » Qu'y avait-il de mal à cela ? Elle ne l'avait pourtant pas offensée !

– Bonjour mon amour ! Prête pour la mer ? dit Carlo en sortant dans le jardin, laissant derrière lui un sillage d'après-rasage mentholé.

Il se pencha pour lui donner un baiser et lui caressa les cheveux.

– À la mer ? Mais je n'ai même pas de maillot de bain ! protesta Anna.

– Ça ne fait rien ! Improvisons ! On ne va pas rester ici par cette chaleur, répondit-il joyeusement.

– Et on y va comment, si je peux savoir ?

– Par le car. Il part dans cinquante minutes exactement. Antonio, Agata et Lorenza nous attendent sur la place, ajouta-t-il.

– Tu as déjà tout organisé… Comment se fait-il que je ne sois pas au courant ? s'indigna Anna.

– Parce que je voulais te faire une surprise ! On va bien s'amuser, tu vas voir. Finis ton petit déjeuner tranquillement, je m'occupe de Roberto.

L'autocar, où ils avaient réussi à monter à force de coups de coude, partit bondé de la piazza Castello avec une demi-heure de retard. Devant les protestations de ceux qui n'avaient pu embarquer, le chauffeur promit de revenir les chercher très vite.

– Au café, il y a une limonade payée d'avance pour chacun de vous, annonça Carlo au groupe qui devait attendre. Comme ça, vous pourrez vous rafraîchir.

Et il grimpa dans le car, salué par des exclamations enthousiastes.

– Tu as entendu ? Le monsieur nous offre une limonade,

dit une jeune femme à l'enfant qu'elle tenait dans ses bras et que la chaleur faisait pleurnicher.

– Tu as payé pour tout le monde ? Je ne comprends pas..., dit Anna.

– Exactement, répondit Carlo en s'asseyant à côté d'elle. À travers la vitre, il fit un signe de la main à l'enfant et lui sourit.

– Mais pourquoi ?

– Comment ça, pourquoi ? C'est un geste de gentillesse. Ils doivent attendre en plein soleil, les pauvres.

– Oui, mais qu'est-ce que ça peut te faire, à toi ? Je veux dire, ils ne pouvaient pas se la payer eux-mêmes ?

Carlo haussa les épaules.

– On fait comme ça, ici. On a toujours fait comme ça.

– Peut-être. Mais à moi, ça me paraît une façon stupide de jeter l'argent par les fenêtres.

– Ne te fais pas de souci pour l'argent, mon amour, la rassura-t-il en lui effleurant le genou. On n'en manque pas, à présent.

– Ce n'est pas une raison pour le dilapider, répliqua-t-elle.

– Tatie, je veux m'asseoir à côté de toi, dit Lorenza en débouchant des sièges de derrière.

Carlo lui donna une petite tape sur la joue.

– Bon, vas-y, dit-il en se levant. Mais seulement pour cette fois, hein ?

Et, avec un clin d'œil à sa nièce, il alla occuper le siège laissé vacant à côté d'Agata, qui agitait un éventail en tulle de soie noire. De l'autre côté du couloir, Antonio était plongé dans un livre, près d'un garçon qui écrasait son nez contre la vitre.

La plage de San Foca, la plus proche du village, n'était qu'à quelques kilomètres. Elle était tellement bondée et bruyante qu'Anna eut envie de remonter aussitôt dans le car pour retourner à la quiétude de son jardin de grenades.

– Occupe-toi de lui, s'il te plaît, dit-elle à Carlo en lui passant Roberto.

– Tout va bien, mon amour ? s'inquiéta-t-il.

Anna ne répondit pas. Elle enfonça son chapeau de paille sur sa tête, prit la main de Lorenza et avança avec elle sur le sable chaud à la recherche d'un endroit libre. Cela semblait une entreprise impossible, entre les gens étalés sur le sable, les enfants avec leurs seaux et leurs pelles qui construisaient des châteaux, et les adultes qui jouaient à se renvoyer une balle avec des raquettes en bois et en cuir. Elles finirent pourtant par trouver un mouchoir de poche où se poser. Carlo et Antonio s'assirent dos à dos ; Anna et Agata s'installèrent côte à côte, les deux enfants entre elles.

Anna se sentait prisonnière de la chaleur suffocante, de cette masse humaine gesticulante, et même de l'incessant brouhaha en dialecte, une langue qui lui semblait encore totalement insaisissable, avec ses *u* à la fin et ses *z* intercalés n'importe où. Mais personne autour d'elle ne semblait y prêter attention. Tous, sauf elle, semblaient heureux d'être là.

Carlo sauta soudain sur ses pieds et ôta son pantalon et sa chemise, révélant un maillot de bain rayé bleu et blanc.

– Je vais me baigner, annonça-t-il. Qui vient avec moi ?

– Moi. Je n'en peux plus, il faut que je me rafraîchisse avant de me mettre à fondre, se lamenta Agata en continuant à s'éventer. Allez, Lorenza, tu dois te mouiller la tête si tu ne veux pas attraper du mal, ajouta-t-elle en se levant.

Puis elle retira le maillot de corps de sa fille, qui se retrouva dans un costume de bain jaune dont le bas lui arrivait à mi-cuisse.

– Toi aussi, tatie, supplia Lorenza.

Anna lui caressa les cheveux en disant qu'elle préférait rester là pour le moment.

– Antonio, tu viens ? demanda Carlo.

– Je termine mon chapitre, répondit-il en indiquant son livre.

– À tout de suite, alors. Attention à ne pas frire complètement.

Et il rajusta son chapeau de paille qui penchait d'un côté.

Anna le suivit du regard tandis qu'il se dirigeait vers les vagues, plaisantant avec Agata et Lorenza qui marchaient à son côté. Quand elle les vit mettre les pieds dans l'eau, elle se tourna vers Antonio, concentré sur sa lecture comme si le monde autour de lui s'était évanoui.

Il dut se sentir observé, parce qu'il referma son roman et la regarda.

– De quoi il parle ? demanda Anna à brûle-pourpoint.

– Quoi donc ?

– Le livre que tu es en train de lire, dit-elle, amusée.

– Ah, le livre ! s'exclama-t-il en rougissant. Eh bien, il parle d'un homme qui est souillé par le péché de paresse et qui préfère se réfugier dans un sous-sol, tout en enviant ceux qui sont capables d'agir. D'ailleurs, ça s'appelle *Mémoires écrits dans un souterrain*.

– Et c'est de Dostoïevski, oui, je sais. Mais je n'ai jamais rien lu de lui.

– Qu'est-ce que tu aimes lire ?

Anna s'allongea en arrière, appuyée sur ses coudes.

– Jane Austen, les sœurs Brontë…

– Tu aimes les livres de femmes, en somme.

– Pas seulement. J'ai lu tout Flaubert et Tolstoï… Et puis, excuse-moi, mais pourquoi prends-tu ce ton ?

– Quel ton ?

– Ce petit ton condescendant. Comme si les romans écrits par des femmes étaient des livres mineurs.

– Pas du tout, tu m'as mal compris. Je ne cherche pas à les rabaisser, crois-moi. J'ai lu *Orgueil et Préjugés*, par exemple.

– Et ça t'a plu ?

Antonio haussa les épaules.

– Je préfère d'autres écrivains, voilà tout.

À ce moment, un jeune garçon tirant un chariot passa à côté d'eux en hurlant :

– Amandes fraîches !

Anna fit une grimace.

– Mais pourquoi est-ce que vous criez tous autant ?

– Qui est-ce qui crie ? dit Antonio.

– Vous, les gens du Sud.

Antonio pinça les lèvres en un sourire amer.

– Eh bien, on ne crie pas tous.

Et il la regarda droit dans les yeux.

– C'est vrai, pas toi. Je le sais. Et Carlo non plus, se radoucit Anna.

– Tu sais, j'ai souligné un passage qui m'a fait penser à toi.

– À moi ? Et pourquoi donc ?

– Tu veux que je te le lise ?

– Bien sûr.

Antonio feuilleta le livre jusqu'à trouver la page qu'il cherchait.

– Voilà.

Et il se mit à lire d'une voix calme : « Une autre circonstance encore me tourmentait sans cesse : je constatais que je ne ressemblais à personne et que personne ne me ressemblait. Je suis seul, et eux sont tous ensemble. » Puis il referma le livre et fixa Anna.

– C'est comme ça que tu me vois ? demanda-t-elle, le front plissé.

– C'est comme ça que tu te sens ?

Anna n'eut pas le temps de répondre. Lorenza, toute ruisselante, se mit à piailler :

– Tatie, papa, venez ! L'eau est tellement si bonne !

3

Octobre-novembre 1934

Un cigare aux lèvres, Carlo traversa le village en suivant les ruelles étroites et silencieuses, envahies par l'odeur de la sauce tomate qui mijotait derrière l'une des fenêtres grandes ouvertes, jusqu'à la porte de l'atelier de couture. Il frappa en sifflant un petit air.

Carmela lui ouvrit. Elle portait une robe à fleurs et un mètre à ruban autour du cou.

– C'est toi ? fit-elle, surprise.

– Tu l'as encore, cette bouteille de vin de ton père ? répondit-il avec malice.

– C'est maintenant que tu t'en souviens ? *Trasi*, entre, dit-elle en soupirant.

Carlo obéit. L'atelier était installé dans une pièce joliment agencée, où chaque chose avait sa place : la machine à coudre, la table de travail en bois, un mannequin dans un angle, une étagère sur laquelle étaient empilés des rouleaux d'étoffe, des revues et tout le nécessaire de couture bien rangé dans des boîtes. Au fond, deux fauteuils en velours rouge encadraient une table basse en verre où était posé un vase de fleurs.

– Vas-y, assieds-toi, dit Carmela en lui indiquant un siège.

Je vais chercher le vin. Attends-moi ici, ajouta-t-elle en ouvrant la porte qui séparait l'atelier de l'appartement.

Elle revint avec la bouteille dans une main et un verre en cristal dans l'autre. Elle y versa le vin et le lui tendit.

Carlo prit une gorgée et, les yeux clos, claqua des lèvres.

– Celui-là, oui, on peut dire que c'est un délice pour le palais, dit-il en reposant le verre. Et toi, comment vas-tu ?

– Comme tu me vois. Toujours en train de travailler, répliqua-t-elle en croisant les bras.

– Et ton mari ? Je l'ai aperçu, tu sais. On a échangé quelques mots au café de Nando. Il m'a fait l'effet d'être quelqu'un de bien.

– Il l'est, dit Carmela.

Carlo but à nouveau.

– Il est peut-être un peu *vieux* pour toi, non ? Il a quel âge ? Cinquante ans ?

– Presque. Mais qu'est-ce que tu cherches à me dire ? s'irrita-t-elle.

– Rien, rien, dit Carlo en levant la main. En réalité, je ne suis pas venu seulement pour le vin. Je dois parler à don Ciccio.

– À mon père ? Et de quoi donc ?

– Tu le sais, non ? Des terres que m'a laissées l'oncle Luigi.

– Bien sûr que je le sais, comme tout le monde. Et alors ?

– Il va bien falloir en faire quelque chose… J'envisage de produire du vin moi aussi, et ton père peut me donner quelques conseils.

– C'est à lui qu'il faut le demander, dit-elle en plissant le front. Qu'est-ce que j'ai à voir là-dedans ?

Carlo fit tourner le liquide grenat dans son verre.

– Avant d'aller lui parler, je voulais que tu me dises s'il est encore en colère. Quand il me voit passer, c'est tout juste s'il me dit bonjour. Je me trompe peut-être, hein ?

Carmela le fixa d'un air dur.

– Ça fait si longtemps que tu es parti. Ici, la vie a continué, elle ne tourne pas autour de toi.

À ce moment, on entendit frapper et Carmela alla ouvrir. Sur le seuil se tenait une vieille dame aux yeux enfoncés, avec un gros grain de beauté sur le menton et quatre vestes d'homme pliées sur le bras.

– Ah, donna Marta… *Trasi, trasi*, dit Carmela.

Carlo se leva.

– Bonjour, donna Marta. Comment allez-vous ?

– Eh ! je n'ai pas à me plaindre, grâce à Dieu, répondit la femme. Et vous ? J'ai vu votre femme avec *lu piccinnu*. Quelle belle fille…

Carlo sourit, puis lança un regard gêné à Carmela.

– Carlo est venu me demander de lui tailler un costume, mais il allait justement partir, se hâta-t-elle de dire.

– En effet. Eh bien, je reviendrai quand il sera prêt.

Carmela l'accompagna à la porte.

– Au revoir, donna Marta, dit Carlo. Au revoir, Carmela, ajouta-t-il en la regardant dans les yeux.

– Passe le bonjour à ta famille, lança-t-elle avant de refermer la porte.

Carlo se mit en route en coupant par une petite rue pavée qui menait droit à la maison de don Ciccio, à quelques centaines de mètres de là. Il longea un mur de tuf derrière lequel se dressaient de grands chênes, et passa sous un porche voûté conduisant à une place où des petites maisons à la façade un peu décrépite se pressaient autour d'un puits en pierre. Enfin, il frappa à une porte verte à doubles vantaux et attendit en se balançant d'avant en arrière sur ses talons. Quand don Ciccio lui ouvrit, il resta figé un instant, fixant sur lui ses yeux couleur de poix, les mêmes que ceux de Carmela.

Il s'était enrobé au cours de ces années, à en juger par le

ventre qui pointait hors de sa chemise. Mais ses bras restaient puissants et toniques, tels que Carlo se les rappelait. Le nez, légèrement tordu, s'était couvert de petites taches brunes et les cheveux, autrefois épais et bouclés, étaient désormais coupés court et se raréfiaient sur les tempes.

– Bonjour, don Ciccio, dit Carlo d'un ton joyeux.

– Bonjour, murmura don Ciccio sans sourire. Qu'est-ce que tu veux ?

À l'évidence, il voulait aller droit au but.

Carlo se frotta la nuque, embarrassé.

– Je me demandais si je pourrais vous dire deux mots.

D'un geste sec, don Ciccio l'invita à entrer. Puis il s'engagea dans le couloir obscur en lui tournant le dos.

– Comment se porte votre femme ? demanda Carlo.

– Tu vas pouvoir lui poser la question toi-même.

Il prit la première porte à gauche et pénétra dans la cuisine, à peine éclairée par le jour venant de la fenêtre. Les brocolis-raves à l'ail en train de frire dans une poêle répandaient une odeur forte ; de grosses grappes de tomates étaient suspendues à un crochet au mur. Gina, sa femme, tricotait à côté de la cheminée éteinte, sur laquelle trônait une photo encadrée de Benito Mussolini en tenue militaire.

– Regarde qui est là ! annonça don Ciccio sur un ton qui parut à Carlo légèrement sarcastique.

Gina ouvrit des yeux ronds et se leva en laissant son ouvrage sur la chaise.

– Carlo, ça fait si longtemps…, murmura-t-elle.

– Quel plaisir de vous revoir, donna Gina. J'espère que vous allez bien, répondit-il en lui prenant les deux mains.

– Comme Dieu le veut, répondit la femme.

Elle n'avait pas perdu son doux sourire, pensa-t-il en regardant les fossettes sur ses joues. Et elle roulait encore ses cheveux en chignon, comme elle l'avait toujours fait, même s'ils étaient devenus tout blancs, à présent. Même la peau de son visage était restée lisse.

Don Ciccio approcha une chaise, s'installa et l'invita à faire de même.

– Sers le café pour notre invité, ordonna-t-il à sa femme.

Carlo croisa les mains sur la table, puis il fouilla dans la poche de sa veste et en sortit un cigare.

– Vous permettez que je fume, don Ciccio ?

L'autre lui fit signe que oui. Carlo alluma le cigare, libérant un nuage de fumée, et l'odeur piquante remplit la pièce, se mêlant à celle des brocolis-raves.

Dans le silence qui suivit, Gina apporta le café sur un plateau d'argent, dans les petites tasses du beau service, avant de retourner s'asseoir avec son tricot. Ce ne fut qu'après avoir bu la dernière goutte que don Ciccio répéta :

– Qu'est-ce que tu veux ?

Carlo s'éclaircit la gorge.

– Voilà. Comme vous le savez, l'oncle Luigi m'a laissé en héritage dix hectares, qu'il avait achetés avant de tomber malade... Il n'a pas eu le temps d'en faire quelque chose. J'ai donc décidé de les mettre en culture, et je voudrais y faire de la vigne.

Don Ciccio reposa sa tasse sur le plateau et échangea un regard avec sa femme. Puis il examina Carlo en plissant le front.

– C'est pour ça que tu es venu me voir ?

– Qui mieux que vous peut me conseiller, avec votre expérience ? Moi, un vin aussi bon que le vôtre je n'en ai jamais bu, pas même quand j'étais dans le Nord. Je voudrais que vous m'enseigniez tout ce que vous savez, don Ciccio, comme à un fils.

Don Ciccio le dévisagea longuement, puis il se leva et alla prendre sa pipe posée sur la cheminée à côté de la photo de

Mussolini. Il craqua une allumette, embrasa le tabac dans le fourneau et tira enfin sa première bouffée.

– Comme un fils, tu dis, hein ? répéta-t-il en soufflant la fumée.

Gina releva la tête et le scruta un instant de ses petits yeux bleus.

– Non, je ne vais pas t'apprendre ce que je sais comme à mon fils, reprit don Ciccio, mais comme au fils de Pantaleo, qui était un brave homme. Il fut un temps où tu aurais pu devenir mon fils, mais ce temps *nun esiste cchiui*, il est passé.

– Si je vous ai offensé, je m'en excuse, murmura Carlo.

Gina baissa la tête et se mit à ferrailler plus vite avec ses aiguilles.

Don Ciccio fit le tour de la table et se rassit.

– Cette faveur, je te la fais, cela va sans dire, dit-il en écartant les bras. Mais rappelle-toi bien que c'est uniquement au nom de l'amitié qui me liait à ton père.

Carlo, tout heureux, se leva et lui serra la main.

– Vous n'imaginez pas combien je vous en suis reconnaissant ! s'exclama-t-il.

Après l'avoir raccompagné à la porte, don Ciccio retourna à la cuisine à pas lents et se rassit. Gina continuait son tricot, le visage crispé.

– Tu n'avais pas besoin de lui sortir le beau service, la rabroua-t-il. Il ne manquerait plus qu'on lui déroule le tapis rouge, à celui-là.

– J'envisage de mettre en culture les terrains de l'oncle, dit Carlo ce soir-là à toute la famille réunie pour dîner chez Antonio et Agata. En réalité, ça fait un moment que j'y pense.

– Et tu m'annonces ça comme ça ? s'exclama Anna.

Carlo effleura la main de sa femme :

– Je voulais en être sûr avant de t'en parler.

Elle baissa les yeux et se remit à manger sa tourte à la viande.

– Et qu'est-ce que tu veux y mettre ? demanda Antonio.

– De la vigne. Je rêve d'avoir mon étiquette à moi, comme tu l'as fait avec ton huile. Je veux l'exporter dans toute l'Italie, et même à l'étranger, avec mon nom dessus, déclara-t-il en se frappant la poitrine. Le vin qu'ils font ici, ils l'envoient dans le Nord pour couper le leur. C'est comme ça depuis toujours. Mais on pourrait le vendre en bouteille, il n'a rien à envier aux vins vénitiens ou piémontais. Je le sais, je les ai goûtés. Le nôtre est bien meilleur. Personne n'a jamais osé faire ça ici. C'est l'heure de penser plus grand.

– Oui, ça me paraît une excellente idée, Carletto, dit Antonio après quelques instants de réflexion.

– Bravo, tu fais bien, commenta Agata, la bouche pleine.

– Je te vois très déterminé, intervint Anna en arquant un sourcil.

– Je le suis, répondit Carlo. Vous imaginez ? « Domaine Greco », s'exclama-t-il en dessinant dans l'air un panneau imaginaire. Ça sonne bien, non ?

– Mais qu'est-ce que tu connais à la culture de la vigne ? demanda Anna.

– Je vais me faire aider. J'ai déjà sollicité don Ciccio, ajouta Carlo en se tournant vers son frère.

– Vraiment ? dit Agata, stupéfaite.

– Et qui est don Ciccio ? demanda Anna.

– Un type qui s'y connaît en vins, coupa Carlo.

Et il enfourna un morceau de sa tourte.

– J'en suis, si je peux être utile, dit Antonio.

– Merci, grand frère, répondit Carlo avec un clin d'œil.

– J'en suis aussi, énonça Anna au bout de quelques

secondes. Je ne connais rien à la vigne, mais toi non plus. Ce qui veut dire que nous apprendrons ensemble.

Un silence tomba. Carlo avala sa bouchée et s'éclaircit la gorge.

– Ne t'inquiète pas, mon amour. Ce n'est pas nécessaire.

– J'ai l'impression que tu es en train de refuser mon aide, s'emporta Anna.

Antonio et Agata échangèrent un regard.

– Mais non, pas du tout, reprit vivement Carlo. Simplement, je ne veux pas que tu te lances dans quelque chose juste pour t'occuper. L'an prochain, tu pourras peut-être recommencer à enseigner. Il y aura bien quelqu'un qui prendra sa retraite dans un village des environs, tu ne crois pas ? Tu dis toujours que l'école te manque terriblement...

– Ce qui me manque, c'est de travailler, ce n'est pas la même chose, répondit-elle, agacée. Et pour l'instant, il n'y a aucun poste libre par ici, tu le sais très bien.

Carlo soupira, posa sa fourchette et prit sa main entre les siennes.

– Tu dois te donner le temps de réfléchir à ce que tu aimerais faire d'autre. Quelque chose qui te ressemble. Qui te passionne. Rien ne presse.

Et il lui baisa le dos de la main.

Antonio ouvrit la bouche pour parler, mais il la referma aussitôt.

La Fiat 508 Balilla, son intérieur habillé de panne de velours, sa carrosserie brillant au soleil, fonçait à quatre-vingts à l'heure sur la petite route de campagne menant de Lizzanello au grand chêne vert, à l'entrée de Pisignano, le village voisin.

Carlo, le pied sur l'accélérateur, un cigare éteint entre les dents, sifflait un petit air qu'il improvisait au fur et à mesure.

À côté de lui, Antonio était mort de peur. « Ralentis ! », ne cessait-il de dire en se cramponnant des deux mains à la poignée de la portière.

Mais Carlo ne l'écoutait pas : il désirait une automobile depuis si longtemps que le matin du 29 novembre, le jour de son trente et unième anniversaire, il avait sauté du lit animé par une seule pensée : aller retirer sa Fiat 508. Il avait voulu s'offrir un beau cadeau, à présent qu'il n'était plus obligé de regarder à la dépense : il avait prélevé dix mille huit cents lires sur son livret d'épargne et, sans y réfléchir à deux fois, avait acheté l'auto de ses rêves, celle dont tout le monde parlait, dont depuis des mois on voyait partout la publicité dans les journaux. « Fini la marche à pied », disait la réclame. Il avait pris le modèle berline, à quatre places et trois portes. La couleur verte, il l'avait choisie parce que c'était celle d'Anna, de ses yeux et de son basilic, même si elle ne soupçonnait encore rien de ce qu'elle qualifierait sans nul doute de « coup de folie ».

Il commençait à rétrograder quand il aperçut après le tournant, derrière le mur de pierres sèches, la cime majestueuse du grand chêne vert, l'arbre le plus ancien et le plus robuste de la région. Dans leur enfance leur père les emmenait là tous les dimanches matin. Ils s'asseyaient tous les trois par terre et s'adossaient au tronc. Pantaleo sortait de sa poche deux oranges ou deux pêches, selon la saison, et en donnait une à chacun. Et tandis que les garçons mordaient dans les fruits qui leur poissaient les lèvres et les doigts, il se mettait à leur raconter une de ses histoires. La légende du chêne vert était sa préférée, et il la leur avait répétée d'innombrables fois.

Carlo et Antonio descendirent de voiture et s'assirent comme autrefois sur la terre fraîche, le dos appuyé contre le tronc. Carlo leva les yeux et resta silencieux, tirant de longues bouffées de son cigare. La fumée montait vers le ciel et restait emprisonnée dans l'épais feuillage qui semblait l'aspirer.

– Tu te rappelles l'histoire du chêne vert ? demanda-t-il à son frère.

– Bien sûr que je m'en souviens, répondit Antonio.

Et un instant plus tard il se mit à la raconter, en imitant la grosse voix de leur père et en reprenant exactement ses paroles :

– Le chêne vert avait longtemps été considéré comme un arbre funeste parce qu'il était le seul, parmi tous les arbres du royaume, à avoir offert son bois pour fabriquer la croix sur laquelle était mort Jésus.

Carlo se mit à rire :

– Oh ! on croirait l'entendre.

Antonio sourit et poursuivit :

– Il n'avait été réhabilité que des siècles plus tard, par saint François, qui avait dit que non, le chêne vert n'était nullement un traître, comme tout le monde le croyait : c'était au contraire le seul arbre qui avait compris qu'il devait se sacrifier pour la rédemption, comme s'apprêtait à le faire Jésus.

Carlo secoua la tête, amusé, et récita la fin de l'histoire à l'unisson avec son frère :

– Dès lors, il était devenu un arbre si sacré que plusieurs villes italiennes s'étaient mises à se disputer son nom. C'était Lecce, l'antique Lupiae, qui l'avait emporté : voilà pourquoi le blason de la ville porte une louve sous un chêne.

Ils éclatèrent de rire, surpris de voir qu'ils se rappelaient l'histoire au mot près.

Puis Carlo ferma les yeux et tira une autre bouffée de son cigare. Il ne les rouvrit que lorsqu'il sentit quelque chose près de sa joue : une orange oscillait dans l'air, sa queue entre le pouce et l'index d'Antonio.

– Elle ne sera pas aussi bonne que celles de papa… Mais bon anniversaire quand même, Carletto.

Le visage de Carlos s'épanouit, comme s'il venait de recevoir le plus beau présent du monde.

Lorsqu'il n'était pas occupé au secrétariat de la commune, Pantaleo cultivait son verger à l'arrière de la maison. C'était l'un des plus admirés du village : coloré et touffu, aux essences les plus variées. Carlo et Antonio s'amusaient comme des fous à se poursuivre entre les arbres, se cachant derrière les troncs. Quand l'un grimpait sur les branches, l'autre en dessous lui faisait la courte échelle. Pour Pantaleo, c'était une joie de les voir, les arbres et les enfants : on pouvait dire qu'il les aimait tous de la même façon. Lorsque Ada, la mère de ses fils, l'avait quitté, il avait reporté sur eux tout l'amour qu'il éprouvait pour elle et dont il s'était rempli corps et âme. En réalité, elle n'était pas vraiment partie : son corps était encore là, étendu sur le lit la nuit et recroquevillé sur un fauteuil pendant la journée. Mais quelque chose dans sa tête s'était éteint pour toujours après la naissance de Carlo : l'accouchement avait été difficile – le petit ne voulait rien savoir pour se mettre dans la bonne position – et ils l'avaient pressée, poussée, tailladée, recousue. Littéralement torturée. Ce jour-là, en même temps qu'ils lui retiraient l'enfant, ils lui avaient aussi arraché son sourire, qui n'était jamais revenu.

À la saison de la tramontane qui souffle du nord, Antonio remontait les couvertures sur sa mère, réchauffait son manchon près du feu et y enfilait délicatement ses mains gelées. Carlo restait derrière la porte à regarder les menues attentions de son frère, à la fois soulagé et envieux. Il aurait été incapable d'en faire autant : il ne l'accepterait jamais, la vision de cette mère défaite et vide. Il ne pouvait s'empêcher de lui en vouloir ; il aurait voulu la secouer, la jeter à bas de ce maudit fauteuil. Et brûler tous les fauteuils de la maison.

Il ne lui avait jamais pardonné, pas même quand elle avait décidé de se laisser partir définitivement, parce que vivre était devenu insupportable. Il l'avait accablée jour après jour, cette femme aux cheveux blancs frisottés, aux chevilles gonflées parcourues de veines tortueuses comme les fils embrouillés d'un écheveau.

Pour combler cette absence d'amour maternel, il y avait eu son père, certes, mais surtout Antonio. Son frère l'avait protégé, câliné, embrassé tous les jours de sa vie, bien qu'il n'eût que quatre ans de plus que lui. Ce n'était qu'un enfant, un petit homme aux yeux tendres qui pleurait parfois la nuit en silence, la tête cachée sous son oreiller. Carlo l'entendait quand même, mais il ne le lui avait jamais révélé.

Il pela l'orange et jeta la peau à terre. Il partagea le fruit en deux et en tendit une moitié à Antonio.

Carlo mordit dans un quartier et se mit à rire, la bouche pleine.

– Qu'y a-t-il ? demanda Antonio.

– Tu imagines un peu ? Le fils d'un abstinent qui cultive la vigne.

– Eh bien, dit Antonio avec un sourire, c'est peut-être justement pour ça que tu as décidé de le faire.

– Pour me venger de toutes les fois où papa m'interdisait de boire, tu veux dire, plaisanta Carlo.

– Non, seulement pour lui prouver qu'il se trompait.

– Alors, je ferai le meilleur vin du monde, déclara Carlo en sautant sur ses pieds. Un vin que même lui aurait voulu boire. (Il tendit une main à Antonio pour l'aider à se relever.) Tu veux essayer de conduire au retour ? lui demanda-t-il en se dirigeant vers la voiture.

– Ah non ! je t'en prie, s'exclama Antonio en levant une main. Ça n'est pas pour moi.

Un peu à contrecœur, Anna entreprit de préparer son fameux gâteau aux châtaignes pour l'anniversaire de Carlo. Le dernier qu'elle avait sorti du four remontait au jour où sa petite Claudia avait eu trois mois.

C'était Lorenza qui lui avait arraché cette promesse, excitée à l'idée qu'ils fêtent pour la première fois tous ensemble l'anniversaire de son oncle. Elle avait tellement insisté qu'Anna avait fini par la contenter. En cela, pensa-t-elle, Lorenza ressemblait à sa mère, qui elle aussi vous harcelait jusqu'à vous faire céder. Elle s'était donc procuré non sans mal un kilo de farine de châtaigne, des raisins secs et des pignons, et ce matin, dès que Carlo était tombé du lit – Dieu sait où il était parti si vite, sans même l'attendre pour prendre le café –, elle avait débarrassé la table de la cuisine, mis son tablier, ramené ses cheveux dans son mouchoir de soie et relevé les manches de sa robe noire.

Elle était en train de malaxer la pâte quand elle entendit klaxonner à répétition. Elle alla ouvrir en s'exclamant :

– Mais qui est-ce qui fait tout ce boucan ?

Carlo était appuyé contre une voiture, les bras croisés et l'air rayonnant.

Anna fit le tour de l'automobile, l'étudiant en silence.

– Bon, ça va. La couleur me plaît, finit-elle par dire. Combien tu l'as payée, je ne veux même pas le savoir.

Et elle sourit.

Antonio, resté dans l'auto, vit qu'Anna avait de la farine sur le menton et sur la bouche et il éprouva l'envie de prendre son visage entre ses mains et de le nettoyer à coups de petits baisers humides. La scène qui se déroulait dans sa tête devint soudain réelle quand Carlo approcha son visage de celui d'Anna et, l'embrassant, fit disparaître la farine de ses lèvres.

– J'ai hâte de goûter à ton gâteau, lui murmura-t-il à l'oreille.

– Bon, j'y vais, les interrompit Antonio en descendant brusquement de la voiture.

– Attends, je t'accompagne, dit Carlo, un peu surpris.

– Mais non, c'est à deux pas. À ce soir ! lança son frère en s'éloignant presque en courant.

Cela faisait dix ans que Carlo n'avait pas fêté son anniversaire au village, aussi ce soir-là avait-il voulu faire les choses en grand. Il avait invité tout un tas de gens dont il avait croisé la route les jours précédents : de vieux amis, de simples connaissances et même quelques étrangers. Il avait commandé quinze litres de vin rouge à la cave du pays et un buffet à la trattoria. « Fais à ta guise, avait-il dit au cuisinier. L'essentiel, c'est que ce soit copieux. »

Les premiers arrivés furent Antonio et Agata, laquelle pour l'occasion arborait un tailleur bordeaux avec des boutons dorés. Elle avait attaché ses cheveux cuivrés en un petit chignon et portait un rouge assorti qui faisait ressortir le moindre pli de ses lèvres. Les lobes de ses oreilles semblaient s'être allongés, peut-être à cause des lourdes boucles en or qu'elle exhibait avec fierté. Lorenza, qui précédait ses parents, s'élança vers Anna qui, même ce soir-là, était toute vêtue de noir.

– Et moi, tu ne m'embrasses pas ? N'oublie pas que le héros ici, c'est moi, dit Carlo en chatouillant sa nièce.

Lorenza se tortilla en riant et, se hissant sur la pointe des pieds, colla un baiser sur la joue lisse de son oncle qui sentait la menthe.

Peu de temps après, Anna vit tout le village à la fois lui tomber dessus. C'était comme une rencontre que l'on a cherché à repousser le plus longtemps possible, mais qui finit par devenir inévitable : des dizaines de personnes, dans un flot ininterrompu d'embrassades, d'étreintes, de poignées de main, de tapes sur l'épaule. Les hommes soulevaient leur chapeau et lui baisaient la main, les femmes lui effleuraient la joue des lèvres... Pour se soustraire à ce contact, elle se dirigea vers le gramophone et mit un disque qui lui plaisait beaucoup : *Parlami d'amore, Mariù*. Elle resta quelques instants ainsi, immobile, tournant le dos à la salle et à la bruyante assemblée : elle n'était pas vraiment habituée à toutes ces manifestations d'enthousiasme, mais aujourd'hui c'était le jour de Carlo, et elle ne pouvait pas le lui gâcher en faisant la tête. Elle soupira, rassembla son courage et se tourna de nouveau vers la foule.

La table en bois d'olivier au milieu du salon débordait de nourriture et de pichets de vin, et c'était Agata qui, aidée de Lorenza, faisait les allers et retours à la cuisine et s'assurait que rien ne manquait. « Servez-vous », disait Carlo à tous les arrivants en indiquant la table, un cigare à la bouche et un verre à la main.

Anna l'observa quelques instants : il n'était pas rare que Carlo pétille comme une bouteille à peine débouchée, une chose qu'elle avait toujours aimée chez lui. À l'époque où il lui faisait la cour, elle ne pouvait pas se promener par les venelles en pente de Pigna sans qu'il surgisse devant elle à chaque coin de rue, comme un illusionniste. « Mademoiselle, vous me suivez peut-être ? Vous êtes un peu insistante, vous savez ? » plaisantait-il. Anna secouait la tête, amusée, et poursuivait son chemin en sachant qu'il jaillirait à nouveau comme un diable de sa boîte au coin de la ruelle suivante. Elle était tombée amoureuse de cette joie, de cette spontanéité, de la légèreté avec laquelle Carlo allait à la rencontre de la vie, elle qui avait grandi dans une famille austère, entourée de gens prudents, rationnels, qui maîtrisaient parfaitement les règles du *bon ton** mais qui ne savaient pas dire « je t'aime ». Et en effet, ses parents étaient morts sans le lui avoir jamais dit.

À la fin de la chanson, Anna s'approcha de la table, se servit à boire et se dirigea vers le jardin pour y trouver un peu de paix. Elle s'assit sur son banc, soupira et, les yeux clos, inspira le parfum du basilic dans le silence.

Antonio fut le seul à s'apercevoir qu'elle avait disparu. Il s'excusa auprès de son interlocuteur, le père d'une camarade d'école de Lorenza, et la rejoignit.

– Comment tu te sens ? lui demanda-t-il en arrivant derrière elle.

Anna se retourna d'un coup et il s'approcha à pas lents, en gardant les mains enfoncées dans les poches de son pantalon.

Elle haussa les épaules.

– Comme un poisson hors de l'eau. Voilà comment je me sens.

Antonio posa une main sur le dossier du banc.

– Avant, je savais parfaitement qui j'étais, poursuivit-elle. J'avais mon travail, mes élèves, mes endroits. Ma vie, en somme. Mais maintenant… Je ne comprends même pas ce que disent les gens.

– Ce n'est pas si sûr que ce soit un mal, dit Antonio en souriant. Ils disent tellement de bêtises… Mais je suis désolé que tu éprouves ça, ajouta-t-il.

Ils restèrent silencieux quelques instants, puis Anna rompit le silence.

– Je n'ai plus rien à lire.

– Eh bien, on peut y remédier facilement. La bibliothèque municipale est assez bien fournie. Si tu veux, j'irai avec toi.

– Oui, volontiers, répliqua Anna.

Elle se leva et s'aperçut que le col de la chemise d'Antonio était à moitié relevé ; comme si c'était le geste le plus naturel du monde, elle allongea la main et le rabaissa.

– Là, ça va mieux comme ça, commenta-t-elle d'un air satisfait. Allez, retournons-y.

Antonio resta interdit et bafouilla un « merci ». Le contact des doigts minces d'Anna sur son cou avait suscité en lui un tremblement soudain et une angoisse diffuse qui lui tordait le ventre.

Il évita le regard d'Anna pendant le reste de la soirée et resta à l'écart, même quand, entre les applaudissements, les toasts et les souhaits de bonne santé, Carlo découpa le gâteau aux châtaignes, dans lequel il mordit avec appétit. Et tandis que son frère entourait de son bras la taille d'Anna et l'embrassait pour la remercier, Antonio se glissa silencieusement dans le jardin, s'assit sur le banc et leva les yeux vers les étoiles.

La fête se termina si tard que Lorenza finit par s'endormir sur un divan sans que personne juge nécessaire de la réveiller. Antonio et Agata rentrèrent donc chez eux tout seuls, lui en silence, et elle, son rouge effacé, se lamentant d'avoir dû faire tous ces va-et-vient à la cuisine pendant qu'Anna était occupée à s'amuser.

– Je te rejoins dans un instant, dit Antonio une fois qu'ils furent arrivés chez eux.

Dans la pénombre du salon, il déboucha une bouteille de grappa et en but au goulot de larges gorgées, jusqu'à ce que la brûlure de l'alcool envahisse sa poitrine et le fasse tousser. Il reposa la bouteille et monta à l'étage. Il ouvrit doucement la porte de la chambre conjugale, se déshabilla en laissant ses vêtements à terre et se glissa tout nu dans le lit où Agata dormait déjà, étendue sur le côté. Antonio lui baissa sa culotte.

– Mais qu'est-ce que tu fais ? marmonna-t-elle en se réveillant.

– Tourne-toi, lui ordonna-t-il, et elle obéit sans un mot.

Il la posséda les yeux clos, une main plaquée sur sa bouche.

4

Hiver 1934-35

Agata fit sa grande annonce au dîner de Noël. Quand ils furent tous installés autour de la table abondamment garnie, prêts à lever leur verre pour le premier toast, elle déclara que Dieu lui avait de nouveau accordé la plus grande des joies : elle était enceinte.

À l'expression ébahie d'Antonio, qui s'était soudain raidi, tout le monde comprit que c'était une révélation pour lui aussi.

– Mais tu en es sûre ? parvint-il à articuler.

– Le docteur dit que oui, répondit-elle, les yeux humides.

Carlo fit le tour de la table pour venir la féliciter. « Je suis vraiment content pour vous », dit-il en l'embrassant. Anna se pencha et allongea la main à travers la table. « Quelle grande nouvelle ! » dit-elle. Agata pressa sa main et se tourna vers sa fille, qui la regardait d'un air un peu perdu.

– Tu as compris ce qu'a dit maman ? Tu vas avoir un petit frère, expliqua-t-elle en se touchant le ventre.

Lorenza écarquilla les yeux et se jeta dans ses bras en lui disant qu'elle était contente, tellement si contente, puis elle leva les yeux sur son père qui n'avait pas fait un geste, comme s'il avait soudain été transformé en statue.

C'était le souvenir, soudain très vif, de la première grossesse d'Agata qui paralysait Antonio. Ces neuf mois interminables, étouffants, avec une Agata perpétuellement en larmes qui avait peur de tout, de rester seule à la maison comme de sortir faire les courses s'il n'y avait pas quelqu'un disposé à l'accompagner. Les nuits avaient été un enfer, parce qu'elle avait toujours du mal à s'endormir, et les jours une lamentation continuelle sur le manque de sommeil. De plus, Antonio devait sans cesse surveiller ses paroles, parce qu'il suffisait d'un rien pour l'exaspérer. Comment envisager de revivre ce calvaire de bout en bout, surtout maintenant qu'Agata n'était plus si jeune ? Si les choses avaient été difficiles neuf ans plus tôt, il craignait le pire à présent que sa femme avait trente-cinq ans.

– Et toi, Antonio ? demanda Agata d'une voix incertaine. Tu as l'air d'un fantôme, ajouta-t-elle en regardant sa belle-sœur avec gêne.

Anna et Carlo échangèrent un regard.

– Papa, tu n'es pas content ? Dis quelque chose, insista Lorenza d'un air préoccupé.

– Si, balbutia Antonio. Bien sûr que je suis content.

– Il est tellement heureux qu'il en est sonné, tenta de plaisanter Carlo.

Agata se rasséréna aussitôt.

– C'est bien vrai ?

Antonio finit par se lever pour aller s'accroupir à côté d'Agata et poser un petit baiser sur son ventre mou. Personne ne parut remarquer qu'il y avait dans ses gestes quelque chose de mécanique, comme s'il jouait un rôle.

Elle lui caressa les cheveux.

– J'espère que ce sera un garçon, cette fois, dit-elle.

Anna tiqua, mais ne dit rien.

Agata perdit l'enfant au début du troisième mois, à la fin janvier. Quand Antonio la trouva pliée en deux dans l'escalier, sa chemise de nuit trempée de sang, il comprit que le ventre de sa femme était à nouveau vide. Et au fond de son cœur, il poussa un soupir de soulagement.

À son retour de l'hôpital, Agata se mit au lit, son rosaire en argent serré sur son cœur, et ne le quitta pas pendant trois semaines. De temps à autre elle murmurait une prière, mais elle savait bien qu'elle venait de perdre sa dernière chance d'être à nouveau mère. Lorenza revenait de l'école, traversait les pièces obscures et silencieuses, entrait dans la chambre à coucher et s'allongeait à côté d'elle, tandis qu'Agata détournait son visage éteint. Quand Antonio revenait de la fabrique, à l'heure du déjeuner puis du dîner, il passait la tête dans la chambre et lui demandait si elle avait besoin de quelque chose. Agata faisait signe que non et remontait la couverture sur elle. Il se bornait alors à poser sur la table de nuit un broc d'eau et un repas léger auquel sa femme touchait à peine.

Un après-midi, Lorenza avait parcouru toute seule la centaine de mètres qui séparait les deux maisons et avait frappé à la porte de son oncle et de sa tante.

– Tante Anna, fais quelque chose, je t'en supplie.

Anna était déjà allée trouver Agata plusieurs fois, mais celle-ci l'avait complètement ignorée. Puis elle avait cessé. Voir sa belle-sœur ainsi lui rappelait trop son état à la suite de la mort de Claudia : enfermée dans sa douleur, indifférente au monde. Elle comprenait, mais ça lui faisait mal de la voir comme ça.

Cette fois, elle avait hissé sa nièce sur ses genoux, l'avait bercée et lui avait promis de l'aider.

Tôt le lendemain matin, Anna souleva le heurtoir de la porte de sa belle-sœur. Elle avait Roberto sur un bras, et tenait de sa main libre un exemplaire des *Hauts de Hurlevent.*

En pyjama et les cheveux en bataille, Antonio lui ouvrit la porte.

– Comment va-t-elle ? demanda Anna.

Il haussa les épaules en faisant la moue.

– J'ai compris, coupa-t-elle. Va donc au travail. Moi, je reste ici.

Elle monta à l'étage et ouvrit délicatement la porte de la chambre à coucher plongée dans la pénombre. Elle posa le livre sur la table de nuit et, tenant toujours Roberto, écarta les rideaux.

Agata ouvrit les yeux et les referma aussitôt, gênée par cette soudaine clarté.

Anna installa Roberto sur le fauteuil, puis reprit le livre et traîna une chaise à côté du lit.

– Je sais bien que tu es réveillée, dit-elle.

Agata ne répondit pas.

La visiteuse posa alors le livre sur ses jambes, l'ouvrit à la première page et commença à lire à voix haute : « Je viens de rentrer après une visite à mon propriétaire, l'unique voisin dont j'aie à m'inquiéter. C'est indubitablement une belle contrée. Je crois que dans toute l'Angleterre je n'aurais pas pu trouver un endroit plus éloigné du fracas de la société… »

Elle continua à lire sans s'interrompre jusqu'à l'heure du déjeuner, puis elle referma le livre.

– C'est fini ? demanda Agata d'une voix faible en entrouvrant finalement les yeux.

Anna lui sourit.

– Pour aujourd'hui, oui. On continuera demain.

Elle revint le lendemain matin et tous les jours des deux semaines suivantes.

Elle préparait à manger pour Lorenza et Agata, et nourrissait celle-ci avec patience ; elle prélevait des noix de crème Nivea de la boîte en métal bleu et lui en enduisait les mains, en insistant sur les petites peaux au coin des ongles. Une ou deux fois, elle l'obligea même à se lever pour lui laver les cheveux. « Après, tu retournes au lit », lui disait-elle pour la rassurer.

Quand il arrivait qu'Agata s'assoupisse, Anna abandonnait le livre sur la table de nuit et, veillant à ne pas faire de bruit, sortait de la chambre en refermant doucement la porte. Elle s'étirait et descendait au rez-de-chaussée pour se faire un café, qu'elle buvait sans hâte en tournant dans la maison. Elle essayait d'imaginer Carlo enfant, en train de sommeiller sur le divan vert, de jouer sur le tapis ou de courir entre la cuisine et le salon. Il avait dû être un vrai démon, pensait-elle avec amusement. Elle contemplait le fauteuil à côté de la fenêtre, celui où s'asseyait toujours Antonio et sur lequel avait vécu leur mère. D'elle, Carlo ne parlait quasiment jamais : chaque fois qu'Anna avait tenté d'aborder la question, il avait bredouillé quelques mots avant de changer de sujet. Elle savait seulement qu'elle avait été une figure à la fois absente et encombrante, et que Carlo n'avait guère souffert de sa mort. C'était du moins ce qu'il racontait. Puis Anna poursuivait jusqu'à la porte fermée du bureau d'Antonio devant laquelle elle s'arrêtait toujours. L'envie d'y pénétrer était très forte, mais elle se retenait. « Ma mère aurait dit : “Ce serait très malpoli d'y entrer sans permission” », pensait-elle. Un matin pourtant elle trouva la porte entrebâillée, sans doute un oubli d'Antonio ; elle s'y faufila prudemment et se mit à regarder autour d'elle. Un mur était entièrement occupé par une bibliothèque débordant de livres. « Est-il possible qu'Antonio les ait tous lus ? » se demanda-t-elle, un peu incrédule. Face à la bibliothèque, une table basse en verre voisinait avec un divan de velours bleu ; le centre de la pièce était occupé par un élégant bureau en acajou et une chaise garnie d'un coussin carmin.

Anna posa une fesse sur la chaise et, avec une sorte de crainte, se mit à caresser les objets qui parsemaient le bureau : un stylo-plume plaqué or et un roman dont elle n'avait jamais entendu parler : « *Pères et Fils*, Ivan Sergueïevitch Tourgueniev », lut-elle sur la couverture. « Encore un Russe », se dit-elle avec tendresse. À côté se trouvait un cahier ouvert sur des notes rédigées d'une calligraphie soignée.

Elle se pencha pour lire ce qu'Antonio avait écrit. « Un nihiliste est un homme qui ne s'incline devant aucune autorité, qui n'accepte aucun principe sans examen, quel que soit le crédit dont jouit ce principe » ; et un peu plus loin : « L'un et l'autre se taisaient, mais leur façon même de se taire, d'être assis auprès de l'autre, indiquait une complicité confiante. » Puis elle allongea la main et approcha d'elle une photo en noir et blanc dans un cadre d'argent : Carlo et Antonio enfants, vêtus comme des petits messieurs. Elle porta la main à son cœur : sur la photo, Antonio était sérieux et très digne, et Carlo faisait au photographe une grimace espiègle. « Ils n'ont pas changé », pensa-t-elle.

Un matin, alors qu'Anna poursuivait la lecture à haute voix des *Hauts de Hurlevent*, Agata l'interrompit.

– Qu'est-il arrivé à Claudia ? demanda-t-elle.

Anna sentit un nœud lui serrer la gorge. Elle leva les yeux de sa page et fixa sa belle-sœur quelques instants. Puis elle referma le livre.

– Elle est partie dans son sommeil, répondit-elle d'une voix atone. Une mort inexplicable, c'est ce qu'a dit le médecin.

Agata se souleva et s'assit, les mains croisées.

– La veille au soir elle allait bien…, poursuivit Anna d'une voix tremblante. Je lui avais donné son bain, on avait joué avec une bulle de savon. Je lui avais chanté une berceuse et elle s'était endormie calmement dans son berceau sous sa petite couverture de laine rose. Le lendemain matin elle était partie.

Elle ne dit pas combien elle s'était sentie coupable, persuadée que c'était une négligence de sa part qui avait provoqué cette mort. Elle avait repassé en esprit chaque instant du soir précédent, et la réalité et les suppositions s'étaient mélangées, formant une sorte de brume impénétrable. Était-ce à cause du bain ? L'eau était-elle trop chaude ou trop froide ? Mais non, elle était certaine de l'avoir testée d'abord avec le coude. Claudia n'avait peut-être pas fait son rot après la dernière tétée ? Il lui semblait bien que si, pourtant. Ou s'était-elle cogné la tête quelque part sans que sa mère s'en aperçoive ? Mais ce jour-là, elle n'avait pas pleuré et ne s'était pas plainte.

– Pauvre petite, commenta Agata en posant sa main sur celle d'Anna. Maintenant, toi et moi sommes unies dans la même douleur.

Anna ouvrit la bouche, mais ne dit rien.

Début janvier arrivèrent les quarante mille plants que Carlo avait commandés : trente-cinq mille de *niuru maru* et cinq mille de malvoisie noir de la région de Brindisi. Les rangs et les piquets étaient prêts, disposés selon les indications de don Ciccio. Quand, au lendemain de sa visite, Carlo l'avait emmené voir les parcelles pour la première fois, don Ciccio avait posé les mains sur ses hanches et avait jeté un regard alentour. Puis il avait entamé ses explications, en disant qu'il fallait avant tout préparer le terrain de façon qu'il puisse porter jusqu'à quatre mille pieds à l'hectare. La distance entre les rangées devait être d'au moins deux mètres cinquante, trois mètres au maximum, avait-il ensuite précisé en faisant trois grands pas. Mais en voyant Carlo, comme un écolier appliqué, noter chacune de ses paroles sur un cahier à couverture noire, il avait ricané. « Qu'est-ce que tu es là à écrire ! Je vais t'envoyer deux ouvriers agricoles experts, qui savent déjà tout ce qu'il y a à faire ! »

C'est ainsi que Carlo avait embauché une vingtaine de journaliers, dont la plupart avaient été autrefois au service de don Ciccio. On voyait qu'ils avaient l'habitude de travailler dur : en l'espace de deux mois, ils avaient tracé les rangs, disposé les piquets en bois et noué les fils. Entre-temps, Carlo avait fait graver en une élégante cursive une enseigne indiquant : « Domaine Greco », commandée à un peintre d'enseignes qui tenait une petite boutique dans le centre de Lecce. Quand il avait montré fièrement le résultat à don Ciccio, celui-ci avait fait la grimace. « Tout ça, ce n'est que du clinquant », avait-il commenté. Carlo avait accusé le coup, mais n'avait rien répondu.

Après la livraison des pieds de vigne à bord de grands camions, le travail d'installation proprement dit avait enfin commencé. Don Ciccio avait été clair : la meilleure période pour planter se situait entre l'automne et la fin de l'hiver, pendant le repos végétatif. Lors de ces journées, il s'était rendu chaque matin dans le futur vignoble pour contrôler les travaux : c'était la phase la plus délicate. Il tournait entre les rangs, les mains dans le dos et le regard vigilant, s'arrêtant de temps à autre pour réprimander un ouvrier :

– Non, ce trou, là, ça ne va pas. Il doit faire au moins cinquante centimètres.

– Mais il fait cinquante centimètres, répondait l'interpellé.

– Mesure-le. À vue d'œil, je dirais qu'il n'en fait même pas trente-cinq.

Et à chaque fois, le journalier devait lui donner raison.

Carlo restait sur ses talons pour apprendre le plus de choses possible. Mais sans son cahier, cette fois.

À présent que tous les plants étaient installés, don Ciccio contemplait le vignoble d'un air satisfait.

– Si tout va bien, d'ici deux ans tu auras tes premières grappes. Trois ans au maximum.

– Comment ça, trois ans ? s'étonna Carlo. Si longtemps ? Je pensais faire la première récolte l'année prochaine.

Don Ciccio éclata de rire.

– C'est ça... L'an prochain. Tu n'es pas au bout de tes peines ! s'exclama-t-il en agitant une main. Un peu de patience, vois-tu. Les plants doivent suivre leur cycle pour devenir le vignoble dont tu rêves. Tu as toujours voulu tout, tout de suite, toi...

Carlo lui lança un regard vexé, mais il lui fallut bien ravaler sa déception : il avait besoin de don Ciccio et pour le moment il devait se mordre la langue, même s'il commençait à le trouver pesant.

– Maintenant, il faut les laisser pousser librement, sans interférer, conclut don Ciccio. La première taille, on en parlera l'hiver prochain. Toi, pendant ce temps-là, pense à construire ta cave.

Carmela fut réveillée par le froid. Elle se recroquevilla sur le côté et souffla sur ses mains pour les réchauffer. À côté d'elle, Nicola dormait profondément : elle le sentait à sa respiration lourde et rauque. Elle allongea la main vers la table de chevet et tourna vers elle le petit réveil : il était sept heures. L'alarme ne sonnerait pas avant huit heures, mais elle décida de se lever, certaine d'être incapable de se rendormir. « Autant avancer le travail », se dit-elle. On ne comptait plus les manteaux à recoudre ou à reprendre parce qu'ils passaient du père au fils, les pantalons de flanelle qui avaient besoin d'un ourlet, les robes et les complets en laine à tailler sur mesure, les courtepointes à raccommoder. Ces dernières semaines, elle avait eu du travail par-dessus la tête.

Ce matin-là elle devait apporter ses robes à la signora Tamburini, une corvée qui allait lui prendre plus d'une heure, entre le trajet et les essayages. Mais la Tamburini était sa cliente la plus aisée et elle n'avait pas pu lui dire non quand elle l'avait priée de lui livrer ses robes à domicile : elle préférait les essayer dans la tiédeur de sa chambre à coucher bien chauffée par la cheminée, plutôt qu'entre les murs humides de l'atelier de couture, avait-elle dit.

Après s'être lavée, habillée et aspergée du parfum au jasmin qu'elle fabriquait elle-même en laissant macérer des pétales dans une solution d'alcool et d'eau purifiée, elle alla réveiller son fils Daniele d'un baiser sur le front, en lui recommandant de ne pas se rendormir s'il ne voulait pas être en retard à l'école.

Nicola ouvrit la porte de la chambre et rejoignit sa femme dans le salon. Il portait un pyjama bleu en laine peignée, et les boutons de sa veste tiraient sur son ventre proéminent. Carmela se dit que s'il prenait encore du poids, elle devrait lui tailler un nouveau pyjama. Par ailleurs, Nicola avait vingt ans de plus qu'elle – il aurait cinquante ans dans six mois – et la différence d'âge se voyait nettement. Sa calvitie avançait jour après jour ; quand elle l'avait épousé, presque onze ans plus tôt, il avait encore des cheveux. C'est du moins ce qu'il lui semblait.

– Tu sors déjà ? demanda-t-il.

Carmela enfila son manteau et releva ses cheveux restés coincés dans son col. Elle avait mal à la tête à cause du manque de sommeil, et si elle les avait tirés en arrière avec des épingles, la douleur aurait empiré. Elle résolut donc de les laisser détachés.

– Je vais porter ses robes à la Tamburini, répondit-elle d'un ton bref. Tu iras voir si Daniele ne s'est pas rendormi, comme d'habitude.

Là-dessus, avec cinq cintres accrochés aux doigts, auxquels étaient suspendus autant de robes enveloppées de papier de soie, elle sortit à pas vifs.

Les Tamburini habitaient une villa un peu à l'écart du centre et pour y arriver, elle dut couper par la *via* Paladini, la rue de son enfance, juste en face de la maison qu'habitait à présent Antonio. Elle était donc obligée de passer devant le domicile de Carlo et d'Anna avant de tourner à droite. Elle ralentit le pas. La Fiat 508 était garée devant le portail, les fenêtres étaient encore fermées, les rideaux blancs tirés. Elle s'arrêta un instant et leva les yeux vers les vitres de la chambre à coucher. Elle se rappelait parfaitement la maison, comme si elle y était venue la veille. Dans leur enfance, Carlo, Antonio et elle allaient y prendre le goûter l'après-midi. L'oncle Luigi les accueillait chaque fois avec une table remplie de friandises qu'il faisait préparer par la domestique : des tartes aux coings, des biscuits aux amandes, du pain frais, de la confiture d'oranges et de mandarines. Et tandis qu'ils dévoraient, l'oncle, appuyé sur son bâton, les regardait avec satisfaction.

Carmela avait toujours cru qu'un jour, Carlo et elle vivraient ici même. Et qu'elle ferait la signora, au lieu de se ruiner la vue sur ses aiguilles.

Elle imagina, derrière la fenêtre du premier étage, Carlo et Anna encore endormis, étroitement enlacés. S'il n'y avait pas eu cette femme, pensa-t-elle, ce serait elle qui serait allongée à présent à côté de lui. Et la chambre au fond du couloir, là où Carlo et Antonio passaient parfois la nuit étant petits, serait celle de Daniele. Oui, ils auraient pu être une famille. Si seulement cette Anna ne s'était pas mise en travers.

Le souvenir la brûlait encore de cette maudite lettre. Il avait fallu à Carlo trois pages denses pour lui avouer qu'il avait rencontré une autre fille – une certaine Anna – et que son cœur, désormais, lui appartenait. Ç'avait été une chose soudaine, comme s'il avait été frappé par la foudre, écrivait-il. Et il la priait de ne pas l'attendre plus longtemps, cela n'aurait pas été juste. S'il y avait une chose dont Carmela ne manquait pas, c'était l'orgueil, et la lettre de Carlo, à laquelle elle n'avait jamais répondu, avait fini dans la cheminée. Non seulement elle ne devait tomber entre les mains de personne, mais elle aurait préféré mourir plutôt que de passer pour une pauvre fille abandonnée. Et enceinte, de surcroît. Il avait suffi d'une fois, deux mois plus tôt, quand Carlo était descendu dans le Sud pour être témoin au mariage d'Antonio. Une erreur. Mais que savait-elle, alors, de la véritable nature des hommes ? Elle était convaincue que Carlo reviendrait et la conduirait à l'autel : il le lui avait promis, les yeux dans les yeux, juste avant de monter dans le car qui le ramenait dans le Nord.

Tandis qu'elle regardait brûler la lettre avec des larmes de rage, Carmela s'était juré que Carlo ne le saurait jamais. Il ne le méritait pas, cet enfant. C'était don Ciccio qui, dans la hâte et la fureur, s'était occupé de « l'affaire », comme l'appelaient ses parents, et qui avait arrangé son mariage avec Nicola Carlà, l'un des nombreux soupirants de sa fille. Il avait choisi Nicola parce qu'il était assez vieux et semblait le plus idiot de tous, un type à qui on pouvait faire avaler n'importe quoi. Carmela avait dû accepter ce mariage de réparation sans mot dire. « C'est comme ça, si tu ne veux pas finir déshonorée », l'avait menacée don Ciccio. Et quand elle avait laissé échapper une larme à la pensée d'épouser un homme à ce point plus âgé qu'elle, Gina s'était approchée et lui avait posé une main sur l'épaule : « Celui-là en vaut un autre, ma fille. Parce qu'à la fin, ils deviennent tous pareils, les *masculi.* »

D'un coup, le rideau de la fenêtre fut tiré, et Carmela aperçut le profil de Carlo de l'autre côté de la vitre. Alors elle s'éloigna en hâte, ses talons claquant sur les pavés.

5

Avril-mai 1935

Le bibliothécaire était un homme gentil, aux cheveux rares et au regard doux. Anna le remercia et se dirigea vers la sortie en serrant sur son cœur le gros volume des *Misérables* de Victor Hugo, et celui plus mince des *Âmes mortes* de Nicolas Gogol. Le premier, elle l'avait pris de son propre chef – « dommage qu'ils ne l'aient pas en français », soupira-t-elle. Le second, c'était évidemment sur le conseil d'Antonio. « C'est un roman à la fois cruel et drôle. J'aimerais vraiment savoir ce que tu en penses », lui avait-il dit. Lui et sa passion pour les auteurs russes… Anna lui avait demandé une fois pourquoi ils lui plaisaient tant. Antonio avait répondu qu'à ses yeux, ils savaient mieux que personne parler des misères humaines, mais surtout qu'ils connaissaient la compassion. « Ils te font sentir que tu n'as pas fauté, que tu es simplement humain », avait-il ajouté.

Tandis qu'Anna prenait le chemin de la maison, en se réjouissant à l'avance des heures qu'elle allait passer à lire sur le banc de son jardin secret, surtout à présent que les journées étaient à nouveau chaudes et parfumées, son attention fut attirée par une petite foule rassemblée devant le Castello.

Elle s'approcha, arriva dans le dos d'un jeune homme grand et robuste qui agitait en l'air ses mains noircies, et lui demanda : « Que se passe-t-il ? » Le jeune homme se retourna brusquement. C'était Mario, le cireur de chaussures, avec ses sourcils broussailleux. Ou plutôt, « Mario le Pipelet », comme tout le monde l'appelait.

– Ferruccio est mort, répondit-il.

– Ferruccio comment ? demanda-t-elle.

– Mais enfin ! Le facteur, bien sûr !

– Il a été emporté par une vilaine maladie des bronches, précisa un autre.

Ferruccio… Oui, elle se le rappelait. Elle l'avait vu faire sa tournée parfois, avec sa sacoche. Elle haussa les épaules et, sans saluer, reprit son chemin.

Pendant deux jours, elle oublia totalement Ferruccio. Non sans mal, elle avait persuadé Agata, qui allait un peu mieux, de venir faire les courses avec elle ; elles sortaient tout juste de chez le primeur quand Anna remarqua un avis fixé sur le panneau d'affichage installé au pied du grand palmier de la piazza Castello. « Offre d'emploi », était-il écrit en majuscules au centre d'une feuille blanche.

– Attends une seconde, dit-elle en s'approchant.

Un peu à contrecœur, Agata la rejoignit et se mit à lire à haute voix.

> Du fait de la disparition prématurée et douloureuse de notre bien-aimé concitoyen Ferruccio Pisanello, la Régie des postes recrute un facteur. Pour toute information, se présenter au bureau de poste.
>
> Le 20 avril 1935

– Ils cherchent déjà un nouveau postier, commenta Anna.
Sa belle-sœur acquiesça distraitement.
– Oui. Bon, on y va maintenant, dit-elle en la tirant par le bras. Il faut encore passer chez le laitier.

L'hiver n'avait pas été pluvieux comme l'avait espéré Carlo, et il avait dû faire régulièrement appel à des journaliers pour arroser les plants. Mais au printemps, quand les jeunes pieds de vigne commencèrent à se charger de bourgeons verts, sa joie fut immense.
– Ils ont bien pris racine, affirma don Ciccio en regardant autour de lui, campé dans sa posture habituelle. Tu as eu de la chance.
– J'ai suivi vos conseils, répondit Carlo.
– Et tu as bien fait, ricana-t-il. Mais à présent, n'y touche plus, surtout. Rappelle-toi ce que je t'ai dit : la première année, mieux vaut éviter la taille.
Bien sûr, il y avait des gens qui la pratiquaient. À la reprise végétative, tout ce monde débarquait armé de cisailles, mais lui n'appréciait pas du tout cette méthode. Il ne fallait pas trop tarabuster les plantes.
– Maintenant, ramène-moi à la maison, je suis fatigué et j'ai mal au dos, dit-il soudain en se dirigeant vers la voiture.
Ils remontèrent dans la 508 et firent en silence le trajet qui menait chez don Ciccio.
– Attendez, je vais vous aider à descendre, dit Carlo après s'être arrêté sur la place à côté du puits en pierre.
Alors que don Ciccio s'extrayait de l'habitacle en tenant le bras de Carlo, Carmela sortit de chez ses parents. Elle était comme toujours élégante et soignée, les cheveux ramenés

en un chignon d'où s'échappait une boucle qui retombait mollement sur sa joue, et les ongles laqués de rouge.

– Salut, dit-elle à Carlo.

Il lui rendit son sourire et accompagna don Ciccio jusqu'à sa porte.

Carmela fit une bise à son père en lui recommandant d'aller s'étendre : il s'était assez agité pour aujourd'hui.

– Excuse-moi, c'est ma faute s'il est fatigué, dit Carlo quand ils furent seuls.

Carmela lui lança un faux regard de reproche.

– Comment tu vas ? demanda-t-il.

– J'ai plein de travail. C'est la période des mariages.

– J'espère que ton mari ne se sent pas négligé, alors.

– Pourquoi le serait-il ? Ça fait de l'argent en plus pour la famille.

– Et ton fils ? Je l'ai vu passer avec son père. C'est ton portrait craché quand tu étais petite.

Carmela pinça les lèvres.

– Oui, murmura-t-elle. Il se porte bien, lui aussi, ajouta-t-elle en replaçant la boucle rebelle derrière son oreille.

Dans le silence qui suivit, Carlo se surprit à fixer cette boucle, comme hypnotisé. Non, le temps n'avait pas attaqué la beauté de Carmela… Bien au contraire. La conscience qu'elle avait à présent de l'effet qu'elle produisait sur les hommes la rendait encore plus fascinante.

Il se secoua, s'éclaircit la gorge et lissa sa veste.

– Je ferais mieux d'y aller, dit-il.

Et il retourna à sa voiture.

Impassible, Carmela le regarda s'installer, mettre le moteur en marche et s'éloigner à toute vitesse. Comme s'il cherchait à se garer d'un orage qui arrive, pensa-t-elle. Et elle ne put réprimer un sourire.

Anna rentra à la maison avec deux sacs en raphia débordant de nourriture. C'était toujours comme ça quand elle allait faire les courses avec Agata ; à force de « Goûte donc ça... » et de « Si tu essayais ça pour changer... », elle finissait par acheter bien plus de provisions que nécessaire. Avec un soupir, elle posa les sacs sur la table de la cuisine, ouvrit la porte de son *jardin secret** et alla s'asseoir un moment sur son banc, le temps de reprendre son souffle. Les premiers bourgeons sur les branches des grenadiers étaient prêts à éclore : bientôt, le jardin éclaterait à nouveau de couleurs, comme la première fois qu'elle l'avait vu.

– Ça y est, maman est rentrée ! s'exclama Carlo en venant la rejoindre.

Il lui mit Roberto dans les bras, puis se pencha pour l'embrasser.

– Je dois aller à la cave... Ils sont encore en train de creuser les cuves au sous-sol et ils ne sont pas très rapides, pour tout dire. Ne m'attends pas pour déjeuner. Mange, toi, si tu as faim.

Restée seule, Anna serra Roberto contre elle avec un soupir. Depuis que Carlo s'était lancé dans cette histoire de vignoble, elle le voyait peu, et la plupart du temps entre deux portes. L'affaire de la cave n'avait rien arrangé, non seulement parce que la ruine achetée pour une poignée de lires exigeait d'énormes réparations, mais surtout parce qu'elle s'était vue repoussée de ce projet aussi. Elle n'avait même pas visité la cave une seule fois. « Quand ce sera fini, je t'y emmènerai », lui disait Carlo. Il lui arrivait souvent de déjeuner sans lui et de passer seule des heures qui lui semblaient interminables. Bien sûr, il lui fallait s'occuper de Roberto, et elle avait ses livres pour lui tenir compagnie, mais ça ne lui suffisait pas.

Ça ne lui avait jamais suffi. Elle était mécontente que Carlo ait refusé toute participation de sa part, comme s'il voulait garder jalousement son projet pour lui seul. Il savait pourtant, quand il l'avait épousée, qu'elle n'était pas faite pour n'être qu'une épouse et une mère, qu'elle avait besoin de travailler, de s'activer. Il lui aurait suffi de donner un coup de main en attendant qu'une occasion se présente, qu'un poste de maîtresse d'école se libère enfin quelque part. Mais Carlo s'obstinait à faire comme s'il ne voyait rien.

Elle posa un petit baiser sur la joue de son fils et jeta un regard aux sacs restés sur la table. On verrait plus tard. Pour l'instant, elle allait s'occuper d'elle. Elle installa Roberto dans sa poussette et ils sortirent.

Elle alla jusqu'à la place, où se trouvait le bureau de poste, et s'arrêta devant le portail à moitié ouvert ; sur le vantail fermé était affiché un panneau indiquant les horaires d'ouverture :

De 8 heures à 14 heures
De 15 heures à 19 heures

Anna entra en poussant Roberto et lança un « bonjour ».

La poste semblait se résumer à une unique pièce : une table au milieu, deux bureaux – dont l'un muni d'une machine à écrire –, quelques hauts meubles de rangement pour les classeurs, un calendrier, un grand panneau d'affichage, une petite armoire et, au fond, une porte fermée.

– Bonjour, dit l'homme assis à l'un des bureaux, un type courtaud à la peau olivâtre, aux traits accusés et à la barbe épaisse. Dites-moi.

– J'ai lu l'annonce sur le panneau, répondit Anna. Vous cherchez bien un facteur ?

– Oui, signora. Ça vous intéresse pour votre mari ?

– Non. À vrai dire, c'est pour moi.

L'homme lui lança un regard amusé.

– Que dois-je faire pour être recrutée ? poursuivit Anna, très sérieuse.

Il eut un petit rire.

– Ça vous amuse ? se renfrogna-t-elle.

– Un peu.

Il se leva, ouvrit un tiroir et en tira une feuille. Puis il revint vers elle et la lui tendit.

– Voici la liste de ce qu'il vous faut, reprit-il. C'est un concours sur titres. Vous savez ce que ça veut dire ?

Elle le foudroya du regard en saisissant la feuille.

– Bien sûr que je le sais.

Il haussa les épaules et alla se rasseoir derrière son bureau.

Anna parcourut rapidement la liste des documents à présenter : acte de naissance, casier judiciaire, certificat de bonne conduite, certificat de scolarité…

– Bonjour.

La voix d'un homme surgi de la porte du fond l'interrompit dans sa lecture.

– Je peux vous aider ? lui demanda-t-il avec un sourire affable.

Il était jeune, dans la trentaine, les cheveux très frisés, les yeux d'un bleu cristallin, avec un bon visage joufflu.

– C'est déjà fait, merci, répondit-elle.

– La signora veut participer au concours de facteur, intervint son collègue sur un ton sarcastique.

– Ah ! bien, commenta le nouveau venu, un peu étonné. Je m'appelle Tommaso de Santis et je suis le directeur de ce bureau, ajouta-t-il en lui tendant la main.

– Anna Allavena.

– Carmine vous a déjà tout expliqué ? demanda-t-il.

– Il m'a donné ceci, répondit Anna en lui montrant la feuille qu'elle avait en main.

Tommaso hocha la tête.

– C'est bien ça. Quand vous aurez réuni les documents, revenez nous voir. (Il lui sourit.) Vous avez jusqu'au 14 mai pour présenter votre demande.

– Merci, dit Anna.

Mais elle ne bougea pas. Elle fixa à nouveau la liste des documents, puis elle leva les yeux sur le directeur :

– Auriez-vous l'amabilité de me fournir du papier et une plume ? Je dois envoyer plusieurs demandes, semble-t-il. Autant le faire tout de suite, parce que les papiers doivent venir de Pigna, en Ligurie, vous voyez ?

Et elle lança un regard de défi à Carmine.

Pris par surprise, Tommaso balbutia un « oui… De quoi écrire. Tout de suite… ». Il alla prendre le nécessaire sur son bureau et le tendit à Anna, qui finit par sourire à son tour.

Quand Anna ouvrit les yeux, elle ne se rappela pas tout de suite qu'on était le 13 mai. Cela ne lui revint à l'esprit que plus tard, après qu'elle eut arrosé les jeunes pieds de basilic, tandis qu'elle buvait son lait tiède sur le banc de son jardin secret. « Quelle barbe. » Elle n'avait jamais aimé le jour de son anniversaire, et encore moins le fêter. C'était comme ça depuis son enfance. Ses parents organisaient une petite fête avec ses grands-parents, ses oncles, ses tantes et ses cousines ; elle, pendant tout ce temps, restait cachée dans l'armoire en cerisier de sa petite chambre, et n'en sortait que quand les invités étaient partis, ce qui rendait sa mère à moitié folle.

Encore en pyjama et avec Roberto dans les bras, Carlo entra dans le jardin en chantonnant : « Joyeux anniversaire… »

Anna se retourna et leur sourit. Carlo lui effleura les lèvres d'un baiser en lui caressant les cheveux.

– Bon anniversaire, mon amour, lui murmura-t-il à l'oreille.
– Les *nadiers*, dit l'enfant en montrant les arbres en fleur.
– On dit « grenadiers », le corrigea-t-elle.

C'était le premier anniversaire d'Anna dans le Sud, et Carlo voulait qu'il soit spécial. Il avait beau savoir qu'elle n'y tenait pas, il était persuadé qu'elle apprécierait d'être entourée de sa famille pour cette occasion. Mais ce devait être une surprise, avait-il recommandé à tout le monde – en particulier à Lorenza. « Je te confie une tâche très importante, lui avait-il dit quelques jours plus tôt. Tu dois occuper ta tante tout l'après-midi. Allez faire une grande, grande promenade, comme ça ton papa et moi nous aurons le temps d'habiller le jardin pour la fête. » La cuisine, ce serait Agata qui s'en chargerait, avec sa sempiternelle tourte à la viande garnie de pommes de terre.

Anna passa donc l'après-midi à tourner dans la campagne avec Lorenza, qui l'obligea à s'arrêter dans chaque champ pour cueillir des marguerites. En rentrant avec sa nièce qui serrait contre elle un gros bouquet, elle trouva Carlo, Antonio et Agata debout devant un chemin de table en roses rouges, les couverts en argent, les verres en cristal et les bougies allumées. Lorenza écarquilla les yeux, laissa tomber son bouquet et battit des mains.

– C'est tellement si beau ! s'exclama-t-elle.
– Tu le savais, petite chipie ? dit Anna.

« J'aurais dû m'en douter », pensa-t-elle en s'efforçant de sourire. Au fond, elle avait épousé un homme qui aimait la fête plus que tout, et malgré ses réticences, Carlo arrivait toujours à l'embobiner. La première année, il l'avait emmenée regarder les étoiles sur la plage de Bordighera, avec deux coupes et une bouteille de mousseux. Et depuis lors, à chaque anniversaire, il la surprenait par une nouvelle trouvaille. Une fois, il l'avait même persuadée d'aller danser le charleston.

Carlo déboucha une bouteille de vin et en servit à la ronde.

– À Anna ! dit-il en levant son verre.

– À Anna ! reprirent à l'unisson Antonio et Agata.

Ils s'assirent à table. Agata découpa des parts de tourte qu'elle distribua à la ronde, puis elle se signa, croisa les mains et, les yeux fermés, murmura un rapide bénédicité.

Entre deux bouchées, Antonio et Carlo se mirent comme toujours à parler d'huile et de vin, tandis qu'Agata se lançait dans l'un de ses monologues où se mêlaient des ragots en tout genre ; Anna l'écoutait en hochant la tête, même si elle ignorait le plus souvent de qui il était question.

Puis, profitant d'un moment de silence, et sans regarder personne en particulier, elle demanda :

– Vous connaissiez Ferruccio, le facteur ?

– Bien sûr ! Depuis mon enfance, répondit Carlo.

– Paix à son âme. Il n'était pas vieux, murmura Agata.

– Cela faisait un moment qu'il était malade, précisa Antonio.

– Oui, pauvre Ferruccio, ajouta Carlo.

– Ils cherchent un remplaçant, et la sélection se termine demain, poursuivit Anna.

– Ah oui ? marmonna Carlo la bouche pleine.

Antonio leva les yeux, curieux du tour que prenait la conversation.

Et en effet, après une courte pause, Anna annonça :

– Je vais me présenter, moi aussi. Demain.

Et elle prit une gorgée de vin.

Carlo et Agata la dévisagèrent, stupéfaits. Antonio esquissa un sourire.

– Qu'est-ce que tu dis, mon amour ? Tu plaisantes ? demanda Carlo, hésitant entre l'amusement et l'inquiétude.

– Pas du tout, dit-elle d'un ton sec.

– Mais tu es une femme ! s'exclama Agata.

– Et alors ?

– Allez, Anna, reprit Carlo avec un petit rire. Facteur, ce n'est pas un travail de femme.

– Et qui a dit ça ? répliqua-t-elle.

– Anna, voyons. Peut-être que l'an prochain, tu vas te remettre à enseigner. Il y a sûrement un poste qui va se libérer. Si tu veux vraiment t'occuper, tu pourras toujours me donner un coup de main à la cave…

– Ah ! gronda Anna. *Maintenant* tu veux bien de mon aide.

Carlo eut l'air déconcerté.

– Facteur, ce n'est pas un travail pour toi, répéta-t-il ensuite, mais plus faiblement.

– Ni pour aucune femme, précisa Agata d'un ton résolu.

– Et pourquoi donc ? demanda Anna, piquée.

– D'abord, c'est fatigant, répondit Carlo en posant sa fourchette. Tu dois marcher toute la journée, qu'il pleuve ou qu'il vente. Regarde Ferruccio, comment il a fini. Il y a laissé sa santé. Je suis sérieux. A-t-on jamais vu une femme distribuer le courrier ?

– Il faut un début à tout, répondit Anna.

Un silence tomba. Carlo, le visage crispé, remplit à nouveau son verre. Agata, les yeux baissés, faisait glisser son doigt sur la broderie de la nappe. Lorenza aurait voulu dire que ça lui paraissait une idée si belle, mais elle sentit que ce n'était pas le moment.

– Très bien, nous en reparlerons, trancha Carlo d'un air sombre. Changeons de sujet.

– Et toi ? demanda Anna à Antonio. Tu ne dis rien ?

Antonio s'éclaircit la voix. Il regarda tour à tour Agata et Carlo.

– Eh bien, répliqua-t-il en haussant les épaules. Si tu veux essayer… Pourquoi pas ?

– Ah, tu ne vas pas t'y mettre toi aussi ! gronda Carlo. Ne l'encourage pas !

– Je n'ai pas besoin d'être encouragée, l'interrompit Anna. Ma décision est prise. J'ai déjà préparé tous les papiers.

– Et tu as fait ça quand ? s'étonna Carlo.

– Quand tu n'étais pas là, répondit-elle, sarcastique.

– Ils ne te prendront jamais, répliqua Carlo.

Anna le foudroya du regard. Puis elle jeta sa serviette et quitta la table.

– Tatie ! l'appela Lorenza – mais en vain.

Ce soir-là, Agata fit une scène à Antonio parce qu'il s'était mis du côté d'Anna pour défendre cette idée stupide, et même complètement folle. Qu'est-ce qui lui était passé par la tête de contredire Carlo ? Il n'avait pas entendu ? Il ne voulait pas que sa femme prenne ce travail ! C'était lui, le mari ! Alors pourquoi venir s'interposer ? Était-il possible qu'il soit toujours du côté d'Anna ? Lorenza se boucha les oreilles et courut dans sa chambre. Sans un mot, Antonio fila s'enfermer dans son bureau, laissant Agata et ses récriminations à la porte.

Chez Carlo et Anna, on n'était pas en reste. Deux assiettes et un verre volèrent. Anna accusa Carlo de s'être comporté comme un mari patron. C'était *inacceptable** ! Elle n'avait pas épousé un homme aussi mesquin. Revenir dans le Sud avait fait de lui un parfait imbécile ! La réaction de Carlo ne se fit pas attendre : que voulait-elle démontrer en prenant un travail d'homme ? Elle ne voyait pas qu'elle allait être la risée de tout le village ? C'était cela qu'elle voulait pour son fils ?

Anna saisit une assiette encore tout huileuse et la fracassa contre un arbre.

– Laisse Roberto en dehors de tout ça !

– Ah, tu veux jouer à ça ? Alors allons-y ! cria Carlo.

Il en prit une autre et la lança contre le mur du jardin.

– *Je te déteste** gronda-t-elle en agitant les poings. *Et je hais de tout mon être ce village et ses habitants* !*

– Parle italien ! On est en Italie !

Sur quoi Anna saisit un verre en cristal et le jeta à la tête de Carlo, lui effleurant le visage. Il se toucha la joue, incrédule.

Cette nuit-là, Antonio dormit sur le divan de son bureau, un livre ouvert sur la poitrine, tandis qu'Agata se retournait dans son lit, les yeux grands ouverts. Lorenza, dans la chambre voisine, serrait sa poupée de chiffon dans ses bras.

Anna et Carlo, en revanche, firent furieusement l'amour jusqu'à l'aube.

Le lendemain matin, Anna retourna tout le contenu de son armoire. Où donc avait-elle fourré sa robe jaune à manches bouffantes ? Elle était pourtant certaine de l'avoir apportée… Elle chercha comme une forcenée et la découvrit enfin, toute froissée, au fond d'un tiroir. Satisfaite, elle la suspendit devant elle par-dessus son peignoir de soie bleue et se contempla dans le miroir. Elle savait bien qu'elle quitterait le deuil un jour ou l'autre. Elle n'avait jamais voulu que Roberto, plus tard, garde le souvenir d'une mère endeuillée et triste. Elle était intimement persuadée qu'elle reconnaîtrait aussitôt le moment où le monde reprendrait ses couleurs et où elle jetterait toutes ses robes noires. Ce serait comme *un coup de foudre**. Ce moment était venu.

Elle descendit au rez-de-chaussée, les cheveux ramassés en un chignon bas, coiffée d'un chapeau cloche de la même teinte que sa robe. Elle était belle comme une actrice. Carlo, qui arpentait nerveusement le salon, les mains dans les poches, s'arrêta brusquement et la regarda, le souffle coupé.

– Tu me trouves comment ? dit-elle en tournant sur elle-même.

– La robe jaune..., dit-il avec un soupir. Tu es très belle, et tu le sais.

– C'est ce que je voulais t'entendre dire.

– Ce n'est pas pour autant que je suis d'accord avec ce que tu fais.

– Je sais. Mais ça, ça te regarde, répondit-elle en prenant dans le tiroir du buffet son dossier de candidature.

– Je pensais que dans un couple, on partageait tout. Je me trompais ?

– Sans doute...

– Anna, murmura-t-il en lui prenant la main. Tu veux vraiment faire une chose pareille ?

Elle se détacha de lui, décrocha son sac du portemanteau.

– Inutile d'espérer un « bonne chance » de ta part, je pense ?

Carlo ne répondit pas.

– Très bien, dit Anna en tournant les talons.

Une fois arrivée devant la poste, elle entendit quelqu'un l'appeler. En se retournant, elle découvrit Antonio qui arrivait vers elle en accélérant le pas, le *Corriere della Sera* dans une main.

– Qu'est-ce que tu fais ici ?

– J'étais au café et je t'ai vue, répondit-il, légèrement essoufflé. Tu es... Cette robe te va très bien, ajouta-t-il, surpris.

– Merci, dit Anna avec un sourire. J'étais sur le point d'y aller, ajouta-t-elle en montrant le bureau de poste.

– Bien sûr, bien sûr, murmura-t-il. Vas-y.

Et tandis qu'elle s'éloignait, il ajouta : « Et bonne chance ! »

Anna lui sourit. Puis elle franchit le seuil de la poste en

repensant à ce qu'avait dit Carlo : « Ils ne te prendront jamais. » Elle allait lui montrer qu'il se trompait.

À cet instant précis, Carlo frappait avec impatience à la porte de l'atelier de couture.

Carmela lui ouvrit et le fixa, stupéfaite.

– Je te dérange ? demanda-t-il.

– Tu ne me déranges jamais, répondit-elle.

Et elle s'effaça pour le laisser entrer.

6

Novembre 1935

Anna sortit de bon matin. Elle portait l'uniforme bleu à col rouge, dont la jupe lui arrivait aux chevilles, le béret frappé du blason de la Régie des postes, et avait aux pieds des chaussures noires plates. Sa sacoche en bandoulière, elle entama sa tournée.

– Bonjour, madame la postière, la salua la voisine, qui, en peignoir et veste de laine sur les épaules, balayait avec ardeur son coin de trottoir, à quelques mètres de là.

Anna souleva un peu son béret.

– Bonne journée à vous.

Elle arriva sur la place : Michele déchargeait sur le trottoir des caisses d'oranges ; Mario était assis sur un tabouret à l'angle de la rue, occupé à cirer les chaussures d'un homme bien vêtu et coiffé d'un chapeau ; le barbier, ceint de son tablier blanc, fumait une cigarette sur le seuil de sa boutique, dans l'attente du premier client de la journée. Anna se dirigea vers le Castello et entra.

– Comme d'habitude ? dit Nando avec un sourire.

Elle hocha la tête, en lorgnant deux petits vieux assis à une table. Ils jouaient à la belote, mais ils s'interrompirent pour la regarder passer en chuchotant et en se donnant des coups de coude.

– Voici ton café grappa, dit Nando.

Anna expédia la petite tasse d'une gorgée, les yeux rivés sur les deux vieillards qui n'avaient cessé de l'observer, bouche ouverte. Elle fit claquer sa langue, jouissant de l'arrière-goût d'alcool.

– Merci, Nando, dit-elle en laissant une pièce sur le comptoir.

Elle s'amusait à l'idée des commentaires des deux anciens dès qu'elle aurait tourné les talons. Elle croyait les entendre médire de cette femme qui prenait une petite goutte à cette heure de la matinée. « Ce qu'il ne faut pas voir », avaient-ils dit une fois.

Elle pénétra dans le bureau de poste et salua d'abord Tommaso, qui lui rendit son sourire, puis Carmine qui, tout en se caressant la barbe, la gratifia comme d'habitude d'un regard méfiant.

Enfin, elle ouvrit la porte de la petite salle sur l'arrière pour donner le bonjour aux télégraphistes, Elena et Chiara. « Les demoiselles », comme on les appelait, puisque aucune des deux n'était mariée. La première était une grosse femme sympathique, avec un visage large et la langue bien pendue, qui vivait avec sa sœur aînée, elle aussi célibataire. Chiara, la plus jeune, était une petite crevette aux lunettes épaisses qui s'occupait de sa vieille mère. « C'est à moi de le faire », disait-elle avec un doux sourire, sous-entendant que ses deux frères avaient déjà des épouses et des enfants à leur charge.

– J'ai apporté le gâteau, dit Elena. Entre, viens en prendre une tranche avec nous. Il est aux amandes.

Anna lui demanda si elle pouvait la lui envelopper : elle l'emporterait dans sa sacoche et la mangerait avec plaisir un peu plus tard.

Puis elle se dirigea vers la grande table au milieu du bureau et, comme chaque jour, entreprit de répartir le courrier entre les quartiers du village.

Parmi les lettres, les paquets et les télégrammes, il y avait une enveloppe blanche. *Giovanna Calogiuri, Contrada La Pietra, Lizzanello (Lecce)*, disait l'adresse. Pas de nom d'expéditeur, seulement le cachet de la poste à côté du timbre représentant le roi Victor-Emmanuel III : elle avait été postée à Casalecchiodi Reno, dans la province de Bologne.

– Où se trouve Contrada La Pietra ? demanda-t-elle en retournant l'enveloppe entre ses mains.

– Qui est-ce qui envoie du courrier à Contrada La Pietra ? s'étonna Carmine.

– Je ne sais pas, il n'y a aucune mention de l'expéditeur.

Tommaso s'approcha et lut à son tour :

– « Giovanna Calogiuri… »

– Giovanna la folle ? l'interrompit Elena en passant une tête par la porte entrouverte.

– Qui est Giovanna la folle ? demanda Anna.

– Une fille qui n'est pas bien dans sa tête, répondit Carmine.

– Mais non, elle est seulement un peu bizarre. Je la vois de temps en temps qui vient faire ses courses au village, répliqua Tommaso.

– Qu'est-ce que tu racontes, « bizarre » ? Elle est carrément idiote, dit Elena. À l'école, c'était la seule qui au bout de trois ans n'avait pas appris à lire. Le maître la mettait régulièrement derrière le tableau, les genoux sur des pois chiches. Et là, vlan sur les doigts avec la règle !

– Et puis, à un certain moment, elle a tourné complètement folle, poursuivit Carmine. Elle avait des crises de possédée où elle envoyait tout valdinguer, les livres, les cahiers, les chaises… Ils ont dû la chasser de l'école. Et ils ont bien fait.

– C'est vrai, la pauvre. Et puis après, son histoire avec ce gars qui s'est fait prêtre..., marmotta Tommaso.

– Ah, celui-là, il lui a donné le coup de grâce. Et maintenant, elle s'est enterrée là-bas, à Contrada La Pietra, toute seule avec son chien. Sa mère, une sainte femme, paix à son âme, je suis sûre qu'elle est morte le cœur brisé de tous les déplaisirs que lui a causés sa fille. Mais ça lui a bien réussi, à la folle : elle était fille unique, et elle a récupéré tous les sous, parce que donna Rosalina, elle avait un bon petit matelas. Elle était cuisinière chez les Tamburini. Moi, je dis qu'elle ne se lave même pas. Quand elle vient au village, on la sent de loin..., conclut Elena en se bouchant le nez.

Anna leva un sourcil, et un peu étourdie par tous ces ragots, et demanda si on pouvait lui expliquer comment on allait à Contrada, parce qu'elle était déjà en retard. Elle découvrit ainsi que la maison de Giovanna se trouvait en dehors du village, au milieu des champs d'oliviers : une rude épreuve pour ses pauvres pieds, elle le savait. Ce soir, elle devrait les plonger dans la bassine d'eau chaude plus longtemps que d'habitude. Elle n'aurait pas su dire combien de kilomètres elle avait parcourus au cours de ces six premiers mois, et ses cors aux pieds la faisaient souffrir en permanence.

Elle glissa la lettre sous toutes les autres : ce serait la dernière étape de la matinée. Puis elle prit sa sacoche et sortit. Debout sur le seuil du café, Carlo était plongé dans le journal, un cigare entre les dents. Ils ne s'étaient pas encore vus ce matin-là : en sortant de la maison, elle l'avait entendu entrer dans la salle de bains et fermer la porte à clé.

Anna jeta un coup d'œil à sa montre, qu'elle portait au poignet gauche. Antonio la lui avait offerte en mai, quand elle avait été embauchée, et elle l'adorait : avec son cadran rectangulaire à chiffres arabes et son bracelet en cuir noir, elle était originale et pourtant simple, comme elle aimait.

« Je n'ai vraiment pas le temps de m'arrêter pour dire bonjour à Carlo », pensa-t-elle. Et pour tout dire, elle n'en avait aucune envie. Elle le verrait plus tard à la maison. Qu'est-ce que ça changerait ? Depuis le jour de son anniversaire, ils avaient continué à s'attraper pour la moindre bêtise. « Ils ne te prendront jamais. » Ces paroles résonnaient encore dans sa tête, même si elle les avait démenties avec éclat. C'était son instruction qui avait fait la différence : les deux autres candidats n'avaient fréquenté que l'école primaire. Il aurait dû être fier d'elle : elle avait réussi, bon sang ! Mais il s'en moquait, selon toute apparence : elle ne l'avait pas écouté, elle n'en avait fait qu'à sa tête, et il ne le lui avait pas encore pardonné. Il avait même fini par se ranger du côté de ceux qui la pointaient du doigt. Il lui semblait que le chœur des « tu ne vas pas y arriver », « mais tu es une femme », « c'est un travail d'homme », n'attendait que de la voir échouer pour que soit rétabli l'ordre des choses.

Anna se sentit soudain épuisée ; sans attendre, elle poursuivit sa route en tournant le dos au café.

Carlo leva les yeux de son journal pour allumer son cigare et l'aperçut qui s'éloignait. Il lui aurait suffi de l'appeler pour qu'elle se retourne, mais il ne le fit pas : Carmela l'attendait et il était déjà en retard. Il replia donc son journal, le posa sur une des tables de la terrasse et se dirigea vers sa voiture.

Il conduisit jusqu'à l'angle de la rue de Carmela ; là, il s'arrêta un instant, et ne s'y engagea qu'une fois certain que la voiture de Nicola n'y était pas. Carmela avait eu beau lui répéter que son mari sortait très tôt le matin pour accompagner leur fils à l'école avant d'aller au travail, Carlo ne manquait jamais de vérifier. Il se gara dans une petite rue latérale, une impasse où ne passait pas âme qui vive et où ne vivait qu'une colonie de chats errants, et poursuivit à pied. Il trouva la porte entrouverte, comme chaque matin. Il entra et la referma doucement derrière lui. « Je suis là », dit-il.

Carmela vint à sa rencontre du fond du long corridor, dans la combinaison de soie blanche qu'elle mettait pour dormir, et le couvrit de baisers.

– Tu es en retard, lui reprocha-t-elle.

– Excuse-moi. Roberto a fait des caprices ce matin et il m'a fallu un moment pour le laver et l'habiller. Je l'ai déposé chez Agata et je suis venu tout droit ici, mentit Carlo en lui entourant la taille de ses bras.

Anna entama sa tournée matinale par Giuseppina, une femme aux cheveux blancs ramassés en natte et à la voix aiguë. Une fois par mois, elle recevait des nouvelles de son fils Mauro, parti chercher fortune en Allemagne. Et il semblait l'avoir trouvée, à en juger par l'argent qu'il lui envoyait ponctuellement. Giuseppina était veuve et ne savait ni lire ni écrire, aussi Anna devait-elle entrer chez elle, s'asseoir, boire un café recuit dont elle se serait volontiers dispensée et lire la lettre en articulant bien chaque mot, et en recommençant deux ou trois fois. Giuseppina se confondait en remerciements sincères et concluait immanquablement : « Vous êtes vraiment une excellente femme, signora Anna. Dieu sait pourquoi on dit tant de mal de vous... » Et elle secouait la tête.

Puis ce fut le tour d'Angela, une jeune fille de dix-neuf ans au regard ingénu, qui recevait chaque semaine un cadeau de la part de son soupirant. Elle battait des mains, heureuse comme une gamine, et ouvrait aussitôt le paquet, alors qu'Anna était encore sur le seuil. Il s'agissait à chaque fois de délicats objets en bois : un wagon de train, un coffret à bijoux, un pendentif en forme de cœur, une clé. « Il est menuisier, vous savez. Il a une boutique à Lecce », disait Angela, très fière.

L'étape suivante serait pour le signor Lorenzo, un homme bourru aux yeux tristes, à la barbe grisonnante et broussailleuse. Dès qu'il voyait arriver Anna, il l'accueillait du salut fasciste, auquel elle se refusait systématiquement à répondre. À chaque fois, Lorenzo renvoyait le courrier à l'envoyeur, un homme qui portait le même nom que lui : Colaci. La scène se répétait à l'identique : Lorenzo prenait la carte – une vue de Rome différente chaque mois –, y jetait un rapide coup d'œil avec un ricanement sarcastique et disait : « Je n'en veux pas, reprenez-la. »

Tandis qu'Anna s'éloignait de la maison du signor Lorenzo, Carlo était étendu sur le lit de Carmela et fumait à bouffées lentes et mesurées. Encore nue, elle alla ouvrir la fenêtre pour aérer la chambre : avant le retour de Nicola, l'âcre odeur du cigare aurait complètement disparu. Puis elle retourna s'étendre à côté de Carlo, la tête appuyée sur une main.

– Tu es beau.

Carlo exhala la fumée de côté et lui caressa distraitement le bras.

– Toi aussi, tu es belle…

Carmela allongea une main malicieuse sous le drap.

– Je dois y aller, dit-il sans trop de conviction. Et toi, tu n'as pas du travail qui t'attend ?

Elle retira sa main, vexée.

– Bien sûr que j'ai du travail. Je travaille tout le temps, *moi*.

Elle s'assit au bord du lit, récupéra sa combinaison sur la table de nuit et l'enfila en lui tournant le dos.

– Où est passé mon pantalon ? demanda-t-il.

– Qu'est-ce que j'en sais ? Regarde sous le lit.

Carlo se pencha et vit son pantalon à l'envers. Les cartes de visite qu'il avait dans la poche s'étaient éparpillées à terre. Il se leva pour les ramasser une à une.

– C'est quoi ? demanda Carmela, curieuse.

– Rien.

– Comment ça, rien ? Fais-moi voir. (Et elle lui en arracha une des mains.) *Anna Allavena. Postière*, lut-elle à voix haute. Elle se fait faire des cartes de visite, maintenant, celle-là ? Tout le monde sait qui elle est, elle a peur qu'on l'oublie ?

Elle s'efforçait à l'ironie, mais sa voix brisée la trahit.

– Donne-moi ça, s'agaça Carlo, en remettant la carte dans sa poche avec les autres. Ça ne te regarde pas, ajouta-t-il d'un ton sec.

– Je t'en prie... À chacun sa croix, répondit-elle tout en enfilant ses chaussures.

– Mais de quelle croix tu parles ? Ce ne sont que des cartes de visite. Il n'y a rien de mal.

– Si tu le dis. Qu'y a-t-il de mal à avoir pour femme, pour *mugghiere*, une qui fait tout comme ça lui chante et qui se comporte comme un homme... ?

– Anna ne se comporte pas comme un homme, qu'est-ce que tu racontes ?

– Ah non ? Pourtant, j'ai bien l'impression qu'à la maison, c'est elle qui porte la culotte, pas toi. En tout cas, c'est ce que tout le monde pense. Elle a même le vice de la boisson, la dame, à ce qu'on m'a dit. Va donc parler à Nando du petit coup de grappa qu'elle se prend tous les matins. Tu ne sais pas la tenir, voilà ce que disent les gens.

Carlo ne répondit pas. Il attrapa ses vêtements, enfonça son chapeau sur sa tête et sortit de la chambre sans un mot.

Il entrouvrit la porte sur la rue et jeta d'abord un coup d'œil à droite puis à gauche. Quand il se fut assuré que la voie était libre, il sortit et se dirigea en hâte vers sa voiture. Il démarra, rempli de colère, et au lieu de prendre la direction du vignoble, se dirigea vers la fabrique d'huile.

Il se gara devant l'entrée, face à la plaque métallique couleur turquoise où était inscrit en majuscules « Huilerie Greco ». Il entra et, soulevant galamment son chapeau, salua Agnese, la secrétaire. Elle travaillait avec Antonio depuis au moins six ans et était en permanence penchée sur une pile de paperasses, le stylo entre les doigts et les lunettes sur le bout du nez, retenues par une chaîne en or.

– Mon frère est occupé ? Je peux ?

Et sans attendre la réponse, il ouvrit la porte du bureau d'Antonio.

– Salut, grand frère, dit-il, son cigare serré entre les dents.

Antonio leva la tête de son registre de comptes et son visage s'éclaira d'un sourire.

– Viens, viens, dit-il avec un hochement de tête.

Carlo le serra dans ses bras, puis prit son visage entre ses mains et lui embrassa le front.

– Regarde un peu comme tu es beau, dit-il en riant.

Son frère avait l'air particulièrement détendu ce matin-là. C'était peut-être à cause de ses joues fraîchement rasées, ou de ses cheveux soigneusement peignés en arrière et luisants de brillantine.

– Tu es allé chez Fernando ?

– Oui, ce matin très tôt. Mais j'ai l'impression que cette fois, il a un peu forcé sur la brillantine, dit-il en touchant ses cheveux durcis.

Carlo tira la chaise en face de celle d'Antonio et s'installa. Sur le bureau, le *Corriere della Sera* était ouvert à une page affichant la photo d'une stèle. L'inscription disait : « 18 novembre 1935 – XIV. En souvenir de l'assaut inique pour que demeure inscrite dans les siècles l'énorme injustice perpétrée contre l'Italie, à laquelle doit tant la civilisation de tous les continents[1]. » Carlo leva les yeux au ciel.

– Quel pitre, ce Mussolini, commenta-t-il en désignant le journal.

– Mais un pitre dangereux, répliqua Antonio. Cette fois il ira jusqu'au bout en Éthiopie, et à plus forte raison après « l'énorme injustice » des sanctions. Mais toi, ajouta-t-il en se rasseyant, qu'est-ce qui t'amène ici ?

Carlo haussa les épaules et tira sur son cigare.

– Tu sais ce qu'on dit dans le village ?

Antonio soupira dans son fauteuil.

– Non. Dis-moi ?

– Que je suis devenu la risée de tous.

– Qu'est-ce que tu racontes ? dit Antonio en riant.

– C'est comme ça. On dit qu'à la maison, c'est Anna qui porte la culotte, pas moi.

– Ah oui ? Et qui t'a dit ça ?

– Carmela, dit Carlo d'un air pensif.

– Ah, si c'est Carmela qui le dit... Une source des plus crédibles, le railla Antonio.

– Je sais qu'elle a raison. Je les sens, tu sais, les regards sur moi.

– Mais non, voyons, tu te fais des idées.

– Et moi, je te dis que si. Je sais ce qu'ils pensent de moi. Et d'elle.

Antonio prit un air sérieux.

– Et ils sont censés penser quoi ? Qu'elle gagne sa vie honnêtement ? Un crime impardonnable, je dois l'admettre, ironisa-t-il.

Carlo secoua la tête.

1. Allusion aux sanctions économiques imposées par la SDN à l'Italie après l'invasion de l'Éthiopie. Le XIV signifie an XIV de l'ère fasciste.

– C'est facile pour toi.

– Parce que ça l'est, Carletto.

– Bien sûr, c'est facile de faire le progressiste pour la femme des autres. Je voudrais t'y voir, à ma place.

Antonio croisa les mains sur le bureau. S'il avait pu, il lui aurait répondu qu'il était prêt à donner tout ce qu'il possédait pour être à sa place même une seule journée. Combien de fois avait-il imaginé rester en silence dans le lit à regarder Anna dormir, à caresser ses cheveux épars sur l'oreiller, à parcourir d'un doigt son profil en lui disant : « Antonio veille sur toi. »

– Elle me ridiculise, c'est ça la vérité ! éclata Carlo. Tu sais que chaque matin elle boit une grappa au comptoir ? ajouta-t-il en se penchant en avant. Avec ça, c'est normal que les gens parlent.

– Eh bien, laisse-les parler. Qu'est-ce que ça peut te faire ?

– Non, Antonio. Ce sont mes gens, c'est ma maison. J'ai une activité ici. Bien sûr que ça me contrarie, et comment.

Antonio se leva de son fauteuil, fourra ses mains dans les poches de son pantalon et alla à la fenêtre.

– Et elle ? Tu t'en soucies ? dit-il en regardant dehors.

– Bien sûr, que je m'en soucie ! s'agaça Carlo. Est-ce que je serais ici à t'en parler sinon ? Tu as de ces questions ! C'est ma femme.

Antonio se retourna, un voile de tristesse dans les yeux.

– Alors, si ça t'importe, commence déjà par faire cesser les bavardages. Pour l'instant, tu es en train d'oublier ton premier et unique devoir, dit-il en se tournant à nouveau vers la fenêtre.

– Qui serait… ? demanda son frère en croisant les bras.

– Celui de la protéger, répondit Antonio d'une voix sourde.

Quand Anna prit le chemin de Contrada, midi était passé depuis un moment.

La ferme aux toits rouges au milieu des champs avait les volets fermés, comme si personne n'y habitait plus depuis longtemps. Dès qu'elle eut poussé la petite barrière en bois, un berger allemand accourut à sa rencontre en aboyant, mais elle s'accroupit et lui tendit la main, paume ouverte. Le chien s'arrêta, la renifla, puis il baissa les oreilles et s'assit devant elle.

– Cesare ! Rentre à la maison ! cria une femme depuis le seuil. (Puis, à Anna :) Qui êtes-vous ?

– Du courrier pour Giovanna Calogiuri, répondit Anna en s'approchant.

– C'est moi.

« Elle n'a pas du tout l'air d'une folle », pensa Anna quand elle fut devant elle. Elle avait les cheveux ébouriffés et portait sans doute cette robe de laine feutrée marron depuis un certain temps, mais il y avait quelque chose de gracieux dans son visage : de grands yeux couleur noisette, de longs cils, des lèvres pleines et pâles, des pommettes hautes… Et puis, elle ne sentait pas mauvais.

– Voici pour vous, dit-elle en lui tendant l'enveloppe.

Giovanna resta immobile.

– La lettre est pour vous, insista Anna.

– Vous devez vous tromper.

– Mais vous venez bien de me dire que vous êtes Giovanna Calogiuri, non ?

– Oui.

– Alors, il n'y a aucune erreur. Voici…

– Et je suis censée en faire quoi ? Je ne sais pas lire, moi.

– Eh bien, dit Anna au bout de quelques secondes, si vous voulez, je peux vous la lire. Vous ne seriez pas la première pour qui je fais ça.

Giovanna se mordilla la lèvre d'un air incertain. « Entrez », finit-elle par dire.

La maison était propre et ordonnée, et elle sentait la naphtaline. Elle contenait peu de meubles et était un peu cabossée : certains carreaux de la cuisine étaient ébréchés, les rideaux de coton rose étaient effrangés en bas et sur un mur, une fissure allait du plafond jusqu'aux plinthes. Pourtant, elle parut accueillante à Anna : on s'y sentait en sécurité.

– Je vous fais un café ? proposa Giovanna.

– Volontiers, merci.

Anna s'assit et posa sa sacoche sur la table de la cuisine. Elle en tira la tranche de gâteau qu'Elena lui avait emballée dans un torchon.

– Alors, c'est toi, « l'étrangère ».

La femme était passée au « tu » peut-être sans même s'en apercevoir. Elle tourna la tête vers Anna et lui sourit tout en vissant la cafetière.

– En personne.

– Excuse-moi, dit Giovanna en rougissant.

– Non, non, pas du tout. Je sais bien qu'on m'appelle comme ça.

L'autre eut une petite grimace d'embarras.

– L'uniforme te va bien, dit-elle.

Et elle alluma le fourneau.

– Oh, merci ! répondit Anna. Je me dis la même chose, tu sais.

Elles burent le café en silence et partagèrent le gâteau aux amandes, tandis que Cesare ronflait à leurs pieds.

Anna regarda l'horloge.

– Alors, je peux l'ouvrir à présent ?

Giovanna fit oui de la tête et se mordit de nouveau la lèvre.

L'enveloppe contenait un feuillet plié en deux avec des

fioritures bleu ciel dans les coins. Tenant la lettre à deux mains, Anna commença à lire.

Chère Giovanna,

J'espère que cette lettre te trouvera en bonne santé. Avant tout, je veux te demander pardon de ne pas t'avoir écrit plus tôt, mais ça n'a pas été facile ici. Ne crois pas que je n'aie pas pensé à toi. Mais, tu le sais et nous en avons parlé, il fallait laisser passer du temps et mettre de la distance entre nous. Je n'arrive pas à m'ôter de la tête la dernière image que je garde de toi, tes larmes, ton désespoir... Tu ne sais pas combien j'en souffre chaque fois que cela me revient à l'esprit. J'espère que tu as trouvé la paix du cœur.

Sache que je t'aime et que je t'aimerai toujours.

Je te souhaite toute la sérénité possible. Je prierai aussi pour cela.

Don Giulio

Anna leva les yeux et s'aperçut que Giovanna avait le visage sillonné de larmes.

– Ça va ? demanda-t-elle en posant une main sur son bras.

Giovanna se leva, prit un torchon taché de sauce tomate et s'essuya la figure.

– Mais..., reprit Anna d'une voix hésitante. Pourquoi est-ce qu'il t'envoie une lettre ? Il ne sait pas que tu ne peux pas la lire ?

– Non, dit Giovanna en se mouchant. J'avais trop honte pour le lui dire.

– Oh... Mais il n'y a pas de quoi avoir honte. Il n'est jamais trop tard pour apprendre.

– Pas pour moi.

– Ça vaut pour tout le monde, crois-moi.

– Pas pour moi, répéta Giovanna. Les mots, moi, je ne les vois pas…

Anna eut l'air perplexe.

– Moi, je peux t'aider. À les voir, je veux dire. J'étais maîtresse d'école, tu sais.

– Non ! s'exclama Giovanna d'un air résolu en se tordant les mains.

– Bon, en tout cas, si jamais tu veux lui répondre, tu peux me dicter ta lettre.

Giovanna se mordit la lèvre et regarda ailleurs.

– Si tu changes d'avis, tu sais où me trouver, lui dit alors Anna avec un sourire.

Elle se leva, remit sa sacoche en bandoulière, fit une caresse à Cesare et sortit, sans se douter qu'elle allait parcourir cette route si souvent qu'elle y laisserait plus d'une paire de chaussures.

7

Février-mars 1936

Au matin d'un jour de février au ciel gris et dense, Giovanna se présenta au bureau de poste. Elle passa une tête timide dans l'entrée et resta plantée sur le seuil en se tordant les mains.

Tommaso et Carmine échangèrent un regard. Anna était assise à la table, en train de sortir de sa sacoche le courrier non distribué ce jour-là, dont une énième carte postale pour le signor Lorenzo, représentant cette fois la fontaine de Trevi. Un de ces jours, elle lui demanderait pourquoi il s'obstinait à renvoyer toutes ces missives à leur expéditeur – dont elle avait découvert qu'il était son frère.

– Bonjour, madame, dit Tommaso en allant à la rencontre de Giovanna. En quoi puis-je vous être utile ?

Anna leva les yeux.

– Giovanna ! s'exclama-t-elle, stupéfaite.

Aussitôt, Elena vint écouter à la porte entrebâillée.

– Je suis prête, annonça Giovanna, levant une main pour arranger ses cheveux noués à la va-vite.

– Prête à quoi ? demanda Anna.

Trois mois s'étaient écoulés depuis leur rencontre et, à dire vrai, cette journée à Contrada lui était sortie de l'esprit.

Giovanna baissa la tête, visiblement déçue.

– À répondre, dit-elle dans un murmure.

Elle avait l'air de quelqu'un qui s'est rongé les sangs jour et nuit, des semaines durant, avant de prendre une décision.

– Mais oui, bien sûr, dit Anna en tirant sa chaise. Excuse-moi. Je me rappelle à présent, bien sûr que je me rappelle.

– Que se passe-t-il ? demanda Tommaso.

– Oh, rien ! Giovanna veut me dicter une lettre, c'est bien ça ? répondit-elle en la consultant du regard.

Giovanna hocha la tête.

– Elle veut dicter une lettre, chuchota Elena à sa collègue, qui restait penchée à écrire. Tu as compris ?

– Oui, j'ai compris, grogna Chiara sans la regarder.

Et elle remonta ses lunettes qui avaient glissé sur son nez.

– Dieu seul sait à qui. Ah, mais après, la postière a intérêt à tout me raconter, s'exclama Elena, toujours à voix basse.

– Viens, on va s'installer tranquillement au café, dit Anna. Je prends un papier et un stylo. (Elle ouvrit un tiroir de la grande tour de rangement en bois et en sortit une feuille.) Tommaso... Ça ne te gêne pas si je m'absente une demi-heure ?

Le directeur lui fit signe de ne pas s'inquiéter.

Elles traversèrent donc la rue jusqu'au Castello et Anna indiqua l'une des petites tables en terrasse. Giovanna s'installa en regardant autour d'elle d'un air craintif.

– Ça va aller ? demanda Anna.

– Oui, oui, balbutia-t-elle.

Anna posa la feuille sur la table, prit le stylo et dit qu'elle était prête.

Giovanna hésita un instant.

– Avant tout, tu dois me promettre que tu ne diras rien à personne.

– Je te le promets, dit Anna en lui posant une main sur le bras. Ça restera entre nous.

Giovanna acquiesça et se laissa finalement aller à sourire. Ses grands yeux noisette s'illuminèrent. Oui, elle était vraiment belle, songea Anna.

Giovanna commença à dicter d'une voix tremblante, et ses joues s'enflammèrent au moment où elle disait à son Giulio combien lui manquaient ses baisers et ses « caresses spéciales » sous les draps qui la faisaient se sentir légère et lui embrumaient les yeux.

Anna écrivait sans ciller, sérieuse et concentrée.

– Tu penses du mal de moi ? demanda Giovanna en s'interrompant brusquement.

Anna releva les yeux de la feuille.

– Du mal de toi ? Et pourquoi donc ?

– À cause des choses que je dis…

– Oh, écoute ! gronda Anna. Si c'était un homme qui disait ces choses, est-ce qu'on penserait même à se poser la question ?

Flanquée de sa voisine, Agata avançait du côté opposé de la place, tenant un sac en toile gonflé de farine.

– Mais ce n'est pas ta belle-sœur, là-bas ? demanda sa compagne en désignant Anna d'un signe de la tête.

Agata se retourna et les vit toutes les deux, Anna et Giovanna, qui riaient de bon cœur, dans une intimité joyeuse. Elle en éprouva aussitôt un vif sentiment de jalousie : avec elle, Anna n'avait jamais ri. Et depuis qu'elle était devenue postière, elle se prenait Dieu sait pour qui. Du temps pour elle, elle n'en avait jamais, pas même pour qu'elles fassent les courses ensemble.

– La folle et l'étrangère. Un beau couple, renchérit la voisine.

Le cœur d'Agata se gonfla de ressentiment, et elle repensa au samedi précédent quand, durant le rosaire de l'après-midi, elle avait dû prendre le parti de sa belle-sœur pour défendre l'honneur de la famille. D'autant plus que les « visites » matinales de Carlo à donna Carmela semblaient désormais un secret de Polichinelle. « Eh, quand on se monte trop la tête, on n'a que ce qu'on mérite », avaient dit les femmes réunies en cercle, entre un *Pater Noster* et un *Ave Maria*. Agata avait répliqué qu'elles feraient mieux de balayer devant leur porte, au lieu de s'occuper de celle des autres, et avait mis fin à la discussion.

Son regard se durcit. « *Paru cerca paru, e paru trova*, qui se ressemble, s'assemble », répondit-elle à sa voisine en glissant son bras sous le sien.

Anna plia la feuille en deux et promit à Giovanna d'expédier sa lettre dès le lendemain. Don Giulio n'avait laissé aucune adresse, mais elle savait où l'envoyer, dit-elle. Combien de paroisses pouvait-il y avoir à Casalecchio di Reno ?

Dès qu'Anna fut de retour au bureau de poste, elle se retrouva sous le feu des questions.

– Alors ? dit Elena en sortant de la salle du télégraphe.

– Alors quoi ?

– Raconte-nous, elle écrit à qui, la folle ?

– Pour commencer, tu pourrais arrêter de l'appeler la folle ? Elle a un nom, tu sais.

Elena la fixa, déconcertée.

– Mais on l'appelle comme ça depuis toujours…

Et elle se tourna vers Carmine en quête d'un appui.

– Pour nous, elle est et elle sera toujours la folle, dit-il laconiquement en caressant sa barbe broussailleuse.

Anna secoua la tête et commença à rassembler ses affaires.

– Allez, dis-nous, ça reste entre collègues, insista Elena.

– Je ne vous dirai rien du tout.

– Qu'est-ce qu'il y a, tu n'as pas confiance ? s'offensa Elena en plissant le front.

Anna leva les yeux au ciel et saisit sa sacoche.

– Ça suffit, intervint Tommaso depuis son bureau. Tu as raison, ce sont des affaires privées.

– Merci, Tommaso, dit Anna.

Et elle quitta le bureau en le saluant de la main.

– Mais regardez-moi celle-là, se lamenta Elena.

– Je vous l'avais bien dit, répondit Carmine en écho avec un haussement d'épaules.

– Et moi qui lui offre du gâteau…, grogna Elena pour conclure.

La réponse de don Giulio arriva au bout de trois semaines. Anna fonça chez Giovanna, malgré sa sacoche qui débordait de courrier. Cette halte lui coûterait au moins une heure de travail en plus, mais peu lui importait : l'attente de Giovanna était devenue la sienne, et elle ne se tenait plus d'impatience.

Giovanna ouvrit la porte tout ensommeillée, en serrant autour d'elle un châle de laine. Cesare s'approcha en agitant la queue.

– Tu dormais ? demanda Anna en gratifiant le chien d'une caresse sur la tête.

– Oui, mais ça ne fait rien. Viens, je te fais un café.

– Elle est arrivée !

Voyant Anna agiter l'enveloppe devant son nez, Giovanna s'assombrit et prit sur l'étagère la boîte de grains moulus.

– Pourquoi tu fais cette tête ? Tu n'es pas contente ?

– Ça dépend de ce qu'il a écrit.

– Mais puisqu'on ne le sait pas encore ! Bon, allez, je l'ouvre.

Giovanna oublia le café et une fois assise, se mit à se ronger l'ongle du pouce. Cesare se coucha à ses pieds.

Anna déchira l'enveloppe et en sortit la lettre. Elle la déplia, s'éclaircit la gorge et se mit à lire.

Chère Giovanna,

J'ai été surpris de recevoir ta lettre, puisque je ne t'avais volontairement laissé aucune adresse… En tout cas, je l'ai lue avec attention, et plus d'une fois. Et je veux te dire que moi non plus je n'ai pas oublié. Comment le pourrais-je ? Ce sont des souvenirs très précieux que je porte chaque jour avec moi et qui me réchauffent le cœur.

Don Giulio

P.S. : Il vaudrait mieux que tu ne m'écrives plus de lettres aussi… comment dire ? passionnées. Il y a toujours trop de gens aux yeux indiscrets.

– Je ne sais pas si j'ai bien compris ce qu'il me dit, commenta Giovanna, visiblement un peu perdue.

Et avec les dents, elle s'arracha une petite peau au coin de l'index.

Anna, pensive, se mit à tambouriner des doigts sur la table. Puis son visage s'illumina et elle lança :

– Voici ce qu'on va faire !

– De quoi tu parles ?

– J'ai une idée. On verra demain. Pour l'instant, je n'ai pas le temps, dit-elle avec un sourire avant de s'en aller.

Elle revint le lendemain après-midi avec une carte postale

en noir et blanc représentant la piazza Castello et une série de timbres à dix centimes.

Les mots d'amour, les mots « passionnés » seraient si minuscules qu'ils tiendraient sous les timbres. Il suffirait ensuite d'humidifier et de décoller soigneusement ceux-ci pour les faire apparaître.

– Mais comment il le saura ? Qu'il faut décoller les timbres, je veux dire, demanda Giovanna, perplexe.

Anna avait pensé à tout.

– Tu vas lui envoyer une lettre à part avec les instructions quelques jours avant la carte postale. On écrira simplement ceci : « Les timbres dissimulent plus de paroles qu'on ne le croit, quand on sait les trouver. » S'il n'est pas complètement idiot, il saura quoi faire quand il recevra la carte postale. Et si j'ai raison, il te répondra par la même méthode. On parie ?

Le printemps était arrivé. Carlo le comprit en humant l'air de ce dimanche de Pâques tout ensoleillé. Ce matin-là, il allait emmener Roberto à la messe : cela faisait un moment qu'il n'avait pas passé du temps seul avec son fils. Il ne l'avait guère vu ces dernières semaines, entièrement absorbé par la première taille du vignoble. Un an après la plantation, le domaine Greco s'était à nouveau rempli de journaliers penchés depuis l'aube avec des cisailles sur les jeunes ceps. Don Ciccio n'était venu qu'une seule fois, le premier jour de l'épamprage, et n'était guère resté plus d'une heure. Il s'était borné à expliquer à Carlo comment devait se dérouler cette phase délicate qui allait déterminer la quantité et la qualité des futurs raisins. « Après, tu te débrouilleras », avait-il ajouté, bourru comme d'habitude. Carlo avait ainsi appris que tout dépendait du nombre de bourgeons qu'il déciderait de tailler : plus il en laisserait, plus la production serait abondante, certes, mais avec un moindre degré de sucre et une plus faible concentration d'arômes. Le mieux était donc de ne garder que deux bourgeons par pied, les plus vigoureux, qui donneraient naissance à la tige. Quand il s'était aperçu que certains journaliers – en général les plus jeunes et les moins expérimentés – taillaient les bons bourgeons, ceux qui à l'évidence portaient le plus de sève, en laissant les plus faibles, Carlo les avait aussitôt réprimandés. « Je vous demande pardon, signor Greco », s'était-il entendu répondre.

Il mit à Roberto son habit du dimanche, une veste bleue avec un pantalon assorti, une chemise blanche et une petite cravate argentée.

– Tu es tout beau, lui dit-il en lui pinçant la joue. (Roberto lui répondit par un petit rire joyeux et Carlo lui posa un doigt sur la bouche :) Chut, maman dort encore.

Il passa une tête par la porte de la chambre à coucher et la referma doucement : Anna était étendue sur le côté, les cheveux épars sur l'oreiller, son masque de soie noire sur les yeux. Il resta quelques instants à la regarder en retenant son souffle. Elle était si merveilleusement belle, pensa-t-il. Et soudain il sentit sur ses épaules toute la fatigue du monde, la distance qui s'était creusée entre eux ces derniers mois, la hauteur du mur qu'ils avaient élevé, dispute après dispute. La dernière remontait à la veille au soir. C'était lui qui l'avait provoquée, pour le seul plaisir de l'agacer. Il savait combien Anna tenait à ce qu'à la maison on parle uniquement l'italien ; elle avait prohibé catégoriquement l'usage du dialecte et, si un mot échappait de temps en temps à Carlo, elle le reprenait à l'instant. « Pas devant le petit, s'il te plaît », disait-elle. Pourtant, pendant tout le dîner, il s'était fait un plaisir d'enseigner à son fils, assis sur sa chaise haute, comment on disait ceci ou cela dans le dialecte des Pouilles, en le poussant à répéter chaque mot. Anna lui avait intimé l'ordre d'arrêter, et lui n'avait fait qu'en rajouter, en applaudissant chaque fois que Roberto trouvait la bonne prononciation.

En y repensant, il se sentait profondément honteux : il s'était montré stupide et puéril. Elle avait peut-être raison quand elle disait que revenir dans le Sud l'avait rendu *imbécile et réactionnaire**...

Pour la première fois, alors qu'il la regardait dormir appuyé au chambranle de la porte, il craignit d'avoir perdu son estime, et cette idée lui parut insupportable.

Il retourna dans la chambre de son fils, le prit dans ses bras et descendit l'escalier sur la pointe des pieds.

Il arriva en avance à San Lorenzo pour la messe de dix heures et demie. Il entra, plongea le doigt dans le bénitier et se signa. Au fond, à côté du grand autel baroque, l'organiste prenait place. Carlo remonta la nef centrale au carrelage de majolique, flanquée de deux nefs latérales abritant des autels plus petits, et choisit un banc au milieu de la partie gauche, réservée aux hommes, face au monument funéraire de Giorgio Antonio Paladini, l'ancien seigneur de Lizzanello. En quelques minutes, l'église se remplit. Carlo regarda passer la famille de don Ciccio, qui avançait vers les bancs du premier rang : Gina tenait étroitement le bras de son mari, tandis que Carmela et Nicola avançaient l'un à côté de l'autre. Daniele, leur fils, les suivait un pas en arrière. Ils s'arrêtèrent et s'installèrent : don Ciccio, Nicola et Daniele à gauche, Carmela et sa mère à droite.

Quand vint le moment de la communion et que l'orgue se mit à jouer, Carlo se leva et, tenant Roberto dans ses bras, s'avança vers l'autel en prenant la queue. Ce fut ainsi qu'il se retrouva à côté de Daniele, qui sortait à cet instant de son banc, suivi de son père et de don Ciccio.

– Bonjour, don Ciccio, murmura Carlo en souriant.

Don Ciccio lui rendit son salut d'un mouvement du menton.

– La taille est terminée ? lui demanda-t-il à voix basse.

– Oui, c'est fini, répondit Carlo. Il n'y a plus qu'à espérer.

Nicola lui serra la main.

– Salut, Carlo. Daniele, dis bonjour au signor Carlo, ordonna-t-il ensuite à son fils.

Le garçon se retourna et souleva sa casquette.

– Bonjour, obéit-il sans enthousiasme.

Amusé, Carlo lui posa une main sur l'épaule.

– Comment ça va, jeune homme ? dit-il en souriant.

Don Ciccio parut soudain troublé et détourna le regard.

– Vous avancez ? les interrompit la voix rauque d'un homme qui faisait la queue derrière eux.

Ainsi, Carlo, Roberto et Daniele devant et les deux autres derrière parcoururent à petits pas les quelques mètres qui les séparaient du prêtre.

Carmela était restée assise à côté de sa mère, attendant que le tour des hommes soit passé et que commence celui des femmes. Pendant tout ce temps, elle suivit du regard Carlo et Daniele qui marchaient côte à côte, sentant les battements de son cœur résonner dans sa poitrine. Si l'orgue avait cessé de jouer d'un coup, tout le monde dans l'église aurait pu les entendre.

Ce dernier lundi de mars, le bureau de poste avait un air de fête. Après huit longues années de fiançailles, Tommaso allait convoler en justes noces avec sa Giulia, une jeune fille de bonne famille gracile et timide, l'enfant unique d'un *patrunu*, un gros propriétaire foncier. Le directeur avait apporté un plateau de gâteaux à la pâte d'amandes et il déboucha une bouteille de mousseux. Même s'il n'était que huit heures du matin, chacun en prit volontiers un verre. Quand Anna entra, ils étaient tous debout autour de la table, verre en main, devant ce qu'il restait du plat de pâtisseries. Ce jour-là, elle avait amené Lorenza dans son uniforme d'école – jupe noire et chemisette blanche au col sombre – ; depuis des mois, sa nièce insistait pour voir l'endroit où travaillait sa tante. Anna avait fini par accéder à son désir, à condition toutefois qu'elle retourne ensuite à l'école avec elle sans faire d'histoires.

– Quelle jolie petite fille, dit Tommaso. Elle a quel âge ?

– Onze ans ! s'exclama Lorenza.

– C'est la fille d'Antonio, tu ne la reconnais pas ? dit Elena. Pourtant, c'est le portrait craché de sa mère. (Puis, se tournant vers Lorenza :) Tu aurais dû la voir à ton âge… Vous vous ressemblez comme deux gouttes d'eau.

– Tu connais ma maman ?

– Bien sûr que je la connais. On était ensemble à l'école quand on était petites.

– Mais où tu vois une ressemblance avec Agata, à part les cheveux ? s'agaça Anna. Tu ne vois pas qu'elle a les yeux d'Antonio ? Et son sourire ?

Elena scruta la petite, les bras croisés.

– Bah, ça se peut. Moi, j'ai l'impression qu'elle a tout pris d'Agata. Qu'est-ce que tu en dis, Carmine ?

– Je ne sais pas. J'ai peut-être du mal à me rappeler les yeux d'Antonio, avec tout ce que j'ai à faire.

– Oh, vieux ronchon ! soupira Elena en l'expédiant d'un geste. Comment fait ta femme pour te supporter, je me le demande.

– Tu devrais plutôt voir ce qu'*elle* me fait supporter, ricana Carmine.

– Onze ans…, répéta Tommaso. Et tu sais déjà ce que tu voudras faire après l'école élémentaire ?

– Bien sûr qu'elle le sait, répondit Anna. Elle prépare l'examen d'admission au lycée. Elle ira au lycée classique, et puis à l'université, ajouta-t-elle avec fierté.

Cela avait été l'objet d'une belle controverse dans la famille. Agata aurait préféré pour sa fille la filière professionnelle. « Là au moins, on apprend un métier », avait-elle commenté. Pour Antonio au contraire, il ne faisait pas de doute que Lorenza devait aller à l'université. Elle serait la première Greco diplômée ; il en avait rêvé pour elle depuis le jour de sa naissance et personne au monde ne viendrait se mettre en travers de ses plans. Agata, qui avait rarement vu une telle résolution chez son mari, avait fini par s'y résoudre, non sans ronchonner. Ce qui dominait chez elle, c'était plutôt le sens pratique : à quoi servait d'étudier pendant tant d'années si l'objectif était dans tous les cas de *travagghiare* ? Et puis, ce qu'elle souhaitait réellement pour Lorenza, c'était un bon mariage, qui lui assure la sécurité, le respect de tous et le pain quotidien.

– Le lycée classique. Bravo, la complimenta Tommaso en lui caressant la joue.

À ce contact inattendu, la petite rougit et baissa la tête.

Anna la prit par la main et lui fit faire rapidement le tour du bureau en lui expliquant le rôle de chacun. Comme toujours, Lorenza l'assaillit d'une rafale de questions : « Et cette balance, à quoi elle sert ? Et il y a quoi dans ce tiroir ? Et qui est assis à ce bureau ? Et pourquoi vous avez un coffre-fort ? »

Anna répondit à chaque fois avant de lui dire :

– Et maintenant, tu restes tranquille, parce que tatie doit remplir sa sacoche.

– Viens par là avec nous, l'invita Chiara en lui tendant la main.

Lorenza la saisit et la suivit avec Elena dans le bureau des télégraphistes, tandis que Tommaso prenait place à son bureau et que Carmine tirait un vantail de la grande porte pour indiquer que la poste était ouverte.

Anna boucla sa sacoche, la mit en bandoulière et alla passer une tête dans la pièce de derrière.

– Ça y, je suis prête, dit-elle. Allons-y.

Lorenza était assise sur le bureau, jambes pendantes, tandis que Chiara lui expliquait le fonctionnement du télégraphe. À chaque impulsion électrique, lui disait-elle, il se crée une séquence de traits et de points. « L'alphabet morse », ça s'appelle. Son travail consistait à le traduire en messages.

– Comme par magie ! s'exclama Lorenza en écarquillant les yeux.

– Oui, c'est un peu de la magie sourit Chiara.

Du poste voisin, Elena poussa un soupir et marmonna qu'elle ne voyait pas où était la magie dans son travail.

– On y va, *ma petite**, dit Anna en aidant sa nièce à descendre du bureau. Sinon, tu vas être en retard et moi aussi. Il y a du courrier pour ton papa, aujourd'hui.

Avant de se rendre à la fabrique d'huile, qui serait la dernière étape de sa tournée, Anna frappa à la porte d'Angela : elle avait une petite boîte à lui remettre. Elle la sortit de sa sacoche et la soupesa, remarquant qu'elle était extrêmement légère. Elle la secoua alors doucement pour tenter de deviner son contenu : Dieu sait ce qu'il avait inventé cette fois, le soupirant tenace. Angela l'accueillit avec son expression radieuse, lui prit la boîte des mains et, comme chaque fois, l'ouvrit séance tenante. Puis, les yeux écarquillés, elle en sortit un anneau en bois gravé qu'elle enfila aussitôt à son doigt.

– Il me va parfaitement, dit-elle, réjouie, en montrant sa main à Anna.

– Il est très beau, commenta celle-ci. Je crois vraiment que bientôt il te donnera le vrai.

La jeune fille haussa les épaules avec une petite moue de coquetterie.

– C'est aussi ce que dit ma mère.

Anna arriva à la fabrique alors qu'il était presque l'heure du déjeuner. Agnese la reçut avec un sourire. « Donnez », dit-elle en allongeant le bras. Mais Anna répliqua qu'elle préférait la remettre en main propre. Elle frappa donc à la porte du bureau d'Antonio et attendit qu'il lui dise d'entrer.

– C'est le courrier ! annonça-t-elle alors en agitant l'enveloppe.

Antonio bondit sur ses pieds et fit tomber à terre le dossier ouvert sur son bureau. Anna éclata de rire.

– Quelle belle surprise, dit-il ensuite en s'avançant vers elle.

– Pour toi, répliqua-t-elle en lui tendant l'enveloppe.

Antonio la prit et, sans même y jeter un coup d'œil, la posa sur le bureau derrière lui. Puis il invita Anna à s'asseoir.

– Comment vas-tu ? s'enquit-il en reprenant place dans le fauteuil en face d'elle.

Il jeta un coup d'œil discret à son poignet pour vérifier qu'elle portait encore la montre qu'il lui avait offerte, et se sentit réconforté de la voir à sa place.

Anna haussa les épaules.

– Ça va, même si ton frère ne me rend pas la vie facile. C'est devenu un affrontement continuel, comme s'il devait me faire payer jour après jour, soupira-t-elle.

Antonio baissa les yeux.

– Je ne comprends pas ce qui lui a pris, continua Anna. Ce n'est plus mon Carlo… Il est littéralement obsédé par ce que les gens pensent de lui. Mais pourquoi ?

– Ça lui passera, répondit Antonio. Carlo est comme ça. Quand il s'obstine sur quelque chose, il ne voit plus rien d'autre. Pour lui, c'est devenu une sorte de défi, et ça peut prendre du temps avant qu'il se calme.

– Oui, je le sais bien, dit-elle en hochant la tête. Je l'ai compris tout de suite, que ton frère était têtu. Il s'est acharné pendant plus d'un an à me faire la cour. Dis-toi bien qu'au début, il ne m'intéressait pas. C'était un autre qui me plaisait...

– Ah oui ? s'étonna Antonio en sentant une pointe de jalousie.

– Oui. Amadeo, il s'appelait. Il voulait être peintre. C'était un beau garçon...

– Et puis ?

– Et puis ton frère est arrivé, et il s'est mis en tête de l'évincer – lui et tous mes autres soupirants.

– Pourquoi, tu en avais beaucoup ? sourit Antonio.

– Quelques-uns, oui, répondit-elle en haussant les épaules. Elle changea de position sur son fauteuil. Ah, mais je l'ai fait attendre longtemps avant de lui concéder un baiser ! s'enorgueillit-elle. Mes cousines n'arrêtaient pas de me dire : « Ne tire pas trop sur la corde », « Ne laisse pas passer un gars comme Carlo. » Et tu sais ce que je leur répondais ?

Antonio secoua la tête.

– Que c'était lui qui ne devait pas me laisser échapper !

– Ça, c'est sûr, commenta Antonio d'une voix rauque.

– Je voudrais qu'il comprenne combien ce travail est important pour moi, ajouta Anna en redevenant sérieuse. Toi, tu l'as compris aussitôt... Pourquoi lui n'y arrive pas encore ?

Antonio se leva et mit les mains dans ses poches.

– Tu veux voir mon endroit préféré ? lui demanda-t-il à brûle-pourpoint.

– Quel endroit ?

– Ce n'est pas loin. Il se trouve juste au-dessus de notre tête, répondit-il en lui montrant le plafond.

Ils sortirent par la porte de derrière et débouchèrent sur un espace entouré de hautes façades décrépites.

– On est où ? demanda Anna en regardant autour d'elle

– Viens, c'est par là, dit Antonio en lui ouvrant le chemin.

Ils suivirent un sentier qui longeait les murs, si étroit qu'il était impossible d'y marcher de front. Puis ils gravirent un escalier en pierre qui menait à la terrasse de l'huilerie.

– Regarde ! s'exclama-t-il quand ils furent tout en haut.

Anna avança de quelques pas. De là, il lui sembla qu'elle pourrait tenir le village tout entier entre ses mains : elle reconnut l'église, la place, le château, les habitants qui allaient et venaient, minuscules comme des fourmis.

– On voit même la poste, dit-elle en la montrant du doigt.

– Et de l'autre côté, on voit la mer, dit Antonio en se rapprochant.

Il posa la main sur son bras et la fit pivoter peu à peu. Anna regarda au loin, et découvrit une frange azurée à l'horizon.

– C'est beau ici, dit-elle. Tu sens cette paix…

– Oui. C'est pour cela que je viens ici chaque jour, répondit-il.

Anna lui sourit ; une petite brise s'engouffra dans ses cheveux, faisant retomber une boucle sur sa joue. Elle ferma les yeux, offrant son visage à la caresse du vent.

Antonio la fixait, la tête légèrement inclinée : il imagina parcourir du doigt son profil qui se détachait sur le ciel. Il écouta le silence de ce lieu si exposé et pourtant si intime, réalisant qu'ils n'avaient jamais été aussi seuls, à l'abri de tous les regards. Il s'approcha d'elle, prit son visage entre ses mains et posa délicatement ses lèvres sur les siennes, en un très long et très doux baiser.

Quand elle rouvrit les yeux, Anna se détacha de lui brusquement en portant une main à sa bouche.

Antonio, l'air égaré, recula jusqu'au parapet, auquel il s'appuya d'une main.

– Excuse-moi, Anna, dit-il d'une voix brisée.

Elle lui lança un regard atterré. Puis, sans un mot, elle se dirigea à grands pas vers l'escalier et disparut à sa vue.

8

Mai-juin 1936

Depuis cette matinée sur la terrasse, Antonio n'avait plus réussi à dormir en paix. Il se retournait en sueur dans son lit, en proie à un besoin d'air qu'il n'arrivait pas à s'expliquer. Il avait l'impression que son souffle se bloquait dans sa poitrine et il se sentait étouffer. Lors de la première crise, il avait cru qu'il était en train de mourir : il s'était assis, épouvanté, et avait secoué Agata par l'épaule pour la réveiller. Sa femme lui avait demandé de s'étendre sur le dos et, comme si elle avait fait ça toute sa vie, lui avait tenu la main en lui ordonnant d'expirer longuement par la bouche et de compter jusqu'à dix. « Tu fais comme si ton souffle devait traverser le plafond. » Et ainsi, à force d'expirations de plus en plus profondes, Antonio avait fini par se calmer.

Ces dernières semaines avaient été les pires de sa vie. Il avait tenté de se soustraire à la présence de Carlo, mais chaque fois qu'il le regardait dans les yeux, il devait dissimuler son malaise sous un sourire contraint, estimant être un traître, un frère abject. Le matin, il avait cessé de boire son café au Castello, pour ne pas risquer de rencontrer Anna quand elle allait prendre son service à la poste ; il alléguait des contraintes de travail inexistantes pour arriver tard aux déjeuners dominicaux qui réunissaient toute la famille et pour y rester le moins longtemps possible. Pourtant, tout cela n'avait servi à rien. Il se sentait comme un animal en cage condamné à tourner en rond sans trêve. Les rares fois où il avait croisé les yeux d'Anna, il n'y avait trouvé aucune lueur, aucun frémissement, comme s'il ne s'était rien passé. Elle semblait s'être imposé une discipline de fer, quasi militaire, pour effacer le moindre instant de cette maudite matinée. Au point qu'il en était venu à se demander s'il n'avait pas rêvé, si ce baiser n'existait pas que dans sa tête. Tous les jours, il avait repassé dans son esprit la façon dont ils en étaient arrivés là, chaque parole prononcée, chaque regard, chaque geste, en s'efforçant de leur donner un sens, mais les fragments de l'histoire restaient éparpillés devant lui et il ne trouvait aucun moyen de les assembler. Il avait envie de s'échapper, de respirer à nouveau loin de tout, pour ne plus devoir à chaque instant affronter sa faute.

L'idée lui était venue grâce à Enrico, une connaissance, rencontré par hasard à la chambre de commerce de Lecce. C'était le 10 mai 1936, le lendemain du jour où Mussolini avait proclamé l'empire d'Afrique orientale italienne : après l'Érythrée et la Somalie, l'Éthiopie à son tour était tombée sous les coups des fascistes.

Enrico, qui possédait une entreprise de construction, lui avait raconté tout heureux qu'il venait d'obtenir le laissez-passer colonial de la préfecture : il s'embarquerait à Brindisi début juin sur un paquebot à destination d'Asmara, la capitale de l'Érythrée. Comme lui, d'autres entrepreneurs locaux avaient décidé d'étendre leur activité aux colonies italiennes, où ils allaient s'installer.

Dès lors, Antonio crut y voir la solution à tous ses ennuis.

L'idée de partir pour l'Afrique, l'endroit le plus lointain

qu'il pouvait imaginer, s'était insinuée en lui et s'était imposée peu à peu jusqu'à devenir le seul moyen susceptible de lui offrir un peu de soulagement. Il allait exporter son huile dans les colonies italiennes, monter un commerce là-bas. Il serait parti un bon moment, assez longtemps pour recommencer à respirer normalement. Ainsi, sans rien dire à personne, il avait déposé une demande d'émigration à la préfecture et suivi l'itinéraire bureaucratique pour obtenir l'autorisation de partir. Une fois vérifiés sa raison sociale, son intégrité morale, son casier judiciaire et politique, son certificat de bonne santé, et ainsi de suite, il s'était vu remettre le laissez-passer colonial l'autorisant à développer son activité en Afrique italienne. Il partirait avec un petit chargement d'huile, et si le commerce avec Asmara prenait la tournure qu'il espérait, il s'en ferait expédier un nouveau. Agnese était la seule à qui il avait parlé de ce voyage : c'était elle qui devrait préparer la marchandise, et s'occuper également de la fabrique pendant son absence. Sur la discrétion et la fidélité d'Agnese, Antonio n'avait pas le moindre doute.

Il avait décidé qu'il n'informerait la famille que quelques jours avant son départ, quand personne ne pourrait plus s'y opposer.

– La cave est terminée. Tu viens la visiter ? demanda Carlo à brûle-pourpoint un dimanche matin, tandis qu'Anna buvait son lait tiède assise sur le banc du jardin, les yeux fixés sur les branches fleuries des grenadiers.

Elle le connaissait trop bien pour ne pas comprendre ce que signifiait cette question : Carlo avait enfin déposé les armes. Il n'avait jamais été très doué pour prononcer le mot « pardon » ; quand il était désolé, il préférait le signifier par des actes.

– Oui, répondit Anna sans détacher les yeux des grenadiers. J'arrive.

Carlo lui sourit et, pour la première fois depuis des mois, lui effleura la joue du dos de la main.

– Prépare-toi tranquillement, je vais habiller Roberto, dit-il.

– Tu vas manquer la messe aujourd'hui ?

– Mais oui. Personne ne va s'en inquiéter, je pense.

Pour tout dire, il n'avait aucune envie de tomber sur Carmela et d'affronter ses regards torves, qui étaient autant de demandes muettes d'explications. Ces derniers temps, il avait espacé ses visites du matin et, depuis plus d'une semaine, il les avait complètement cessées. Pour lui, c'était un véritable soulagement : Carmela avait commencé à avoir des exigences et à faire la tête s'il ne lui donnait pas les réponses qu'elle attendait ou s'il parlait d'Anna une fois de trop, ou encore s'il s'échappait trop vite du lit, ce qui lui arrivait de plus en plus souvent. En vérité, il n'en pouvait plus de cette vie-là ; si dans les premiers temps il lui avait paru infliger à Anna une juste punition – même si elle ignorait tout de sa trahison –, à présent il se sentait coupable. Il avait honte de l'avoir donnée en pâture aux mauvaises langues du pays, d'avoir permis que l'on médise d'elle, d'avoir rabaissé aux yeux des autres l'amour qui les unissait.

Sa femme et lui montèrent donc dans la 508 et, avant de prendre la direction de la cave, Carlo demanda à Anna si elle voulait partager avec lui un café grappa au Castello.

Celle-ci le regarda, le front plissé.

– Encore une provocation ? dit-elle.

Il arrêta la voiture et se tourna vers elle.

– Non, pas du tout, la rassura-t-il en prenant sa main entre les siennes. J'aimerais qu'à partir de maintenant, cela devienne *notre* rite.

Elle le scruta un instant, puis se laissa aller à sourire.

– Tu entends, Roberto ? dit-elle en inclinant la tête vers son fils assis sur ses genoux. Papa a envie de s'offrir une petite goutte.

Carlo se gara sur la place, déjà pleine de monde, et tandis qu'ils descendaient tous les deux, il crut percevoir des œillades, des coups de coude et des chuchotements. Ils avancèrent vers le café, tenant chacun une main de Roberto qui gambadait entre eux.

Sanglé dans son tablier blanc qui lui comprimait le ventre, Nando les salua, cordial, comme toujours.

– Qu'est-ce que je vous sers ? demanda-t-il avec un sourire.

– Comme d'habitude, répondit Anna, le bras posé sur le comptoir. Mais pour deux, ajouta-t-elle en se tournant vers Carlo.

Les deux petits vieux étaient toujours là, assis à la même table, comme s'ils étaient des silhouettes en carton que Nando rentrait dans le débarras à la fin de la journée et ressortait chaque matin à l'ouverture.

Anna choqua sa tasse contre celle de Carlo. « *Santé* ! », dit-elle. Et ils avalèrent leur café d'une gorgée.

Les deux habitués leur lancèrent un rapide regard avant de retourner tête basse à leur belote.

Carlo, de retour à la voiture, ne remarqua sa présence qu'au moment d'ouvrir la portière. Carmela se tenait sur le seuil de l'église, toute raide, son voile noir sur la tête, au bras de son mari absorbé dans une conversation avec un petit groupe d'hommes.

Elle dardait sur lui un regard foudroyant.

Carlo détourna les yeux et monta en voiture.

Quand ils furent sortis du village, Anna abaissa la vitre et laissa le vent lui fouetter le visage. Elle se sentait tout à coup revigorée, comme si elle venait d'échapper à un danger. « Chaque cheville doit rentrer dans son trou », pensa-t-elle en observant les rangées d'oliviers, qui semblaient alignés comme à la parade. « Il ne s'est rien passé d'irréparable », ne cessait-elle de se répéter. Avec Antonio, cela avait été un coup de folie, un instant de fragilité : le plus raisonnable était de le minimiser, de le réduire en confettis emportés par le vent. Elle était certaine qu'il éprouvait la même chose, et qu'il n'était nul besoin d'en parler : l'un comme l'autre iraient de l'avant et s'empresseraient de tout oublier. Il n'y avait pas d'autre choix.

– On y est ! s'exclama Carlo en tournant à droite.

Il arrêta la voiture sur une petite esplanade et tira le frein à main.

– Viens voir la cave de papa, dit-il ensuite sur un ton joyeux en aidant Roberto à descendre de la voiture. Puis il tendit la main à Anna, la serra, et ensemble, avec Roberto entre eux, ils s'acheminèrent sous le soleil de midi qui réchauffait l'atmosphère.

Carlo ouvrit le portail en bois et ils entrèrent. Les plafonds voûtés plurent tout de suite à Anna, mais surtout elle aima l'odeur de tuf dont la pièce était imprégnée.

– Ici, nous mettrons l'embouteillage, expliqua-t-il avec de grands gestes. Là, il y aura la boucheuse, là, les bouteilles vides. Et puis ici, dit-il en l'entraînant dans la pièce voisine, nous collerons les étiquettes. Et enfin, voici mon bureau, conclut-il en ouvrant une porte.

C'était un petit local avec une table, une chaise et une étagère vide.

– Il manque encore quelques petites choses, reconnut-il.

Anna continuait à regarder autour d'elle d'un air surpris.

– Viens voir en bas, reprit-il.

Ils descendirent au sous-sol, où avaient été creusées les vasques en ciment.

– C'est là que le vin va vieillir, lui expliqua-t-il en s'accroupissant à côté d'une vasque.

– Que te dire, Carlo ? C'est un endroit qui te ressemble. Tu as fait du beau travail, murmura-t-elle en laissant vaguer son regard alentour.

– Vraiment, ça te plaît ? demanda-t-il d'un air rayonnant.

– Oui, vraiment.

– Et il y a une chose que je ne t'ai pas encore dite, reprit-il. Personne n'est au courant... Je voulais t'en faire la surprise quand il aurait été mis en bouteille, mais en réalité, il n'y a aucune raison d'attendre.

– De quoi tu parles ? demanda Anna, curieuse.

– Du Donna Anna. C'est le nom qui sera inscrit sur l'étiquette du premier vin du domaine Greco.

Anna eut soudain les larmes aux yeux.

– Tu es sérieux ? dit-elle avec un sourire.

– Très sérieux, déclara Carlo, ravi de voir sa femme aussi heureuse.

Anna lui posa une main sur la joue. Puis elle lui donna un baiser.

– Donna Anna, répéta Roberto de sa petite voix.

La réponse de don Giulio arriva à la floraison des roses.

Dès que Giovanna vit la carte postale, qui représentait la piazza Maggiore à Bologne, elle éclata d'un rire heureux et ses grands yeux noisette s'illuminèrent. Cesare, emporté par cette joie, lui posa les pattes sur la poitrine en remuant la queue.

Sous son regard impatient, Anna prit une éponge humide et tamponna les timbres. Puis, en s'aidant de la pointe d'un couteau, elle les souleva délicatement en partant des coins. Et comme elle s'y attendait, quelques mots apparurent.

– Alors ? la pressa Giovanna. Qu'est-ce que ça dit ?

Anna hésita.

– Je te la lis, mais à une condition : que tu me laisses t'apprendre à lire et à écrire.

Giovanna s'assombrit.

– Tu sais bien que je ne peux pas, répondit-elle d'un air agité.

– Ce n'est pas vrai. Laisse-nous essayer, au moins.

– Je te l'ai dit, moi les mots, je n'arrive pas à les voir. Tout se brouille devant moi... Et à la fin, ça ne fait plus qu'une seule grande tache noire...

– Moi, je sais comment faire, l'interrompit Anna. Il suffit que tu me fasses confiance.

Giovanna se mordit les lèvres. Puis elle lui lança un regard résigné.

– Très bien, se réjouit Anna. On commence demain, ajouta-t-elle d'un ton péremptoire.

– Tu me la lis, maintenant ? demanda Giovanna.

– Maintenant, oui, lui répondit Anna en lui faisant un clin d'œil.

Les mots dissimulés de don Giulio révélèrent un homme plein de passion, celui dont Giovanna était tombée amoureuse et qu'elle retrouvait enfin. Et Dieu sait qu'il s'était laissé aller à des pensées « inopportunes », à l'abri des regards indiscrets. Au point de faire rougir même Anna, qui n'avait jamais montré de fausse pudeur.

Je me sens coupé en deux, écrivait-il. *J'ai de mauvaises pensées qui s'emparent de moi la nuit comme des bêtes fauves que je ne sais pas dompter. Chaque nuit, je me laisse dévorer, et chaque matin je demande pardon à Dieu. Écris-moi encore, raconte-moi toi aussi tes mauvaises pensées.*

Ce jour-là, Anna ne quitta Contrada qu'au coucher du soleil, et sur le trajet du retour elle rumina : quelle idiotie, cette histoire de chasteté ! Dans son monde idéal, les prêtres devraient pouvoir se marier et avoir une famille ou se déclarer amoureux comme n'importe qui. D'ailleurs, leur travail n'en était-il pas un parmi d'autres ?

Elle avait longuement réfléchi à la façon d'aider Giovanna. Elle n'avait aucune idée de ce qui pouvait bien l'empêcher de « voir les mots », comme elle le disait. Au cours de ses années d'enseignement, elle n'avait jamais rien rencontré de ce genre, aussi s'était-elle acharnée à chercher la réponse dans les manuels de médecine qu'elle dénichait à la bibliothèque municipale. Mais elle ne l'avait pas trouvée : Giovanna semblait souffrir d'une pathologie sans nom, un trouble dont personne n'avait jamais entendu parler. Il ne lui restait donc plus qu'à se fier à son instinct. Elle songea que, si dans la tête de son amie les mots tournoyaient sur la page comme un vol d'étourneaux, il fallait trouver un moyen de les faire tenir tranquilles. Elle prit donc un petit rectangle de carton blanc où elle découpa une fenêtre longue de deux centimètres et de la hauteur d'une ligne de lecture. Le lendemain, elle frappa à la porte de son amie avec deux exemplaires d'*Orgueil et Préjugés* : l'un était le sien, dépenaillé à force d'avoir été lu et relu ; l'autre, elle l'avait emprunté à la bibliothèque.

Elle s'assit en face de Giovanna et lui expliqua comment allait se dérouler la leçon de l'après-midi – qui, lui déclara-t-elle, serait désormais quotidienne.

– Je lis à haute voix tout doucement et tu suis sur ton livre en isolant à chaque fois les mots avec ce carton. Tu vois cette petite fenêtre ? Je l'ai fabriquée exprès.

– Mais… on va tout lire ? demanda Giovanna, effarée, en retournant le roman entre ses mains.

Cesare allongea le museau et vint renifler le livre.

– J'y compte bien ! répondit Anna.

Carmela se regarda une dernière fois dans le miroir. Elle portait un ensemble qu'elle avait réalisé exprès pour l'occasion, et dont elle avait trouvé le patron dans *L'Eco del Cinema* : une veste bleu outremer ornée de fleurs bleu pâle aux manches trois quarts, une jupe plissée au genou, et une ceinture blanche qui lui marquait la taille. Elle posa sur sa tête un petit chapeau cloche du même bleu, se mit du rouge et se passa un nuage de poudre sur le visage. Enfin, elle glissa une enveloppe jaune dans son sac à main et sortit de chez elle avec l'air de quelqu'un qui s'apprête à frapper un coup décisif.

Elle marcha d'un pas vif jusqu'à la maison de Carlo, en passant par les ruelles latérales pour éviter de traverser la place ; elle traversa la cour et, une fois devant la porte, frappa.

Il vint ouvrir, encore en pyjama. Dès qu'il la vit, il devint blême.

– Carmela, qu'est-ce que tu viens faire ici ?

– Si Mahomet ne va pas à la montagne... Calme-toi, je sais parfaitement qu'à cette heure-ci, elle n'y est pas. Je peux entrer ?

– Bien sûr que non, tu es devenue folle ? répondit Carlo en jetant un regard derrière elle.

Les traits de son visage se durcirent, traçant sur son front des sillons qu'elle n'avait jamais remarqués jusqu'alors.

Carmela lorgna à l'intérieur et vit Roberto assis sur un tapis en train de jouer avec un petit cheval de bois.

– Qu'est-ce que tu veux ? insista Carlo.

Elle le fixa d'un air moqueur.

– Tu es vraiment un champion dans l'art de disparaître. Tu t'es volatilisé il y a douze ans et tu viens de recommencer. Qu'est-ce que tu crois, que les gens doivent toujours tout accepter sans mot dire ? Cette fois, c'est moi qui parle.

Carlo appuya une main sur le chambranle.

– Carmela, il fallait que ça s'arrête à un moment ou un autre, murmura-t-il en épiant la rue.

– Et c'est toi qui l'as décidé, tout seul. Du jour au lendemain. Comme toujours.

– Il n'y avait pas à discuter. À quoi ça aurait servi ?

– Bien sûr. Tu arrives, tu prends ce que tu veux, et après, salut la compagnie. Tu as fait la même chose avec mon père : tu lui as demandé de l'aide, et après tu n'as plus eu une pensée pour lui ni pour ce qu'il a fait pour toi.

– Ne t'occupe pas de don Ciccio. Je saurai le récompenser, ne te fais pas de souci.

À cet instant, on entendit un martèlement de sabots sur les pavés : une charrette, tirée par un mulet sur lequel était juché un homme, passait dans la rue perpendiculaire.

– Tu ne peux pas rester ici, Carmela.

– Je m'en vais, je m'en vais, cracha-t-elle. Mais avant, je dois te donner ça, dit-elle en sortant l'enveloppe jaune de son sac.

– Qu'est-ce que c'est ?

– Ouvre-la.

Carlo prit l'enveloppe, en souleva le rabat et en sortit une feuille couleur sépia pliée en deux. C'était un certificat de naissance. Il lut : « Daniele Carlà ». Et en dessous, la date de naissance : « 16 décembre 1924 ».

– Qu'est-ce que ça veut dire ? Pourquoi tu m'as apporté l'acte de naissance de ton fils ?

– Pour un type qui est dans les affaires, tu n'es pas très doué en calcul. (Et elle se mit à compter en ouvrant les doigts :) Avril, mai, juin, juillet, août… Tu continues jusqu'en décembre ?

– Je ne comprends pas, bafouilla-t-il.

– Ce n'est pas difficile, Carlo. Tu peux y arriver.

– Mais enfin Carmela, à quoi tu joues ? demanda-t-il en haussant la voix.

Roberto arrêta de jouer et leva les yeux sur son père.

– Papa, j'ai soif, pleurnicha-t-il.

Carlo se retourna pour le regarder, l'air hagard.

– Allez, va donner à boire à ton fils, dit Carmela avec une moue.

Elle lui reprit le certificat des mains, tourna les talons et s'éloigna. Peu importait que Carlo soit en colère et combien de temps il le resterait, se disait-elle. La seule chose qui comptait, c'était la certitude qu'à compter de ce jour, chaque fois que Carlo la regarderait, même de loin, il verrait en elle la mère de son enfant. De son premier fils. Il ne pourrait plus l'ignorer, et cela lui suffisait.

Du moins pour le moment.

Carlo passa les jours suivants en proie à une faiblesse de corps et d'esprit qui ne lui était pas coutumière.

Il s'efforça de se rappeler les rares occasions où il était tombé sur Daniele : la première fois qu'il l'avait aperçu en promenade dans le village avec Nicola ; le matin où il était passé chez don Ciccio et l'avait trouvé là, chez ses grands-parents, en train de faire ses devoirs ; le jour où il l'avait vu avec ses amis allumer une cigarette en cachette derrière le Castello ; le dimanche de Pâques, à l'église, quand ils s'étaient avancés côte à côte vers l'autel. À chaque fois, il l'avait regardé distraitement, comme on regarde un inconnu.

À présent, il s'expliquait certains regards de don Ciccio, ses réponses hostiles, et les phrases que Carmela laissait en suspens, comme si elle s'obligeait à ravaler le reste. Il sentit un soudain accès de rage lui serrer la poitrine : don Ciccio, Gina, Carmela… Ils avaient tout orchestré, ils avaient tiré les ficelles pendant toutes ces années, et lui n'avait été qu'une marionnette. Comment avaient-ils pu le tenir ainsi dans l'ignorance ? Et Nicola ? Il était d'accord, lui aussi, pour cette mise en scène ? Qui d'autre le savait dans le pays ?

Un matin, exaspéré, alors qu'il se rendait au vignoble, il tourna brusquement en direction de la fabrique d'huile et, une fois devant la porte, donna plusieurs coups de klaxon.

Antonio ouvrit la porte en grand.

– Tu as une façon vraiment discrète de t'annoncer, plaisanta-t-il.

En voyant l'air sombre de son frère il reprit aussitôt son sérieux.

– Monte, lui intima Carlo. On doit aller quelque part.

– Où ça ?

– Je te le dirai après.

– Mais…, tenta de protester Antonio. Il s'est passé quelque chose ? Je dois m'inquiéter ?

– Non. Mais je te dis de monter.

– Laisse-moi prévenir Agnese…

Antonio revint au bout de quelques instants, sa veste pliée sur le bras.

Dès qu'il fut à bord, Carlo appuya sur l'accélérateur et partit comme une flèche.

– On est pressés ? demanda Antonio en s'agrippant à la poignée de la portière.

– Non, répondit Carlo, les mains crispées sur le volant et le regard fixé sur la route.

– Ralentis, alors. Qu'au moins on arrive vivants.

Carlo conduisit jusqu'à l'école, puis il gara la voiture au bord du trottoir et éteignit le moteur.

– Et maintenant, qu'est-ce qu'on fait ? demanda Antonio.

Carlo ouvrit la boîte à gants et en sortit un cigare. Il le porta à sa bouche et l'alluma.

– Maintenant, on attend, dit-il.

Au bout de quelques minutes, Daniele arriva et se joignit à un petit groupe d'enfants devant la porte de l'école.

– Le voilà, s'exclama Carlo.

– Mais qui ?

– Daniele. Là-bas, répondit-il en le désignant du doigt.

– Le fils de Carmela ? demanda Antonio d'un ton hésitant.

Carlo exhala une bouffée de fumée.

– Ouais. Le fils de Carmela.

– Carlo, je ne te suis pas... Tu vas m'expliquer ce qu'on fait ici ?

– Tu trouves qu'il me ressemble ?

Antonio le fixa, incrédule.

– À toi ? Et pourquoi devrait-il te ressembler... ?

– Regarde-le bien, l'interrompit brusquement Carlo. Tu trouves qu'il a quelque chose de moi ? Des Greco ?

Antonio se pencha en avant, et à travers le pare-brise étudia le garçon.

– Non, Carletto, finit-il par dire. Mais vraiment pas du tout.

– Ouais, murmura Carlo, les yeux fixés sur Daniele qui, les mains plongées dans les poches de son pantalon, riait avec un autre garçon.

– Ah, c'est sûr, ça n'a pas été difficile de tromper tout le monde. C'est le portrait craché de Carmela, pour son bonheur.

Antonio se retourna pour le fixer d'un air consterné.

– C'est bien ce que je pense ? lui demanda-t-il.

Carlo tapota son cigare et un petit cylindre de cendre tomba à terre. Puis il mit la 508 en marche et tourna à droite.

– Elle a voulu me le faire payer, la salope, siffla-t-il.

– Mais tu es sûr que c'est vrai ?

– Oui. Les dates coïncident. C'est arrivé quand je suis descendu pour ton mariage. Et Daniele est né en décembre.

– Qui est au courant ?

Carlo haussa les épaules.

– Les parents de Carmela, c'est sûr. Nicola, je ne sais pas…

– Et tu vas le dire à Anna ?

– Tu es fou ? Bien sûr que non.

Antonio hésita.

– Et tu vas faire quoi ?

– Rien, répliqua Carlo. Qu'est-ce que je devrais faire ?

– Tu n'as pas peur qu'elle le dise à Anna ?

Carlo tira sur son cigare.

– Elle ne fera pas ça. Elle a construit sa vie sur un énorme mensonge pour sauver son honneur et celui de sa famille, et elle ne peut pas tout détruire maintenant. Elle n'est pas si bête. Et puis, don Ciccio ne le lui permettrait pas.

– Mais alors, pourquoi te le dire ? Elle doit attendre quelque chose de toi, non ?

– Non. Elle voulait seulement me tourmenter. Je la connais. Mais avec moi, ça ne marche pas. Les enfants appartiennent à ceux qui les élèvent. En ce qui me concerne, ce garçon est le fils de Nicola.

Antonio se borna à acquiescer et baissa la tête. Il savait parfaitement ce qui arrivait à Carlo : il prenait ses distances, édifiant autour de lui un mur de feinte indifférence. Depuis toujours, c'était la seule façon qu'il connaissait de se protéger, pour ne pas se laisser atteindre par les mauvais coups de la vie. Il avait fait la même chose avec leur mère, allongeant démesurément la distance entre eux jusqu'à ce qu'elle disparaisse de sa vue.

Quand ils furent de retour à la fabrique, Antonio poussa un profond soupir et, le visage crispé, avoua à son frère que lui aussi avait quelque chose à lui dire.

– J'ai décidé de partir, Carletto. Je vais à Asmara avec d'autres entrepreneurs. Je vais tenter de mettre sur pied un commerce d'huile avec les colonies, et pour ça je devrai rester là-bas un moment. Tu es le premier à qui je le dis. Je m'embarque dans dix jours.

Il avait débité tout cela d'un trait, sans regarder son frère en face et en mangeant à moitié ses mots. Carlo resta interdit.

– Mais là, comme ça, tout à coup ?

– Non, non, ça fait un moment que j'y pense.

– Et pourquoi tu ne m'as jamais rien dit ?

– Ce n'était qu'une idée en l'air...

– Tu parles d'une idée en l'air. Tu as déjà tout organisé... Et combien de temps comptes-tu rester là-bas ?

Antonio haussa les épaules.

– Je ne sais pas... Le temps de faire connaître mon huile. Si ça se trouve, ça se passera mal et je reviendrai aussitôt, va savoir.

– On dirait que tu avais peur de me l'annoncer, dit Carlo en haussant les sourcils. C'est pour ça que tu étais si bizarre ces derniers temps.

Antonio sentit son cœur s'accélérer.

– Non... C'est plutôt que... Je ne savais pas comment tu allais le prendre.

– Eh bien, je suis stupéfait, je ne te le cache pas. Mais que te dire ? Si c'est ce que tu veux et que tu es content, grand frère, alors je suis content aussi !

Le visage d'Antonio se rasséréna aussitôt.

– Vraiment ?

– Mais oui ! Et même, tu as bien raison de vouloir t'agrandir...

– Oui, dit Antonio avec un sourire forcé. Je crains surtout la réaction d'Agata et de Lorenza. Je doute qu'elles le prennent très bien... Et puis, je ne sais pas, ça me déplaît de te laisser tout seul juste maintenant, avec cette histoire...

Carlo lui posa une main sur l'épaule et la serra.

– Ne t'occupe pas de moi. Tout va bien. Vraiment. Et

en ce qui concerne Agata et Lorenza, eh bien… Elles vont comprendre, le rassura-t-il. Et si ça n'est pas le cas, je t'aiderai à leur faire comprendre. Ce n'est qu'un déplacement professionnel. Tu ne vas pas rester là-bas toute ta vie, non ?

Antonio sentit un coup au cœur. Jamais jusqu'alors il n'y avait eu de secret entre eux.

« Si seulement je ne t'aimais pas autant, pensa-t-il. Si seulement. »

Quand Antonio rentra chez lui ce soir-là, la table était déjà mise. Agata était dans la cuisine, son tablier blanc noué autour de sa taille épaisse, en train de tourner une cuillère en bois dans une casserole en cuivre. Il s'approcha et lui souhaita le bonsoir d'une rapide caresse dans le dos. Sa femme lui posa un baiser humide sur la joue en lui disant d'aller chercher Lorenza : la soupe était presque prête.

Antonio monta donc à l'étage et ouvrit doucement la porte de la petite chambre. Sa fille était assise à son bureau et dessinait dans un cahier avec un crayon bien taillé.

– *Ma petite**, l'appela-t-il.

Lorenza eut un petit rire.

– Tu m'as appelée comme la tante Anna…

Elle descendit de sa chaise d'un bond, courut vers lui et se jeta dans ses bras.

– Tu as faim ? demanda-t-il en lui caressant les cheveux.

Sa fille leva les yeux et hocha la tête.

– On y va, alors. Le dîner est prêt. Ne faisons pas attendre maman.

Ils redescendirent au moment où Agata apportait la soupe sur la table. Ils s'assirent ; Agata fit le signe de croix et, les mains jointes, récita un acte de grâce sincère mais rapide : c'eût été un péché de laisser refroidir la soupe.

Antonio regarda d'abord sa femme, puis sa fille. Toutes les deux semblaient en joie, ce soir-là. « Elle a l'air si différente, quand elle sourit », pensa Antonio. Et pendant qu'il l'observait, il sentit avec une clarté absolue qu'Agata était une partie de lui, de son histoire. Il l'aimait sans aucun doute beaucoup : c'était la mère de sa fille. Pourtant, il y avait un *mais*. Il avait été là depuis le début. Un *mais* encombrant qu'à partir d'un certain moment, l'un comme l'autre avaient fait semblant d'ignorer. Agata avait été la première femme à lui dire « je t'aime ». C'était elle qui l'avait voulu et qui l'avait poursuivi avec obstination. Antonio, de son côté, s'était contenté de se laisser choisir : son frère était parti depuis peu et il se sentait terriblement seul. Agata lui était apparue comme un remède à cette solitude. « L'amour, ça s'apprend, lui avait-elle dit. Et tu apprendras. Pour le moment, le mien suffira. » Mais il n'avait pas suffi et lui n'avait jamais appris à l'aimer. Entre eux, il y avait une sorte de pacte tacite qui, s'il avait été rompu, aurait réduit leur vie en miettes, enterrant aussi sous les décombres les bonnes choses qu'ils avaient malgré tout réussi à construire ensemble.

Antonio savait que les mots qu'il s'apprêtait à prononcer allaient faire voler en éclats ce tableau qui, à ce moment précis, lui semblait aussi harmonieux que les peintures bucoliques de sa mère, accrochées sur chaque mur de la maison. Encore quelques secondes et il allait éteindre le sourire sur le visage de sa femme et sa fille, il allait contracter leurs traits et leurs muscles. Pourtant, il n'arrivait pas à se sentir vraiment coupable. Pas autant qu'il pensait devoir l'être, en tout cas.

Et donc il leur déballa tout d'un trait.

Agata s'immobilisa ; puis elle posa sa cuillère sur sa serviette et cacha ses mains sous la table.

– Et tu vas rester parti combien de temps ? demanda-t-elle faiblement après un long silence.

– Le temps qu'il faudra...

– Mais papa, l'Afrique, c'est tellement si loin !

– C'est vraiment un autre monde, murmura Agata.

– Et tu ne peux pas nous emmener aussi, avec maman ?

Antonio lui prit la main et, reprenant les mots de Carlo, chercha à la rassurer : au fond, ce n'était jamais qu'un voyage de travail, il ne serait pas parti pour toujours.

– Mais un travail, tu en as déjà un ici, répliqua Lorenza. Pourquoi est-ce qu'il t'en faut un autre ?

– Et comment on va faire sans toi ? Qu'est-ce que je ferai s'il arrive quelque chose à la petite ? se lamenta Agata.

– Pourquoi voudrais-tu qu'il lui arrive quelque chose ?

– Mais partir comme ça, à l'improviste... Tu t'en vas dans dix jours et je n'étais même pas au courant. (Puis elle ajouta :) Carlo et Anna le savent ?

– Je l'ai dit à Carlo. Je suppose qu'à présent, Anna le sait aussi, répondit Antonio.

– Papa, ne t'en va pas.

Lorenza s'agitait sur sa chaise, l'air inquiet.

– Écoute ce que te dit ta fille, murmura Agata. Elle, au moins, tu peux peut-être l'entendre ?

– Je reviendrai très vite, dit-il pour tenter de la calmer. (Il caressa la tête de Lorenza.) Et je te promets de t'écrire chaque semaine.

– C'est juré ? demanda-t-elle avec un regard infiniment triste.

– C'est juré.

– Ne jure pas, dit Agata d'un ton glacial.

Elle se leva et remporta à la cuisine son assiette encore fumante.

Le matin du 22 juin, Antonio prit sa valise de cuir marron et la posa dans l'entrée. Il passa une tête par la porte de la cuisine : Agata, les yeux gonflés de larmes, était occupée à filtrer et à recueillir dans un bol la cendre de la lessiveuse où elle avait fait bouillir le linge ; elle l'utiliserait plus tard pour laver ses cheveux et ceux de Lorenza. Antonio éprouva un vague sentiment de nostalgie et de tendresse, sans pourtant arriver à lui dire un seul mot. Il tourna les talons, empoigna sa valise et referma la porte derrière lui.

Il marcha jusqu'à la maison de Carlo : c'était lui qui allait l'accompagner au port de Brindisi avec la 508.

Ce fut Anna qui lui ouvrit. Elle le regarda, puis baissa les yeux sur sa valise.

– Carlo est presque prêt, dit-elle.

– Rien ne presse, c'est moi qui suis en avance, répondit Antonio.

Anna croisa les bras et poussa un soupir.

– On se reverra bientôt ? demanda-t-elle ensuite.

Antonio leva les yeux et la fixa intensément en silence. Anna rougit et détourna les yeux.

Carlo les rejoignit à ce moment-là, l'air essoufflé. Comme toujours, il sentait l'après-rasage mentholé.

– Me voici, grand frère, j'arrive ! lança-t-il avec un sourire.

Ils allèrent à la voiture et Antonio mit sa valise dans le coffre, tandis qu'Anna, debout sur le seuil, les observait avec un regard indéchiffrable.

À la fin, elle dit simplement « bon voyage » et rentra dans la maison sans laisser à Antonio le temps de répondre.

9

Juillet-octobre 1936

Le mariage de Tommaso fut célébré un dimanche de juillet dans l'église San Lorenzo. La cérémonie fut simple et intime. Il préférait qu'il en soit ainsi, avait-il précisé. Il fallait être prudent et ne pas fatiguer le cœur fragile de sa douce Giulia. Mais le désir de voir la robe de mariée était irrépressible, et une rangée de commères aux aguets attendaient donc de pied ferme les nouveaux époux à la sortie de l'église. Anna reconnut Giuseppina qui, dès qu'elle l'aperçut, la salua en agitant la main avec un grand sourire. « Elle a toujours l'air si heureuse de me voir », pensa Anna avec tendresse. Un instant plus tard, elle remarqua deux *squadristi* qui présentaient leurs félicitations aux beaux-parents de Tommaso, avec lesquels ils semblaient dans les meilleurs termes. Son regard se durcit et elle les fixa d'un air agacé : même à un mariage, ils se sentaient tenus de porter ces maudites chemises noires ?

La robe de Giulia, dessinée et cousue par Carmela, était des plus romantiques, avec des manches longues et une encolure en drapé ornée de perles, les mêmes qui ornaient la petite toque posée sur ses longs cheveux blonds. La mariée tenait à la main un bouquet de lys. Les chuchotements se mirent à courir par toute la place : « Quelle élégance, elle a vraiment l'air d'une princesse ! » ; « Cette petite a toujours eu de la grâce… » ; « Quel dommage qu'elle n'ait pas la santé, la pauvre créature… ». Les yeux de Tommaso étaient lumineux et limpides comme la mer par une matinée d'été, et ses boucles durcies par une quantité considérable de brillantine formaient sur son front une sorte de couronne. Nul ne doutait que les époux fussent réellement heureux et amoureux, même si au fond de la place il se trouvait des gens pour parier sur le temps imparti à ce bonheur.

Tommaso et Giulia partirent le lendemain pour leur voyage de noces sur la côte amalfitaine, qui devait durer à peine une semaine. Carmine fut chargé de remplacer le directeur, du fait de son ancienneté d'abord, mais aussi parce que c'était le seul employé masculin du bureau.

Avec la chaleur estivale, Anna quitta son uniforme d'hiver pour en endosser un autre plus léger, en coton bleu avec des manches courtes ; en outre, à son grand soulagement, elle cessa de porter ses épais bas noirs, chose que Carmine ne manqua pas de lui faire remarquer séance tenante.

– Tu représentes la Régie des postes, tu ne peux pas te promener les jambes nues comme ta mère t'a faite, la rabroua-t-il.

– On va faire comme ça, répliqua Anna en bourrant sa sacoche de courrier. Je te promets de les remettre à condition qu'à partir de demain tu les portes toi aussi.

Chiara éclata de rire et se couvrit la bouche de la main. Elena en revanche posa les mains sur ses hanches et fronça les sourcils, estimant sans doute impressionner ainsi la délinquante. Mais Anna ne lui accorda pas un regard.

Ce matin-là, elle découvrit qu'il y aurait bientôt un autre mariage à fêter : celui d'Angela et de son dévoué menuisier. Quand elle frappa à la porte de la jeune fille pour lui remettre non pas le paquet habituel, mais une enveloppe blanche sans nom d'expéditeur, elle ne put s'empêcher de remarquer à son doigt un anneau en or où était serti un petit diamant.

– Vous faites partie de notre histoire, vous savez, lui dit soudain Angela, les yeux brillants. Quand je la raconterai à mes enfants, je devrai parler de la belle postière qui chaque mardi m'apportait des cadeaux de leur père.

Puis elle ajouta qu'au lendemain de la cérémonie, elle allait déménager à Lecce, dans la maison que son futur mari avait achetée exprès pour eux à deux pas de la boutique, et qu'elle était vraiment désolée à l'idée de ne plus la voir.

Anna se borna à lui sourire, un peu embarrassée. Puis elle sortit de la poche de sa veste les cartes de visite à son nom et en tendit une à la jeune fille.

– Comme ça, dit-elle, tu pourras la montrer à tes enfants.

Les leçons de Giovanna se poursuivaient : sauf le dimanche, Anna se rendait tous les jours à Contrada, de quatre heures de l'après-midi à six heures du soir. Comme elle l'avait espéré, le roman s'accordait à la nature romantique de Giovanna, qui frissonnait chaque fois qu'apparaissaient ensemble Elizabeth et le fascinant monsieur Darcy. Elle était poussée par la curiosité de savoir s'ils se marieraient ou non, et il lui arrivait de plus en plus souvent, une fois la leçon finie, de poursuivre sa lecture toute seule. Au début, elle avançait de quelques lignes, mais au bout de deux mois elle réussit à lire toute seule une page entière. L'écriture en revanche lui était plus difficile. Anna avait commencé par lui faire écrire les cartes postales à don Giulio, s'asseyant à côté d'elle pour lui épeler chaque mot. Si le message était particulièrement long, cela pouvait prendre des jours.

Dans sa dernière carte postale, don Giulio lui apprenait

qu'il descendrait rendre visite à ses parents durant la deuxième quinzaine d'août, et qu'il aurait grand plaisir à la revoir. À condition qu'elle le désire également, précisait-il.

La première lettre d'Antonio arriva en revanche peu après la nuit de San Lorenzo, en même temps que les étoiles filantes. Ce matin-là, Anna retint son souffle dès qu'elle lut le destinataire et l'adresse : *Lorenza Greco, via Paladini 43, Lizzanello (LE), Italie*. Elle retourna l'enveloppe pour voir l'expéditeur. Oui, Antonio avait fini par écrire, après un silence de plusieurs semaines.

Anna pensa d'abord ouvrir l'enveloppe et lire la lettre avant tout le monde : elle savait fort bien comment soulever le rabat et le refermer de façon qu'il apparaisse intact. Elle hésita quelques instants devant la grande table du bureau de poste, fixant sur l'enveloppe la calligraphie d'Antonio, élégante et précise.

Les neuf coups sonnant à l'horloge de la mairie suffirent à la détourner de cette résolution. Comme si elle avait reçu une gifle, elle secoua la tête et pensa : « Mais comment ça a pu ne serait-ce que me traverser l'esprit ? » Puis elle s'empressa de remettre l'enveloppe dans sa sacoche.

Agata l'ouvrit en l'arrachant sur le côté et en sortit deux lettres : une courte pour elle, et une autre beaucoup plus longue pour Lorenza. Elle parcourut avidement la sienne, puis elle s'effondra sur sa chaise, comme si cette lecture l'avait achevée.

– Au moins, il est encore vivant, le misérable, commenta-t-elle.

L'absence de nouvelles de la part d'Antonio avait tendu les nerfs d'Agata jusqu'au point de rupture. Si, quand elle sortait, elle disait à tout le monde qu'à son avis il était mort ou s'était noyé dans la mer Rouge, en prenant l'air accablé d'une veuve de fraîche date, à la maison elle éclatait pour la moindre bêtise et sa cible favorite était immanquablement Lorenza. Tout ce que sa fille faisait ou ne faisait pas – le lit en bataille, un retard de quelques minutes, une tasse de lait oubliée sur la table après le goûter – suscitait en elle une fureur aveugle, allumait la mèche qui la faisait exploser. Et Lorenza, tête basse, serrait les lèvres pour retenir ses larmes.

– Qu'est-ce qu'il écrit ? Il va bien ? demanda Anna, en s'efforçant de garder ton calme.

Agata replia les deux lettres et les glissa dans la poche de sa veste.

– Lui, il va bien, répondit-elle d'un air irrité. C'est nous ici, moi et sa fille, qui vivons l'enfer par sa faute. Mais de toute façon, soupira-t-elle, personne ne se soucie de nous.

– Nous, on est toujours là. Vous n'êtes pas toutes seules.

– Belle consolation, dit Agata en lui tournant le dos.

Anna secoua la tête et se dirigea vers la porte.

– Ah, à propos ! ajouta Agata sans se retourner. Il vous passe le bonjour. À toi et à Carlo.

Ce jour-là, aussitôt après le déjeuner, Lorenza arriva tout essoufflée à la maison de son oncle, sa lettre serrée dans sa main.

– Elle est arrivée, tante Anna ! cria-t-elle en courant à sa rencontre et en réveillant en sursaut Roberto, qui dormait sur le divan.

– Je sais, dit Anna en souriant. N'oublie pas que c'est moi qui l'ai remise à ta maman.

– Allez, ouvre-la, dit Carlo en s'installant sur le divan à côté de son fils, qui s'était retourné de l'autre côté et aussitôt rendormi.

Lorenza s'assit à côté de son oncle, tandis qu'Anna restait

debout, les bras croisés sur la poitrine. Puis elle ouvrit la lettre en la maniant du bout des doigts comme si elle était en papier cristal, et elle commença à la lire de sa petite voix aiguë.

Ma chère et douce Lorenza,

Me voici enfin. Je sais que j'ai un retard impardonnable, mais je t'assure que j'ai des raisons plus que valables pour ne pas t'avoir écrit plus tôt. Je suis désolé si tu as pensé que je n'en avais pas envie, et je souffre d'imaginer que tu te sois sentie oubliée. Plus que tout, j'ai honte de ne pas avoir tenu ma promesse de t'écrire chaque semaine. J'ai promis à la légère, je le reconnais, sans avoir la moindre idée de ce qui m'attendait à mon arrivée. C'est pourquoi je m'excuse du plus profond du cœur, ma chérie. Tu me pardonnes ?

Ton papa va bien. Je me suis installé dans une petite pension agréable et accueillante. Elle s'appelle la Maison des Italiens et de la fenêtre de ma chambre on voit le théâtre de l'Opéra, une merveille architecturale ! Il te plairait beaucoup. Au rez-de-chaussée, il y a une fontaine en forme de conque, entourée de deux grands escaliers qui conduisent aux arcades de l'entrée. C'est là que j'ai assisté la semaine dernière à une représentation d'une pièce de Luigi Pirandello, On ne sait comment. *Elle m'a beaucoup plu, et j'y ai pensé après pendant des jours. Quand je reviendrai, je t'emmènerai au théâtre : tu es assez grande pour cela, à présent…*

Asmara est une ville en pleine expansion et en constante évolution, et j'ai déjà noué différents contacts avec les restaurateurs et les pensions locales, dont je fais le tour chaque jour pour proposer mon huile et la faire goûter. Deux restaurants du corso Italia, la rue principale de la ville, m'en ont déjà commandé une cargaison pour les mois prochains.

N'est-ce pas une bonne nouvelle ? J'espère que tu en seras aussi contente que je le suis.

Je ne sais pas quand je serai de retour. J'ai encore beaucoup à faire ici.

Je vais essayer de t'écrire plus souvent, mais toi, en attendant, raconte-moi comment se passe ton été : tu es allée à la mer ? Quels livres lis-tu en ce moment ?

Essaie de te montrer obéissante et de ne pas faire enrager maman.

Je t'aime.

Ton papa

– En tout cas, il a l'air d'aller bien, commenta Carlo en se relevant et en écartant les bras.

Lorenza resta assise, la tête baissée sur la lettre qu'elle continuait à tenir serrée entre ses mains.

– Quelque chose ne va pas, *ma petite** ? s'enquit Anna en s'approchant.

– Ça veut dire quoi, qu'il ne sait pas quand il reviendra ? demanda la fillette dans un souffle.

– Ça veut dire que ses affaires sont en bonne voie, la réconforta Carlo. Ne t'inquiète pas, il reviendra pour la rentrée. Et il t'apportera un grand et beau cadeau, tu verras !

Anna s'assit à côté de sa nièce et la serra contre elle.

– Tout va bien, chuchota-t-elle. Bon, tu sais ce qu'on va faire ? Ce soir, tu restes à dîner avec nous et on prépare le pesto ensemble. J'ai besoin de ma meilleure assistante, conclut-elle avec un sourire.

L'enfant releva les yeux et la regarda d'un air ravi. Puis elle s'assombrit à nouveau.

– On invite aussi maman, hein ? demanda-t-elle, craintive.

– Évidemment, intervint Carlo. Ce soir, on va fêter tous

ensemble les premières ventes de ton papa ! ajouta-t-il joyeusement.

Le lendemain matin, Anna sortit de chez elle plus tôt que d'habitude – à cette heure-là, la voisine n'était même pas encore en train de balayer son trottoir – et se dirigea rapidement vers la bibliothèque municipale. Elle traversa la place encore vide, à l'exception de Michele qui déchargeait de grosses pastèques d'une charrette. Anna accéléra le pas et se glissa par le portail ouvert de la bibliothèque. Elle demanda à l'employé affable derrière le comptoir s'il n'aurait pas par hasard un exemplaire de *On ne sait comment*. L'homme prit un air hésitant et lui demanda si elle connaissait l'auteur. « Luigi Pirandello », répondit-elle.

Il se leva alors de sa chaise et se dirigea vers la section consacrée au théâtre. Anna attendit dix bonnes minutes avant qu'il reparaisse avec le volume dans les mains. Pendant toute la matinée, alors qu'elle allait de maison en maison, vidant sa sacoche au fur et à mesure, elle ne put penser à autre chose qu'à ce livre, et à la raison qui avait poussé Antonio à écrire que cette pièce lui avait plu au point de ne plus pouvoir se l'ôter de la tête. Elle avait hâte d'en entamer la lecture sur le banc de son *jardin secret**.

Cet après-midi-là, Anna lut avidement et sans interruption jusqu'à l'heure du dîner, quand le jardin se teignit des couleurs du crépuscule : le drame de Pirandello racontait l'histoire d'un homme qui, saisi d'une passion incontrôlable, couchait avec la femme de son meilleur ami, ce qui provoquait une terrible crise de conscience. Le remords pour cet acte mesquin, accompli sous l'effet d'une impulsion, devenait si grand que l'homme voulait être châtié à tout prix.

Ce ne fut qu'une fois le livre refermé qu'Anna comprit la véritable raison du départ d'Antonio. Comme le protagoniste de l'histoire, il avait cherché une punition, et il l'avait trouvée en s'enfuyant le plus loin possible d'elle et de Carlo.

L'école reprit en septembre, mais en dépit des prévisions optimistes de Carlo, Antonio ne revint pas. Il envoya à sa fille quelques lignes pour lui souhaiter une bonne rentrée et l'encourager à travailler dur et à être la première de sa classe. Sur son retour cependant, pas un mot, ni même une vague promesse. Lorenza entamait ses cinq années de collège, qui lui permettraient de fréquenter le lycée classique pendant trois ans et d'aller ensuite à l'université, le rêve qu'avait Antonio pour elle depuis toujours. Pendant que Carlo l'accompagnait à Lecce dans la 508 pour le premier jour d'école, Lorenza regardait par la vitre d'un air triste, en se disant que si son père n'était pas revenu même pour une occasion aussi importante, c'était que ce rêve ne comptait plus pour lui.

Elle se mit à passer tous ses après-midi chez son oncle et sa tante. C'était comme si l'air autour d'Agata était empoisonné, et qu'elle le respirait à pleins poumons dans le seul but de le recracher sur Lorenza. Désormais, elle s'irritait même de la façon qu'avait sa fille de mastiquer pendant les repas. « Tu vas cesser une bonne fois de faire tout ce bruit ? Mange comme une chrétienne, pas comme un animal », lui répétait-elle d'un air exaspéré. Alors, le cœur battant, Lorenza s'efforçait de mastiquer lentement, la bouche fermée.

Il y avait aussi l'affaire des devoirs, ceux du collège s'étant révélés bien plus difficiles que les précédents. Non seulement Agata ne savait pas comment l'aider, mais elle n'avait aucune envie d'essayer. « Si ça n'avait été que moi, je t'aurais envoyée bosser, grondait-elle. Cette idée de lycée, c'était celle de ton père. Et maintenant, ton père est parti et Dieu sait quand il reviendra. Débrouille-toi ! »

Bien sûr, il revint à Anna d'aider la petite. Heureusement, elle avait presque tous ses après-midi libres, à présent que Giovanna se débrouillait toute seule en lecture. Comme elle avait été émue quand Elizabeth avait enfin accepté la demande en mariage de Darcy !

Ces après-midi passés ensemble les remplissaient de joie l'une et l'autre. Anna aidait Lorenza à faire ses devoirs, elle les corrigeait, puis elle lui préparait son goûter avec du pain, de la confiture et du jus de grenade ; certains soirs, elle lui faisait couler un bain aux pétales de savon de Marseille et lui brossait longuement les cheveux.

Il n'y avait qu'une chose qui assombrissait l'humeur d'Anna et la faisait monter sur ses grands chevaux, c'était l'exaltation quasi permanente du fascisme, en particulier dans les devoirs d'italien.

– C'est inacceptable ! s'exclama-t-elle un après-midi en parcourant les thèmes sur lesquels Lorenza devait écrire une composition au choix. Puis, comme une cantilène, elle lut : « Pourquoi je suis une petite Italienne » ; « Quelles œuvres du fascisme admires-tu le plus ? » ; « De Vittorio Veneto à la marche sur Rome, un martyr et héros de la récente guerre italo-éthiopienne ».

– Tu sais que le fascisme c'est mal, pas vrai ? lui dit-elle.

– Mm-mm, marmonna Lorenza en baissant la tête, un peu dubitative.

– Ton père te dirait la même chose s'il était ici.

– Pourtant, la professeure elle l'aime bien, le *duce*, tenta de répondre Lorenza.

– Ta prof est une parfaite imbécile, rétorqua Anna.

La petite la regarda d'un air confus.

– Mais à l'école, tout le monde aime le *duce*.

– Ce n'est pas parce que tout le monde aime une chose qu'elle est juste. (Anna soupira et s'efforça de se montrer raisonnable.) Évidemment, tu ne dois pas aller répéter ça à ta prof. Ni à elle ni à personne d'autre, compris ?

– Dis-moi, tatie..., murmura la petite. C'est parce qu'il ne veut plus être avec maman que papa ne revient pas ?

Anna avala sa salive et hésita un moment avant de répondre.

– Mais qu'est-ce que tu vas chercher ? s'exclama-t-elle ensuite en lui caressant la joue. Ton papa est là-bas pour travailler, tu le sais. Il le fait aussi pour toi. Et même, surtout pour toi.

– Mais moi, je ne lui ai rien demandé.

– Il reviendra bientôt, ne t'inquiète pas, *ma petite**.

– Et qu'est-ce que tu en sais ?

– Je connais ton père.

Et en disant cela, Anna se demanda si c'était bien la réalité.

Un matin de la fin octobre, Giovanna sortit de la bibliothèque municipale avec un exemplaire de *L'Éducation sentimentale* de Flaubert. Elle pensa aux innombrables histoires qu'elle avait manquées pendant toutes ces années où elle s'était persuadée qu'elle était incapable de lire. Pourtant, il avait suffi de l'obstination d'Anna pour lui montrer qu'elle se trompait. À présent, elle voulait rattraper le temps perdu et dévorer des histoires jusqu'à en attraper une indigestion. Certes, elle faisait encore beaucoup de fautes, surtout en écriture, mais la petite fenêtre en carton n'était plus qu'un lointain souvenir.

Elle passa devant le gamin qui vendait les journaux et son œil tomba sur un titre de *La Gazzetta del Mezzogiorno*.

« L'alliance entre l'Italie et l'Allemagne signée hier par Ciano et von Ribbentrop ». Elle ne comprenait pas grand-chose à la politique, qu'elle avait toujours trouvée ennuyeuse. Pourtant, il lui sembla que cette annonce ne présageait rien de bon.

Anna apparut dans son dos, impeccable dans son uniforme d'hiver.

– Salut ! Qu'est-ce que tu as pris ? Fais voir.

Giovanna se mordit la lèvre et lui tendit le livre.

– Ah, je vois que tu as écouté mes conseils ! C'est un chef-d'œuvre, tu vas voir ! s'enthousiasma Anna. Personne mieux que lui n'a su raconter les attentes de l'amour, et comment elles sont déçues.

Puis elle regarda Giovanna avec un voile de regret dans les yeux. Celle-ci baissa les siens et reprit son livre.

– Il viendra l'été prochain, cette fois j'en suis sûre, murmura-t-elle. Je sais que tu n'y crois plus, mais tu verras qu'il viendra.

Anna hocha la tête, mal à l'aise.

– J'y vais, dit Giovanna. Je t'attends, après ? Tu apportes les grenades pour faire le jus ?

– Bien sûr, répondit Anna.

Et tandis que son amie s'éloignait, elle ne put s'empêcher d'entendre les deux voix féminines qui chuchotaient sur le banc derrière elle.

– Mais elle n'était pas complètement idiote, celle-là ? Et voilà qu'elle s'est mise à lire, maintenant ?

– Tu parles. Elle fait semblant. Quand une fille est tordue, on ne la redresse pas, hein !

Anna prit une profonde inspiration, se retourna et fonça droit sur les deux femmes.

– Oh ! bonjour, madame la postière, la salua l'une des deux.

– Moi, ici, des idiotes je n'en vois que deux, dit Anna.

Puis, sans se soucier de leur mine incrédule, elle tourna les talons.

– Quel sale caractère elle a, cette étrangère, commenta la seconde femme en secouant la tête.

Les mois avaient passé, et il en serait certainement passé beaucoup d'autres si, le dernier jour d'octobre, Agata n'avait pas envoyé ce télégramme à son mari :

Lorenza est malade. Rentre de toute urgence.

C'est ainsi qu'Antonio fit sa valise en hâte, annonça qu'il rentrait par retour du courrier et repartit du jour au lendemain. Quand le paquebot sortit du port d'Asmara, il resta sur le pont à fixer la ville qui rapetissait peu à peu. Toutes les choses qui lui étaient arrivées pendant ces quelques mois lui parurent soudain appartenir à un autre, à un homme qui les avait vécues et qui avait menti à sa place. Puis, pendant que le navire traversait la mer Rouge, il sut qu'il ne remettrait plus jamais les pieds en Afrique. Que sa douleur ne s'était nullement atténuée, il l'avait compris en revanche depuis un moment. Il la retrouverait intacte, inexorable, à son retour.

La maladie de Lorenza n'avait été qu'une fièvre banale et elle était rétablie avant qu'Antonio ait touché terre.

« J'ai menti, et alors ? se disait Agata. C'était pour son bien. Au moins, ça a permis de le ramener à la maison. »

10

Été 1937

Cette année-là, il semblait que toutes les jeunes filles encore célibataires s'étaient donné le mot pour convoler en même temps : du début du printemps jusqu'à la fin de l'été, le parvis de l'église de San Lorenzo se transforma en un tapis permanent de grains de riz, puisque personne ne se souciait de le balayer entre un mariage et le suivant.

La charge de travail de Carmela fut multipliée par trois. La robe confectionnée l'année précédente pour Giulia avait été tellement admirée qu'elle fit bondir le nombre de commandes : l'atelier de couture ne fut plus qu'un va-et-vient de futures épouses qui réclamaient une robe de rêve « comme celle de la fille *dellu patrunu* ». Ce furent des semaines fébriles : à quatre heures du matin, Carmela se réveillait, préparait la cafetière la plus grande, celle de six tasses, qu'elle buvait petit à petit en la faisant durer jusqu'à l'heure du déjeuner. Et tandis que, de l'autre côté du mur qui séparait la maison de la boutique, Nicola et Daniele dormaient comme des souches, elle, en chemise de nuit, dessinait des patrons sans trêve, jusqu'à l'heure de l'ouverture. Elle avait toujours sur la table un exemplaire de *La Moda illustrata*, la revue dans laquelle elle trouvait l'inspiration pour créer ses propres modèles.

Parfois, à l'aube, elle entendait son fils descendre l'escalier, traverser la cuisine et s'arrêter devant la porte de l'atelier. Daniele passait une tête, les cheveux en bataille, en caleçon et maillot de corps ; puis il s'asseyait à côté de sa mère, la tête appuyée sur ses bras croisés, et restait là à l'observer, attentif et curieux, tandis que le crayon de Carmela dansait sur la feuille, traçant des bustiers brodés, des traînes vaporeuses et de longues manches en voile.

– Maman, je ne veux plus aller à l'école, lui dit-il un matin à brûle-pourpoint. Je veux faire la même chose que toi.

Carmela s'arrêta, le crayon en l'air, avant de le reposer lentement sur la table.

– Comment ça, tu ne veux plus aller à l'école ?

Daniele baissa la tête.

– Je préfère travailler avec toi, répondit-il d'une petite voix.

– Mais ça, c'est totalement impossible.

Son fils hésita un instant.

– Et pourquoi ?

– Vraiment, tu me poses la question ? Tu es un homme, et si tu veux vraiment quitter l'école pour te mettre à travailler, je suis d'accord, mais il faut que tu te trouves un travail d'homme.

Daniele la fixa d'un air déçu.

– Laisse-moi essayer, au moins. Moi aussi je dessine des vêtements sur mon cahier. Tu veux les voir ?

– Non ! dit-elle âprement. Je ne veux rien voir du tout. La couture n'est pas une affaire d'hommes. Je vais te trouver un emploi, et je ne veux plus entendre un mot de cette folie. Maintenant, va voir ailleurs, j'ai du travail.

Cette demande inattendue la perturba, et la laissa pensive tout le reste de la journée. Mais qu'est-ce qui lui était passé par la tête, bon sang ? Un homme à la machine à coudre ? Et même des vêtements, qu'il s'était mis à dessiner ! Il était décidément trop délicat, ce garçon. Il n'était pas de Nicola, et pourtant, en grandissant, il avait hérité du caractère doux des Carlà. Elle devait agir sans attendre pour lui faire passer ses idées bizarres.

Elle alla en parler à son père, en lui demandant de trouver au plus vite un travail à son petit-fils.

– Il lui faut un métier physique. Sinon, il va finir par mettre des jupes, déclara-t-elle sur un ton dramatique.

– Demande donc à son père de le faire travailler, répondit don Ciccio d'un ton suave.

Carmela eut un sourire sarcastique.

– Nicola a à peine assez de travail pour lui-même.

– Je parle de son vrai père.

Elle le regarda, interdite.

– Père, avec tout le respect que je te dois, est-ce que tu es devenu fou toi aussi ?

Don Ciccio haussa les épaules.

– Et pourquoi pas ? Tu sais combien de gens veulent travailler pour le domaine Greco ?

– Et qu'est-ce qu'il y ferait ? Entendons-nous, dit-elle, toute raide. Le mettre en esclavage chez celui-là ? Même morte, je ne l'enverrais pas se salir les mains pour les Greco.

– Les mains, ça se salit et puis ça se lave, répliqua don Ciccio. Là-bas, ils vont gagner de l'argent, et beaucoup. Il est en train de faire les choses en grand, lui, insista-t-il en ouvrant les bras. Et tu ne veux pas que ton fils en récupère au moins une partie ?

– Et comment pourrait-il l'avoir, cette partie ? demanda Carmela, soudain curieuse. Il ne lui doit rien, lui.

Don Ciccio se leva de sa chaise et prit sa pipe sur le manteau de la cheminée. Il l'alluma calmement et lâcha une première bouffée d'un air méditatif. Il resta silencieux quelques secondes, puis, imperturbable, il dit :

– Toi, ma fille, tu sous-évalues la puissance des liens du sang...

– Mais quels liens du sang ? l'interrompit-elle avec colère. Lui, il s'en fiche complètement de Daniele. Il fait semblant de rien. Il disparaît et il oublie. C'est le style Carlo Greco, tu crois qu'on ne le connaît pas ?

– Tu as eu tort de le lui dire. Tu t'es montrée impulsive et stupide, comme toutes les femmes, la rabroua don Ciccio. Mais maintenant qu'il le sait, exploite la situation. Mets-le-lui sous le nez, ce fils. Il doit le voir tous les jours. Pas comme maintenant, où il sait à peine à quoi il ressemble. Il peut commencer comme simple journalier, et de toute façon il est encore un peu *piccinnu*, c'est à peine s'il a trois poils sur le menton. Et puis tu verras... Laisse du temps au temps.

Carmela le fixa d'un air de doute.

– Je verrai quoi ? Tu penses qu'il lui laissera le domaine ? Elle éclata d'un rire amer.

– Non, répondit don Ciccio d'un ton sérieux en laissant échapper un nuage de fumée. Ça, il ne peut pas le faire, tu le sais aussi bien que moi. Mais à la fin, il lui donnera quelque chose. Et ce ne sera pas une petite part. Fie-toi à moi, je sais comment les choses se passent. Le sang l'emporte toujours.

Elle le regarda d'un air dur.

– Alors, va lui demander toi-même de le faire travailler, dit-elle d'un ton résolu. Moi, il n'est pas question que j'aille lui mendier une faveur.

Le cigare aux dents, Carlo était penché sur les vignes pour surveiller ses ouvriers agricoles, occupés à la « taille en vert », celle qui s'effectue en été. En septembre – et Carlo ne se tenait plus d'impatience, depuis trois ans qu'il attendait –, le temps viendrait enfin de faire la vendange. L'étiquette du Donna Anna était prête, et parmi les différentes propositions que lui avait soumises le peintre, il avait choisi l'image d'une rose d'un beau rouge vif à peine éclose.

Au moment où il se relevait en s'étirant, il vit arriver don Ciccio. Un peu surpris, il le salua en agitant la main.

– Don Ciccio, quelle surprise ! Vous avez fait tout ce chemin à pied sous le soleil ? Vous ne devriez pas vous fatiguer autant.

Le ton était affable, mais trahissait une certaine perplexité.

Don Ciccio répondit qu'il n'était pas encore complètement décrépit, et l'invita à une promenade entre les rangs. Il était curieux de jeter un coup d'œil aux travaux, lui dit-il.

Ils s'éloignèrent ensemble dans le vignoble. Don Ciccio regardait autour de lui avec des yeux attentifs, s'arrêtant de temps à autre pour donner des conseils à un ouvrier : « Ne taille pas trop près du bourgeon du haut, laisse-lui au moins deux centimètres… » ; « Ces feuilles, là, enlève-les, elles font de l'ombre à la grappe ».

Ce ne fut que lorsqu'ils furent suffisamment éloignés, parmi les pieds du fond qui attendaient encore la taille, qu'il se décida à parler.

Carlo ralluma son cigare et l'écouta avec un mélange d'appréhension et de ressentiment, en piétinant d'un pied sur l'autre.

– Le garçon a seulement besoin de s'endurcir et d'apprendre ce qu'est un travail de force, insista don Ciccio. Pour se tremper le caractère et devenir un homme. Nicola, *son père*, n'est pas très doué pour ce genre de choses…

Carlo sentit soudain ses jambes se glacer.

– Mais pourquoi ici précisément… ? Avec tous les vignobles qu'il y a autour…, tenta-t-il de répondre.

Don Ciccio avança de quelques pas, planta les mains dans les poches de son pantalon et lui tourna le dos.

– Mon père, paix à son âme, disait toujours qu'il n'y a rien de pire au monde que l'ingratitude, déclara-t-il.

– Mais je vous suis très reconnaissant pour l'aide que vous m'avez apportée, don Ciccio. Vous le savez, se hâta de dire Carlo.

Don Ciccio se retourna et fixa les yeux sur lui.

– C'est ce que je te demande pour le service que je t'ai rendu, dit-il en désignant le vignoble d'un large geste du bras. Et tu veux me le refuser ?

Carlo passa une main dans ses cheveux poisseux de sueur. Puis il posa les mains sur ses hanches et, le visage crispé, regarda vers l'horizon.

– Si c'est ce que vous voulez..., murmura-t-il, déconfit.

– Bien, dit don Ciccio avec un petit sourire. Je te l'enverrai ici demain matin.

Il s'apprêtait à tourner les talons quand Carlo bondit pour lui barrer le chemin.

– Un dernier mot, si vous me le permettez, dit-il cette fois d'un air résolu. J'espère que vous ne me sous-évaluez pas au point de me croire stupide. À mes yeux, votre petit-fils sera un ouvrier agricole comme tous les autres. Il porte le nom de Carlà.

Don Ciccio le regarda d'un air sardonique.

– Il porte le nom de son père. Et de qui d'autre ?

Ce fut l'été où Lorenza cessa d'être une enfant. Dès qu'elle aperçut les rigoles de sang le long de ses jambes, elle se mit à crier, terrorisée.

– Mais qu'est-ce que tu as à hurler ? C'est le sang menstruel. Tu es devenue une femme, c'est bien pour toi, dit Agata après l'avoir rejointe dans la salle de bains.

Elle lui mit entre les mains une pile de chiffons en coton découpés dans un vieux drap blanc et lui montra comment les disposer dans sa culotte, en lui recommandant de les changer au moins toutes les deux heures. « Sinon, tu sentiras mauvais, et les gens te tiendront à l'écart », expliqua-t-elle. Puis elle entreprit d'énumérer tous les comportements à éviter comme la peste ces jours-là : elle ne devait pas se hasarder à toucher les plantes et les fleurs, sous peine de les faire sécher, elle devait se garder de malaxer la pâte à pain, sinon elle ne lèverait pas, et ne pas toucher au vin, sinon il tournerait au vinaigre.

Quand Lorenza rapporta tout cela à sa tante, Anna éclata d'un rire qui lui fit venir les larmes aux yeux.

– Pourquoi tu te moques de moi ? se fâcha Lorenza.

– Mais ce n'est pas de toi que je ris ! Tu es sûre que ta mère t'a vraiment raconté toutes ces absurdités ?

– Certaine, répondit Lorenza en baissant la tête.

– Ce sont des idioties, tu ne dois pas y croire.

– Pourquoi elle m'en a parlé, alors ?

– Ce sont des croyances vieilles comme le monde qui n'ont aucun fondement. Viens, je vais te montrer. (Elle la prit par la main et la traîna dans le jardin.) Touche mon basilic, lui ordonna-t-elle.

Lorenza fit instinctivement un pas en arrière.

– Tatie, je ne voudrais pas…

– Ne fais pas tant d'histoires et touche-le. Allez, approche-toi.

D'un pas incertain, Lorenza s'approcha d'une touffe de basilic.

– Vas-y, touche, l'encouragea Anna. Comme ça, tu verras toi-même qu'il ne se passe absolument rien. Et même, ajouta-t-elle d'un air amusé, quand on aura fini, on descendra dans le cagibi. Tu sais lequel, non ? Celui où ton oncle garde ses bouteilles de vin. Et on les touchera toutes, sans en oublier une seule.

C'était aussi un jour de sang quand, à la fin de sa première année de lycée, Lorenza découvrit qu'elle devrait repasser en septembre les examens de latin et de grec.

– Tu vois ! commenta Agata en agitant son carnet sous le nez d'Antonio. Et c'est à peine suffisant dans les autres matières. Je te l'avais dit, qu'il valait mieux l'envoyer au lycée technique. Mais est-ce qu'il arrive que quelqu'un m'écoute dans cette maison ?

Sa fille, assise sur le divan, les mains croisées, baissait la tête d'un air accablé.

– Je vais trouver un professeur qui la fera répéter, répliqua Antonio d'une voix calme. Elle va y arriver, ajouta-t-il en adressant à sa fille un sourire qui tomba dans le vide.

Depuis le premier jour de son retour d'Afrique, Antonio avait eu la sensation d'être un hôte indésirable dans sa propre maison. Il n'avait pas trouvé de bras grands ouverts pour l'accueillir, à l'exception de ceux de Carlo, le seul qui ait paru vraiment heureux de le revoir. Agata pour sa part l'avait aussitôt condamné à dormir sur le divan de son bureau.

– Tu m'as abandonnée dans le lit pendant des mois, et maintenant je veux y rester seule, lui avait-elle dit sans même le regarder en face.

Il n'avait pas soufflé mot, se bornant à tirer du bahut des draps propres et un oreiller déformé sur lequel il dormait encore à présent. Il ne s'était pas passé un jour sans que sa femme lui adresse des remarques venimeuses.

« Tu devras te contenter de la cuisine que nous faisons

ici », lui disait-elle en apportant les plats à table ; s'il arrivait qu'il s'attarde à la fabrique et soit en retard pour le dîner, elle l'accueillait avec un sarcastique « il se croit encore à l'hôtel, celui-là ». Quand il avait annoncé à Lorenza qu'il l'emmènerait voir un spectacle au Teatro Politeama de Lecce, Agata avait commenté d'un air piqué : « Mais comment ça t'est venu, cet engouement pour le théâtre ? » Et chaque fois qu'elle mentionnait l'Afrique, elle disait simplement « là-bas » en faisant une grimace.

Antonio s'efforçait de répondre avec calme et gentillesse, mais cette attitude, au lieu d'apaiser Agata, semblait l'irriter davantage.

Ce qui le blessait le plus, pourtant, c'était de voir combien Lorenza avait changé. Si elle croisait le regard de son père, elle baissait aussitôt les yeux ; elle ne courait plus à sa rencontre quand il rentrait du travail ; elle semblait mesurer chacune de ses paroles, comme si elle vivait dans la crainte perpétuelle de se tromper, mais surtout – et c'était la chose la plus douloureuse de toutes –, elle ne disait plus jamais « tellement si beau ». D'ailleurs, elle ne s'enthousiasmait plus pour rien.

Avec une pointe d'amertume, Antonio comprit combien son absence avait affecté la vie de sa fille et de sa femme. Un gouffre s'était ouvert entre eux, et toutes ses tentatives pour le combler étaient restées vaines.

Le commerce de l'huile avec Asmara n'avait duré que quelques mois, jusqu'au jour où, à la fin de l'hiver, on lui avait réexpédié ses cargaisons, suivies d'une longue lettre qu'Anna vint lui remettre dans son bureau.

Ce jour-là, elle resta debout à le fixer, le regard interrogateur, attendant qu'il ouvre l'enveloppe. C'était la première fois qu'ils se trouvaient de nouveau seuls, pensa Antonio. Lors des occasions précédentes, il y avait toujours un autre membre de la famille, et, à part quelques échanges sur un ton cordial, ils ne s'étaient pas vraiment parlé. Pourtant, il lui avait suffi de plonger à nouveau dans le vert des yeux d'Anna pour comprendre qu'il n'y aurait jamais d'endroit assez éloigné pour lui échapper.

– J'ai lu le nom de l'expéditeur, évidemment. Qui est Lidia ? demanda Anna, allant droit au but.

Antonio détourna le regard en bafouillant qu'il s'agissait de la propriétaire d'un des restaurants avec lesquels il était en affaires là-bas.

– Menteur.

– Mais pourquoi ce ton désagréable ? dit-il, déconcerté.

– C'est pour cette femme que tu ne revenais plus, que tu as abandonné ta fille ? répliqua-t-elle. Tu as une idée de ce que Lorenza a souffert ?

– Je n'ai abandonné personne ! protesta-t-il d'un air renfrogné.

– Sois sincère, Antonio.

Il soupira, s'assit dans le fauteuil à côté de la fenêtre et regarda dehors en plissant les yeux.

Anna alla s'asseoir sur le fauteuil en face du bureau et croisa les bras.

– Je t'écoute, dit-elle.

– Ce n'était… rien du tout, répondit Antonio à mi-voix.

Il y avait bien eu une femme, reconnut-il, et c'était Lidia, oui. Il l'avait rencontrée le jour même où il avait débarqué à Asmara. Littéralement affamé, il s'était rué dans le premier restaurant qu'il avait trouvé sur le corso Italia, et c'est là qu'il l'avait vue pour la première fois. C'était la fille de deux colons vénitiens qui avaient émigré dans la capitale érythréenne en 1930 et y avaient ouvert un restaurant-théâtre, La Petite Venise, fréquenté surtout par des émigrés italiens. Lidia servait à table : elle venait d'avoir vingt-deux ans et était d'une beauté rare, avec de longs cheveux blonds bouclés, un visage semé de taches de rousseur et un grand sourire sincère.

– Tu en es tombé amoureux ? l'interrompit Anna, un peu agitée.

– Amoureux ? Mais de quoi tu parles… ? Pas de moi, en tout cas, répondit-il, en se soulevant de son fauteuil. Je te l'ai dit. Ce n'était *rien*.

À l'évidence, il ne lui révélait pas tout, et il ne raconterait jamais rien à personne, pas même à son frère. Avec cette jeune fille, Antonio s'était très mal comporté et il en éprouvait de la honte. Soir après soir, il l'avait séduite en déclamant des poésies d'auteurs dont elle n'avait jamais entendu parler. Et, comme un animal affamé, il avait fini par prendre tout ce que Lidia lui offrait spontanément : son corps enfantin, sa peau lisse qui n'avait jamais connu les mains d'un homme, son amour passionné. L'adoration de cette gamine pour laquelle Antonio n'éprouvait qu'un vague sentiment de tendresse avait fini par être un baume sur la profonde blessure que lui avait infligée cet unique baiser avec Anna. Là-bas, à des milliers de kilomètres de chez lui, Antonio avait compris qu'il pouvait être qui bon lui semblait, libéré de ses affres et de sa douleur. Il n'avait guère fallu de temps pour qu'il prenne une autre identité et devienne aux yeux de tous le fiancé officiel de Lidia : dans cette dimension, il n'était pas marié, il n'avait pas de fille, il n'aimait pas éperdument la femme de son frère… Il n'était qu'un homme sans famille arrivé à Asmara pour y chercher fortune. Et personne ne risquait de le démentir. Aussi avait-il fait à Lidia des promesses qu'il ne pourrait jamais tenir, et pris des engagements auprès de ses parents en sachant déjà qu'il ne les respecterait pas. Il était prêt à tout, et même à proférer une montagne de mensonges, pour conserver ce sentiment de soulagement, cette pause dans la douleur qui le consumait. Il savait qu'il avait brisé le cœur de Lidia quand il était parti à l'improviste.

– J'espère au moins que ça en valait la peine, commenta Anna, furieuse.

– Et même si c'était le cas, qu'est-ce que ça peut te faire ?

Anna ne trouva rien à répondre.

– Pourquoi tu as arrêté de porter une tresse ? lui demanda-t-il après quelques instants de silence.

Ses longs cheveux noirs retombaient librement sur ses épaules. Elle lui lança un regard perplexe, avant de répondre :

– Je les préfère comme ça.

– Moi aussi, dit Antonio avec un sourire. Ne les attache plus jamais.

« Bonjour, signor Carlo » ; « Au revoir, signor Carlo » : c'était ainsi que Daniele s'adressait à lui chaque fois qu'il le croisait dans le vignoble. Carlo lui répondait d'un hochement de tête un peu gêné, et lui tournait aussitôt le dos pour se mettre à parler à quelqu'un d'autre. Les premiers jours, à dire vrai, il avait espéré que le garçon lui donnerait une raison quelconque de le renvoyer : don Ciccio lui-même n'aurait rien trouvé à redire si son petit-fils s'était révélé un bon à rien, et lui, il aurait eu un poids en moins sur les épaules.

Mais Daniele se montra un travailleur infatigable, apprécié de tous. Il se trouvait toujours quelqu'un pour lui crier à la pause de la matinée : « Viens par ici, jeune homme ! » et lui offrir la moitié de son sandwich ; il apprenait à toute allure et accomplissait ses tâches avec une célérité insolite pour un garçon de son âge. Quoi qu'ait pu en dire don Ciccio, il savait déjà se tenir comme un homme, ruminait Carlo, non sans une vague sensation de fierté.

Le 9 août arriva au bureau de poste le remplaçant d'Anna pour ses deux semaines de vacances d'été.

– Tu as entendu, Carmine ? Elle s'en va à Gallipoli, notre postière. Ah, ils en ont de la chance, ceux qui peuvent se le permettre ! commenta Elena en collant un sourire sur son visage couleur pivoine.

Avant de rentrer chez elle, Anna fit un saut à la bibliothèque pour choisir le roman qu'elle emporterait en vacances. Après avoir longuement tourné et viré entre les étagères en jetant de rapides coups d'œil aux résumés des livres, elle s'arrêta sur *Les Affinités électives* de Goethe et la question cruciale qu'il posait : qu'arrive-t-il à un couple quand un tiers entre en jeu ?

Le lendemain, toute la famille Greco partit pour la mer, ses bagages empilés sur la galerie de la 508. Carlo avait loué une petite villa à quelques pas de la plage, avec une jolie véranda et trois chambres à coucher : une pour Anna et lui, l'autre pour Antonio et Agata, et la troisième pour les deux enfants. Cela n'avait pas été une mince affaire de convaincre Agata ; elle ne voulait pas que ces vacances apparaissent comme une récompense pour Lorenza, qui devait repasser deux matières en septembre et, estimait-elle, devait être punie tout l'été. Comme toujours, Antonio s'employa patiemment à la persuader jusqu'aux heures précédant le départ. Il réussit finalement à arracher son consentement, à condition que Lorenza emporte ses livres et qu'elle ne descende à la plage avec les autres que deux heures le matin et deux heures l'après-midi ; le reste du temps, elle devrait le passer enfermée à la maison, à étudier le latin et le grec.

– Je te préviens, Antonio, dit Agata, résolue à avoir le

dernier mot, si en septembre ta fille est recalée, je ne la renverrai pas au lycée.

Avec Giovanna, en revanche, il n'y avait rien eu à faire. Anna avait avancé tous les arguments pour la convaincre, lui décrivant les bains au crépuscule, quand le soleil plongeait dans la mer Ionienne, les promenades sur le sable frais au petit matin, les bavardages sur la véranda jusqu'à la nuit close. Giovanna lui avait opposé un refus aimable mais tenace : cet été-là, don Giulio viendrait la voir, elle en était certaine.

Les jours passés à Gallipoli furent calmes et dépourvus de tensions, ponctués de longues baignades, de petits sommes sur le sable chaud, de déjeuners de pêches et de melons sur la plage, de promenades en fin d'après-midi dans les étroites ruelles du centre, et de soirées intimes sous la véranda, passées à contempler les barques qui rentraient au port au clair de lune.

Les nerfs d'Agata semblèrent peu à peu se détendre : elle recommença à s'adresser à son mari sans irritation et sans plus évoquer ce « là-bas » qui l'avait tant obsédée au cours des mois précédents. Et même son attitude à l'égard de Lorenza s'adoucit.

– Tu as suffisamment étudié pour aujourd'hui. Maintenant, va te rafraîchir, lui disait-elle en passant une tête dans la chambre où sa fille était assise sur le lit, un livre ouvert devant elle. Ensuite, le plus souvent, elle s'offrait à préparer le dîner pour tout le monde.

– Allez vous promener, je m'en occupe, disait-elle en les chassant d'un geste du bras.

Anna aimait à se réveiller la première, quand le ciel commençait à peine à s'éclaircir et que la maison était encore vide de voix et de rires. Elle réchauffait son lait pendant moins d'une minute, puis emportait sa tasse dans la véranda ; là, elle s'installait dans une chaise longue et plongeait dans la lecture des *Affinités électives*. Chaque matin, Antonio la rejoignait, son propre livre à la main – cet été-là, il lisait des nouvelles de Tchekhov –, comme s'il avait été sur le qui-vive et, l'entendant bouger, s'était empressé de la suivre. Il s'installait en silence dans une chaise longue en face d'elle, lui souriait et ouvrait son livre à l'endroit marqué d'un signet. Ils restaient ainsi à lire ensemble, partageant la paix des premières heures du jour.

La maison ne commençait à s'animer qu'une heure plus tard, quand leur parvenait le rire jovial de Carlo dans la cuisine et le bruit des tasses qu'Agata sortait du buffet.

– Bonjour !

Carlo arrivait dans la véranda en souriant, se penchait pour effleurer les lèvres d'Anna d'un baiser, puis se tournait pour chatouiller son frère à la taille.

– Bonjour, Carletto, le saluait Antonio en riant.

L'instant d'après, il refermait son livre et rentrait dans la maison.

– Je vais voir si le café est prêt, disait-il, abandonnant sa chaise longue à son frère.

L'avant-veille du 15 août, Giovanna entendit frapper. Cesare se mit à aboyer, et s'arrêta d'un coup quand elle ouvrit la porte.

Don Giulio, en soutane noire et col blanc, esquissa un sourire. Son visage rasé était un peu marqué et ses joues s'étaient creusées, mais il était aussi beau que dans le souvenir de Giovanna : des traits délicats, de grands yeux sombres, le nez légèrement retroussé.

Ravie, elle porta les mains à son visage en sautillant.

– Salut, Giovanna.

Elle lui mit les bras autour du cou et le serra très fort.

– Je savais que tu viendrais, dit-elle d'une voix tremblante.

Elle voulut l'embrasser, mais il l'arrêta en lui mettant une main sur la bouche.

– Laisse-moi enlever ma soutane d'abord, dit-il, le visage grave.

Elle le fixa un instant d'un air perdu avant de bafouiller :

– Bien sûr, bien sûr, entre.

Pendant le reste de l'après-midi, ils s'abandonnèrent à l'amour, à côté de la soutane noire et du col blanc soigneusement pliés sur la chaise.

Couché en boule dans un coin de la chambre à coucher, Cesare les contemplait avec un regard triste.

11

Décembre 1938

Carlo acheta un arbre de Noël de deux mètres de haut. Le matin du 8 décembre il se leva tôt et, tout en chantant joyeusement *Tu scendi dalle stelle*, il alla réveiller Roberto. Mais les vacances avaient commencé : remontant la couverture sur ses yeux, son fils lui dit en ronchonnant de le laisser dormir encore un peu.

– Dix minutes, pas plus, dit Carlo en lui ébouriffant les cheveux.

Puis il descendit et alla allumer le feu dans la cheminée.

Roberto rejoignit son père une bonne demi-heure plus tard. Carlo était assis au pied de l'arbre, occupé à sortir de leurs boîtes les décorations de Noël : des personnages en papier mâché pour la crèche, des guirlandes, des boules de couleur, des sujets en bois en forme de flocons de neige, et une pointe de sapin dorée.

– Te voilà enfin, lui dit-il avec un sourire. Je t'attendais pour commencer.

Le père et le fils entreprirent donc de décorer l'arbre, tandis que le feu pétillait dans la cheminée. Roberto lui passait les décorations et Carlo, grimpé sur un escabeau en bois, les installait avec soin. De temps à autre, il descendait de l'escabeau, se reculait de quelques pas et commentait :

– Non, cette boule rouge, il faut la déplacer vers le haut... Et il faut mettre en bas quelques flocons de neige. Tu ne vois pas que tout est en haut et qu'il n'y a rien en bas ?

Quand Anna rentra à la maison à l'heure du déjeuner, elle les trouva encore absorbés dans cette tâche.

– Papa, ça suffit, grogna Roberto. C'est la cinquième fois que tu nous fais tout changer de place.

Anna sourit.

Carlo avait à la main un petit ange en bois : c'était la dernière décoration et il ne se décidait pas à lui trouver une place définitive.

– Donne-le-moi, dit Anna, amusée. (Elle prit l'ange et le posa pile au milieu de l'arbre, entre une boule blanche et une boule rouge.) Ici, c'est parfait, décréta-t-elle.

Carlo le contempla et hocha la tête, à moitié convaincu. Roberto se laissa tomber sur le divan.

– Enfin c'est terminé, dit-il. Je n'en peux plus.

– Quel dommage que tu sois si fatigué, dit Anna avec un petit sourire. Je voulais vous emmener au cinéma, Lorenza et toi, pour voir un dessin animé... Eh bien, je vais y aller toute seule avec elle, et tu resteras ici à te reposer.

Roberto releva brusquement la tête.

– Mais non, mais non, s'exclama-t-il je ne suis qu'*un tout petit peu* fatigué !

Anna et Carlo échangèrent un sourire.

Quand ils arrivèrent à l'Olimpia, Anna s'arrêta devant l'affiche et, la montrant du doigt, demanda à son fils :

– Qu'est-ce qui est écrit ici ?

Roberto s'approcha et lut sans hésitation :

– *Blanche-Neige.*

– Bravo, dit-elle avec orgueil.

Roberto avait commencé l'école primaire en septembre, mais Anna lui avait déjà enseigné l'alphabet depuis un moment. *A* comme Anna, *B* comme basilic, *C* comme Carlo..., lui répétait-elle chaque fois qu'elle en avait l'occasion.

– Laisse-le donc apprendre avec les autres enfants quand ce sera le moment, l'interrompait Carlo, contrarié.

– Pourquoi, s'il peut partir avec un avantage ? répondait-elle. (Et elle continuait :) *D* comme dimanche, *E* comme été, *G* comme Greco...

Et ainsi, en entrant à l'école, Roberto savait déjà écrire son nom en lettres d'imprimerie, sans dépasser la ligne.

Blanche Neige plut beaucoup à tout le monde. Roberto sortit de la salle enthousiaste, en chantonnant *Heigh-Hi, Heigh-Ho*, et en imitant la démarche des sept nains partant au travail ; il continua ainsi tout le long du trajet jusqu'à la maison, tandis que Lorenza riait de tout son cœur et qu'Anna secouait la tête, amusée.

– C'est au théâtre de variétés que tu devrais faire carrière, le taquina-t-elle.

– Moi aussi, je veux un prince qui vient me réveiller..., soupira Lorenza.

– Qui *vienne* me réveiller, la corrigea Anna. (Et au bout de quelques pas, elle ajouta :) Pourquoi, tu es endormie toi aussi, comme Blanche-Neige ?

– Non, murmura Lorenza, embarrassée. Je voulais dire que... Enfin, que moi aussi je rêve d'un prince qui... – elle hésita – ... *vienne* me sauver.

Anna s'arrêta. Le front plissé, elle prit le bras de sa nièce et la fit délicatement pivoter sur elle-même. Roberto, s'apercevant qu'elles ne le suivaient plus, s'arrêta.

– Il n'y a qu'une seule personne qui puisse te sauver, lui dit Anna d'un ton sévère. Et tu sais qui c'est ?

Sa nièce la regarda, presque craintive, puis secoua la tête.

– C'est toi-même, dit Anna en pointant son doigt sur sa poitrine. C'est toi seule qui peux te sauver. Il n'y a pas de prince qui tienne, crois-moi.

Lorenza eut l'air déconcertée, puis se remit en marche, tête basse. Ces paroles l'avaient troublée : depuis toujours, sa mère lui répétait qu'une femme ne devient complète que quand elle trouve un mari, que c'est l'homme qui sauve et protège, et que si on naît femme, on ne va nulle part toute seule. Et ses amies au lycée pensaient la même chose : si elles étudiaient, c'était uniquement pour trouver le meilleur parti possible, affirmaient-elles avec coquetterie. Pour chacune d'elles, « ce qu'elles voulaient faire plus tard », c'était avoir une belle maison à tenir en ordre et bien propre, un bon mari qui gagnait bien sa vie et des enfants en bonne santé. Elle ne les avait jamais entendues évoquer autre chose quand elles parlaient de l'avenir. Quant à elle, elle se sentait toujours un pas en arrière par rapport à ses condisciples : pour la seconde année consécutive, elle avait été recalée en grec et en latin, et cet été aussi elle devrait étudier au lieu de profiter de ces longues journées de soleil et de détente. Elle savait combien son père était déçu, même s'il s'efforçait de ne pas le lui montrer et qu'il s'obstinait à payer grassement le professeur Gaetani, désormais à la retraite, pour qu'il lui enfonce dans la tête ces langues anciennes qu'elle trouvait aussi inutiles qu'incompréhensibles. Et puis, elle se sentait laide, à la différence de ses camarades : chaque fois que le miroir lui renvoyait l'image de son visage couvert de boutons, elle avait envie de le briser. Elle l'évitait le plus possible, accélérant le pas quand elle passait devant. Désormais, même sa tante Anna ne lui disait plus qu'elle était belle.

Comme chaque année lors des semaines précédant Noël, le bureau de poste prit un air de fête. On ne comptait plus les cartes de vœux, les lettres, les cadeaux, les paniers de douceurs faites maison à expédier à la famille qui vivait au loin. Anna savait que pendant tout le mois, la grande table du milieu croulerait sous les plateaux de *mustazzoli*, de poissons en pâte d'amandes, de ces curieux gâteaux de Noël en forme de gnocchis, couverts de miel et d'amandes grillées dont elle avait encore du mal à prononcer le nom – *purcidduzzi* ou *purceddhruzzi* ? – et sous les tasses de café et les bouteilles du *limoncello* qu'Elena préparait de ses propres mains. C'était elle d'ailleurs qui faisait la maîtresse de maison auprès de tous ceux qui franchissaient la porte. « Entrez et servez-vous ! », disait-elle en indiquant la table.

Depuis quelque temps, Carmine avait grossi, mais il ne cessait de se lever pour se verser une goutte de *limoncello* et prendre un gâteau. Quand il retournait la bouche pleine derrière le guichet, Tommaso lui lançait des regards de blâme. Chez Chiara, en revanche, la seule chose qui avait grossi était l'épaisseur de ses lunettes. Elle ne se laissait jamais tenter par la moindre pâte d'amandes, penchée sur son travail dans la salle du télégraphe.

– Arrête-toi un peu et viens par ici avec nous, l'invitait Elena. Cette fille, je ne la comprends pas. Elle est toujours si triste, disait-elle, déçue.

– Je ne suis pas triste du tout, répliquait Chiara du fond de la pièce de derrière.

C'étaient des journées bien remplies et fatigantes, pendant lesquelles Anna ne cessait de courir d'un point à un autre pour aller retirer ou remettre quelque colis à temps. Il n'était pas rare qu'elle doive aussi travailler l'après-midi.

Cette année-là, Giuseppina reçut le plus beau cadeau qu'elle pût désirer. Son fils Mauro avait quitté l'Allemagne, « où l'air était empoisonné avec cet Hitler, là », et il était rentré en Italie, le portefeuille gonflé d'une somme suffisante pour rénover toute la maison.

– Venez, madame la postière, que je vous présente mon fils, dit-elle.

Elle l'attendait, campée sur le seuil de sa maison, et l'avait hélée de loin dès qu'elle l'avait aperçue.

– Anna a été si gentille, dit-elle à son fils. Elle a prêté sa voix à tes lettres pendant tout ce temps, comme le faisait déjà Ferruccio.

Mauro tendit la main pour serrer celle d'Anna et la remercia de grand cœur, en ajoutant que si elle avait besoin de quoi que ce soit, elle pourrait toujours venir frapper à sa porte.

Anna sourit, embarrassée, et lui répondit qu'il n'avait pas à la remercier, qu'elle n'avait fait que son travail. Mauro insista pourtant pour lui offrir un paquet de *Lebkuchen*, des gâteaux typiques de Nuremberg.

– Vous verrez, c'est un délice !

Le signor Lorenzo, de son côté, s'obstinait à saluer Anna le bras tendu, malgré son refus systématique de lui répondre. Mais cette année-là, il ne lui restitua pas la énième carte postale qu'elle venait de lui apporter. Son frère lui écrivait qu'il ne voulait plus rien savoir, qu'il était temps qu'ils se remettent à fêter Noël ensemble, comme une famille, qu'il le veuille ou non. Ils arriveraient, Renata et lui, juste à temps pour célébrer la Nativité.

L'homme avait été si troublé qu'il avait lu le message à voix haute.

– Renata est votre nièce ? demanda alors Anna, dans le secret espoir d'éclaircir enfin le mystère des cartes postales refusées.

– Non, cracha-t-il.

– Oh ! Excusez-moi. Je croyais que…

– Renata était ma fiancée, dit le signor Lorenzo d'un ton âpre. Ils se sont enfuis ensemble une nuit, comme des voleurs, il y a des années.

Anna resta interdite.

– Je suis désolée, bafouilla-t-elle, mortifiée.

Puis elle le salua en lui souhaitant un bon Noël, même si elle doutait qu'il en serait ainsi. Et en reprenant sa route, elle fut saisie d'une sensation étrange, entre soulagement et culpabilité.

Daniele avait vu pousser ses premiers poils de moustache, s'attirant les affectueuses moqueries des journaliers les plus anciens. « Tu n'es plus *nu piccinnu,* maintenant, te voilà devenu *masculu* », disaient-ils en riant et en lui donnant une tape sur la joue ou sur l'épaule. Daniele souriait, mais il détestait profondément ces poils sur sa lèvre : non seulement ils étaient horribles à voir, mais ils le démangeaient en permanence.

Quand il rentrait à la maison, sa paie dans la poche de son pantalon, il s'empressait de monter dans sa chambre pour en mettre la moitié de côté dans une boîte en métal qu'il conservait au fond de son armoire. En un an et demi de travail, il avait réussi à économiser un beau pactole, même si ce n'était pas encore suffisant : il voulait acheter une Singer, la même que celle de sa mère. Dans la boîte en métal, outre l'argent, il cachait aussi son cahier de croquis. Chaque soir après le dîner il se retirait très vite en souhaitant bonne nuit à la famille, et il passait des heures entières à dessiner d'élégants habits de femme. Quand il était sûr que sa mère était sortie pour une commission quelconque, il se glissait dans l'atelier pour feuilleter le dernier numéro de *La Moda illustrata* ou récupérer dans la corbeille les coupons d'étoffe qu'elle y avait jetés.

Le soir, parfois, Carmela ouvrait la porte de l'atelier, s'appuyait au chambranle les bras croisés et lui demandait :

– Comment s'est passée ta journée ?

– Bien, se hâtait-il de répondre, un pied déjà sur la marche de l'escalier qui conduisait à sa chambre.

– Le signor Carlo était là, aujourd'hui ?

– Oui, bien sûr. Il est toujours là.

– Il continue à bien te traiter ?

Daniele hochait la tête à chaque fois et Carmela se contentait de cette réponse muette. Il ne lui avait jamais dit que le signor Carlo se montrait particulièrement généreux avec lui : parfois, il lui allongeait quelques lires supplémentaires sur sa paie journalière, en clignant de l'œil pour lui dire de garder ça pour lui ; en outre, au cours des deux vendanges qu'il avait faites, il lui avait confié l'une des tâches les plus importantes : contrôler les grappes avant le foulage, et les débarrasser des grains pourris ou fripés.

Quand le Donna Anna avait enfin été mis en bouteilles, le signor Carlo lui en avait offert fièrement une.

– Tu le feras goûter à don Ciccio, lui avait-il dit.

Un vin de cette couleur, Daniele n'en avait encore jamais vu : il était d'un rose transparent, fin et élégant.

– Il est bon, avait déclaré son grand-père après l'avoir dégusté.

Puis il l'avait longtemps humé, y retrouvant le parfum fruité de la cerise et de la fraise des bois.

Pour le repas de Noël, toute la famille Greco se retrouva chez Anna et Carlo. Et cette fois, Giovanna se laissa enfin convaincre de se joindre à eux.

– Il n'est pas question que cette année encore tu sois toute seule à Noël, lui avait dit Anna. Tu viendras avec nous, et je ne veux entendre aucune excuse. Amène aussi Cesare, si tu veux.

Anna et Carlo passèrent l'après-midi à cuisiner : il prépara le bouillon, tandis qu'elle se consacrait à la pâte et à la farce des tortellinis. En second plat, il y aurait la fameuse tourte à la viande d'Agata, qu'elle avait absolument tenu à préparer. Peu après l'arrivée des premiers invités, Carlo mit sur le gramophone le disque de Nuccia Natali, qui chantait *Un'ora sola ti vorrei*, passa un bras autour de la taille d'Anna, rayonnante dans une longue robe en velours bleu, et, sans lâcher son cigare, se mit à danser lentement.

Quand tout le monde fut là, Carlo déboucha une bouteille de Donna Anna. Et, les uns assis sur le divan, les autres debout à côté de la cheminée, ils levèrent leurs verres au Noël 1938.

Lorenza avait apporté le *Chant de Noël* de Charles Dickens : elle se blottit sur le divan et se mit à lire à voix haute, tandis que Roberto l'écoutait, la tête appuyée sur son épaule. Cesare agitait la queue, excité par tous ces gens, et tournait dans toute la maison, s'arrêtant pour renifler l'un ou l'autre, en quête de caresses.

Anna prit la main de Giovanna, l'emmena à l'étage et lui ordonna de s'asseoir devant sa coiffeuse.

– Ce soir, il te faut un peu de rouge et une goutte de parfum. C'est la fête !

Elle lui passa sur les lèvres un rouge à lèvres couleur cerise et lui vaporisa son parfum derrière les oreilles et sur les poignets. C'était Carlo qui le lui avait offert pour son anniversaire. Il l'avait fait créer exprès par un parfumeur de Lecce, et parmi tous les arômes qu'on lui avait fait sentir, il en avait choisi un avec une note de musc et de bois de santal.

– *Voilà** ! Regarde, tu es magnifique, dit Anna.

Giovanna se pencha en avant et fixa son image dans le miroir : ses yeux semblaient plus brillants, soulignés par le rouge de ses lèvres et par la broche en argent qu'elle portait sur la poitrine. Si seulement Giulio avait pu la voir à ce moment-là... Un peu avant Noël, il lui avait envoyé une carte postale montrant une petite fille en train de regarder tomber la neige derrière une fenêtre, accompagnée d'un paquet contenant une broche en argent figurant une fleur et d'un petit billet : *Porte-la en pensant à moi.*

Quand Anna et Giovanna revinrent, les autres s'étaient déjà installés autour de la table ovale du salon : Carlo en bout de table, avec à sa gauche Antonio et Agata, et Lorenza et Roberto en face de lui. Anna s'assit à la droite de Carlo et invita Giovanna à s'asseoir à côté d'elle.

Agata joignit les mains et, les yeux clos, se mit à réciter le *Pater Noster.* Tous l'imitèrent, à l'exception d'Anna, qui resta immobile en se massant distraitement la nuque. Quand Agata eut dit *Amen* et fait le signe de croix, Carlo se leva et remplit les assiettes : deux grandes louches chacun de tortellinis au bouillon.

– Le rouge te va bien, Giovanna, dit Antonio.

Elle rougit et se mordit les lèvres.

– Merci, répondit-elle d'une petite voix.

Quelle joie d'être là parmi eux, pensa-t-elle, avec une véritable famille, l'arbre décoré, le feu dans la cheminée, les cadeaux à ouvrir, les rires et toutes ces bonnes choses à manger. Elle se tourna vers Anna et la fixa avec des yeux humides.

– Qu'y a-t-il ? lui demanda Anna d'un air amusé.

Pour toute réponse, Giovanna se jeta dans ses bras. Agata leva les yeux au ciel, mais personne ne le remarqua.

Quand minuit sonna, ils se réunirent tous autour de l'arbre pour échanger leurs vœux et leurs cadeaux. Carlo déboucha une autre bouteille de Donna Anna. Profitant de la joyeuse confusion du déballage des cadeaux, Antonio se pencha sous l'arbre et y prit un petit paquet rectangulaire entouré de papier doré.

– *Pour toi**, dit-il, le tendant à Anna.

– *Merci**, répondit-elle en l'ouvrant aussitôt.

Assise sur le tapis en train d'admirer la brosse au manche en argent qu'elle avait reçue en cadeau de son oncle et de sa tante, Lorenza se mit à observer la scène par en dessous.

– *Autant en emporte le vent*, lut Anna.

– Je l'ai lu, et il m'a beaucoup plu, précisa Antonio.

– Et qu'est-ce qui t'a plu ?

Il réfléchit un instant.

– Il y a quelque chose de toi dans Scarlett, la protagoniste, finit-il par répondre.

Anna, amusée, baissa les yeux sur le livre.

– Et puis, continua Antonio, j'ai aimé le fait qu'elle trouve toujours la force de repartir, même après une guerre.

Il ne pouvait pas savoir combien cette phrase était prophétique.

En effet, ce Noël 1938 serait pour très longtemps le dernier Noël de paix.

Pour la famille Greco et pour le monde entier.

DEUXIÈME PARTIE

avril 1945 – juin 1949

12

Avril 1945

« Nous interrompons nos programmes pour vous communiquer une nouvelle extraordinaire… »

Anna laissa tomber son torchon parmi les restes du dîner sur la table de la cuisine et se hâta vers le salon. Elle s'accroupit devant la radio posée sur le petit meuble d'angle et monta le volume.

« Les forces armées allemandes se sont rendues aux Anglo-Américains, disait le speaker, la voix brisée par la joie. La guerre est finie. Je répète : la guerre est finie ! »

– Carlo ! hurla-t-elle en direction de l'escalier.

Son mari se pencha en haut de la rampe, sa brosse à dents à la main, une coulure de dentifrice d'un côté de la bouche. Anna ne s'était pas encore habituée à le voir sans sa moustache. « Je n'en veux plus, elle me fait penser à Hitler », avait-il déclaré avant de la raser sur un coup de tête.

– Qu'est-ce qui se passe ? demanda-t-il, l'air inquiet.

Anna se mit à sautiller sur place, le visage radieux.

– Les Allemands se sont rendus, dit-elle en montrant la radio.

Carlo laissa tomber sa brosse à dents, dégringola l'escalier et s'élança vers elle. Il la saisit par la taille et la souleva en l'air.

– Repose-moi par terre ! protesta-t-elle en riant.

Sans la lâcher, il renversa la tête en arrière et s'exclama :

– Tu sais que vue d'ici, tu es encore plus belle ?

– Mais pas toi, avec ce dentifrice sur la figure, dit-elle en riant. Allez, va te nettoyer.

Il la remit sur ses pieds et, du pouce, elle entreprit d'effacer le dentifrice.

– Voilà, maintenant tu es présentable.

– Allons annoncer la nouvelle à Roberto !

– Demain. Il doit déjà être endormi…

– S'il n'est pas encore en train de lire…

Ils montèrent l'escalier main dans la main. Carlo ouvrit doucement la porte de la chambre, éclairée par la lampe de chevet que Roberto tenait à garder allumée toute la nuit. Leur fils dormait sur le dos, la tête de côté, *Le Journal de Mickey* ouvert sur la poitrine. Il avait désormais douze ans, mais son visage était encore rose et glabre comme celui d'un enfant. En grandissant, il avait fini par devenir une copie miniature de sa mère : les mêmes cheveux épais et noirs, les mêmes yeux verts, le même profil droit. Mais le sourire et le regard rusé, il les avait hérités de son père.

– Laissons-le tranquille, il dort si bien…

– Comme tu veux, répondit Carlo avec une pointe de déception, et il referma la porte.

Alors qu'ils redescendaient, ils entendirent un brouhaha confus à l'extérieur. Ils pressèrent le pas et se penchèrent à la fenêtre du salon : les gens envahissaient la rue pour fêter l'événement. Certains criaient : « La guerre est finie ! » D'autres riaient, pleuraient, s'embrassaient, d'autres enfin frappaient à la porte des maisons endormies en criant : « Réveillez-vous ! »

Anna et Carlo se regardèrent. Il attrapa son peignoir au portemanteau, le passa sur son pyjama, prit la main d'Anna et sortit.

Ils coururent aussitôt chez Antonio et Agata.

Carlo dut frapper à plusieurs reprises avant qu'une lumière s'allume dans le bureau du rez-de-chaussée. Un instant plus tard, Antonio ouvrit la porte, en pyjama, fixant d'un air ensommeillé son frère et sa belle-sœur qui, main dans la main, lui souriaient. Puis il s'aperçut de la joyeuse confusion qui régnait dans la rue derrière eux et finit par demander :

– Mais enfin, qu'est-ce qui se passe ?

– Pendant que tu dormais du sommeil du juste, les Allemands ont levé le drapeau blanc, répondit Carlo en souriant de toutes ses dents.

– Mais… Comment ?

– Moi non plus, je ne réalise pas encore tout à fait, intervint Anna.

– Qui c'est, à une heure pareille ? lança la voix alarmée d'Agata.

Elle descendit l'escalier et rejoignit son mari à la porte. Elle portait un peignoir rose et un bonnet de nuit de la même couleur, dont s'échappaient en désordre des boucles blanches. Depuis quelque temps, ses cheveux cuivrés s'étaient striés de gris, et deux rides s'étaient creusées autour de sa bouche, lui donnant une expression maussade.

– Qu'est-ce qui se passe ? Vous êtes tous devenus fous ? ajouta-t-elle en apercevant la cohue dans la rue.

– Agata, la guerre est finie, murmura Antonio, les larmes aux yeux.

D'une main, elle serra le bras de son mari, et de l'autre elle fit le signe de croix.

– Dieu soit loué, murmura-t-elle.

– Venez, allons réveiller Nando, pour qu'il ouvre le café ! Il nous faut à boire ! cria un homme, suivi aussitôt par une petite foule.

Comme si elle réalisait à cet instant seulement qu'elle était en chemise de nuit devant tous ces gens, Agata fit vivement un pas en arrière et rentra dans la maison.

Anna ne se mit à y réfléchir que quand Carlo et elle furent rentrés chez eux : elle repensa à la lumière du bureau qui s'était allumée et à Antonio qui avait aussitôt ouvert la porte en pyjama, avec l'air d'un homme tout juste arraché au sommeil.

– Ils font chambre à part ? demanda-t-elle à brûle-pourpoint.

– Qui donc, mon amour ? demanda Carlo en resserrant son peignoir autour de lui.

– Ton frère et Agata...

Il haussa les épaules.

– Ça ne nous regarde pas, dit-il.

– Bien sûr que non. Je me demandais, simplement, répondit Anna, feignant l'indifférence.

Anna sortit de la maison et inspira à pleins poumons : l'air désormais sentait le printemps et la glycine, surtout à cette heure matinale. Elle referma la porte, saisit le guidon de sa bicyclette appuyée au mur de la cour et la poussa dehors.

« Bonjour, madame la postière » : c'était ainsi que la saluait ponctuellement sa voisine, qui comme chaque matin s'acharnait à balayer sa petite portion de trottoir. Anna répondit en soulevant un peu son béret, puis enfourcha sa Bianchi Suprema, le modèle pour dame qu'elle avait acheté pour neuf cents lires en 1940, l'année où Fausto Coppi avait remporté le Giro, premier Tour d'Italie. Depuis lors, au grand soulagement de ses pauvres pieds meurtris par les années d'allées et venues sur le pavé, elle s'en était servie chaque jour. C'était à bicyclette qu'elle avait remis tous ces télégrammes du ministère de la Guerre qui appelaient les jeunes gens sous les drapeaux. Combien elle en avait vu faire leur paquetage et partir, au grand désespoir de leur famille. Certains n'étaient pas revenus, et on ne savait pas toujours où et comment ils étaient morts ; d'autres portaient à jamais dans leur corps et dans leur âme les stigmates de la guerre. Anna avait entendu dire que certains, en permission, avaient renversé sur eux un chaudron d'eau bouillante, occasionnant des brûlures assez graves pour ne pas retourner au front. Chaque fois qu'arrivaient les télégrammes de mobilisation, Anna les parcourait en hâte, le cœur battant ; et quand elle s'était assurée de n'y trouver ni le nom de Carlo ni celui d'Antonio, elle portait la main à sa poitrine en poussant un soupir de soulagement. « Aucun des hommes de la classe d'âge de Carlo n'a encore été appelé, se disait-elle pour se donner du courage. Alors tu penses si on va rappeler Antonio à quarante et un ans ! » Et elle se sentait le cœur plus léger.

Et puis, combien de lettres du front avait-elle dû lire à des parents, des sœurs, des épouses, des fiancées aux yeux battus et à l'air anéanti. Ces jeunes gens, souvent Anna ne les connaissait même pas… Elle en avait peut-être croisé un ou deux dans le village, et encore, elle n'en était pas sûre. Mais leurs paroles restaient gravées dans sa mémoire. Il y avait Giuseppe, un ouvrier agricole du domaine Greco envoyé combattre en Russie, qui détaillait à sa femme Donata non pas la guerre, mais ses songes : quand la nuit tombait sur leur refuge glacé et malodorant, il rêvait qu'il était avec elle à la maison, à mener leur vie faite de menues habitudes qui, il s'en rendait compte à présent, lui manquait comme l'air qu'on respire. Francesco, dont les parents tenaient le bureau de tabac où Carlo achetait ses cigares, les remerciait pour le tabac qu'ils lui expédiaient, en les priant à chaque fois de lui en envoyer davantage : c'était l'unique moyen pour lui d'obtenir quelques rations supplémentaires, expliquait-il, vu qu'il l'échangeait contre le pain de ses camarades. « Maman, j'ai faim, j'ai toujours faim », concluait-il immanquablement. Pietro, qui était maçon dans le civil, écrivait d'Ukraine à sa sœur Maria qu'ils avaient longé la Donets sur deux cents kilomètres et qu'ils avaient vu des prisonniers dans une vallée occupée par les Allemands. Un amas d'hommes affamés, prostrés, avec des mitraillettes pointées sur eux, qui faisaient leurs besoins sous eux et puaient comme du bétail. « Si ça doit m'arriver à moi, j'aime autant mourir tout de suite », écrivait Andrea, qui au marché du samedi aidait son père à vendre ses fromages. Il adjurait sans cesse son Annunziata de ne pas céder à la mélancolie, en lui promettant qu'une fois la guerre terminée, ils feraient la fête tous les jours...

Anna pédala jusqu'à la place, qui à cette heure était encore agréablement vide et silencieuse. En mettant pied à terre devant le Castello, elle regarda la montre au cadran rectangulaire qu'Antonio lui avait offerte en mai 1935 et qu'elle n'avait plus jamais ôtée depuis : pour une fois, elle était en avance et pouvait s'offrir le luxe de boire son café assise. Elle s'installa à l'une des petites tables en terrasse. Fernando fumait sa cigarette du matin adossé à la porte de son salon de coiffure ; la femme de Michele, petite personne menue mais aux bras robustes, déchargeait sur le trottoir un cageot d'oranges qui semblait assez lourd ; le coin où se tenait autrefois Mario le cireur, aux mains toujours enduites de graisse, était vide et le resterait toujours. « Gare à celui qui veut occuper mon emplacement, je reviendrai », avait-il prévenu avant de partir soldat.

Nando lui apporta son café et Anna huma avec volupté l'odeur piquante de la grappa. Il lui posa une main sur l'épaule d'un geste paternel avant de rentrer dans le bar ; il avait tellement maigri ces dernières années qu'il devait donner un double tour de cordon à son vieux tablier blanc.

Anna savourait sa dernière gorgée quand elle vit la silhouette alourdie d'Elena déboucher de la petite rue où s'installait chaque samedi la dame des étoffes. Le visage crispé, elle se dirigeait lentement vers le bureau de poste encore fermé. Depuis quelque temps, elle ne cessait de se plaindre de ses chevilles, qui étaient devenues grosses comme des melons et étaient une torture à chaque pas. Avec un soupir, elle tira la clé de son sac et ouvrit le portail.

Anna la rejoignit.

– Tu es tombée du lit, ce matin ? s'exclama Elena, surprise.

– Je n'ai pas réussi à dormir, va savoir pourquoi, répondit Anna en posant sa sacoche sur la table.

– Ne m'en parle pas. Moi, ça fait des mois que je dors mal. Parfois, je crois encore entendre les sirènes.

Elles furent rejointes quelques instants plus tard par Chiara. C'était toujours la même crevette aux lunettes épaisses, mais à présent elle souriait beaucoup plus. On disait qu'elle avait ravi le cœur du médecin arrivé au village pendant la guerre qui avait soigné sa mère jusqu'à la fin. Dans l'espoir d'en savoir plus, Elena la bombardait de remarques malicieuses, mais elle gaspillait sa salive : Chiara ne disait jamais un mot.

Carmine entra la tête basse en boitant légèrement. Sa barbe, qu'il avait dû tailler quand il avait été mobilisé, avait repoussé, hirsute et parsemée de fils blancs. Il n'avait jamais voulu parler de ses quelques jours au front : on savait seulement qu'il était parti en même temps que le cireur de chaussures, et que le 30 août 1942, Carmine s'en était tiré et pas Mario. Ils se trouvaient tous les deux à bord du pétrolier *Sant'Andrea* qui venait de sortir du port de Tarente et se dirigeait vers la Grèce, quand une vingtaine d'avions anglais avaient bombardé le navire, qui avait pris feu avant de couler à pic. Carmine était rentré chez lui avec une brûlure au pied et son mauvais caractère parfaitement intact. Il bougonna un « salut » et alla aussitôt s'asseoir à son poste. Et quand Elena lui demanda comment il allait, il caressa sa barbe en disant : « Normalement. Je suis censé aller comment ? » Ce qui signifiait qu'il n'avait pas encore pris son deuxième café de la journée.

Tommaso arriva le dernier. Il salua tout le monde avec son gentil sourire et, tenant sa serviette en cuir serrée contre sa poitrine, se dirigea vers son bureau. Anna eut l'impression une fois encore que les yeux du directeur se voilaient de jour en jour. Certes, son regard bleu s'était éteint depuis longtemps, depuis la nuit où la guerre lui avait enlevé ce qu'il avait de plus cher au monde : sa Giulia. Le cœur de cette fille fragile, qu'il avait tant aimée, n'avait pas résisté à la énième sirène qui l'avait arrachée au sommeil. Elle était morte sur le trajet entre sa maison et le pressoir d'Antonio, où les gens venaient la journée avec leur carte d'alimentation chercher leur ration d'huile, mais aussi la nuit pour se réfugier dans l'abri antiaérien le plus sûr du village. Quand ce terrible hululement commençait, entrecoupé toutes les quinze secondes d'intervalles de silence de même durée, ils accouraient tous ventre à terre, serrés dans des manteaux qui dissimulaient à peine les pyjamas et les chemises de nuit. Combien de nuits y avaient-ils passées, adossés les uns aux autres, sous de lourdes couvertures de laine ? Seuls les enfants arrivaient à se rendormir, lovés dans les bras de leur mère, tandis que les adultes, en attente de l'inimaginable, tendaient l'oreille en échangeant des regards terrorisés.

Mais à présent, le pire était passé.

Anna finit de remplir sa sacoche, enfourcha sa bicyclette et entama sa tournée. Elle avait à peine fait quelques mètres qu'un klaxon résonna dans son dos.

Elle posa pied à terre et se retourna pour voir Antonio en train d'abaisser sa vitre.

– Je te dépose quelque part ? plaisanta-t-il.

– Non merci. Je n'ai pas confiance dans ta conduite, répliqua Anna, ironique.

– Et tu fais bien ! dit Antonio en éclatant de rire.

Il avait passé son permis un an auparavant, quand Carlo lui avait fait cadeau de la 508. Il n'en avait plus l'usage depuis qu'il avait acheté une Fiat 1100 d'un beau noir luisant.

– Vends-la, plutôt, au lieu de me la donner ! Que veux-tu que j'en fasse ? Tu t'imagines que je vais apprendre à conduire à quarante-cinq ans ?

Mais Carlo n'avait rien voulu entendre.

– S'il te plaît, je ne supporte pas de te voir encore te traîner à pied, avait-il insisté.

– J'aime bien marcher, avait répondu Antonio, avant finalement de se rendre. Je te préviens, je ne m'en servirai qu'en cas de nécessité.

Et il en était allé ainsi : la plupart du temps, la Fiat 508 restait garée devant sa porte, et Antonio ne la prenait que quand il devait sortir du village.

– Où tu t'en vas comme ça ? lui demanda Anna.

– Je vais faire un saut à la cave.

– Tu me diras si tu y es arrivé vivant, dit-elle.

Elle le salua de la main et se remit à pédaler.

Antonio tourna à droite. Il était à la moitié du trajet, au beau milieu d'une route de campagne, quand la voiture se mit à brouter avant de s'arrêter d'un coup. Perplexe, il baissa les yeux et s'aperçut que, de l'instant où il s'était arrêté pour parler à Anna, il avait continué en première : il ne lui était même pas venu à l'esprit de passer la seconde.

Une fois arrivé à la cave, il poussa le battant entrouvert du grand portail de bois et jeta un coup d'œil autour de lui.

– Carlo ?

– Je suis en bas !

Antonio descendit au sous-sol, où se trouvaient la rangée de fûts et les vasques en ciment. Il faisait toujours très froid là-dedans, pensa-t-il en frissonnant.

Carlo était en pleine discussion avec un homme court sur pattes, aux joues rugueuses et creuses, portant un pantalon à bretelles et une casquette sur la tête.

– Viens, viens, Antonio ! Voici Franco. Je t'ai déjà parlé de lui, non ?

– Oui, bien sûr, répliqua Antonio en lui serrant la main.

– Nous sommes finalement parvenus à un accord, expliqua Carlo d'un air satisfait en posant une main sur l'épaule de l'homme.

– On le dirait bien, répondit l'autre.

L'accord concernait la vente d'un terrain de deux hectares attenant au domaine Greco sur lequel Carlo avait jeté son dévolu depuis un moment : il voulait agrandir le vignoble. En fait, il *devait* produire davantage, les affaires ayant pris bonne tournure. Continuer à produire du vin pendant la guerre n'avait pas été une sinécure : la plupart des ouvriers agricoles avaient été appelés au front, et même si leurs femmes les avaient souvent remplacés aux champs, la main-d'œuvre restait insuffisante ; à cela s'ajoutait la difficulté de trouver des bouteilles en verre, ce qui avait contraint Carlo à ralentir sa production.

Du moins jusqu'à l'arrivée des Américains. Le 11 septembre 1943, alors que le Nord était encore aux mains des Allemands, le roi en fuite et le pays entier en débandade, les Américains avaient débarqué à Tarente et à Brindisi. Carlo avait aussitôt senti que ce pouvait être l'occasion qu'il attendait depuis longtemps pour faire « le grand saut », comme il l'appelait. Quelqu'un devait fournir de l'alcool aux soldats américains, alors pourquoi pas lui ? Il était certain que ces étrangers n'avaient jamais goûté un vin aussi bon que le sien. Il avait donc ordonné de préparer une caisse de bouteilles de Donna Anna et de la charger sur la Fiat 508.

– Elles vont où, celles-là ? lui avait demandé Daniele, que Carlo avait promu chef de cave quand l'ancien avait été envoyé combattre dans le Nord.

– À Brindisi, mon garçon, avait répondu Carlo, assis à son bureau, occupé à écrire le billet d'accompagnement. Nous les portons à qui de droit ! avait-il ajouté en faisant tourner son index en l'air. Juste pour goûter. Si j'ai raison, d'autres caisses ne devraient pas tarder à suivre.

Daniele l'avait regardé d'un air un peu perdu, mais n'avait pas posé de questions.

Quelque temps plus tard, une jeep avait freiné devant la cave avec trois militaires à bord. L'un d'eux lui avait serré la main en se présentant comme le commissaire chargé des approvisionnements de l'armée américaine. Dans un italien incertain, il l'avait remercié pour son aimable présent, qu'ils avaient bu avec grand plaisir. Il avait voulu faire la connaissance de l'homme qui produisait ce vin extraordinaire, rose et brillant, au goût de *cherry* et de *blueberry*. Carlo, tout sourire, avait emmené les trois militaires faire la visite de la cave, tandis que Daniele à côté de lui intervenait de temps à autre, le plus souvent par gestes, pour expliquer certaines phases de la vinification. À la fin de cette tournée, l'officier avait hoché la tête d'un air satisfait, et avant de partir lui avait passé une grosse commande de Donna Anna pour les troupes américaines. « Je le savais ! » s'était exclamé Carlo dès que la jeep avait disparu. Dans un accès d'enthousiasme, il avait pris la tête de Daniele entre ses mains et lui avait posé un baiser sur les cheveux. Le garçon avait d'abord rougi, puis, emporté par l'euphorie, s'était mis à rire avec lui.

Franco salua en soulevant sa casquette et s'apprêta à quitter la pièce.

– Je te ferai savoir quand le notaire pourra nous recevoir, lui lança Carlo avant qu'il remonte l'escalier. (Puis, se tournant vers Antonio et lui mettant un bras autour du cou :) Alors, grand frère, qu'est-ce qui t'amène ici ? Tu as fait caler ta voiture combien de fois sur le trajet ?

– Une fois seulement.

– Oh, mais nous sommes en progrès !

– Ça fait trois jours qu'on ne te voit plus, tu me manquais, dit Antonio.

– Mon gros sentimental ! rit Carlo en lui pinçant les joues.

À ce moment, Daniele surgit de derrière la rangée de fûts.

– Signor Carlo ?

– Dis-moi, mon garçon.

– Je m'en vais dans le vignoble. La boucheuse est prête, maintenant.

– Très bien... Tu peux y aller.

Mais Daniele hésitait.

– Signor Antonio, dit-il ensuite, visiblement embarrassé, je peux vous demander comment va Lorenza ? Ça fait un moment que je ne l'ai pas vue dans le village.

– Elle a des hauts et des bas, répondit Antonio en fourrant les mains dans les poches de son pantalon.

– Je m'en doute, répondit Daniele d'un air triste. Un de ces jours je pourrais peut-être l'accompagner au cinéma avec ses amies. Pour la distraire un peu... Avec votre permission, évidemment, ajouta-t-il en baissant les yeux.

– C'est gentil à toi de t'en soucier, murmura Antonio, en laissant sa demande sans réponse.

– Ne t'inquiète pas, elle va se reprendre, intervint Carlo. Vous êtes des enfants, tout passe à votre âge.

Daniele hocha la tête d'un air peu convaincu, les salua et se dirigea vers l'escalier.

– Et n'oublie pas de saluer ton grand-père pour moi, hurla Carlo dans son dos. Dis-lui que je passerai le voir dès que je pourrai.

Lorenza et Daniele avaient réellement fait connaissance en mars 1943, quand Giacomo, le fils du fruitier et le meilleur ami de Daniele, était tombé amoureux d'elle.

– Regarde comme elle est devenue *beddra*, la *figghia* de l'Antonio Greco, disait Giacomo en poussant son ami du coude quand il voyait passer Lorenza devant la boutique. Parfois, il l'appelait d'un coup de sifflet et lui faisait signe de s'approcher.

– Tss, c'est comme ça que tu appelles les filles ? disait Daniele en lui abaissant le bras d'un air amusé.

Mais Giacomo tirait un fruit du premier cageot qui lui tombait sous la main et le tendait à Lorenza en le tenant dans sa paume.

– Le plus beau fruit du pays pour la plus belle de ses filles, disait-il.

Elle souriait, gênée, prenait le fruit – une belle orange juteuse, une mandarine, une poire, parfois – et le remerciait. Lorsqu'elle s'en allait, Giacomo continuait à fixer son dos, et tout son visage semblait sourire, jusqu'aux taches de rousseur dont il était parsemé.

Que Lorenza, la nièce du signor Carlo, ce soit *fatta beddra*, n'avait pas échappé non plus à Daniele. Ils se croisaient souvent quand elle était petite, mais même s'ils avaient quasiment le même âge, ils n'avaient guère eu l'occasion de se parler. Elle avait grandi et ses hanches s'étaient arrondies ; ses cheveux cuivrés et luisants lui tombaient à présent dans le dos et les boutons qui lui avaient couvert le visage avaient disparu, ne laissant que quelques marques à peine perceptibles. Ses yeux étaient exactement ceux du signor Carlo quand il souriait, pensait Daniele : il en émanait le même scintillement, comme s'ils s'allumaient de l'intérieur.

Giacomo s'était mis à lui faire une cour éhontée. Le dimanche matin sur la place, il se postait sur le banc et attendait qu'elle passe : si elle n'était pas accompagnée de sa mère ou de sa tante, il ne manquait jamais de surgir dans son dos.

– Bonjour à la plus belle, disait-il en soulevant sa casquette. On peut t'accompagner jusque chez toi, mon ami et moi ? ajoutait-il en indiquant Daniele.

– Mais c'est à deux pas, répondait Lorenza, amusée.

– Et qu'est-ce que ça fait ? Deux pas aujourd'hui, deux pas demain…

Ils s'acheminaient donc tous les trois, Daniele restant toujours quelques pas en arrière. Il entendait Lorenza raconter sa journée, parler de ses camarades, mais surtout de ce qu'on lui apprenait au lycée : l'histoire d'amour entre Hélène et Pâris, la rivalité entre Achille et Hector, le long voyage d'Ulysse pour revenir sur son île… Giacomo marchait à son côté et la regardait sans mot dire, éperdu d'admiration.

– Je ne me lasse jamais de l'écouter. Ça veut dire que je suis amoureux ? demandait-il ensuite à Daniele, une fois Lorenza rentrée chez elle.

Un après-midi de mai 1943, elle les avait invités au cinéma en même temps que deux de ses amies d'école, des filles à l'air comme il faut qui, à en croire Lorenza, étaient venues ce jour-là de Lecce pour faire leurs devoirs avec elle. Pourtant, Daniele avait aussitôt compris, aux regards qu'échangeaient les trois amies, que ce n'était qu'une excuse, et que cette sortie avait été orchestrée de longue date. Ils étaient allés voir *Un pilote revient*, de Roberto Rossellini, à la séance de l'après-midi. Lorenza s'était installée au dernier rang, et d'un coup d'œil avait invité Giacomo à venir s'asseoir à côté d'elle. Daniele s'était retrouvé assis entre les deux autres filles, dont il ne se rappelait pas les noms. Par la suite, il s'aperçut qu'il n'avait pratiquement rien retenu du film. Il avait été distrait tout le temps, cherchant à comprendre ce qui se passait à quelques fauteuils de distance. Il entendait Giacomo et Lorenza ricaner et parler à voix basse, tandis que les deux amies se cherchaient des yeux en se faisant des signes, comme pour dire : « Tu as vu ça ? » Et au moment où sur le grand écran Massimo Girotti disait à Michela Belmonte : « Tu es tout pour moi » dans le fracas du bombardement nocturne, Daniele avait vu son ami prendre le visage de Lorenza entre ses mains et poser ses lèvres sur les siennes.

Leur histoire avait continué à coups de baisers volés dans les ruelles, tandis que Daniele faisait le guet pour s'assurer qu'il ne venait personne, de regards complices sur la place ou à la boutique, et de rencontres favorisées par divers subterfuges, comme cette fois où Lorenza avait raconté à ses parents qu'elle allait étudier chez ses amies et avait pris le car pour Lecce, dans lequel se trouvait aussi Giacomo, bien qu'à plusieurs sièges de distance. Cet après-midi-là, comme l'avait confié Giacomo à Daniele le lendemain, Lorenza et lui avaient fait l'amour dans un coin de campagne aux portes de Lecce. C'était la première fois pour elle, et elle avait pleuré, mais de bonheur. Pendant qu'il la tenait serrée, nue et tremblante, Giacomo s'était dit : « Je vais l'épouser. » Et une seconde plus tard, il lui annonçait avec sérieux : « Dimanche, j'irai parler à ton père. » Lorenza s'était serrée contre lui en disant : « Il n'y a rien que je désire davantage. »

La dernière fois qu'ils avaient vu Giacomo, c'était le matin du 2 juillet de cette même année, un vendredi, et deux jours plus tard il était censé aller chez Lorenza demander sa main à son père.

– Vous n'êtes jamais allés à la fête de la Visitation de la Vierge Marie, à Salice Salentino ? avait demandé Giacomo en déposant les cageots de fruits à l'intérieur de la boutique.

Daniele était assis sur le trottoir et Lorenza serrait dans ses mains le sachet de cerises qu'elle venait d'acheter, le second en deux jours.

– J'y vais depuis mon enfance, avait-il poursuivi. Ma mère est née là-bas et mes grands-parents y habitent toujours. C'est une grande fête, où tout le monde se retrouve... L'an prochain on s'organise et vous venez aussi tous les deux !

Ce jour-là, au beau milieu de la fête, un B-24 américain avait largué une bombe à deux pas de la maison des grands-parents de Giacomo, une ferme en pleine campagne où toute la famille était réunie pour déjeuner.

La seule à avoir survécu était la mère de Giacomo, qui ne devait garder de ce matin-là que le souvenir d'un fracas dévastateur, puis des animaux de la foire qui s'enfuyaient en pleine panique, piétinant et renversant tout sur leur passage.

Tout le village avait participé aux funérailles. Dans l'église bondée, Daniele avait eu du mal à retenir ses sanglots ; à son côté, Carmela, irritée, ne cessait de lui intimer d'un ton acerbe de garder contenance, en lui répétant qu'un homme ne pleurait pas en public.

Quand les dépouilles de Giacomo et de Michele avaient été portées hors de l'église et que la procession s'était mise en route vers le cimetière, Lorenza avait lâché le bras de sa mère pour venir étreindre Daniele. Tout en se demandant comment interpréter ce geste, Carmela avait vu son fils lui poser une main dans le dos.

Toujours cramponnée à lui, Lorenza s'était mise à sangloter, puis avait soudain lancé un cri si désespéré que Daniele avait cru l'entendre résonner à travers toutes les rues et les places du village.

Ce soir-là, après l'enterrement, Daniele était rentré dans la petite maison où il avait emménagé depuis quelque temps. C'était là qu'avait vécu sa grand-mère paternelle, une femme timide et douce partie au début de l'été 1940, qui, il en était certain, s'était laissée mourir plutôt que de voir une autre guerre. La maison n'avait que deux pièces, ses murs étaient envahis de salpêtre et elle semblait impossible à chauffer l'hiver. Pourtant, Daniele ne l'aurait échangée contre aucune autre. C'était son premier véritable chez-soi, l'endroit où, une fois terminé son travail à la cave, il pouvait dessiner et coudre des vêtements en paix, loin des yeux de sa mère. Avec ses économies, il avait acheté une Singer, qui trônait au milieu de la pièce faisant office à la fois de salle à manger et de cuisine. Dans un coin étaient empilés des rouleaux d'étoffes aux motifs divers. Quand, au marché du samedi, il s'était arrêté pour la première fois devant l'étal des étoffes pour toucher les tissus, les yeux brillants, mais sans rien acheter, la dame au chignon s'était penchée légèrement en avant et, avec un sourire complice, lui avait chuchoté : « Viens voir chez moi, jeune homme. Comme ça tu pourras choisir tranquillement. » Dans la chambre à côté se trouvaient le lit et une armoire où étaient suspendues trois robes élégantes qu'aucune femme n'avait encore jamais portées.

Il s'était assis à la table et avait ouvert son cahier de croquis à une page blanche. Incapable de se défaire de la sensation de Lorenza cramponnée à lui, inconsolable, il avait saisi son crayon et s'était mis à esquisser les contours d'une robe. Pour elle.

13

Juin 1946

La veille du 2 juin 1946, Anna décida de se couper les cheveux. En faisant bien attention à ne pas réveiller Carlo, elle s'assit devant sa coiffeuse et, à la faible lumière de la lampe, contempla son reflet dans le miroir.

Elle caressa ses longs cheveux noirs striés de quelques fils d'argent, les sépara par une raie au milieu, et les fit retomber en deux masses sur la poitrine. Puis elle prit les ciseaux sur la tablette en marbre et, sans cesser de fixer son visage, les coupa net, d'abord à gauche puis à droite, à la hauteur de la nuque. Elle trempa ses mains dans une petite bassine d'eau, les passa dans ses cheveux, sortit ses bigoudis d'un tiroir et entreprit d'enrouler ses mèches une par une. Puis elle alla se coucher.

La tenue qu'elle avait choisie était suspendue à un cintre dans l'armoire. Elle irait voter pour la première fois de sa vie dans un tailleur vert basilic : la veste était serrée à la taille et la jupe un peu évasée lui arrivait au genou. Un vaporeux chemisier de rayonne rose complétait l'ensemble.

Elle aussi avait contribué à ce que ce jour arrive enfin.

En octobre 1944, elle avait lu dans le journal l'appel de

l'Union des femmes italiennes, qui avait fondé à Rome le Comité pour le vote en vue des élections de 1946. Et elle s'était sentie aussitôt euphorique, désireuse d'agir. Prenant une pile de feuilles de papier blanc, elle avait alors recopié sur la première, de son écriture ronde et gracieuse, le texte de la pétition que l'UDI invitait à faire signer à toutes les femmes dans chaque commune d'Italie.

Nous, les femmes de Lizzanello, demandons au Gouvernement de libération nationale le droit de vote et d'éligibilité aux prochaines élections législatives. Nous estimons que l'exclusion de ce droit laisserait les femmes dans l'injuste position d'infériorité où le fascisme a voulu les maintenir, non seulement au sein de l'État mais également par rapport aux femmes de tous les pays civilisés. Le fascisme, avec sa folle politique de guerre, a détruit nos foyers et dispersé nos familles ; il nous a mises face à de lourdes responsabilités dans le travail, dans l'éducation des enfants, dans la lutte quotidienne pour la vie. Contre le fascisme et contre l'oppresseur allemand nous avons lutté à côté de nos hommes avec ténacité et courage au cours de ces difficiles mois d'occupation. Nous jugeons avoir ainsi acquis le droit de participer pleinement à l'œuvre de reconstruction de notre pays.

Nous demandons donc que notre légitime aspiration soit prise en compte par les hommes du gouvernement, et que soient finalement rendues aux femmes d'Italie cette justice et cette égalité de droits qui sont la base de tout État véritablement démocratique.

Le lendemain était un dimanche. Tandis que Carlo et Roberto dormaient encore, elle descendit au salon, prit la petite table en bois à côté de l'entrée et sortit.

– Vous voulez un coup de main, madame la postière ? lui demanda le neveu de la voisine, un jeune homme tout sec, dès qu'il la vit se mettre en route, sa pile de feuilles sous un bras et sa petite table sous l'autre.

– Non merci, je vais y arriver toute seule, répondit-elle avec un sourire.

Une fois arrivée piazza Castello, elle posa la table à côté du banc et y disposa ses feuilles : d'un côté celle qui portait le texte de la pétition, de l'autre les feuilles vierges où recueillir les signatures.

Bien qu'il fût encore tôt, elle avait attiré les regards curieux de ceux qui traînaient devant le café, de ceux qui s'apprêtaient à entrer à l'église et de tous les passants.

– Mais qu'est-ce qu'elle fabrique, l'étrangère ?

La question circula de bouche en bouche. Le premier à s'approcher pour regarder fut un vieil homme avec une canne. Il portait une chemise et un pantalon blancs, et dégageait une légère odeur de laine humide.

– Qu'est-ce que c'est ? demanda-t-il d'une voix caverneuse, en désignant la petite table de sa canne.

– Un recueil de signatures, répondit Anna. Pour demander au gouvernement que les femmes puissent voter aussi. C'est une initiative nationale, vous êtes au courant ?

L'homme se renfrogna.

– Je peux vous lire la pétition, poursuivit-elle en s'emparant de la feuille. Installez-vous ici.

Elle lui indiqua le banc, où il s'assit avec quelque réticence, les deux mains posées sur le pommeau de sa canne.

Au même moment, Nando s'approcha à son tour, suivi de quelques clients, puis arrivèrent deux femmes, leur mouchoir noir sur la tête, qui se dirigeaient bras dessus, bras dessous vers l'église San Lorenzo.

– Mais c'est le monde à l'envers que vous voulez, protesta le vieil homme dès qu'Anna eut fini de lire.

– Pourquoi, vous pensez que jusqu'à présent il a été à l'endroit ? répliqua-t-elle, agacée.

Il ne répondit pas. Il lui avait déjà tourné le dos et se dirigeait vers le café, suivi de quelques hommes qui secouaient la tête.

– Ne t'occupe pas de lui, lui souffla Nando avec une grimace. Celui-là, sa femme n'a même pas le droit de sortir de chez eux sans sa permission.

– Moi, je voudrais signer, dit timidement une des deux femmes.

Radieuse, Anna lui tendit le stylo.

– Mais certainement, ici, dit-elle en lui montrant la feuille blanche.

Chaque après-midi après le travail, pendant plusieurs semaines, Anna vint s'installer sur la place avec sa petite table. Elle arrêtait les femmes ou attendait qu'elles s'approchent d'elles-mêmes, elle leur lisait la pétition et souvent leur en expliquait le sens avec des mots simples. Enfin, d'un air engageant, elle leur tendait le stylo pour signer. Elle eut l'occasion d'entendre les questions les plus étranges. « Mais c'est légal ? Ce n'est pas que la police va venir me chercher à la maison ? » « Et c'est un vote qui compte autant que celui des hommes ? » « Bah, moi je n'y crois pas, mais je signe quand même, d'accord. » Ou encore : « Je signe, mais je ne vais pas le dire à mon mari. Et toi non plus, la postière, tu n'iras pas le lui dire, hein ? »

Carlo l'avait assurée de son appui inconditionnel depuis le début, même s'il s'était tenu soigneusement à l'écart de son banc.

– On est sur le point de mettre en bouteilles. Je ne veux pas m'éloigner de la cave…, disait-il.

Antonio, en revanche, la rejoignit sur la place au bout de quelques jours, en tenant un carton sur lequel était écrit en majuscules : *Signez ici pour le vote des femmes.*

– J'ai pensé que ça pourrait t'être utile. C'est un peu rudimentaire, j'en suis bien conscient..., ajouta-t-il en contemplant son carton.

– C'est parfait, le rassura Anna. Pose-le devant.

Antonio l'appuya contre le pied de la table.

– Pourquoi tu ne restes pas pour me donner un coup de main ?

– Si ça te va, avec plaisir.

– Oui, ça me va.

Et à partir de cet après-midi-là, chaque fois qu'il le pouvait, Antonio rejoignait Anna sur le banc, en imitant tout ce qu'elle faisait. De temps en temps, elle s'arrêtait et le fixait intensément.

– Qu'est-ce qu'il y a ? demandait-il, sentant son regard sur lui.

– Rien, répondait-elle en rougissant.

En l'espace de quelques semaines, ils avaient recueilli plusieurs centaines de signatures, dont celles de toutes les femmes qu'Anna connaissait personnellement. Giovanna, Agata et ses amies du rosaire, Lorenza, Elena, Chiara, ses voisines, la secrétaire d'Antonio. Même Carmela s'était approchée du banc dans une robe assortie à son rouge à lèvres et à son vernis à ongles en demandant : « Où est-ce que je dois signer ? »

Au début de janvier 1945, Anna avait placé les feuilles avec les signatures dans une enveloppe jaune, et, satisfaite, avait écrit l'adresse : *Comité d'initiative de l'Union des femmes italiennes, via 4 novembre 144, Rome.*

Le 2 juin 1946, Anna se leva à l'aube, s'assit de nouveau devant sa coiffeuse et entreprit de défaire ses bigoudis un à un. Ses cheveux retombèrent en boucles de part et d'autre de son visage, et tandis qu'elle les mettait en place en quelques coups de brosse, Carlo s'éveilla.

À la faible lumière qui filtrait des rideaux, il observa sa femme, se frotta les yeux et se souleva sur un coude.

– Anna, hurla-t-il ensuite en direction de la porte, il y a une femme que je ne connais pas dans la chambre à coucher, et elle a de très, très mauvaises intentions !

Elle se retourna en riant.

– Non mais quel idiot !

– Tu es vraiment bien, tu sais, dit-il, les yeux rivés sur elle.

– Merci, répondit-elle en continuant à se coiffer.

– Viens par ici, dit-il ensuite en donnant une petite tape sur le lit. L'isoloir peut attendre un peu, mais pas moi.

Elles avaient résolu d'aller voter toutes ensemble, et Anna s'en alla donc ce matin-là frapper à la porte d'Agata, qui lui ouvrit en soufflant, les joues empourprées.

– Ça va ? s'enquit Anna en entrant.

Agata referma la porte.

– Tu parles. Je suis en feu, répondit-elle en s'éventant de la main. Ah, ma mère avait bien raison, ajouta-t-elle en se dirigeant vers la cuisine. Le sang est une punition, quand il arrive et quand il s'en va.

– Mais tu n'es pas encore habillée ! s'exclama Anna en voyant Lorenza assise en chemise de nuit à la table de la cuisine, en train de tremper ses biscuits dans du lait.

– Ça fait une heure que j'essaie de la tirer du lit, cette

paresseuse, se lamenta Agata. Moi, ça fait belle lurette que je suis prête. Tiens, qu'est-ce que tu as fait à tes cheveux ?

– Je les ai coupés. Ça te plaît ? dit Anna en déroulant une boucle entre ses doigts.

– Je ne sais pas. Tu as l'air bizarre, répondit Agata en plissant le front. Il faut que je m'y fasse.

– Antonio est déjà sorti ?

– Il y a dix minutes.

Anna hocha la tête et se retourna vers sa nièce.

– Allez Lorenza, dépêche-toi. Giovanna doit déjà être en train de nous attendre.

– Je ne viens pas, répondit sa nièce d'un air apathique.

– Comment ça ?

– Moi, je m'en fiche de voter.

– Elle ne veut plus étudier, elle ne veut pas voter, elle ne veut pas travailler..., soupira Agata.

– Lorenza, ne dis pas de bêtises. C'est un jour important pour toi aussi, la réprimanda Anna.

– Pour vous peut-être, mais pas pour moi.

– Je ne te permets pas de dire une chose pareille, s'exclama Anna. Si tu ne viens pas, c'est d'abord toi-même que tu insultes. Allez, file t'habiller, lui ordonna-t-elle, le bras tendu vers l'escalier.

Lorenza se leva de table en grognant.

– Je t'ai préparé ta tenue sur le lit, lui cria Agata d'en bas.

Depuis la mort de Giacomo, Lorenza était tombée dans une torpeur qui semblait ne pas vouloir finir. Et elle avait abandonné l'université.

– Je suis majeure à présent, c'est moi qui décide, avait-elle déclaré.

Antonio s'était efforcé de la faire changer d'avis en discutant avec elle, en évoquant l'avenir dont elle allait se priver si elle renonçait à étudier – en vain.

– Et ton rêve, qu'est-ce que tu en fais ?

– Ça, ce n'était pas mon rêve, c'était le tien, répondit-elle d'un ton dur. S'il y a une chose que j'ai comprise, c'est que le bonheur ne se trouve pas dans les livres.

– Tu te trompes, dit Antonio.

– Ah, vraiment ? Alors dis-moi, toi qui lis tellement : tu es heureux ? Moi, je n'en ai pas l'impression.

– Tu es en colère et tu souffres. Je le comprends bien, répondit son père avec douceur. Mais réfléchis-y encore un peu, s'il te plaît. Ça m'attriste tellement de te voir renoncer à ton… à notre rêve.

– Tu étais peut-être trop occupé pour t'en apercevoir, riposta Lorenza d'un ton hostile. Moi, je m'étais trouvé un rêve tout à moi avec Giacomo. Mais cette maudite guerre me l'a pris.

Lorenza fixa les vêtements préparés par sa mère, une jupe noire plissée et un chemisier en soie jaune pâle avec un petit nœud au col. Elle poussa un soupir et s'assit au bord du lit. C'était l'une de ses tenues de fête, celle qu'elle aurait dû porter ce dimanche-là, quand elle s'apprêtait à devenir la fiancée de Giacomo et à entamer une vie heureuse. Mais à présent ? Qu'était-elle, sans un homme pour l'aimer ? Elle se leva d'un bond, ouvrit l'armoire et en sortit la première robe qui lui tomba sous la main : une de tous les jours, n'importe laquelle, ça irait très bien comme ça.

Giovanna attendait devant la grille de l'école primaire où avait été installé le bureau de vote, regardant autour d'elle d'un air anxieux, serrant son sac à main noir sur sa poitrine.

À elle, en revanche, la guerre avait apporté la seule chose qu'elle désirait : en 1943, don Giulio avait fui l'Émilie pour se réfugier dans le Sud, bien qu'il ne lui restât aucune famille dans la région. Là-haut, l'atmosphère était devenue suffocante. Les partisans avaient commencé à prendre les prêtres pour cible, surtout dans la zone comprise entre Bologne, Modène et Reggio d'Émilie et beaucoup avaient été tués. Il s'était présenté à la porte de Giovanna en habits laïcs, un sac défraîchi sur l'épaule, le visage éprouvé, l'air terrifié et la barbe non rasée. « Aide-moi, l'avait-il suppliée. Garde-moi ici avec toi. »

Elle lui avait ouvert sa maison et Giulio y était resté caché pendant quelques semaines, avant de trouver un poste de vicaire à Vernole, le village d'origine de ses parents, situé à une quinzaine de kilomètres de Lizzanello. Il s'était installé dans la petite maison qu'on lui avait attribuée à côté de l'église, mais chaque après-midi après la dernière messe, il enfourchait sa bicyclette et pédalait pendant des kilomètres sur les petits chemins pour revenir à Contrada La Pietra. Certains soirs, il remontait en selle et rentrait à Vernole ; mais parfois, quand il se sentait trop fatigué, il restait dormir chez Giovanna et ne sortait de chez elle qu'à l'aube. Même si personne ne les avait jamais vus ensemble, les ragots commençaient à aller bon train. Giovanna l'avait compris à certains regards qu'on lui lançait quand elle allait chez Anna ou faire les courses. « Elle n'a vraiment aucune honte, celle-là », avait-elle entendu murmurer. Mais ça lui était égal.

Anna courut à la rencontre de son amie, tandis qu'Agata s'arrêtait un peu à l'écart, tenant fermement Lorenza par le bras.

– Vraiment, je ne te comprends pas, ma fille. Je t'avais préparé cet ensemble si élégant. Que vont penser les gens ? Qu'on ne peut pas s'habiller ? lui reprocha-t-elle pour la énième fois.

– Tu es contente ? demanda Anna en s'élançant pour étreindre Giovanna. Aujourd'hui, c'est un grand jour.

– Si tu es contente, je le suis aussi, répondit son amie avec sa douceur habituelle.

– Allez, on y va, lança Anna avec un large geste du bras.

Dans l'isoloir, le cœur battant, elle toucha le bulletin du bout des doigts, puis, lentement, pour faire durer ce moment le plus longtemps possible, elle traça une croix sur le symbole de la république : une tête de femme portant une couronne crénelée ornée de feuilles de laurier et de chêne.

En sortant, elle s'arrêta, leva les yeux au ciel et prit une grande inspiration. Quelle journée mémorable que celle-ci : elle s'en souviendrait toute sa vie.

– Et maintenant, tout le monde au café, c'est ma tournée ! s'écria-t-elle joyeusement.

Giovanna accueillit l'invitation avec enthousiasme et passa son bras sous le sien.

– Je veux un gâteau aux amandes ! s'exclama-t-elle.

Elles se mirent en route, suivies d'Agata et de Lorenza.

Plusieurs groupes s'étaient formés devant le Castello : on vitupérait contre ceux qui voulaient voter pour la monarchie, on riait, on fumait, certains portaient des toasts. Autour d'eux, des enfants couraient après un ballon. Non loin de là, quelques garçons étaient agglutinés autour du banc ; Roberto se trouvait parmi eux, les cheveux peignés en arrière et le gilet boutonné sur sa chemise blanche. À côté de lui, une jeune fille menue aux traits délicats posait sur lui des yeux débordants d'adoration. De temps à autre, Roberto lui rendait son regard et lui souriait gauchement.

– C'est qui, celle-là ? demanda Anna.

– Qui ça ? demanda Agata.

– Celle qui est à côté de Roberto.

– C'est une des filles de Fernando, répondit Lorenza. La plus jeune des trois.

– Et qu'est-ce qu'elle veut à mon fils ?

– Laisse-le vivre ! s'exclama Agata. À présent, ça commence à le démanger lui aussi. C'est normal.

– Mais de quelles démangeaisons tu parles ? s'agaça Anna. C'est encore un enfant. Pour l'instant, il ne doit penser qu'à une chose, ses études.

« Une fois à la maison, il va avoir droit à un beau petit discours », pensa-t-elle en reprenant son chemin.

Tout à coup, une voix cria dans leur dos : « Lorenza ! »

Elles se retournèrent d'un bloc pour voir Daniele, qui accourait vers elles en agitant la main.

Lorenza se détacha du bras de sa mère pour s'avancer vers lui.

– Quel plaisir de te voir. Comment ça va ? demanda-t-il, un peu essoufflé.

Lorenza haussa les épaules.

– Comme ci comme ça. Des bons jours et d'autres moins bons.

– Je demande toujours de tes nouvelles.

– Je sais. Mon oncle Carlo me l'a dit. Merci...

– On dirait que tu as maigri depuis la dernière fois que je t'ai vue.

Lorenza baissa les yeux.

– Vraiment ? Je n'en ai pas l'impression.

– À vue de nez, je dirais que je n'ai pas les bonnes mesures..., murmura Daniele comme pour lui-même.

– Des mesures ? Mais de quoi tu parles ? demanda Lorenza, perplexe.

Daniele rougit.

– De celles de ta robe.

– Quelle robe ?

– C'est... un cadeau.

– Pour moi ? Tu m'as acheté une robe ? demanda-t-elle, stupéfaite.

– Pas exactement... Je l'ai faite moi-même. Même si je suis encore très lent et si je n'ai pas beaucoup de temps.

– Attends une minute. Depuis quand tu fais de la couture, toi ? demanda Lorenza en croisant les bras sur sa poitrine.

– En vrai, je préfère dessiner les vêtements plutôt que les coudre. J'ai installé un tout petit atelier de couture chez moi, mais personne ne le sait.

Il porta un doigt à ses lèvres pour lui dire de garder ça pour elle.

– Eh bien… Maintenant, je suis curieuse de la voir, cette robe.

– Allez, Lorenza ! l'appela Agata. Tout le monde t'attend.

– J'arrive ! répondit-elle en se tournant vers sa mère.

– Écoute…, reprit Daniele. Si je t'invite à nouveau au cinéma, tu me diras oui, cette fois ?

Lorenza sourit.

– Je te dis oui… À condition qu'après tu me montres ton atelier. Et ma robe, surtout !

– Lorenza ! répéta Agata.

– Il faut que j'y aille, dit-elle, visiblement agacée.

– Dimanche prochain ? demanda Daniele, les yeux pleins d'espoir.

– Très bien. Dimanche prochain, répondit Lorenza. On se retrouve devant l'Olimpia.

Puis elle s'empressa d'aller retrouver les autres femmes.

– Regardez, il y a papa et l'oncle Carlo ! s'exclama Lorenza en les montrant du doigt. Depuis sa rencontre avec Daniele, son humeur avait complètement changé.

Carlo et Antonio étaient assis à la terrasse du Castello en compagnie de deux hommes bien vêtus à l'air distingué.

– Ah, voici nos magnifiques épouses, dit Carlo en tirant sur son cigare.

Antonio se leva pour aller prendre d'autres chaises.

– Voilà, dit-il en les disposant autour de la table. (Puis il s'approcha d'Anna et lui demanda à mi-voix :) Mais… tes cheveux ?

– Pourquoi ? Ça ne te plaît pas ? demanda-t-elle en se renfrognant.

– Je n'ai pas dit ça…

– Bien, dit l'un des deux hommes en se levant, aussitôt imité par l'autre. Je vous laisse en famille. On reparlera de nos affaires demain.

– Certainement, dit Carlo en serrant la main des deux hommes.

Antonio en revanche se borna à les saluer d'un signe du menton.

– Quelles affaires ? demanda Anna.

Carlo et Antonio se regardèrent.

– On lui dit ? murmura Carlo, les yeux brillants.

– Tôt ou tard, il le faudra bien…

– C'est quoi, toutes ces cachotteries ? intervint Agata.

Carlo serra son cigare entre ses dents et écarta les bras.

– Regardez-moi, dit-il.

– Tu cherches à nous dire que tu es beau ? Mais on le sait déjà, répliqua Anna en riant.

Giovanna rit à son tour en se couvrant la bouche de la main.

– Merci, mon amour, dit Carlo. Non, regardez-moi mieux. Vous avez devant vous le futur candidat à la mairie de Lizzanello.

– Tu es sérieux ? demanda Anna, stupéfaite.

– Tout ce qu'il y a de sérieux.

– Et comment t'est venue cette idée ?

– Ils me l'ont proposé, répondit-il avec un mouvement de la tête en direction des deux hommes qui venaient de s'éloigner. Ils disent que c'est dans mes cordes. Demain, ils vont m'emmener faire la connaissance du secrétaire de la province et on en discutera sérieusement.

– Eh oui, depuis que tu es en affaires avec les Américains, tu es devenu quelqu'un d'important, qui rapporte des voix, se moqua Agata.

– Le secrétaire de quel parti, excuse-moi ? s'informa Anna.

– De la Démocratie chrétienne.

Elle s'assombrit aussitôt. Lorenza remarqua que son père fixait sa tante avec des yeux qui demandaient tacitement : « Qu'est-ce qui t'arrive ? Ça ne va pas ? »

– C'est vraiment une grande nouvelle, commenta Agata en lançant un coup d'œil à sa belle-sœur.

– Et comment ! s'exalta Carlo. Et maintenant, commandons du vin pour toutes ces belles dames, cria-t-il en levant une main et en faisant tourner ses doigts.

– Je vais t'aider à apporter les verres, dit Antonio en repoussant sa chaise.

– Et prenez aussi des petits gâteaux aux amandes, leur rappela Giovanna.

En écartant le rideau en corde, Carlo aperçut Carmela au comptoir en compagnie de son mari. Toute sa gaieté s'évanouit aussitôt.

– Nando ! Une bouteille de Donna Anna et six verres, s'il te plaît, lança Antonio.

– Vous fêtez quelque chose ? demanda Carmela en regardant Carlo droit dans les yeux.

– Aujourd'hui, nous buvons à la santé de nos épouses, répondit Antonio pour sortir son frère d'embarras.

Nicola marmonna qu'ils avaient bien raison ; ce jour était une fête pour elles toutes, et il convenait de le célébrer.

– Et don Ciccio, comment va-t-il ? s'informa Carlo.

Carmela haussa les épaules.

– Il fait aller. Pas de changement. Il ne quitte plus le lit. Il dit qu'il sent comme des coups de poignard dans le dos.

– Je suis désolé… Transmets-lui mes meilleures salutations, s'il te plaît.

– Tes salutations lui font toujours plaisir.

Carlo hocha la tête et se mit à tambouriner des doigts sur le comptoir.

Nicola regarda sa montre et dit que sa femme et lui devaient vraiment y aller.

– Je vous souhaite une bonne journée, ajouta-t-il.

Et, soulevant son chapeau, il se dirigea vers la sortie.

Carmela le suivit d'un pas indolent. Mais en passant à côté de Carlo, elle lui effleura le bras de l'épaule.

Le dimanche après-midi suivant, Lorenza arriva à l'Olimpia en retard et vit Daniele qui l'attendait, adossé au mur, le soleil illuminant la moitié de son visage ; il avait une casquette inclinée de côté, une chemise à carreaux et un pantalon marron retenu par une paire de bretelles. Un instant, Lorenza en eut le souffle coupé : Giacomo lui aussi avait toujours une casquette et des bretelles. Et il portait la même chemise à carreaux…

Avant de le rejoindre, elle lança un regard à l'affiche du film au programme : *Sciuscià*, de Vittorio De Sica.

– Excuse-moi, tu attends depuis longtemps ? lui lança-t-elle.

Il se détacha aussitôt du mur.

– Mais non, ne t'inquiète pas, répondit-il.

Ils entrèrent et prirent la queue devant le guichet.

– De quoi ça parle ? Le film, je veux dire ? demanda Lorenza.

– Je ne sais pas trop. J'ai lu quelque chose en vitesse dans le journal : c'est à propos de deux enfants qui sont cireurs de chaussures à Rome.

Lorenza tordit le nez en se disant qu'elle aurait nettement préféré une belle histoire d'amour.

– Tu sais, je suis un peu ému à l'idée que tu vas voir ta robe, dit Daniele tout d'un trait.

– Ça me fait tout drôle, cette histoire, répliqua-t-elle.

– Quoi donc ? demanda-t-il en sortant son porte-monnaie.

– Le fait que tu dessines des vêtements... Giacomo ne me l'avait jamais dit.

– Parce que même lui ne le savait pas, expliqua Daniele avec un petit sourire. Ça a toujours été mon secret. Si ma mère l'apprenait... Deux, s'il vous plaît, dit-il en se tournant vers le guichet.

– Eh bien ?

Il haussa les épaules et prit les billets.

– Selon elle, ce n'est pas pour les hommes..., répondit-il en se dirigeant vers la salle.

– Quelle bêtise ! s'indigna Lorenza. C'est pour ça que tu n'as jamais rien dit, même à Giacomo ?

– Je ne sais pas. Peut-être...

Puis Daniele écarta le rideau rouge et s'effaça pour la laisser entrer la première.

Quelques heures plus tard, Lorenza était assise sur le petit divan de Daniele et regardait autour d'elle.

– C'est très accueillant, ici..., dit-elle, tournée vers la pièce voisine où il était allé prendre la robe dans l'armoire.

– C'est ce que je me dis aussi, répondit-il.

Il revint dans la cuisine en tenant un cintre auquel était suspendue une robe bleue assez ample agrémentée de poches jaunes, aux coutures encore visibles.

– Il manque les manches, il faut la raccourcir un peu pour

qu'elle arrive au genou... Et je veux ajouter des boutons bombés sur le corsage et une ceinture à la taille, s'empressa-t-il d'expliquer.

Lorenza lui répondit par un tendre sourire.

– Mais pour la terminer, il faut que je prenne tes mesures..., ajouta-t-il.

– Je l'essaie tout de suite, alors, dit Lorenza en se levant.

Elle lui enleva le cintre des mains.

– Tu peux aller dans la chambre, dit-il avec un signe de tête.

Lorenza franchit la porte et la referma, mais pas complètement.

Daniele tira à lui l'une des chaises autour de la table et s'assit pour attendre, les coudes sur les genoux, en tapotant du pied.

– Tout va bien ? lança-t-il au bout d'un instant.

– Oui, attends, répondit-elle. Je suis en train de me déshabiller.

Daniele hocha la tête. Puis il se pencha lentement en arrière jusqu'à apercevoir Lorenza par la porte entrouverte : il entrevit la ligne sinueuse de ses hanches et la courbe ronde d'un sein, sur lequel tombaient ses longs cheveux cuivrés et lisses.

Il sentit un trouble soudain dans son ventre, et un désir instinctif de la posséder. Il se leva d'un bond et remplit un verre d'eau qu'il avala d'un trait. Puis il s'en versa un autre qu'il expédia tout aussi vite, comme s'il cherchait à éteindre un feu en lui.

– Elle est peut-être un peu large, tu avais raison, dit Lorenza en rouvrant la porte.

Daniele déglutit, les joues en feu, et répondit qu'en effet, elle était au moins une taille trop grande.

– Mais je vais l'ajuster tout de suite, dit-il.

14

Novembre 1946

« Aux élections municipales, votez Carlo Greco ! », « Choisissez la Démocratie chrétienne ! », braillait le haut-parleur installé sur le toit de la Fiat Topolino qui sillonnait le village sans trêve. Sur sa bicyclette, sa sacoche en bandoulière, Anna tombait sur elle à chaque coin de rue, comme si les deux hommes à son bord la poursuivaient. Elle prenait par les petites rues latérales pour tenter d'échapper à cette cantilène, mais en vain : les mots semblaient résonner encore plus fort entre les maisons.

Sur les murs, on ne comptait plus les affiches électorales sur lesquelles s'étalait le nom de son mari sous l'écu frappé d'une croix, sigle de la Démocratie chrétienne. « Par ce vote, tu assures ton avenir », disaient-elles. Ou encore : « Votez pour des personnes honnêtes et compétentes. Votez pour la Démocratie chrétienne. » Et comme si cela ne suffisait pas, quand elle s'arrêtait pour remettre le courrier, il se trouvait toujours quelqu'un pour lui dire : « Tous mes vœux pour votre mari, madame la postière », « Surtout, dites bien à Carlo que je voterai pour lui », « Il va gagner, je le sens » – et ainsi de suite. Anna s'efforçait de sourire et de remercier, même si elle rêvait de désosser le haut-parleur et d'arracher les affiches une à une. « Et c'est avec la Démocratie chrétienne qu'il devait se présenter, bon sang ! » pensait-elle, de plus en plus irritée.

– Moi, la croix sur la croix, je ne la mettrai pas, déclara-t-elle quand Carlo, excité comme un gamin, rapporta à la maison une pile de tracts électoraux tout frais sortis de l'imprimerie.

– Qu'est-ce que tu dis ? répondit-il d'un ton incertain, comme s'il soupçonnait une plaisanterie.

– Je parle sérieusement.

– Tu ne donneras pas ton vote à ton mari pour une stupide question de principe ?

– Ce n'est pas une simple « question de principe », répliqua-t-elle. Moi, même morte, je ne vote pas pour les catholiques.

– C'est à moi que tu dois donner ton vote, pas aux catholiques !

– Si tu veux mon vote, change de parti.

– Tu te rends compte de ce que tu dis ? Et pour qui as-tu l'intention de voter, je peux le savoir ?

– Le Parti communiste ! Tu sais combien il y a de communistes dans l'Union des femmes italiennes ? Et je le suis, moi aussi !

– Et tu l'es devenue quand, que je ne m'en suis même pas aperçu ? La nuit, pendant que je dormais ? demanda Carlo.

– Les communistes, eux, se soucient des droits des femmes !

– Et tu crois que moi, je ne me soucie pas de vos droits ? Tu es sérieuse ?

– Déjà, tu dis « vos » avec ce ton…

– Mille pardons de ne pas être une femme. Désolé si j'ai dit « vos », répliqua-t-il d'un ton sarcastique en levant les mains en l'air.

– Moi aussi, je suis désolée, Carlo. Mais je ne changerai pas d'avis. Jamais.

– Donc tu ne m'appuieras pas, c'est décidé.

– Je ne ferai rien qui puisse te nuire. Mais mon vote, tu peux l'oublier.

– Et toi, tu peux oublier ce que c'est d'avoir un mari, rétorqua-t-il, furieux, en sortant de la pièce.

Et, à partir de ce soir-là, il alla dormir sur le divan du salon.

Même Roberto, qui s'était toujours tenu à l'écart de leurs prises de bec, prit cette fois la défense de son père.

– Ça te semble normal de ne pas voter pour papa ?

– « Normal... » Ah, il vous plaît, ce mot-là !

– Mais, *maman**, qu'est-ce qu'elle t'a fait de mal, la normalité ?

– Dis-moi un peu, c'est toi qui décides de ce qui est normal ? rétorqua Anna, les mains sur les hanches.

– Je pourrais te retourner la question, répondit Roberto en imitant son geste.

Antonio et Agata, en revanche, se démenèrent pour soutenir la campagne électorale de Carlo, en particulier durant les semaines précédant le vote : lui accompagnait son frère de maison en maison, participait aux réunions du parti et distribuait les tracts ; elle rendait visite à ses amies du rosaire et à ses voisines, pour s'assurer qu'elles « votent bien ».

Même au bureau de poste, on ne parlait plus d'autre chose. Selon leurs pronostics, Carlo devait l'emporter haut la main. « Malheureusement, commentait Carmine. Sache que mon vote, je vais le donner aux socialistes, pas à ton mari », ajoutait-il en pointant le doigt sur Anna, qui en était réduite à se mordre la langue, quand elle aurait tant voulu lui donner raison. Elena, en revanche, s'était aussitôt déclarée un soutien enthousiaste de Carlo. Elle racontait à Anna que don Luciano, le nouveau curé, rappelait lui aussi aux fidèles avant chaque *Ite missa est* que seul le vote démocrate-chrétien pouvait défendre la liberté et l'avenir de leurs enfants. Et elle concluait invariablement : « Tu vas devenir la femme du maire, tu réalises ? »

Seule la grande annonce de Chiara réussit à détourner un peu l'attention des élections. Un matin, elle arriva avec un plateau de gâteaux plus grand qu'elle et, d'un air un peu gêné, annonça qu'elle s'était fiancée avec son médecin et que les noces étaient fixées au printemps suivant. Donc, elle resterait avec eux quelques semaines encore, jusqu'à Noël, puis elle donnerait sa démission.

Elena, Carmine et Tommaso s'empressèrent de la féliciter, tandis qu'Anna, sans bouger de sa chaise, lui jetait un regard de doute.

– Pourquoi le fait d'avoir un mari devrait-il t'empêcher de continuer à travailler ? lui demanda-t-elle à brûle-pourpoint, faisant tomber un silence dans le bureau.

Timide, comme toujours, Chiara baissa les yeux. Puis, repoussant ses lunettes sur son nez, elle dit d'un ton ferme :

– Tu sais, pour moi ce n'est pas du tout un sacrifice d'arrêter de travailler. Je veux être une bonne épouse, et c'est une chose qui demande de l'attention et du temps… Je suis heureuse comme ça, ne te fais pas de souci pour moi, conclut-elle avec un sourire.

– Dis-toi bien que moi aussi à sa place j'aurais fait la même chose, intervint Elena en mordant dans un gâteau. Qu'est-ce que tu t'imagines ? Si j'avais eu un homme pour s'occuper de moi, tu crois que je serais restée à moisir ici ?

Anna fixa les deux femmes et s'apprêtait à répliquer quand une pensée lui traversa l'esprit : si Chiara partait, on aurait besoin d'une nouvelle télégraphiste. Et quel meilleur choix que Lorenza ? Ce pourrait être un moyen de la faire sortir de la torpeur où elle était tombée. Elle allait le lui proposer le jour même. Et Antonio lui en serait certainement reconnaissant, pensa-t-elle, ravie de son idée.

– Tu veux bien lui parler, s'il te plaît ? La ramener à la raison ? dit Carlo en arpentant nerveusement le bureau d'Antonio.

– Tu connais Anna… Elle n'écoute personne, répliqua son frère, assis dans son fauteuil.

– Sauf toi. Toi, elle t'écoute toujours. Je te jure que cette fois je ne laisserai pas passer…

– Plus tu t'entêtes, et pire c'est. On dirait que tu ne la connais pas.

– Tu accepterais ça, toi ? lui demanda Carlo, exaspéré. (Pour répondre lui-même aussitôt après :) Non, jamais tu ne l'accepterais !

– Je ne sais pas, Carletto, soupira Antonio. Au bout du compte, qu'est-ce que ça change ? Tu as les voix de tout le village. Ce n'est pas celle d'Anna qui va faire la différence.

– La question n'est pas là, gronda son frère en posant les deux mains sur le bureau. C'est ma femme. Son vote compte plus que tous les autres.

– Si elle ne veut pas voter pour la Démocratie chrétienne, tu ne peux pas l'y obliger.

– Mais enfin, Anto', tu es de son côté ou du mien ? répliqua Carlo, contrarié.

– Je ne suis du côté de personne.

– Et moi qui imaginais que mon frère était avec moi… !

– Mais oui, Carletto. Bien sûr que oui.

– Eh bien alors, tu vas m'aider, oui ou non ?

– D'accord, d'accord. Je vais essayer, concéda Antonio en levant les mains, tout en pensant : « Pourquoi je ne dis jamais : "Non, cette fois, fichez-moi la paix, réglez ça entre vous" ? Pourquoi ? »

Le lendemain, il alla donc attendre Anna devant le bureau de poste à l'heure où elle finissait sa tournée.

– Antonio, qu'est-ce que tu fais ici ? s'étonna-t-elle en le voyant.

– J'étais dans les parages, je suis passé te dire un petit bonjour.

– Eh bien, c'était une bonne idée, répondit-elle en saisissant le guidon de sa Bianchi appuyée contre le mur.

– On fait la route ensemble jusqu'à chez toi ?

– Il est arrivé quelque chose ? demanda-t-elle, suspicieuse.

– Non, que veux-tu qu'il arrive ? Je te l'ai dit, je passais par là et je t'ai attendue.

Anna le scruta. Puis elle se mit en marche en poussant sa bicyclette à côté d'elle.

Il accéléra le pas pour rester à sa hauteur et ils traversèrent la place quasi vide : c'était l'heure du déjeuner et les gens étaient rentrés chez eux. Il la suivit encore quand elle prit à gauche, passant à côté de la boutique déjà fermée de Michele. Il repassa mentalement le discours qu'il avait préparé : l'introduction, les mots qu'il avait choisis pour la convaincre sans trop l'irriter, les réponses à ses objections.

Exaspérée par le silence prolongé, Anna s'arrêta et lui posa la main sur le bras. Puis, en le regardant droit dans les yeux :

– Allez. Dis-moi ce que tu as à me dire.

– C'est à propos de Carlo, dit Antonio.

– Je le savais.

– Il n'arrive pas à avaler ça.

– Oui, je m'en étais aperçue, s'exclama-t-elle, et elle reprit sa route d'un pas vif, les roues de son vélo dérapant sur les pavés.

– Attends, ne te mets pas en colère. Viens, asseyons-nous un instant, s'il te plaît, ajouta-t-il en lui prenant la main.

Anna s'immobilisa, rougit et fixa la main d'Antonio qui serrait la sienne.

– Tiens, mettons-nous là, proposa-t-il en lâchant sa main et en indiquant le seuil d'une maison qui semblait inhabitée.

Anna appuya sa bicyclette contre le mur et s'assit.

– Alors ? demanda-t-elle en croisant les bras.

Antonio s'assit à côté d'elle et prit une profonde inspiration.

– Alors… Tu te rappelles comment tu te sentais quand tu as décidé de faire ce métier et que Carlo était tout le temps sur ton dos ?

– Mais moi, je ne suis pas sur son dos, l'interrompit-elle, agacée.

– Tais-toi un instant, dit-il en lui couvrant la bouche de sa main.

Anna ouvrit de grands yeux, mais ne se déroba pas.

– Ce que je veux te dire, reprit Antonio, c'est que tu sais très bien comment on se sent quand on est avec quelqu'un qui n'est pas de votre côté.

Elle écarta délicatement sa main de sa bouche.

– Oui, mais moi, je ne lui interdis rien.

– Je le sais, Anna, dit-il en adoucissant le ton. Mais il se sent mal quand même. Pour lui, ton appui est plus important que tout. Sans ça, il n'y arrivera pas.

– Et je devrais faire quoi ? l'interrogea-t-elle en baissant les yeux. Aller contre mes principes ?

– Oui. Pour une fois, oui.

– Mais ce n'est pas juste ! s'exclama-t-elle, irritée. Je devrais feindre ne pas être celle que je suis ? C'est comme être en prison, tu as une idée de ce qu'on éprouve ?

Antonio se leva d'un bond. Il fourra les mains dans les poches de son pantalon et donna un coup de pied dans un caillou. Après un long silence, Anna releva les yeux sur lui.

– Pardonne-moi. Je suis désolée…, dit-elle.

– Désolée de quoi ? demanda-t-il d'une voix dure.

Anna se leva et s'approcha de lui. Elle lui posa une main

sur la joue et le regarda intensément. Antonio ferma les yeux et appuya la joue sur sa paume, puis il leva une main et la referma sur celle d'Anna.

Quand il rouvrit les yeux, leurs regards se rencontrèrent à nouveau. Ils se fixèrent longuement en silence. Puis Anna dégagea sa main, enfourcha sa bicyclette et s'éloigna en pédalant à toute vitesse. Antonio la suivit des yeux, bouleversé, jusqu'à ce qu'elle ait disparu à l'angle de la *via* Paladini. Alors seulement il se remit en route.

Ce soir-là, pendant que Lorenza mettait la table et qu'Agata goûtait la soupe de haricots en portant à ses lèvres une longue cuillère en bois pleine de bouillon fumant, Antonio ferma le portail de la fabrique d'huile et se dirigea d'un pas vif vers le cinéma Olimpia. Il arriva tout essoufflé et entra sans jeter un regard à l'affiche du film.

– C'est commencé depuis un moment, l'avertit l'employé derrière le guichet.

– Ça ne fait rien, répondit Antonio en lui tendant l'argent.

Il entra dans la salle obscure alors que sur l'écran, Anna Magnani, dans un peignoir bordé de fourrure, ôtait les épingles de ses cheveux. Il s'assit au dernier rang, à deux sièges de distance de Melina, une veuve de guerre au corps menu, presque enfantin, aux sourcils fournis et aux boucles noires. Restée seule et sans ressources, elle s'était mise à pratiquer « le métier ». Tout le monde dans le village savait qu'il suffisait de s'asseoir au dernier rang.

Melina se tourna vers Antonio et, d'un très léger hochement de tête, lui fit signe que c'était d'accord.

Des centaines de bouteilles allaient être remplies avec le millésime 1946 du Donna Anna. Cette année aussi, une partie de la production serait envoyée aux États-Unis : le lien qui s'était créé entre Lizzanello et l'Amérique à l'automne 1943 ne s'était en effet jamais rompu. Pour ces bouteilles, Carlo avait décidé de faire imprimer des étiquettes en anglais – du jamais vu dans la région –, et il s'apprêtait à aller les retirer à l'imprimerie de Lecce quand Roberto l'arrêta.

– Papa, je peux venir avec toi ? J'ai fini mes devoirs, et je m'ennuie, lui dit-il, la tête sur le tapis et les jambes sur le divan.

– Pourquoi pas ? répondit Carlo. Allez, en voiture, on est partis.

La route qui menait à Lecce était bordée de part et d'autre de murs de pierres sèches, derrière lesquels s'étendaient des champs d'oliviers et des vergers constellés de *pagghiare,* ces constructions pyramidales où les paysans conservaient leurs outils. Ce jour-là le ciel était bleu et l'odeur piquante de la chicorée sauvage qui poussait le long des murs emplissait l'habitacle.

Carlo conduisit jusqu'à la Porta San Biagio, l'un des plus anciens accès à la ville, et se gara devant les doubles colonnes baroques qui flanquaient la porte, ornée du blason de Ferdinand IV de Naples encadré de deux écussons de loups sculptés.

Ils avancèrent sur les pavés, passèrent la porte et poursuivirent jusqu'à l'imprimerie, située dans une petite rue à gauche de l'église San Matteo.

– Elle est bizarre, cette église, observa Roberto, le nez en l'air. Tu vois papa ? Elle est convexe en bas et concave en haut, dit-il en indiquant les deux niveaux.

Carlo s'immobilisa un instant et leva les yeux.

– Oui, elle est bizarre. Elle plairait à ta mère, commenta-t-il sur un ton sarcastique, avant de se remettre en marche, suivi de Roberto qui se retournait sur l'église de temps à autre.

Carlo s'arrêta devant la boutique Tipografia del Commercio et entra. Son plafond voûté sentait l'encre, et ses murs étaient recouverts d'affiches des œuvres lyriques qui avaient été représentées au Teatro Politeama. Il retira ses étiquettes, imprimées sur un papier marron, et fourra le paquet sous son bras.

– Viens, dit-il ensuite en posant une main sur l'épaule de son fils, on va prendre un gâteau au Café Alvino, sur la piazza Sant'Oronzo. Ce sont les meilleurs de la ville.

Ils se mirent donc en route en direction de la place entourée de boutiques, ornée en son centre d'une haute colonne surmontée de la statue d'un saint. Ils s'installèrent à l'une des petites tables en terrasse, face à l'amphithéâtre romain, dont les ruines avaient été mises au jour quelques années plus tôt, en 1940 ; derrière se dressait un immeuble imposant où était inscrit « Istituto Nazionale Assicurazioni » : c'était Mussolini en personne qui l'avait inauguré dans les années 1920.

– Celui-là, par contre, il ne plairait pas du tout à maman, commenta Roberto – mais Carlo ne répondit pas.

Ils commandèrent deux gâteaux, un café pour Carlo et une *cedrata* pour Roberto.

– Quand est-ce que vous avez l'intention de faire la paix, maman et toi ? demanda Roberto en mordant dans son gâteau.

Le dos appuyé au dossier rigide de sa chaise en métal, Carlo alluma un cigare et aspira la première bouffée.

– Ah, c'était donc ça qui te préoccupait ! Eh bien, ça ne dépend certainement pas du soussigné ici présent, répondit-il. Mais ne t'inquiète pas de ça. Ça ne te regarde pas.

– Ça me regarde au contraire, puisque je vis à la maison avec vous, répliqua Roberto, les lèvres tachées de crème de citron. Je n'en peux plus de vous voir vous regarder en chiens de faïence. Vous ne pourriez pas régler ça en adultes, pour une fois ?

Et il s'essuya les lèvres avec sa serviette. Carlo le regarda d'un air amusé, en pensant qu'Anna l'avait vraiment façonné à son image, avec la langue bien pendue, à la limite de l'insolence. Au cours de l'année, il avait grandi d'une façon surprenante, comme s'il avait attendu pour cela la fin de la guerre : il l'avait quasi rattrapé en taille, et sa voix aiguë d'enfant avait disparu on ne savait où.

– Nous ferons l'impossible pour te contenter, dit Carlo en souriant.

Ils remontèrent en voiture, mais quand son père voulut tourner en direction de leur maison, Roberto lui dit :

– Allez, je t'accompagne à la cave.

– Mais tu ne veux jamais y aller, tu dis que tu t'ennuies là-bas, protesta Carlo.

– Ça ira. Si je m'ennuie, je te le dirai et tu me ramèneras à la maison, ricana Roberto.

Carlo franchit le portail de la cave, son paquet d'étiquettes sous le bras, en saluant chaleureusement les ouvriers.

Roberto le suivit au milieu du va-et-vient.

– Cette machine-là, elle n'était pas là avant, dit-il en indiquant la boucheuse.

– En effet, confirma Carlo. Viens, je vais te la montrer de plus près.

Il remit les étiquettes à un employé qui passait et s'approcha de la machine. À ce moment-là, Daniele remonta du chai, la casquette sur la tête et un crayon derrière l'oreille.

– Bonjour, signor Carlo, dit-il.

Carlo se retourna et se sentit soudain les jambes molles : c'était la première fois qu'il se retrouvait dans la même pièce que ses deux fils. Sans doute s'étaient-ils déjà vus, à l'église ou sur la place, mais ils n'avaient pas été camarades d'école et n'avaient jamais joué ensemble, puisque Daniele avait presque vingt-deux ans alors que Roberto n'en avait que treize. Et ils ne s'étaient jamais adressé la parole : il le sentait d'instinct. Cette fois, ils s'apprêtaient à le faire, comme de parfaits étrangers qui se rencontrent par hasard.

– Ah, voici Daniele Carlà, notre chef de cave, dit-il à Roberto.

Daniele sourit et s'approcha en lui tendant la main.

– Salut.

– Salut, je suis Roberto.

– Oui, Roberto, mon fils, précisa Carlo un peu trop vivement.

Les deux garçons n'eurent pas l'air de s'en apercevoir.

– Tu sais comment ça marche ? demanda ensuite Roberto à Daniele en montrant la boucheuse.

– Oui, bien sûr. Tu veux que je te montre ?

Carlo croisa les bras et, le cœur battant, observa les deux garçons. Daniele prit une des nombreuses bouteilles vides alignées sur le côté et la positionna à la base de la boucheuse.

– Tu vois, dit-il à Roberto qui le regardait attentivement. On encastre le bouchon ici, et en poussant ce levier, on le fiche droit dans la bouteille en chassant l'air.

– Ça n'a pas l'air difficile. Je peux essayer ?

– Oui..., concéda Daniele. Mais attention à ne pas te faire mal. Je vais t'aider. (Il posa délicatement ses deux bras sur ceux de Roberto et guida ses mains jusqu'à ce que le bouchon en liège soit encastré dans le col de la bouteille.) Tu vois ? Tu t'es très bien débrouillé ! s'exclama-t-il.

Roberto leva les yeux et lui sourit d'un air satisfait.

Ils étaient déjà remontés dans la Fiat 1100 quand Carlo dit qu'il avait oublié quelque chose. Il s'assura qu'il n'y avait aucun ouvrier dans les parages, puis il sortit de l'appareil la bouteille vide et sans étiquette que ses deux fils avaient bouchée ensemble. Il l'emporta et la cacha dans le tiroir du bas de son bureau avant de retourner à la voiture.

Le meeting de clôture de la campagne électorale se tint deux jours avant les élections, le 22 novembre. On avait installé au milieu de la piazza Castello une petite estrade portant un drapeau frappé du sigle de la Démocratie chrétienne qui oscillait sous les rafales de tramontane.

Carlo Greco n'allait pas tarder, annonça au micro un homme vêtu d'un long manteau noir ouvert sur son ventre proéminent, ses cheveux rares ébouriffés par le vent.

Anna regardait autour d'elle, se demandant pourquoi Antonio et Agata n'étaient pas encore là. À ses côtés, Roberto, les bras croisés, fixait des yeux l'estrade encore vide.

– S'ils sont là, je ne les vois pas, dit Anna en continuant à inspecter la place bondée.

Un peu plus loin, elle découvrit Chiara, pendue au bras de son fiancé qui la dominait d'au moins deux têtes. Elle vit aussi Elena, près du café, qui parlait en riant à l'oreille de sa sœur.

– Mais où ils ont pu passer, bon sang ? grogna-t-elle.

– Je vais les chercher, si tu veux, dit Roberto.

– C'est ça, va donc voir.

Tandis que son fils s'éloignait, Anna remarqua Carmela qui se frayait un chemin pour aller s'installer au premier rang devant l'estrade, suivie de son mari Nicola et de son fils. Elle portait une étole en fourrure posée avec une désinvolture étudiée sur l'épaule droite d'une robe moulante en laine rouge qui lui arrivait au genou, un petit chapeau à bord étroit taillé dans la même étoffe et un rouge à lèvres assorti. « Elle a l'air d'aller à une soirée, pas à un meeting », pensa Anna. Carmela lui lança un coup d'œil accompagné d'un signe de tête, et Anna lui rendit courtoisement son salut avant de reporter son regard sur l'estrade.

Elle avait laissé Carlo en train de contempler les deux complets posés sur le lit, l'un à rayures et l'autre gris fer. Il était tendu ; on le comprenait à sa façon de ramener sans cesse ses cheveux en arrière en regardant ses costumes comme si sa vie dépendait de ce choix.

– Mets celui à rayures, lui avait suggéré Anna dans le seul but de le sortir de cette impasse.

– Il est mieux, tu crois ?

– Mais oui. De toute façon, l'important c'est ce que tu vas dire, non ?

– Tu as raison, avait-il reconnu. Je suis trop nerveux.

– Ça, c'est certain. Bon, j'y vais, on se retrouve là-bas.

Elle avait enfilé son manteau et s'apprêtait à sortir de la pièce quand il l'avait arrêtée en la saisissant par le poignet.

– Eh, attends une minute, avait-il murmuré.

– Qu'est-ce qu'il y a ?

– Je voulais te remercier encore une fois d'avoir changé d'avis. Je sais ce que ça veut dire pour toi, je t'en suis vraiment reconnaissant et…

« Maman, je les ai trouvés ! »

Antonio et Agata s'approchaient. Ils étaient bras dessus, bras dessous, ou plutôt c'était elle qui serrait des deux mains le bras de son mari. Anna fut surprise par l'élégance d'Agata : elle était habituée à la voir sans une ombre de maquillage, les cheveux peignés à la va-vite, avec sur le dos les blouses à fleurs des ménagères. Ce jour-là, elle arborait un rouge à lèvres mauve, un chignon élaboré maintenu par un nombre considérable d'épingles et, sur son manteau marron, une broche en plaqué or en forme de fleur. Lorenza les rejoignit au bout d'un moment en regardant autour d'elle comme si elle cherchait quelqu'un. Elle portait une robe bleu et jaune à manches longues, serrée à la taille par une ceinture, au bustier orné de gros boutons.

– Que tu es belle, *ma petite**, dit Anna avec un sourire. C'est une nouvelle robe ?

– Oui, c'est Cecilia, une amie, qui me l'a donnée. Elle n'entre plus dedans depuis qu'elle a un enfant.

– Cecilia comment ? demanda Anna, un peu perdue.

– Tu sais, sa vieille amie d'école, celle qui habite à Lecce, répondit Agata. Elle est belle, hein ? Mais ça ne va pas lui porter chance ! Avec ce vent, elle va attraper la mort, ajouta-t-elle en resserrant son manteau.

– Je n'ai pas froid, protesta Lorenza.

« On dirait que je suis la seule à ne pas m'être mise sur mon trente et un pour l'occasion », pensa Anna, en abaissant les yeux sur sa simple robe en laine verte.

– Et Carlo, comment ça va ? demanda Antonio en évitant de regarder Anna dans les yeux.

– Un peu nerveux, mais ça se comprend, répondit-elle.

– Il va faire un malheur, dit Agata. Regarde tous ces gens qui sont venus l'écouter.

– Le voilà ! dit soudain Lorenza, radieuse.

Le petit groupe se tourna vers l'estrade encore vide. Lorenza alla à la rencontre de Daniele, qui la vit à son tour et courut vers elle.

– Tu l'as mise, finalement. Elle te va à merveille ! dit-il en lui prenant les mains.

– Je l'adore, littéralement, répondit Lorenza.

– Elle est belle parce que tu la portes, répondit-il avec douceur. Je t'en ferai d'autres. Autant que tu voudras !

– Je pense que j'en aurai besoin… Des robes pour le bureau, en réalité. La semaine prochaine, je commence un cours de télégraphie.

Daniele la regarda, stupéfait.

– De télégraphie… ?

– Chiara se marie, et tante Anna m'a demandé si je voulais la remplacer, voilà tout, expliqua-t-elle en haussant les épaules.

– Eh bien, c'est une bonne nouvelle, non ?

Agata observait la scène de loin en souriant.

– Mais c'est le garçon qui travaille avec papa, dit Roberto. Daniele, le chef de cave.

– Tu le connais ? demanda Anna.

– J'ai fait sa connaissance il y a quelques jours, à la cave. Il a été gentil.

– C'est un brave garçon, tout le monde le dit. N'est-ce pas, Antonio ? dit Agata.

Antonio aussi avait les yeux fixés sur Lorenza et Daniele. Mais il ne souriait pas du tout.

– Antonio ? dit Agata. Tu m'écoutes ?

– Oui..., murmura-t-il d'un air absent.

– Je serais vraiment contente si lui et Lorenza... Bref, vous m'avez comprise, poursuivit Agata avec une grimace malicieuse.

– Ne dis pas de bêtises, s'il te plaît ! cracha Antonio.

Agata eut l'air saisie.

– Qu'est-ce que j'ai dit de mal ?

Anna jeta à Antonio un regard perplexe. « Ce n'est pas son genre de prendre ce ton... Qu'est-ce qui lui prend ? », pensa-t-elle.

À ce moment-là, des applaudissements crépitèrent sur la place. Carlo monta sur l'estrade dans son costume à rayures. Il salua l'assemblée en agitant les bras et s'approcha du micro.

– Chers amis et chers concitoyens, je suis heureux de vous voir si nombreux..., commença-t-il d'une voix brisée par l'émotion.

Le matin du 24 novembre, dans l'isoloir, Anna prit le crayon et hésita longtemps, les yeux fixés sur le bulletin.

Puis elle traça une croix sur le sigle du Parti communiste. Personne ne le saurait jamais, à part elle. C'était l'essentiel.

Ce soir-là, Carlo revint dormir à côté d'elle.

15

Avril 1947

Dans son atelier de couture, Carmela, ses lunettes sur le nez, était plongée dans un article d'*Oggi* sur les sœurs Fontana. Elle contemplait une photo du petit palais romain à trois étages où celles-ci avaient transféré leur maison de haute couture. Quel rêve ce serait de posséder un véritable atelier, pensa-t-elle, au lieu de cette pièce humide de quelques mètres carrés qu'elle avait dû récupérer sur l'écurie attenante à la maison.

Deux coups légers frappés à la porte la sortirent de ses rêveries.

– J'arrive ! s'exclama-t-elle en refermant le magazine à contrecœur.

Elle ouvrit la porte, mais le « bonjour » qu'elle s'apprêtait à dire mourut dans sa gorge.

Devant elle se trouvaient Anna et Giovanna.

– Salut Carmela. On peut entrer ? demanda Anna d'un ton affable.

Faisant appel à tout son calme, Carmela réussit à murmurer « *Trasi* ». Puis elle leur indiqua les petits fauteuils.

– Installez-vous. Que puis-je faire pour vous ? demanda-t-elle en s'appuyant des deux mains à la table derrière elle.

– On voudrait que tu nous fasses des pantalons, expliqua Anna.

– Comme ceux de l'actrice, compléta Giovanna.

– Quelle actrice ? demanda Carmela.

– Katharine Hepburn, reprit Anna. Tu la connais ?

– Bien sûr que je la connais ! répliqua Carmela, un peu vexée.

– Eh bien, voilà, on veut les mêmes pantalons qu'elle.

Carmela eut une moue et ses yeux se réduisirent à deux fentes.

– Attendez, je dois avoir ça quelque part. (Et elle alla farfouiller dans les coupures de journaux qu'elle gardait sur un rayon de son étagère.) Ah, voilà ! dit-elle après quelques instants.

Elle revint vers les deux femmes, la feuille à la main, et leur montra une photo de Katharine Hepburn portant un pantalon large à taille haute, avec un chemisier noir aux manches roulées.

– Comme ça ?

– Exactement ! confirma Anna en s'illuminant.

Carmela posa la coupure sur la table.

– Il faut que je prenne vos mesures, dit-elle d'un ton bref. Je commence par qui ?

– Par moi, dit Anna, qui se leva aussitôt en baissant la fermeture éclair de sa jupe.

– Mais qu'est-ce que tu fais ? dit Giovanna.

Anna s'immobilisa.

– Je me déshabille…

– Et pourquoi ?

Carmela plissa le front.

– Et comment je peux prendre ses mesures, sans ça ?

– Je ne veux pas me déshabiller devant elle, protesta Giovanna en indiquant Carmela et en se levant de son fauteuil.

Anna s'approcha d'elle et lui posa une main sur le bras.

– Mais qu'est-ce qui t'arrive ? Ça ne prendra que quelques minutes, la rassura-t-elle. N'est-ce pas ? dit-elle à Carmela.

– Oui, et de toute façon comment faire autrement ? répondit celle-ci avec une pointe d'impatience dans la voix.

« Elle était folle et elle le reste, pensa-t-elle en secouant la tête. Je le dis toujours, *quando uno nascetundu, nu muore quadru*. Quand on naît rond, on ne meurt pas carré. »

– Rassieds-toi, tout va bien se passer, reprit Anna sur un ton apaisant.

Giovanna la regarda avec des yeux humides, hocha la tête et se rassit.

Anna finit d'abaisser sa fermeture éclair et ôta d'abord sa jupe, puis ses bas en nylon, ne gardant que sa culotte.

Carmela ne put s'empêcher de remarquer la peau diaphane de ses jambes, ses cuisses fuselées et ses chevilles minces. « Comme les pattes d'une poule », pensa-t-elle.

– Mets-toi là, lui ordonna-t-elle en indiquant le milieu de la pièce et en prenant son mètre.

Elle souleva légèrement son pull, lui fit ouvrir les bras et mesura d'abord sa taille, puis ses hanches. Elle marqua les chiffres – soixante-huit et quatre-vingt-quatorze centimètres – dans le cahier ouvert sur la table à côté de *Oggi*. Puis elle s'accroupit pour mesurer la circonférence de sa cuisse, de son genou et de sa cheville. Enfin, elle posa le mètre à la hauteur de sa taille et le laissa se dérouler jusqu'au talon. Une fois ces mesures inscrites, elle dit :

– J'en ai fini avec toi, tu peux te rhabiller.

– Tu as vu comme c'est simple ? s'exclama Anna en se tournant vers son amie avec un sourire.

Giovanna se mordit les lèvres et se leva lentement de son fauteuil, tandis que Carmela la scrutait avec un mélange de pitié et d'irritation. Finalement, la couturière réussit à prendre les mesures nécessaires sur Giovanna, qui avait eu les joues en feu pendant toute l'opération, et elles purent passer à la question de l'étoffe et de la couleur des pantalons : elles les voulaient toutes les deux dans un coton très doux, d'un beau beige clair, peut-être.

– Il faut dix jours au minimum. J'ai du travail à finir d'abord, les informa Carmela en les raccompagnant à la porte. Vous m'apporterez l'argent quand vous viendrez les retirer.

Dès qu'elle eut refermé la porte, Carmela s'y adossa et prit une grande inspiration, en réalisant soudain qu'elle avait retenu son souffle pendant toute la durée de cette visite inattendue.

C'était une tiède journée de début avril. Anna glissa son bras sous celui de Giovanna.

– Je t'accompagne chez toi, dit-elle en prenant le chemin de Contrada La Pietra.

Elles marchèrent en silence pendant un moment, mais à la fin Anna n'y tint plus.

– Pourquoi tu avais honte de te déshabiller ? lui demanda-t-elle.

Giovanna baissa les yeux.

– À cause de Giulio… Il se met en colère si quelqu'un me voit légèrement vêtue.

– Même si c'est la couturière ? s'exclama Anna, stupéfaite.

– Je ne sais pas. Je crois que oui… Il dit toujours que mon corps est à lui, point final.

Anna s'assombrit et prit quelques secondes avant de répliquer.

– Eh bien, ce n'est pas vrai. Ton corps est à toi, et à personne d'autre.

– Pas même à Giulio ?

– Non, pas même à Giulio.

Elles parcoururent quelques mètres en silence. Puis Anna s'immobilisa, saisie d'une intuition, et fit pivoter Giovanna vers elle.

– Laisse-moi te poser une question. Mais tu dois promettre de me répondre sincèrement.

Giovanna la fixa d'un air déconfit.

– Je ne t'ai jamais menti…

– Je sais, la tranquillisa Anna en lui prenant une main. (Elle prit une grande inspiration, hésita et finit par se lancer.) Giulio ne t'a jamais obligée à faire quelque chose que tu ne voulais pas, n'est-ce pas ? Avec ton corps, je veux dire…

– Je… Je ne comprends pas…

– Au lit, précisa Anna en allant droit au but. Il y a quelque chose que vous faites qui ne te plaît pas ou qui te fait mal ?

– Non…, murmura Giovanna.

– Tu me dis la vérité ?

Son amie se mordit les lèvres et hocha la tête.

– Il faut que je rentre à la maison, dit-elle ensuite.

Elle retira sa main, posa un léger baiser sur la joue d'Anna et s'enfuit en courant.

Plantée au milieu de la route, Anna la regarda s'éloigner en songeant avec amertume à ce qui venait de se passer.

Giovanna venait de lui raconter son premier mensonge.

– Bonjour, donna Gina, dit Carlo en soulevant son chapeau. Don Ciccio peut-il me recevoir ?

– Bonjour, monsieur le maire, le salua Gina avec une pointe d'acidité. Ça fait longtemps qu'on ne te voit plus. On avait presque oublié quelle figure tu as…

– Vous avez raison, donna Gina, s'excusa-t-il en triturant

son chapeau. Mais c'est seulement maintenant que j'en trouve le temps. Ce n'était pas par mauvaise volonté.

Elle le scruta d'un air circonspect. « *Trasi* », finit-elle par dire. Puis elle referma la porte, lui intima l'ordre d'attendre dans l'entrée et alla s'assurer que son mari était réveillé. Il y avait toujours une odeur piquante dans cette maison, constata Carlo avec une grimace. Un peu comme de l'ail brûlé…

Gina revint au bout de quelques minutes.

– Il dit qu'il peut te recevoir, murmura-t-elle, avant de le précéder le long du couloir obscur.

Elle fit une pause devant la porte entrouverte de la chambre à coucher.

– Ne le fatigue pas trop, lui recommanda-t-elle. Il n'a même plus la force de se lever à cause de la douleur.

Carlo acquiesça de la tête, et lui assura qu'il ne s'agirait que d'une brève visite.

La pièce était plongée dans l'obscurité ; les volets entrebâillés ne laissaient filtrer qu'une faible clarté. Carlo avança à tâtons, en s'efforçant de ne heurter aucun meuble, et repéra d'abord le profil en fer forgé du pied de lit, puis le gonflement de la couverture sous laquelle gisait don Ciccio.

Il s'arrêta au pied du lit et murmura :

– Bonjour, don Ciccio… C'est moi, Carlo. Comment allez-vous ?

– Comme Dieu le veut, répondit le malade dans un râle.

– Votre femme me dit que vous ne vous levez plus.

– Et pour aller où ? ricana amèrement don Ciccio. Marcher, désormais, *nun ci la fazzu cchiu*, je n'y arrive plus.

– J'en suis vraiment désolé. Si je peux faire quelque chose…

– Personne ne peut rien y faire, coupa don Ciccio. Dis-moi plutôt : comment va le domaine ? Ça se passe bien ? Tu vends encore aux Américains ?

– Et comment ! Tout va pour le mieux, grâce à Dieu. J'ai

mis en culture le *primitivo*, j'ai acheté des fûts en chêne et installé un autre chai… C'est le premier rouge de ma cave, et j'espère vous le faire goûter bientôt.

Don Ciccio resta silencieux quelques instants.

– Le vin rouge demande énormément de patience…, dit-il ensuite.

– J'en ai, répliqua Carlo.

– Tu es venu pour avoir ma bénédiction ? ironisa don Ciccio avant de se mettre à tousser.

– Non, murmura Carlo. À dire vrai, je suis ici pour une question délicate…

– Laquelle ?

– Je dois vous parler de mon… (Il s'arrêta et corrigea :) de votre petit-fils.

– Il a fait des bêtises ?

– Non, non, au contraire. Tout ce qu'il fait est bien fait.

– Qu'est-ce qu'il y a, alors ?

Carlo hésita, serrant plus fort le fer forgé du pied de lit.

– Il s'agit de lui et de la fille de mon frère Antonio, dit-il. Ces derniers temps, on les voit très souvent ensemble.

– Continue, siffla don Ciccio.

– Mon frère est inquiet. La dernière chose qu'il voudrait, Dieu nous en préserve, c'est voir sa fille mariée à… (Carlo fit une pause.) À son cousin.

– Ton frère est au courant ?

– Oui. Il est le seul.

– Il y a un peu trop de gens qui ont fini par le savoir, grogna le vieillard.

– Je suis sûr d'Antonio comme de moi-même, ne vous faites pas de souci à ce sujet. Il n'a pas parlé jusqu'à maintenant, et il ne parlera jamais. Je vous en donne ma parole.

– Continue.

– Voilà, j'ai longuement réfléchi, et j'ai peut-être trouvé la solution : j'ai besoin de quelqu'un pour s'occuper des affaires du domaine à New York. Ce pourrait être lui. Il s'agirait en somme de l'envoyer à l'étranger pendant un moment… Juste le temps nécessaire…

Don Ciccio laissa échapper un rire rauque, suivi d'un accès de toux.

– Ce serait ça, ta solution ? demanda-t-il une fois sa toux calmée.

– Comme le dit l'adage : loin des yeux…

– Oui, l'interrompit don Ciccio. Et qui pourrait le savoir mieux que toi… ?

Carlo avala la couleuvre sans répliquer.

– Je suis donc venu vous demander si vous n'avez rien contre ce départ, reprit-il.

– Ce serait pour combien de temps ?

– Pour quelques mois.

– Tu l'as dit à sa mère ?

– Non, j'ai préféré vous en parler d'abord.

Il y eut un long silence.

– Eh bien, ça ne peut pas lui faire de mal, finit par dire don Ciccio. Changer un peu d'air, voir un autre monde…

– Vos paroles me réconfortent, don Ciccio. Même si je ne doutais pas de votre sagesse…

– Mais ne t'imagine pas que ça servira à quelque chose, l'interrompit don Ciccio d'un ton dur. (Puis, avec un soupir, il ajouta :) Et maintenant, va-t'en, je suis fatigué.

Carlo le salua et sortit. Gina était assise dans la cuisine, devant la fenêtre, et il eut l'impression qu'elle passait toutes ses journées ainsi, attendant que son mari l'appelle. Sans un mot, elle se leva et accompagna Carlo à la porte.

Dès qu'elle l'eut refermée, elle entendit la voix de don Ciccio, anormalement impérieuse.

– Gina ! Fais venir Carmela ! J'ai à lui parler !

Carmela avançait comme une furie, son sac à main se balançant en mesure, sous la tramontane qui soufflait, implacable, les boucles de ses cheveux noués à la va-vite lui retombant sur le visage. Ce matin, elle ne s'était même pas regardée dans le miroir, mais peu lui importait.

Elle atteignit la mairie et y pénétra quasiment en courant.

– Donna Carmela, où allez-vous ? cria le concierge dans son dos.

– Je dois parler au maire, répondit-elle d'un ton coupant sans s'arrêter, les yeux fixés droit devant elle.

– Je ne sais pas s'il peut vous recevoir... Laissez-moi vérifier d'abord, la supplia le concierge en essayant de la rattraper.

Mais pour Carmela, c'était comme si cet homme n'existait pas. Elle arriva devant la porte où une plaque en cuivre indiquait « Monsieur le maire », saisit la poignée et ouvrit à la volée.

Carlo était assis à son bureau, penché sur une montagne de paperasses, un cigare entre les doigts. Il releva vivement la tête.

– Excusez-moi, monsieur le maire, haleta le concierge qui arrivait sur les talons de Carmela, mais la dame ne m'a pas laissé le temps de vous prévenir. Elle dit qu'elle a à vous parler...

– Oui. Et c'est plutôt urgent, ajouta Carmela en serrant son sac à main contre son cœur.

– Ça va, Giuseppe. Laissez entrer la signora Carlà, tout va bien, dit Carlo avec un signe de la main.

Le concierge s'excusa encore une fois et tourna les talons, non sans avoir lancé un coup d'œil assassin à Carmela, qui n'en avait cure.

– Alors, demanda Carlo en se levant. Que se passe-t-il ?

– Il se passe que je vais planter ces ongles-là dans la partie la plus charnue de ton individu, répondit-elle en écartant ses doigts aux ongles laqués de rouge.

– Je vois ça..., marmotta Carlo en s'asseyant sur le bord du bureau et en tirant une bouffée de cigare.

Elle s'approcha de lui, son visage à quelques centimètres du sien.

– Ne plaisante pas avec moi, le menaça-t-elle.

– On peut savoir ce que j'ai fait ?

– Il est hors de question que Daniele parte pour l'Amérique, tu m'entends ?

– Toi, tu as parlé avec don Ciccio..., soupira Carlo.

– Oui, je lui ai parlé, cracha-t-elle. Et vous pouvez oublier tous les deux l'idée d'envoyer mon fils à l'autre bout du monde.

– On peut en discuter calmement ?

– Il n'y a rien à discuter. Mon fils est là où je suis, dit Carmela en se frappant la poitrine. Et il y reste.

Carlo eut un soupir et retourna s'asseoir derrière son bureau.

– Mais ce n'est que pour quelques mois... Il ne part pas à la guerre ! Et puis, c'est une occasion pour lui...

– Tais-toi, répéta-t-elle en lui posant le doigt sur la bouche. Tu ne m'embobineras plus avec tes belles paroles. C'est fini, ce temps-là !

– Je n'ai jamais cherché à t'embobiner, se défendit Carlo. J'essaie seulement de te faire comprendre que ce n'est pas une tragédie. Il s'agit d'un voyage, Carmela. Un voyage nécessaire pour que tout rentre dans l'ordre.

– Nécessaire pour qui ? Pour ta famille, pas pour la mienne. Ce n'est pas la faute de Daniele si celle-là lui fait les yeux doux, ajouta-t-elle d'un ton méprisant.

Carlo se contraignit au calme.

– Écoute, c'est à Daniele de décider. Il a vingt-deux ans,

et il n'a plus besoin de ta permission. On parie qu'il sera content ? Je le connais.

– Tu connais mon fils ? *Toi* ?

– Mieux que tu ne le penses, répondit Carlo en la regardant fixement.

– Ah, j'ai plaisir à l'apprendre ! ironisa Carmela, la voix soudain brisée.

Elle croisa les bras et détourna les yeux. Carlo continua à l'observer en silence ; il savait bien que, quand elle se mordait la lèvre de cette façon, c'était pour retenir ses larmes, orgueilleuse comme elle l'était. Mais la voir dans cet état suscita chez lui un inattendu mouvement de tendresse.

– Écoute, dit-il en adoucissant sa voix. Si j'envoie Daniele à New York, ce n'est pas seulement pour l'éloigner des ennuis, mais aussi parce qu'il est bon ! Il est vraiment bon, il sait y faire avec les gens. Et je suis sûr qu'il conclura de bonnes affaires là-bas. Je lui fais confiance.

Carmela le regarda à nouveau.

– En outre, je peux te garantir qu'il sera bien payé, ajouta Carlo.

– Combien ?

– Ce qu'il mérite.

– Mon fils mérite le maximum.

– Il aura le maximum.

Carmela retrouva en un instant sa morgue habituelle.

– Dans ces conditions..., murmura-t-elle.

Anna attendait Lorenza devant chez elle, les mains sur le guidon de sa Bianchi, en jetant de fréquents des coups d'œil à sa montre. Quand sa nièce arriva enfin, elle se mit en marche, tandis que Lorenza accélérait pour la rejoindre.

– Excuse-moi, tatie, dit-elle, je suis en retard aujourd'hui encore.

– Je vois ça, répliqua Anna.

– Mais tu vois, ce matin, maman a oublié de me réveiller.

– Parce qu'à vingt-deux ans, tu n'es pas encore capable de te réveiller toute seule ?

– Demain, je serai à l'heure, tu verras.

C'était la même chose tous les matins : une litanie d'excuses ridicules et de promesses peu convaincantes. Anna n'était plus si sûre d'avoir eu une bonne idée en lui proposant ce poste : Lorenza avait l'air apathique, comme si elle s'en fichait éperdument.

– Tu n'es pas obligée, tu sais. Tu peux toujours chercher un autre travail qui te plaise vraiment, lui avait-elle dit à plusieurs reprises.

Mais Lorenza haussait les épaules.

– Bah, je ne sais pas ce qui me plaît, répondait-elle invariablement. Un travail en vaut un autre.

Pour le bureau de poste, en revanche, l'arrivée de Lorenza avait été une véritable fête. Le premier jour, ils l'avaient tous entourée avec de grandes exclamations. Même ce ronchon de Carmine avait lancé :

– Enfin ! Il était temps de faire entrer un peu d'air frais dans ce bureau.

Tandis qu'Elena, émue, renchérissait en riant de bon cœur :

– Je me rappelle encore ce jour où tu étais venue il y a des années… Tu étais haute comme ça !

« Non, réfléchit Anna en continuant à pousser sa bicyclette. Peut-être que le travail ne lui plaît pas, mais elle ne peut pas se plaindre d'avoir été mal accueillie. » Elena en particulier l'avait prise aussitôt en sympathie, ayant compris qu'avec Lorenza, on pouvait papoter, à la différence de Chiara : « Elle, grognait-elle, on ne sait même pas si elle est là ou pas. » Souvent, Anna les voyait penchées sur une revue quelconque, occupées à commenter la beauté de tel ou tel acteur ; et récemment, elles s'étaient prises de passion pour ces hebdomadaires qui proposaient « des romans d'amour en photogrammes ». C'étaient des soupirs et des coups de coude à chaque page qu'elles lisaient.

Ce qui l'avait surprise en revanche, c'était la réaction du directeur. Peu après l'arrivée de Lorenza, Tommaso s'était mis à utiliser une quantité notable d'eau de Cologne, au point d'en laisser un sillage persistant sur son passage. Il avait en revanche arrêté la brillantine, et exhibait à présent des boucles rebelles qui lui donnaient l'air nettement plus jeune que ses quarante ans. De temps à autre, il se levait de son bureau, passait une tête dans le bureau du télégraphe et demandait à Lorenza avec un sourire : « Tout se passe bien ? » Il arrivait même qu'il la précède pour lui ouvrir la porte – une galanterie dont il n'était pas coutumier. Et s'il faisait un saut au Castello, il s'offrait toujours à lui rapporter quelque chose.

– Tu veux un café ? Ou un gâteau ?

– Oui, merci, répondait Lorenza tout sourire. Je veux bien les deux.

Il se montrait aussi très tolérant pour ses erreurs : distraite comme elle l'était, il arrivait fréquemment qu'elle se trompe en transcrivant quelque chose, voire qu'elle oublie des mots.

– Hum… Il y a quelque chose qui ne va pas, disait alors Elena en examinant le télégramme. J'ai l'impression que tu as sauté quelque chose, tu vois, là ? ajoutait-elle en lui indiquant un point entre deux mots.

Dans ces cas-là, il n'était pas rare que Tommaso débarque de l'autre pièce en lançant :

– Allez, qu'est-ce que ça peut faire… Ajoutes-en un, toi, il suffit qu'on comprenne le sens.

Lorenza rougissait et Elena obéissait, mais non sans lancer

à Tommaso un coup d'œil perplexe. Le directeur était un homme gentil et disponible, certes, mais sur le travail il avait toujours été inflexible. Du moins jusqu'à présent…

Ce matin-là, Anna sortit du bureau avec sa sacoche à moitié vide. Elle monta sur sa Bianchi, dépassa deux vieilles femmes qui remplissaient à la fontaine une grande bouteille en verre, longea le mur d'enceinte du château, tourna à droite de la tour et s'engagea dans une montée qui la contraignit à pédaler en danseuse sur quelques centaines de mètres. Puis elle enfila à gauche une ruelle sur laquelle donnaient de minuscules balcons aux balustrades rouillées. Sur l'un d'eux, on avait mis à sécher des culottes de femme. Anna s'arrêta, ouvrit sa sacoche et en sortit une enveloppe blanche. La suscription disait : *Marilena Cucugliato, vicolo della Torre, numero 4, Lizzanello (Lecce)*. Elle regarda autour d'elle pour chercher le numéro, mais sans le trouver. Il y avait le 1, le 2, le 3, et un peu plus loin le 5 et le 6 ; mais il manquait justement le 4, comme s'il avait sauté. Un homme maigrichon, en pyjama et l'air ensommeillé, sortit sur un balcon et alluma une cigarette.

– Excusez-moi ! l'appela Anna.

L'homme exhala la fumée et baissa les yeux sur la rue.

– Vous pouvez me dire où se trouve le numéro 4 ? Je ne le trouve pas…

– Vous cherchez la parfumerie ? Elle est là, en haut de l'escalier, répondit-il en indiquant une ouverture dans le mur d'en face, d'où partait un petit escalier en pierre.

Celle-ci était si étroite qu'Anna ne l'avait même pas vue. Elle remercia l'homme, posa sa bicyclette et monta les marches.

– Et bouche-toi le nez, parce que celle-là, elle te fiche la migraine avec tout le parfum qu'elle se colle ! ricana l'homme dans son dos.

Le passage était exigu et obscur, et il empestait le moisi. Au bout d'une quinzaine de marches, Anna parvint à un portail voûté auquel elle frappa deux fois avec un marteau. Il fut ouvert par une dame robuste, dans la soixantaine, vêtue d'une robe informe en laine bleue, qui dégageait un parfum de lavande si fort qu'Anna sentit la tête lui tourner. Les cheveux de la dame, gris et touffus, étaient tressés en natte sur le côté de son visage joufflu.

– Vous êtes Marilena Cucugliato ?

La femme acquiesça.

Anna lui remit son enveloppe et tourna aussitôt les talons : elle suffoquait. Mais la dame lui dit en indiquant l'escalier :

– Vous avez de la chance d'être aussi mince. Moi, ici, je passe tout juste.

Anna ébaucha un sourire de circonstance et tenta à nouveau de partir, mais la dame la retint.

– Vous ne voudriez pas un café ? Personne ne vient jamais ici.

Anna hésita, puis se souvint que ce jour-là sa sacoche n'était pas pleine, et qu'elle avait tout son temps.

Visiblement ravie, Marilena la fit entrer et referma le portail. L'intérieur de l'appartement n'avait rien à voir avec le boyau obscur de l'entrée : les murs étaient tapissés de rose et ornés d'une infinité de petits tableaux représentant des fleurs. En outre, des vases contenant des bouquets étaient posés un peu partout, sur le chiffonnier dans l'entrée, sur la table du séjour, sur le bahut adossé au mur. L'habitante des lieux l'invita à s'installer dans un petit salon tendu de velours rouge, et revint quelques minutes plus tard avec deux tasses de café fumant posées sur un plateau.

Anna attendit que le café refroidisse un peu.

– Je vois que vous aimez les fleurs, commenta-t-elle pour dire quelque chose.

Marilena regarda autour d'elle en serrant sa tasse dans ses mains.

– Oh, elles ! Ce sont mes amies !

Anna lui lança un coup d'œil perplexe.

– Personne ne sait écouter comme les fleurs, vous savez ? Je leur parle chaque jour. Je leur confie mes souvenirs de jeunesse, mes peurs, mes petites joies et mes remords. Surtout mes remords. (Elle fit une pause.) Comme les bons amis, les fleurs ne jugent jamais. Vous en avez, vous, de vrais amis ?

Anna but une gorgée de café.

– J'ai une amie qui m'est très chère, répondit-elle.

« Et c'est bien la seule que j'aie », pensa-t-elle.

– Alors, gardez-la bien, dit la femme. Vous savez, moi aussi j'avais une bonne amie, autrefois… (Elle reposa lentement sa tasse sur le plateau.) Mais après…

Elle poussa un grand soupir.

– Il faut que j'y aille, annonça Anna en se levant.

Elle remercia Marilena pour le café et se dirigea vers la porte.

Elle descendit l'escalier, ressortit à la lumière du soleil et enfourcha sa bicyclette. Le balcon où l'homme s'était penché était vide.

À l'annonce de la nouvelle, Daniele faillit tomber de sa chaise.

– Vraiment, signor Carlo ? Ce n'est pas une plaisanterie ?

Lui, partir pour l'Amérique ? Lui, Daniele Carlà, à New York ? Il continuait à fixer Carlo d'un air émerveillé, comme un enfant devant un énorme cadeau inattendu. New York. Les gratte-ciel. Les lumières. La mode dont on parlait dans les magazines. Il accepta séance tenante, sans y réfléchir une seconde. Il devrait trouver de nouveaux clients, lui dit Carlo, battre le fer en Amérique tant qu'il était chaud. Il commencerait par les cafés et les restaurants italiens du secteur appelé Little Italy.

– Ça veut dire « la Petite Italie », lui expliqua-t-il. Il n'y a que des Italiens qui habitent là. Tu n'auras aucun mal à te faire comprendre, ne t'inquiète pas.

Un chargement de Donna Anna partirait sur le même transatlantique que lui. Quant à l'argent, il n'avait pas à se faire de souci, puisque tout serait bien entendu à la charge de Carlo. Il lui donnerait une belle somme avant de partir et, une fois là-bas, il lui enverrait encore de l'argent régulièrement. Si cela lui convenait, il pouvait partir dès la fin du mois : le *Saturnia* appareillait le 27 avril du port de Naples. Il se chargerait d'obtenir tous les documents à temps.

– Merci de votre confiance, signor Carlo. Je ne vous décevrai pas, répondit Daniele en lui tendant la main.

Carlo lui sourit, serra sa main, puis l'étreignit. Daniele devint tout rouge et écarquilla les yeux, embarrassé.

– Je le sais, répondit Carlo. Tu ne m'as jamais déçu.

Daniele avait hâte d'annoncer la nouvelle à Lorenza. Il imaginait sa joie de l'opportunité qui lui était offerte, du voyage extraordinaire qu'il allait faire et de toutes les histoires qu'il partagerait avec elle à son retour.

À la place, il fut accueilli par un accès de rage qui le laissa stupéfait.

– Tu m'abandonnes, toi aussi, je le savais. Tu t'en fiches, de moi. Tu ne penses qu'à toi, comme tous les autres. Allez, va-t'en donc à l'autre bout du monde ! s'exclama-t-elle d'un air mélodramatique, tout en tournant en rond dans la petite maison de Daniele.

Il eut beau lui jurer qu'il l'aimait, qu'il reviendrait bientôt, toutes ses tentatives pour la réconforter furent vaines.

– Je ne te crois pas. Je ne crois plus les gens qui s'en vont, déclara-t-elle en se laissant tomber sur le petit divan.

Daniele s'agenouilla et prit sa main entre les siennes, en la suppliant de voir les choses comme elles étaient, et non comme elle craignait qu'elles soient. « Attends », dit-il ensuite. Il ramassa à terre un coupon d'étoffe d'un beau rose tyrien, dont il tailla une bande avec ses grands ciseaux. Il l'enroula ensuite entre ses doigts jusqu'à lui donner la forme approximative d'un anneau, puis il regarda Lorenza dans les yeux et le lui enfila délicatement à l'annulaire.

– Tu me crois, maintenant ? lui dit-il.

Lorenza eut un faible sourire et hocha la tête.

Ce fut ainsi que, quatre ans après la mort de son ami, Daniele se débarrassa enfin de son sentiment de culpabilité et s'autorisa à embrasser la fille dont il était amoureux.

Anna s'observa dans le miroir, satisfaite, en chantonnant *La Barchetta*, de Nilla Pizzi, qui passait à ce moment à la radio.

« *Guarda lassu' in alto mare c'è una barchetta piccina, ad ogni ondata s'inchina quasi dovesse affondar…* »

« Regarde au loin sur la mer ce petit bateau, qui s'incline sous les vagues comme s'il allait sombrer… »

Oui, son pantalon lui allait à merveille. Elle devait reconnaître que cette Carmela avait vraiment fait un excellent travail ; elle lui en commanderait d'autres, tous de couleur différente. Elle attacha le dernier bouton de son corsage noir à manches courtes, et sortit de son coffret en bois marqueté le collier de perles de sa mère. Elle en fit deux tours et le passa à son cou.

« *La barchetta in mezzo al mare deve andare assai lontan, ma per farla navigare ci pensa il capitan…* »

« Le petit bateau sur la mer part pour un long voyage,

mais le capitaine tient bon la barre... », entonna-t-elle un peu plus fort en faisant une pirouette.

Roberto apparut sur le seuil et s'adossa au chambranle, regardant sa mère d'un air surpris.

– *Comme tu es belle, maman** ! s'exclama-t-il. Et ce pantalon ?

Elle se retourna avec un grand sourire et mit ses mains sur ses hanches dans une pose de star de cinéma.

Roberto se mit à rire.

Au même moment, dans la ferme de Contrada La Pietra, don Giulio empoignait les ciseaux et le pantalon de Giovanna, tandis que, recroquevillée sur le lit, le visage dans les mains, elle était secouée de sanglots. Cesare, assis devant elle, la regardait en gémissant.

– Les pantalons sont pour les femmes de mauvaise vie, déclara don Giulio, impassible.

Et il se mit à le taillader en lanières.

16

Juillet 1947

– Les clés, tu les as ? demanda Carmela en s'arrêtant devant son mari.

– Les clés de quoi ? dit Nicola, enfoncé dans le fauteuil du séjour.

– De la maison de ta mère.

– Oui, murmura-t-il. Daniele me les a remises. Pourquoi ?

– Donne-les-moi, lui ordonna-t-elle en allongeant la main. Il faut aller nettoyer un peu et aérer. Elle est fermée depuis plus de deux mois.

– Je m'en suis occupé. J'y vais de temps en temps. J'ouvre les fenêtres. Je passe un coup de balai.

Carmela croisa les bras.

– Toi ? Je ne t'ai jamais vu prendre un balai en main de toute ta vie. Allez, donne-moi les clés.

Elle avança de nouveau la main, paume ouverte.

– Vraiment, ce n'est pas nécessaire, répliqua Nicola. Je m'en occupe. C'est la maison de ma mère, non ?

– En réalité, c'est la maison de Daniele, maintenant. Et ce qui est à mon fils est à moi. Alors, tu me les donnes, ces clés, ou je dois te les prendre de force ?

Nicola poussa un long soupir. Puis, s'appuyant sur les accoudoirs, il se leva avec effort, le visage rouge. Il venait d'avoir soixante-deux ans, mais il en paraissait vingt de plus, pensa Carmela. Toute cette graisse, qui la dégoûtait profondément, lui rendait maintenant difficiles les mouvements les plus simples. De plus, il ronflait si fort la nuit qu'elle l'avait envoyé dormir dans l'ancienne chambre de Daniele.

Nicola se dirigea vers le portemanteau de l'entrée, fouilla dans la poche de sa veste et finit par dire : « Les voici », en sortant un petit trousseau de deux clés.

– La petite est pour le portail, et celle-ci pour la porte d'entrée, lui expliqua-t-il d'une voix atone.

– Merci, dit-elle en les lui arrachant des mains. C'était si difficile que ça ? (Puis elle décrocha son sac du portemanteau et déclara :) J'y vais.

Une fois arrivée à la maison, elle déverrouilla la petite grille et traversa le minuscule jardin. Elle avança parmi l'herbe folle qui lui arrivait au genou – elle devrait envoyer quelqu'un pour la tondre, songea-t-elle –, fit tourner la clé dans la serrure et ouvrit la porte. À l'intérieur, il faisait sombre et l'odeur d'humidité était suffocante. Carmela laissa la porte d'entrée ouverte et poussa les volets de la fenêtre qui donnait sur le jardin. À la lumière du jour, elle vit les draps blancs qui recouvraient le mobilier, une tasse au fond noirci sur l'évier de la cuisine et la cafetière restée sur le petit fourneau ; contre le mur, un balai et une pelle remplie de moutons de poussière. « Ah, oui, il a balayé, pensa-t-elle. Mais il n'a même pas vidé la pelle… » Elle secoua la tête et vit dans un coin les chaussures en cuir noir que portait Daniele les jours de fête. Elle posa son sac sur l'évier, releva ses manches et, dans un nuage de poussière, souleva le premier drap, révélant un divan à deux places et une petite table basse. Elle le roula en boule et alla le secouer dans le jardin, avant de le disposer à nouveau sur le divan.

Avec prudence, elle souleva le second drap, qui recouvrait quelque chose au milieu de la pièce.

Ce qu'elle vit la laissa sans souffle : une machine à coudre posée sur une table de travail.

Laissant tomber le drap à terre, Carmela s'approcha : à côté de la machine, un grand panier contenait des coupons de tissu, des fils colorés, des dés à coudre, un coussin porte-aiguilles et un autre pour les épingles, deux mètres de couturière enroulés avec soin et un mètre en bois.

Déconcertée, elle s'assit et sortit ces objets un à un, les retournant dans ses mains comme les indices d'une chasse au trésor. « Voilà pourquoi Nicola ne voulait pas me donner les clés. Il savait tout, le misérable ! »

Elle bondit soudain sur ses pieds et se dirigea vers la chambre à coucher. Elle ouvrit d'abord les volets, puis les portes de l'armoire. Sur la gauche, elle reconnut les vêtements de Daniele, son complet du dimanche, ses chemises, ses pantalons, ses vestes ; la partie droite en revanche abritait des rouleaux d'étoffe empilés et, suspendues à des cintres, des robes.

Carmela en sortit une et l'étudia longuement : c'était une robe en laine rouge qui arrivait au genou, ornée d'un petit col en fourrure fermé par une broche ronde. Elle la posa sur le lit et en prit une autre : un modèle printanier à carreaux noirs et blancs, avec une ceinture à la taille et des boutons sur le corsage.

Elle les sortit toutes l'une après l'autre, même celles qui n'étaient pas encore terminées et dont les manches étaient fixées par des épingles. Au fond de l'armoire, elle découvrit ensuite une boîte en métal à l'aspect familier : c'était celle que Daniele gardait dans sa chambre étant enfant et qu'elle n'avait jamais réussi à ouvrir, car elle était fermée à clé. Elle la prit et essaya d'ouvrir le couvercle, qui cette fois se souleva, révélant une pile de cahiers à couverture noire, les mêmes dont elle se servait pour ses croquis.

Elle s'assit sur le lit parmi les vêtements amoncelés et se mit à feuilleter les cahiers, ouvrant de grands yeux à chaque page : les dessins de Daniele étaient étonnamment beaux. Plus beaux que ceux qu'elle faisait elle-même, pensa-t-elle avec une pointe de ressentiment : des robes de soirée, d'élégants habits de cérémonie, des vêtements de ville aux couleurs vives… Sans parler de certains modèles que Carmela n'avait jamais vus, pas même dans des revues de mode. Elle se sentit dupée d'avoir été tenue dans l'ignorance par son fils comme par son mari, et irritée aussi, parce que Daniele ne l'avait pas écoutée. Il n'en avait fait qu'à sa tête. Pendant tout ce temps, il s'était moqué d'elle, lui faisant croire qu'il s'était ôté de la tête l'idée absurde de dessiner et de coudre des vêtements, comme une femme. « Il ment vraiment très bien, pensa-t-elle, furieuse. Il est vrai que le sang, lui, ne ment pas… Et c'est celui des Greco qui coule dans ses veines… »

Elle suspendit les robes dans l'armoire, dont elle referma les portes. Puis elle remit les cahiers dans la boîte et la glissa dans son sac.

– Cette chaleur me tue, se lamentait Elena en s'éventant avec un paquet de feuilles. C'est un vrai four, ici.

– Tu veux que j'aille te chercher un peu d'eau ? demanda Lorenza.

– Oui, s'il te plaît, répondit Elena d'un air accablé.

Dès que Lorenza sortit de la pièce, Tommaso leva la tête de son bureau.

– Tu as besoin de quelque chose ? lui demanda-t-il avec un sourire.

– Je viens chercher un peu d'eau pour Elena, répondit-elle en se dirigeant vers l'étagère où était posée la bouteille en verre à côté des verres empilés.

Mais la bouteille était presque vide.

– Je vais à la fontaine, dit-elle alors en se retournant vers Tommaso. Je reviens tout de suite.

– Prends tout ton temps.

Lorenza sentit la fournaise l'assaillir dès qu'elle eut franchi le seuil. Elle alla droit à la petite fontaine de la piazza Castello et, pendant que l'eau fraîche coulait dans sa bouteille, elle lança un regard distrait autour d'elle.

Et soudain, elle les vit devant le café : son père et sa tante Anna, qui venait de sortir du bureau de poste. Il lui tendit un livre et elle lâcha d'une main le guidon de sa bicyclette pour le prendre ; elle regarda la couverture et releva les yeux sur Antonio, qui lui dit quelque chose en souriant, la tête un peu inclinée, comme aimanté. Après un bref échange, elle mit le livre dans sa sacoche, monta en selle et s'éloigna en pédalant lentement. Les mains dans les poches de son pantalon, il resta à la fixer jusqu'à ce qu'elle ait tourné à l'angle d'une rue.

– Tu as l'intention de boire à toi toute seule toute l'eau du village ? l'apostropha une femme qui passait par là.

Lorenza baissa les yeux sur la fontaine et vit que sa bouteille débordait depuis Dieu sait combien de temps.

– Désolée, dit-elle en se hâtant de fermer le robinet.

La femme secoua la tête et poursuivit sa route en marmonnant.

– Tout va bien ? On ne te voyait plus revenir…, lui dit Tommaso en la voyant rentrer.

Lorenza alla reposer la bouteille sur l'étagère.

– Bien sûr que ça va, dit-elle d'un ton brusque tout en remplissant un verre.

– Enfin ! J'étais en train de me liquéfier sur place, soupira Elena en le lui prenant des mains.

Lorenza se rassit à son poste et au cours des deux heures suivantes elle garda un silence aussi pesant que la canicule qui régnait ce jour-là. Elle ne cessait de repenser à l'expression de tendresse qu'elle avait vue sur le visage de son père pendant qu'il parlait à sa tante Anna. Jamais elle ne l'avait vu sourire ainsi à sa mère… ni même à elle, sans doute. Elle chercha à se distraire en pensant à Daniele, mais finit par se sentir encore plus seule. Depuis son départ, il ne lui avait écrit qu'une seule fois, lui racontant dans les moindres détails un tas de choses qu'elle peinait pourtant à se représenter. Comment étaient vraiment ces gratte-ciel qui illuminaient les nuits de la grande métropole ? Quel effet ça faisait de marcher sur ce pont long de deux kilomètres suspendu au-dessus de l'eau ? Et est-ce qu'on pouvait vraiment pénétrer dans cette grande statue de femme qui tenait une torche ? À la fin de sa lettre, Daniele lui disait qu'un jour ils seraient ensemble à New York et qu'elle aussi verrait toutes les choses extraordinaires qu'il y avait de l'autre côté de l'océan.

En réalité, cette lettre si débordante d'enthousiasme l'avait blessée et irritée. Elle aurait préféré voir Daniele submergé par la nostalgie qu'il avait d'elle, mélancolique et déçu de ce monde si différent et si lointain.

– Qu'est-ce que tu as ? Tu es bien taciturne aujourd'hui, lui dit Elena.

– Rien, répliqua Lorenza d'un ton indolent.

– Tu penses à ton amoureux ? insista Elena avec un sourire en coin.

Lorenza ne répondit pas. Elle se leva brusquement et s'approcha du bureau de Tommaso.

– On va prendre un café ? lui demanda-t-elle.
Il la regarda, surpris. Puis il eut un large sourire.
– Avec grand plaisir. Mais c'est moi qui t'invite.

Anna s'arrêta, posa un pied à terre et sortit son mouchoir pour essuyer son front et son cou trempés de sueur. La chaleur de cette matinée était énervante. Elle avait hâte de rentrer chez elle, de se passer la tête sous le robinet d'eau froide et de se consacrer un peu à la lecture. Ce matin, Antonio lui avait prêté son exemplaire d'un roman intitulé *Tempo di uccidere*, écrit par un certain Ennio Flaiano, un auteur dont Anna n'avait jamais entendu parler. Il venait de remporter un prix littéraire important, lui avait-il expliqué.

– Je tiens à ce que tu le lises, avait-il ajouté. J'ai souligné certaines phrases... Si tu veux, souligne toi aussi celles qui te frappent et on en parlera ensemble.

Enfin, elle remit son dernier courrier de la matinée : la facture d'électricité d'une vieille dame qui était sourde d'une oreille et à qui Anna dut lire au moins trois fois chaque ligne – consommation, droit de timbre, location du compteur, taxes gouvernementales – avant qu'elle soit convaincue qu'il n'y avait pas d'erreur. Elle referma sa sacoche vide et jeta un coup d'œil à sa montre : oui, elle avait le temps de faire un saut à Contrada La Pietra. Et tant pis si elle devait affronter la chaleur : il lui fallait profiter des heures où don Giulio était occupé à sa paroisse. Cela faisait plus de quinze jours qu'elle n'avait pas vu Giovanna. Elle se trompait peut-être, mais il lui semblait que depuis un moment son amie l'évitait : elle ne venait plus aussi souvent la rejoindre au village, et il était fréquent qu'Anna ne la trouve même pas chez elle. Lors des rares occasions où elles s'étaient vues, Giovanna lui avait paru gênée, comme si elle avait hâte de s'en aller. La dernière fois qu'Anna était allée frapper à la ferme de Contrada, c'était Giulio qui lui avait ouvert la porte, à sa grande stupéfaction : elle ne s'attendait pas à le trouver là au beau milieu de l'après-midi.

– Giovanna se repose, lui avait-il dit, le visage de marbre, sans même la faire entrer.

– À cette heure-ci ? avait répondu Anna en levant un sourcil.

– Elle avait mal à la tête.

– Très bien. Alors je reviendrai demain.

– Ne te dérange pas pour revenir *nous voir*, avait-il répliqué, les yeux fixés sur le pantalon d'Anna. Si elle en a envie, elle te fera signe.

Et il lui avait fermé la porte au nez.

Quand Anna ouvrit la petite barrière, elle siffla pour appeler Cesare, mais le chien resta invisible. Elle avança et frappa à la porte.

– Giovanna, tu es là ? C'est moi.

Il fallut une bonne minute avant que Giovanna se décide à ouvrir.

– Enfin, s'exclama Anna, agacée. Contente de voir que tu es toujours vivante.

– Oui, moi je le suis, dit son amie dans un chuchotement en entrant dans la maison.

Anna la suivit et posa sa sacoche sur la table.

– Qu'est-ce que tu veux dire ?

– Cesare.

– Et c'est arrivé quand ?

– Il y a quinze jours…

Anna mit une main sur sa hanche et la regarda, contrariée.

– Et c'est seulement maintenant que tu me le dis ?

– Excuse-moi, je n'y ai pas pensé. Je te fais un café ?

– Oublie le café. Tu vas me dire ce que tu as ? Tu disparais, tu ne me dis pas que Cesare est mort…

– Je n'ai pas disparu. Je suis là…, dit Giovanna en baissant le nez.

– Regarde-moi dans les yeux, lui ordonna Anna. (Giovanna releva lentement la tête.) Je te repose la question : tu vas me dire ce que tu as ? Je t'ai fait quelque chose ?

– Non…

Anna tira une chaise et s'assit.

– Je ne te crois pas. Je sais qu'il y a quelque chose, insista-t-elle.

Giovanna se tordit les mains, puis alla à l'évier se servir de l'eau dans un verre ébréché.

– Pourquoi essaies-tu de m'éloigner de Giulio ? demanda-t-elle brusquement.

Anna la regarda, interdite.

– Moi ? Mais de quoi tu parles ?

– C'est toi qui as dit ces choses, sur le corps… qui n'est pas à lui… Tu l'as même accusé de me faire du mal.

– Je n'ai accusé personne. Je t'ai seulement posé une question. Et sur le fait que ton corps ne soit pas à lui, eh bien, je te le confirme ! Je ne comprends pas : qu'est-ce qui cloche ?

– J'en ai parlé avec Giulio. Lui m'a expliqué que les choses ne sont pas comme tu dis. Que tu ne peux pas comprendre ce qu'il y a entre nous, et que tu dis tout ça parce que tu veux l'éloigner de moi. Pourquoi ? Tu ne veux pas que je sois heureuse ?

– Mais pourquoi tu lui en as parlé ? Tu n'aurais pas dû.

– Il ne veut pas de secrets entre nous.

Anna ferma les yeux et se massa le front, comme s'il lui était venu un soudain mal de tête.

– Et puis, il s'est mis en colère pour le pantalon, continua Giovanna.

Anna rouvrit les yeux.

– Qu'est-ce que le pantalon vient faire là-dedans ?

– Il a dit que c'était une idée à toi, dit Giovanna en serrant son verre dans sa main. Que moi, ça ne me serait jamais passé par l'esprit.

– Et c'est pour ça que je ne t'ai jamais vue le porter ? C'est lui qui ne veut pas ?

– Il l'a découpé en lanières avec des ciseaux...

– Et tu l'as laissé faire ?

Giovanna haussa les épaules. Elle but sa dernière gorgée d'eau et posa le verre sur la table.

– Je n'y crois pas..., murmura Anna.

– Mais c'est vrai ! s'exclama Giovanna sur un ton agressif qu'elle n'avait jamais eu jusqu'alors. C'est vrai que c'était une idée à toi. C'est toi qui m'as emmenée chez la couturière. Moi, je ne voulais pas.

– Mais qu'est-ce que tu dis ? Tu sais bien que ce n'est pas vrai. Tu étais tellement contente...

– Au bout du compte, tu m'obliges toujours à faire ce que tu fais.

Giovanna avait presque crié.

Anna la fixa, déconcertée.

– J'ai compris, dit-elle ensuite à voix basse.

Elle reprit sa sacoche et se dirigea vers la porte. Elle savait que son amie ne l'arrêterait pas, qu'elle allait la laisser partir sans faire un geste. Ce n'était pas sa Giovanna. Elle se sentit profondément troublée du pouvoir que Giulio exerçait sur elle, de la façon dont il réussissait à tordre la réalité, de sa redoutable capacité à lui fourrer dans la tête des mots et des pensées qui n'étaient pas les siens : « Il m'a expliqué que... », « Il a dit que... ».

– Je suis désolée, pour Cesare, dit-elle juste avant de refermer la porte derrière elle.

Elle fit la route de retour avec un nœud dans la gorge et une insupportable tristesse dans le cœur.

À la fin de cette semaine de chaleur infernale, les Greco décidèrent de passer le dimanche à la mer. Ils empilèrent les vivres, les boissons, les costumes de bain, les vêtements de rechange, les livres, les revues, les tapis de plage et les sièges pliants dans les deux voitures et prirent la route tôt le matin. Ils emmenaient également Tommaso.

– Vous en avez de la chance, j'aimerais bien pouvoir aller me baigner moi aussi, avait-il commenté quand il avait entendu la tante et la nièce parler de leur expédition en disant qu'elles avaient hâte d'être à dimanche.

Lorenza s'était retournée et lui avait dit avec un haussement d'épaules :

– Pourquoi tu ne viens pas avec nous ? Ça nous ferait plaisir. Pas vrai, tatie ? avait-elle ajouté en consultant Anna du regard.

– Bien sûr, avait répondu celle-ci avec une pointe d'hésitation, en lançant un regard interrogateur à sa nièce.

Mais Lorenza l'avait ignorée et, tournée vers Tommaso, avait ajouté :

– Bon, alors on t'attend à huit heures devant chez moi. Tu sais où c'est, non ?

– Tu vas arriver à me suivre ? plaisanta Carlo, assis au volant, les lunettes de soleil sur le nez et le cigare entre les dents.

À côté de lui, Anna se mit à rire. Roberto, qui avait toujours détesté se lever tôt, était affalé sur la banquette arrière, l'air grognon et les yeux fermés.

Antonio avança la Fiat 508 à la hauteur de la vitre de Carlo et répondit :

– Si je n'oublie pas de passer la seconde, ça peut se faire.

Carlo s'esclaffa, imité par Agata. À l'arrière, Lorenza et Tommaso se regardèrent et échangèrent un sourire.

Il était tôt et la plage de San Foca n'était pas encore bondée. Ils installèrent leurs serviettes au ras des vagues et ouvrirent les pliants en bois, dont ils enfoncèrent les pieds dans le sable. Agata, Anna et Lorenza allèrent se changer dans les cabines.

– À trois, tout le monde à l'eau ! s'exclama Carlo, qui avait rapidement ôté sa chemise et son pantalon.

– Papa, j'ai sommeil, grogna Roberto, étendu sur le sable, les bras sur les yeux.

– Je vais attendre encore un peu, murmura Anna, appuyée sur ses coudes.

Carlo mit les mains sur ses hanches et les considéra en levant un sourcil.

– Ah, vraiment ? dit-il.

Soudain, il souleva Anna dans ses bras et courut vers la mer, tandis qu'elle se débattait en riant et en le suppliant de la lâcher. Pour finir, il la lança dans l'eau. Elle reparut au bout de quelques instants, toussant et riant à la fois.

– Et à présent, au tour de ton fils, dit Carlo en se dirigeant vers Roberto. Mais celui-ci se leva d'un bond et se mit à courir.

– Attends un peu que je t'attrape ! lui cria son père.

– Laisse-le donc tranquille, le pauvre, intervint Agata en riant.

Mais Carlo réussit à attraper son fils par les hanches ; il le souleva et le balança dans l'eau au milieu des rires.

– Sympathique, ton oncle, commenta Tommaso, assis sur une chaise longue à côté de Lorenza, le bras appuyé sur son genou.

– Oui, il a toujours été boute-en-train.

– Et toi, tu ne vas pas te baigner ?

– Dans un petit moment, répondit Lorenza en tirant de son sac un exemplaire de *Bolero*.

– Eh bien moi, je crois que je vais y aller maintenant, déclara Tommaso en se levant.

Il déboutonna sa chemise à manches courtes, ôta son pantalon et son canotier et se retrouva dans un caleçon bleu marine qui lui arrivait à mi-cuisse.

Lorenza le regarda par-dessus sa revue et ne put masquer sa stupeur : Tommaso avait des épaules larges et solides, des bras aux muscles bien dessinés, un corps sec et bien galbé. Il surprit son regard sur lui et esquissa un sourire timide. Lorenza rougit et dissimula son visage entre les pages du magazine.

Antonio se dirigea vers la mer et s'arrêta tout au bord, les bras croisés et les pieds dans l'eau jusqu'aux chevilles. Roberto sortit des vagues et se dirigea vers son oncle.

– Elle est glacée, dit-il en grelottant.

– Va t'étendre au soleil, répondit Antonio en lui donnant une tape dans le dos.

À cet instant, Carlo plongea et se mit à nager à grandes brasses.

– Je me demande parfois où il trouve toute cette énergie.

En se retournant, Antonio découvrit Anna à côté de lui. Il ne put s'empêcher de penser que ce jour-là, le vert de ses yeux était plus lumineux, comme si ses iris avaient absorbé toutes les nuances de la mer.

– Et dire qu'étant enfant, il avait peur de l'eau, soupira-t-il. Il m'en a fallu, du temps, pour la lui faire passer. Et regarde-le maintenant, une vraie petite sirène.

– Je suis inquiète pour Giovanna, dit Anna à brûle-pourpoint.

Antonio sursauta et la fixa, soudain très sérieux.

– Pourquoi ?

Elle lui parla de leur rencontre quelques jours plus tôt, des mots durs qu'avait eus Giovanna, de la façon dont Giulio s'était emparé de sa tête et de son corps, du pantalon tailladé à coups de ciseaux, et du fait qu'elle était sortie de là troublée et déprimée.

– C'est un homme dangereux… Je voudrais tellement qu'il s'en aille, conclut-elle.

Antonio serra les lèvres.

– Ce n'est pas si simple… Elle est amoureuse de lui, non ?

Anna secoua la tête.

– Non, elle n'est pas amoureuse. Elle est subjuguée, c'est différent. Pourquoi n'ai-je pas compris plus tôt quel genre d'homme il est ? Dire que je l'ai même encouragée…

Elle donna un coup de talon, soulevant un nuage de sable.

– Ce n'est pas ta faute, dit Antonio. Comment tu aurais pu l'imaginer ?

– J'aurais pu…, répondit-elle dans un souffle.

– Je ne vois pas de quelle façon.

– J'aurais dû le comprendre dès ses premières lettres… Tout était déjà écrit entre les lignes…

Antonio eut un petit sourire.

– C'est souvent comme ça, non ? L'important est écrit entre les lignes. Mais tout le monde n'est pas capable de le voir. Ou peut-être que les gens préfèrent l'ignorer…

Anna baissa les yeux et du pied traça un cercle sur le sable. Puis elle releva la tête vers Antonio.

– *On ne sait comment*, dit-elle.

Antonio la fixa, désorienté.

– La pièce de Pirandello dont tu parlais dans ta lettre. Je l'ai lue, à l'époque.

– Tu ne me l'avais jamais dit…, souffla-t-il d'une voix mal assurée.

Elle haussa les épaules.

– Ça aussi, c'était un message entre les lignes…

L'expression de son visage se fit intense. Antonio lui rendit son regard mais n'eut pas l'occasion de répondre : Carlo arrivait vers eux.

– L'eau est vraiment bonne, dit-il à Antonio en rejetant ses cheveux en arrière. Allez, vas-y, grand frère, l'encouragea-t-il en l'aspergeant.

– J'y vais, j'y vais, répondit Antonio en se protégeant des gouttes avec la main.

Il fit quelques pas et, après avoir pris un peu d'élan, se jeta dans la mer.

– Et maintenant, tu me le donnes, ce baiser ? dit Carlo en avançant les lèvres de façon bouffonne.

– Non, rétorqua Anna en souriant. Ça t'apprendra à me jeter à l'eau sans prévenir.

Ils rejoignirent les autres et Anna s'étendit sur sa serviette.

– Comment est l'eau ? demanda Agata, occupée à peler une pêche avec un couteau.

– Froide, répondit Anna, et elle ferma les yeux.

Carlo s'assit à côté de Lorenza en se frictionnant avec une serviette.

– Eh, tonton, tu es tout mouillé, protesta-t-elle.

Il eut un petit rire.

– J'ai l'impression que ça ne ferait pas de mal au héros de… (Il se pencha sur le magazine.)… de « Lumière dans les ténèbres » de piquer une tête, triste comme il est… Et Tommaso, il est où ? demanda-t-il ensuite en donnant un coup de coude à sa nièce.

– Il est parti nager là-bas, répondit Lorenza en indiquant la mer d'un signe de tête.

– Il est raide amoureux, hein ?

– Mais de qui tu parles ? s'exclama-t-elle en rougissant.

– C'est toi qui me poses cette question ? De ton beau directeur, bien sûr.

– Bah, il est comme ça, gentil avec tout le monde.

– Mais oui, bien sûr, sourit Carlo.

– Et même si c'était vrai, ça ne m'intéresse pas, ajouta Lorenza d'un ton plus sérieux.

– Et pourquoi donc ? C'est un homme solide, respectable. Qui a bon caractère. Et qui n'est même pas laid.

– J'attends quelqu'un d'autre, tu le sais bien, coupa-t-elle.

Carlo ne put retenir une grimace.

– Daniele ?

– Oui.

Il se leva et entreprit de retirer le sable de ses mollets.

– Il t'a écrit ? demanda-t-il sur un ton qu'il voulait désinvolte.

– Seulement une fois. Et à toi ?

Carlo hésita, puis résolut de mentir.

– Oui, oui.

– Ah ? dit Lorenza, l'air surpris. Et qu'est-ce qu'il dit ? Il va bien ?

– Très bien. Il travaille dur et profite de la ville. Il a fait la connaissance d'un tas de gens nouveaux.

Lorenza se mordilla la lèvre.

– Il a demandé de mes nouvelles ?

– À dire vrai, non, répondit Carlo en feignant la contrariété.

Il scruta le visage de sa nièce, espérant y voir au moins une trace de déception.

– Peu importe, dit-elle, avant de replonger dans les pages de *Bolero*.

– Mais où il va ? s'exclama Agata.

Antonio avait pris le large et n'était plus désormais qu'une tache minuscule dans l'eau transparente.

Tout en continuant à fixer la mer, elle se mit peler une autre pêche.

– Après, il aura les mains et les pieds tout crevassés, marmonna-t-elle.

Anna, qui était allongée à côté d'elle, un bras sur le visage pour se protéger du soleil, se tourna de son côté.

– Oh, tu t'étais endormie ? dit Agata.

– Oui, répondit Anna dans un bâillement. (Elle s'assit et se frotta la figure.) Qu'est-ce que tu disais ?

– Rien, rien.

Anna fouilla dans son sac, en sortit un livre et le posa sur sa serviette. Puis elle continua son exploration.

– Va savoir où s'est fourré ce crayon, dit-elle, le nez plongé dans son sac.

Agata jeta un regard à la couverture.

– Ennio Flaiano... *Tempo di uccidere*, murmura-t-elle.

Il lui fallut quelques secondes avant de le reconnaître. C'était le même livre qu'elle avait vu dans le bureau d'Antonio la semaine précédente, quand elle était allée y faire la poussière. Oui, c'était bien celui-là, avec une petite tache de café au coin de la couverture.

Avec un geste d'agacement, Agata jeta le noyau de sa pêche.

Un autre souvenir lui revint, puissant et douloureux : quand elle attendait Lorenza, elle avait dû rester au lit, sur l'ordre du médecin, les derniers mois de sa grossesse. Antonio alors s'allongeait à côté d'elle et, pour lui faire passer le temps, lui lisait un roman. Mais elle avait fini par lui avouer qu'elle n'en pouvait plus, de toutes ces histoires inventées, de ces personnages qui n'avaient jamais existé. Qu'il lui raconte plutôt des histoires sur des gens qu'elle connaissait dans la réalité. Que se passait-il dans le village ? « Alors, comment ça s'est terminé, l'histoire avec Nando ? Sa femme a fini par le reprendre à la maison ? » « Micheline se marie, ou pas, finalement ? » « Et le fils de Cosima, il a trouvé du travail ou il traîne toujours à la maison ? »

Antonio l'avait regardée en secouant la tête. Non, il ne savait rien de la vie du village. « Qu'est-ce que ça peut te faire, les histoires de Nando ou de Cosima ? s'était-il exclamé. Ces histoires sont bien plus belles, bien plus captivantes… Elles te font comprendre des tas de choses, elles te font réfléchir… »

Sans répondre, Agata s'était tournée sur le côté et avait fermé les yeux.

Depuis lors, il n'avait plus tenté de lui faire la lecture. « Et je ne le lui ai jamais demandé », se dit-elle avec une pointe d'amertume. Elle se rappela qu'Anna aussi s'était mise à lui lire un roman quand elle était si mal après avoir perdu l'enfant. Pourtant, cette fois non plus cela n'avait servi à rien. « Ils se remplissent la tête de mots, et ils ne savent pas trouver ceux qu'il faudrait pour consoler les gens », pensa-t-elle.

– Même à la mer, vous les emportez, bande de casse-pieds, dit-elle à voix haute d'un ton âpre.

Elle avala son dernier morceau de pêche et s'allongea avec un soupir.

Anna leva la tête de son livre et la regarda d'un air confus.

– Excuse-moi, tu me parlais ?

Agata ferma les yeux sans répondre.

17

Novembre-décembre 1947

– Tu as vu, maman ? Elizabeth et Philip…

– Qui ça ? demanda Agata avec une grimace.

– La princesse d'Angleterre, maman ! Elle se marie.

Assise à la table de la cuisine, Lorenza, en chemise de nuit, prenait son petit déjeuner le nez dans l'article d'*Oggi* décrivant le mariage d'Elizabeth de Windsor avec Philip, duc d'Édimbourg. L'air ravi, elle fit courir son doigt sur les photographies : la foule qui acclamait les nouveaux mariés à leur sortie de Westminster, le salut au balcon du palais de Buckingham, la robe en soie ivoire brodée de perles avec une traîne de quatre mètres de long…

Agata s'approcha de la table, son torchon à la main, et se pencha pour jeter un coup d'œil.

– C'est elle, la princesse ? demanda-t-elle en fronçant le nez.

– Pour mon mariage, je veux une traîne aussi longue que celle-là, dit Lorenza d'un air rêveur.

– Parce que tu es une princesse, toi ? ricana Agata en prenant sa tasse vide. Va donc t'habiller, tiens, avant d'être en retard au travail.

Elle posa la tasse dans l'évier avec le reste de la vaisselle du petit déjeuner et secoua la tête.

– Quel rapport ? Je veux une robe dont tout le monde se souvienne.

– Attends d'abord qu'il te demande, il sera bien temps après de penser à la robe.

– Dès qu'il reviendra, maman. Il me l'a promis.

Agata fit tourner sa main en l'air pour dire que ce n'étaient que de vaines promesses.

– Ça veut dire quoi ? Que tu n'y crois pas ? s'indigna Lorenza.

– Les promesses des *masculi* sont comme la tramontane. Elles durent trois jours, dit Agata en levant trois doigts.

– Pas celles de Daniele, se défendit Lorenza.

– Ah vraiment ? (Agata jeta le torchon sur son épaule et s'adossa à l'évier.) Et pourquoi il ne revient pas ? Dieu sait qui il a rencontré en Amérique. Celui-là, il faut l'oublier, crois-moi. Parce que pour l'instant, tu es encore en âge de te marier, mais bientôt ce sera fini. Les hommes commenceront à regarder celles qui seront plus jeunes et plus fraîches que toi, et personne ne voudra plus t'épouser.

Lorenza sentit les battements de son cœur s'accélérer, et en un éclair, elle fut inondée d'une rage qui semblait venir de très loin.

– C'est de toi que plus personne ne veut, siffla-t-elle en repoussant sa chaise en arrière. Pas même papa, ajouta-t-elle dans un souffle avant de quitter la pièce.

Comme si elle avait reçu une gifle en plein visage, Agata éprouva un vertige ; elle tira une chaise et s'y assit pesamment. Il lui semblait qu'un énorme essaim de mouches s'était mis à bourdonner devant ses yeux, obscurcissant sa vue. Elle s'obligea à prendre une grande inspiration, puis une deuxième, puis une troisième.

« Antonio… », murmura-t-elle, mais sa voix s'éteignit dans sa gorge. À cet instant, elle avait totalement oublié que son mari n'était pas à la maison : une demi-heure plus tôt, Antonio avait bu son café et, avant de sortir, avait pris congé d'elle avec un baiser sur la joue, comme d'habitude. C'était le seul baiser de la journée, le seul contact physique qu'il lui concédait désormais, et qu'elle attendait ponctuellement chaque matin. À peine réveillée, elle allait dans la salle de bains se laver le visage au Palmolive, puis elle descendait préparer le café et dresser la table. Quand Antonio s'approcherait de sa joue, il la trouverait douce et parfumée et se dirait qu'au bout de tant d'années, l'odeur de la peau de sa femme était toujours aussi agréable.

Agata chercha à se lever en s'appuyant au dossier de sa chaise, mais le vertige l'obligea à se rasseoir. Elle entendit Lorenza descendre l'escalier et ouvrir la porte d'entrée. Elle tendit l'oreille quelques secondes. Mais ce matin-là, le « au revoir » de sa fille ne vint pas.

Lorenza se mit en route le cœur gonflé de colère, et pourtant serré de culpabilité. Elle n'ignorait pas que les mots qu'elle avait jetés à sa mère étaient comme des poignards qui l'avaient profondément blessée. Elle fut tentée de faire demi-tour pour lui demander pardon, mais le ressentiment pour sa propre blessure l'emporta et la poussa à poursuivre sa route.

Certes, pensa-t-elle en atteignant la maison de sa tante, Daniele n'était pas encore rentré, mais pendant tous ces mois, après un silence qu'il avait imputé au travail, il lui avait écrit de nombreuses lettres. Il lui parlait des amis qu'il s'était faits à Little Italy, de ses nouveaux clients, des affaires qu'il avait conclues et dont Carlo était extrêmement fier. Vendre le Donna Anna n'avait présenté aucune difficulté : un verre suffisait à conquérir des clients. Ce qu'il n'avait dit à personne d'autre qu'à elle, c'était qu'il se rendait trois soirs par semaine dans un atelier de couture installé dans un sous-sol de Mulberry Street : il était dirigé par une femme venue de Campanie, Maritza, une fille sympathique à la langue bien pendue qui fabriquait des vêtements d'homme pour une boutique de la Ve Avenue. Il lui avait même envoyé une photo de lui vêtu d'un élégant complet cintré aux épaules rembourrées, avec une pochette en soie, une cravate et un chapeau comme celui d'Humphrey Bogart dans *Casablanca*, lui avait-il expliqué. « La veste te plaît ? Je l'ai dessinée moi-même ! » Dès que les cours de l'atelier seraient terminés, en décembre, il rentrerait. Il lui avait aussi confié son intention d'arrêter de travailler pour la cave Greco : il était reconnaissant au signor Carlo, il le serait toujours, mais il était temps pour lui de réaliser ses rêves. Il ouvrirait son propre atelier à Lecce, où ils s'installeraient ensemble – si elle voulait encore de lui. « Je t'aime, petite Lorenza », disait-il à la fin de chaque lettre.

Il en écrivait, des mots, des torrents, sauf celui qui comptait vraiment, le mot « mariage ». Lorenza aurait voulu le comprendre, être heureuse de toutes les belles choses qui lui arrivaient ; mais en réalité, elle lui en voulait de n'avoir pas choisi de rester, de ne pas avoir renoncé à ce voyage pour demeurer auprès d'elle. Exactement comme son père, qui tant d'années auparavant était parti pour l'Afrique alors même qu'elle l'avait imploré de ne pas les quitter...

Dans quelques mois, ruminait-elle, elle aurait vingt-trois ans, et elle était la seule parmi toutes les filles qu'elle connaissait à n'être pas encore mariée. L'une d'elles attendait déjà son deuxième enfant. Et elle ? Qu'avait-elle de concret entre les mains ? Elle habitait encore chez ses parents, dans la même chambre où elle avait dormi enfant, dans les mêmes draps roses brodés. Quand aurait-elle enfin une maison toute à elle ?

Comme d'habitude, Anna l'attendait devant la porte de

chez elle, vêtue de sa veste d'uniforme et d'un pantalon : désormais, elle ne portait plus que cela, étant donné qu'elle s'en était fait faire au moins cinq, de couleurs et d'étoffes différentes.

– Quel visage sombre, dit-elle en la voyant arriver le front plissé. Qu'est-ce qui t'arrive ?

– J'ai eu une discussion avec ma mère.

Anna se mit à avancer en poussant sa bicyclette à côté d'elle.

– Tu veux m'en parler ?

Lorenza fut tentée de s'épancher, mais elle pensa à sa mère et éprouva de la peine pour elle. Toujours amère, toujours triste, toujours seule... Une solitude qui finalement était aussi la sienne. Non, elle ne voulait révéler à personne, et encore moins à sa tante Anna, le fardeau qui pesait sur elle.

– Pas pour l'instant, répondit-elle en évitant son regard.

Comme chaque matin, quand les deux femmes entrèrent dans le bureau de poste, le visage de Tommaso s'illumina. Il souhaita le bonjour à Lorenza avec un large sourire, puis la suivit des yeux tandis qu'elle ouvrait la porte du bureau du télégraphe. Il était impossible de ne pas le remarquer, mais jusque-là Lorenza avait choisi de ne pas y prêter attention. Ce jour-là en revanche, alors qu'elle s'asseyait à son bureau, elle réfléchit que Tommaso était par excellence « un homme à marier », comme le disait sa mère. Il n'était pas et ne serait jamais un héros de roman-photo, impulsif et irrésistible, en revanche on pouvait compter sur lui pour « une vie sans souci », une autre expression d'Agata qui signifiait qu'une femme devait être traitée avec respect dans sa maison et en dehors et mener une existence convenable grâce à la sécurité économique qu'offre le travail honnête et sûr de son mari.

Anna ne s'aperçut pas que Tommaso s'était approché d'elle, un journal à la main.

– Au cinéma, ils donnent *L'Onorevole Angelina*, lui dit-il.

– C'est avec Anna Magnani, c'est ça ? J'ai vu l'affiche, répondit Anna en feignant d'être affairée.

– Pourquoi on n'irait pas un de ces soirs ? Nous tous, je veux dire, proposa Tommaso, en lançant un coup d'œil autour de lui.

– Excellente idée, acquiesça Anna en mettant sa sacoche en bandoulière. On dit samedi ? ajouta-t-elle juste avant de sortir.

À l'exception de Carmine, qui avait décliné l'invitation avec un grognement, ils allèrent tous ensemble au cinéma ce soir-là, les employés du bureau de poste et la famille Greco au grand complet. La salle était comble et ils se mirent en quête de sièges libres : Carlo et Roberto avancèrent vers les premiers rangs, tandis qu'Elena indiquait à Agata des fauteuils libres de l'autre côté de la salle, et que Lorenza et Tommaso, restés en arrière, avançaient côte à côte sans se presser. Anna et Antonio entrèrent les derniers ; dès qu'ils furent dans la salle, Antonio croisa le regard de Melina, assise au fond à sa place habituelle. Elle jouait avec une boucle de ses cheveux et le salua d'un sourire amical.

– Tu la connais ? demanda Anna.

– Qui donc ? demanda Antonio en rougissant.

– Comment ça, qui donc ? La femme qui t'a souri, répondit Anna en la désignant d'un hochement de tête.

Mais déjà Melina regardait ailleurs.

– Tu t'es trompée, personne ne m'a souri, bafouilla Antonio.

– C'est possible..., répliqua Anna, peu convaincue.

Carlo leva la main et leur fit signe de le rejoindre. Elena de son côté agitait les bras pour indiquer à Tommaso et Lorenza qu'il restait deux sièges libres dans sa rangée. Quand ils l'eurent rejointe, Tommaso lui lança un regard et Elena comprit aussitôt ce message silencieux : elle se déplaça d'un siège pour qu'ils puissent s'asseoir côte à côte. Mais elle ne put retenir un petit sourire.

Pendant le film, Tommaso se montra très nerveux. Il s'agitait tellement dans son fauteuil que quelqu'un derrière lui grogna :

– Tiens-toi donc tranquille. Qu'est-ce qui t'arrive, la tarentule t'a piqué ?

– Qu'est-ce que tu as ? Tu es mal installé ? murmura Lorenza.

– Non, non, répondit-il en agitant la main. Tout va bien.

Quand les lumières se rallumèrent et que la salle commença à se vider, Elena passa son bras sous celui d'Agata et rejoignit les autres, s'arrangeant ainsi pour que le directeur et Lorenza remontent seuls vers la sortie.

– Alors, ça t'a plu ? demanda Tommaso.

– Beaucoup, répondit Lorenza. Tu sais, j'étais en train de me dire qu'elle est vraiment comme ma tante…, murmura-t-elle.

– Qui ça, elle ? Anna Magnani ?

– Je ne veux pas dire physiquement, expliqua Lorenza. Je parle du personnage. Ce sont des femmes spéciales, de vraies lutteuses… Elles n'ont jamais peur de rien, ajouta-t-elle d'un ton mélancolique.

Elle était certaine que si sa tante Anna avait été à la place d'Anna Magnani, elle aurait bataillé elle aussi pour que les pauvres aient un toit sur leur tête.

– Toi aussi tu es spéciale, dit Tommaso. (Lorenza secoua lentement la tête.) Je le pense vraiment, insista-t-il.

Elle eut un petit sourire.

– C'est gentil de me le dire.

– Je le pense depuis que tu es arrivée au bureau. C'est comme si tu avais amené la lumière dans ma vie… Excuse-moi, ajouta-t-il d'un air gêné, je ne suis pas très doué pour ce genre de choses. Ça fait si longtemps que…

Lorenza l'interrompit en posant un doigt sur ses lèvres.

– Je sais, murmura-t-elle en adoucissant un instant son regard avant de soulever le rideau rouge.

En novembre, pour son quarante-quatrième anniversaire, et le premier en tant que maire, Carlo donna une fête somptueuse avec musique, danse et cigares à volonté. Il engagea un petit orchestre de Lecce, royalement payé, composé d'un piano, d'un trombone, d'un saxophone et d'un violon. Cette année-là, les bouteilles de Donna Anna se revêtirent d'une nouvelle étiquette célébrant la dixième année de production. « Cuvée spéciale Donna Anna », pouvait-on y lire à côté du logo de la rose en bouton. Pour l'occasion, sa composition fut légèrement modifiée : le chef de cave qui remplaçait temporairement Daniele avait suggéré de diminuer le pourcentage de *negroamaro* et d'augmenter celui de malvoisie. Il en était résulté un vin d'une fraîcheur exceptionnelle, couleur cerise, enrichi de la senteur de pétales de rose. À cette occasion, Carlo en offrit des quantités à ses hôtes.

En circulant dans le salon bondé, Anna ne put s'empêcher de remarquer combien cette fête était différente des autres : autrefois, Carlo invitait les gens ordinaires de Lizzanello – des journaliers, des ouvriers et des commerçants du pays. Cette fois, il avait convié ses amis et ses soutiens du parti, dont certains venaient de Lecce, ainsi que les membres du conseil municipal, qui s'étaient présentés avec femmes et enfants à la remorque. Il y avait aussi le prêtre, don Luciano, venu transmettre les excuses de l'évêque, retenu par une obligation.

Plus qu'une fête, c'était une sorte de rite qui sanctionnait une nouvelle position sociale, pensa Anna.

Carlo évoluait dans la pièce en souriant, tout heureux, le cigare à la main, s'arrêtant pour parler à l'un ou à l'autre. De temps en temps, il cherchait Antonio des yeux dans la foule et, dès qu'il l'avait repéré, se mettait à l'appeler à grands cris. « Vous connaissez mon frère ? » disait-il ensuite en lui mettant une main sur l'épaule. Agata en revanche restait assise sur le divan, le dos courbé et les mains croisées sur ses genoux, à fixer le crépitement du feu dans la cheminée, relevant parfois les yeux sur Lorenza et Tommaso qui, assis côte à côte sur le divan, se parlaient à voix basse.

Tout à coup, Carlo leva la main et réclama le silence. L'orchestre s'interrompit et tous les invités firent de même.

– Mesdames et messieurs, j'espère que vous vous amusez, s'exclama-t-il. À en juger par le nombre de bouteilles vides, je dirais que oui !

– Portons un toast à notre maire ! cria un homme en levant son verre.

– Meilleurs vœux ! Bon anniversaire ! La santé pour toute l'année !

– Merci, merci à tous, dit Carlo. Je suis très heureux de vous voir ici ce soir faire la fête avec moi. Mais à présent... (Il fit une pause, scrutant la petite foule.) À présent, je veux inviter ma splendide femme pour la première danse de la soirée, ajouta-t-il en levant son verre dans sa direction.

Des dizaines d'yeux se posèrent sur Anna, qui s'efforça maladroitement de sourire. « Lui et ses coups de théâtre », pensa-t-elle.

Carlo murmura quelque chose à l'oreille du pianiste et les premières notes d'*Amado mio* remplirent la salle. Puis il s'approcha d'Anna avec son irrésistible sourire de voyou, la prit par la main et la conduisit au milieu du salon. Les gens s'écartèrent, il lui saisit la taille et, les yeux dans les yeux, ils se mirent à danser.

– Tu veux danser toi aussi ? demanda Tommaso à Lorenza.

– Maintenant ?

– Quand, sinon ? dit-il avec un sourire.

– Je veux bien danser, mais dans un petit moment, répondit Lorenza en s'efforçant de ne pas paraître impolie.

À ce moment Carmela entra dans la salle, pendue au bras de Nicola. Lorenza se raidit et s'éloigna un peu de Tommaso. Pourquoi son oncle Carlo ne l'avait-il pas prévenue que les parents de Daniele seraient là aussi ? Elle s'apprêtait à aller les saluer, mais elle s'immobilisa, troublée, en remarquant que la robe de Carmela ressemblait de façon étonnante à l'un des modèles de Daniele. Elle se rappelait fort bien le jour où il lui avait montré fièrement son croquis : un bustier serré à la taille et une jupe ample qui lui arrivait à mi-mollet. « C'est une robe de soirée, lui avait-il dit. Pour des occasions spéciales. »

« Mais non, quelle absurdité », se gourmanda aussitôt Lorenza. Il devait s'agir d'une coïncidence. Carmela en avait sûrement trouvé le patron dans l'une de ses revues...

La chanson se termina et Carlo fit une révérence sous les applaudissements. Puis il prit Anna par la main, s'approcha de deux hommes flanqués de leurs épouses respectives, et se mit à bavarder avec eux.

– Tous mes vœux, monsieur le maire ! (La voix aiguë de Carmela fit sursauter Carlo, l'obligeant à se tourner vers elle.) Je t'apporte aussi les vœux de papa, qui a beaucoup apprécié la bouteille de vin nouveau que tu lui as envoyée, poursuivit-elle, sans se soucier d'avoir interrompu la conversation. Il te fait dire que quand tu consentiras à venir le voir, il t'expliquera en personne ce qu'il en pense.

– J'en suis heureux, dit Carlo. J'irai certainement le voir dans ces prochains jours.

– Quelle belle robe ! s'extasia l'une des épouses.

– Elle vous plaît ? C'est une de mes créations.

La femme eut l'air surpris et la félicita. Sa voisine dit qu'elle aimerait beaucoup en avoir une semblable.

– Oui, elle est vraiment belle, reconnut Anna après l'avoir observée avec attention.

– Merci, madame la postière, répondit Carmela, radieuse.

– Veuillez m'excuser, mais je dois encore présenter d'autres personnes à Anna, intervint Carlo.

Et, ayant saisi la main de sa femme, il l'entraîna vers un homme qui, lui chuchota-t-il à l'oreille, était le secrétaire local de la Démocratie chrétienne. Anna lui serra la main sans enthousiasme. L'homme demanda à Carlo comment avançait son projet de construction de la nouvelle école, et celui-ci répondit d'un ton satisfait qu'il venait d'être approuvé par le conseil et que les travaux allaient démarrer au plus vite.

– Et le vieux bâtiment, vous allez en faire quoi ? demanda l'homme.

– Il y a plusieurs propositions. Elles sont toutes sur mon bureau en attente d'examen. Mais on verra ça après la fête, conclut-il.

Anna eut soudain l'air songeur. Elle regarda dans le vide quelques instants, tandis que les paroles que Carlo et cet homme continuaient d'échanger devenaient une sorte de murmure lointain. Puis elle s'exclama :

– Moi aussi, j'aurais une proposition pour donner une nouvelle vie à ce vieux bâtiment.

Carlo et l'homme de la Démocratie chrétienne la fixèrent, un peu surpris.

– Quoi donc, mon amour ? lui demanda Carlo avec une expression de curiosité mêlée de crainte.

– On pourrait appeler ça une… Une Maison des femmes, expliqua-t-elle en s'illuminant. Un endroit où la porte est ouverte en permanence et où toute femme en difficulté sait pouvoir trouver refuge. Je pense par exemple aux jeunes mères sans mari ni travail, aux femmes seules, à celles qui ne savent pas comment se libérer d'hommes violents... (Elle fit une pause, comme pour réfléchir.) Nous pourrions les aider concrètement, les protéger... Et même leur offrir une instruction, leur enseigner un métier. En somme, tout ce qu'il leur faut pour... pour tenir debout toutes seules.

Devant ses yeux passèrent les moments qu'elle avait vécus avec Giovanna. Ses difficultés pour apprendre à lire, son isolement, le stigmate que le village entier lui imposait depuis si longtemps ; la douleur physique et mentale que lui infligeait sa relation avec don Giulio, et son incapacité à demander de l'aide. Elles ne s'étaient plus parlé depuis cette matinée de juillet. Elle l'avait croisée de temps à autre dans le village, dans une boutique, ou en sortant de la bibliothèque, mais quelque chose dans son regard, dans ses gestes, dans sa façon de marcher, l'avait empêchée de s'approcher. Giovanna craignait que Giulio vienne à l'apprendre et la punisse. Mais combien y avait-il de femmes comme elle ? Combien d'histoires de cruauté, de souffrance et d'abandon se dissimulaient sous la façade placide de ce village ?

– Une Maison des femmes..., répéta l'homme, mais il était impossible de savoir s'il y voyait une véritable folie ou un projet réalisable.

– Ma femme est une surprise permanente, dit Carlo, un peu embarrassé. Pour moi, je dois dire que c'est une véritable nouveauté.

– C'est aussi une nouveauté pour moi. Je viens d'y penser à l'instant, répliqua Anna. Mais tu peux être certain que je vais présenter un projet convaincant, *monsieur le maire*, conclut-elle avec un sourire.

– C'est un ciel de neige, dit Elena en jetant un coup d'œil par la fenêtre.

Les feuilles du grand palmier s'agitaient violemment sous les rafales de tramontane.

– Peut-être, soupira Anna en enfournant les lettres et les recommandés dans sa sacoche. La neige, je ne l'ai pas revue depuis... (Elle s'interrompit pour faire un rapide calcul mental.) Depuis treize ans.

– Il ne neigera pas non plus cette année, déclara Carmine d'un ton résolu.

– Si c'est l'expert qui le dit..., plaisanta Elena.

– Pourtant, ça serait beau d'avoir un Noël blanc, dit Tommaso.

– Lorenza, une lettre pour toi ! s'exclama Anna en retournant entre ses mains une enveloppe couleur sépia portant le tampon *United States Air Mail.*

Lorenza bondit de sa chaise, qu'elle repoussa bruyamment. Les yeux brillants de joie, elle fonça sur Anna, lui arracha l'enveloppe des mains et retourna dans la pièce du fond en refermant la porte derrière elle. Elle ne prêta aucune attention à Tommaso, qui avait suivi toute la scène d'un air désolé.

Lorenza s'assit, déchira l'enveloppe sur le côté et en sortit une feuille pliée en deux. Elle l'ouvrit, et la vue de l'écriture de Daniele, ronde et légèrement penchée, suffit à lui faire battre le cœur.

Elle s'adossa à sa chaise et commença à lire.

Ma petite Lorenza. Ma petite et magnifique Lorenza,

Comment t'es-tu réveillée aujourd'hui ? Tu as réussi à arriver à l'heure au travail ou tu étais en retard ? Mon adorable et incorrigible marmotte...

J'adore la photo que tu m'as envoyée... Tu as une expression très douce. Chaque fois tu me sembles plus belle. Existe-t-il une limite à la beauté, ou es-tu destinée à la dépasser ? Je l'ai mise sur ma table de nuit, comme ça tu es la première personne que je vois au réveil, et la dernière à qui je dis « bonne nuit ».

Quelles sont les nouvelles du village ? Raconte-moi quelque chose de beau. Quelque chose qui te fait plaisir. Vous avez célébré l'anniversaire de Carlo ? Je lui ai envoyé une lettre pour lui présenter mes vœux, j'espère qu'il l'a reçue à temps !

J'ai une bonne nouvelle et une autre moins bonne. Je commence par laquelle ? Laisse-moi réfléchir. OK, commençons par la bonne.

Maritza a vu mes croquis de vêtements pour hommes et ils lui ont beaucoup plu. Elle les a montrés au propriétaire de la boutique, Mister James, et... devine ? Il veut les vendre dans sa boutique, du moins quelques-uns. Il paie bien... « Let's see how it goes », *a-t-il dit, c'est-à-dire : « On va voir ce que ça donne. »*

Je sais ce qui s'agite dans ta petite tête en ce moment. Respire. Rappelle-toi que je t'aime. Que je veux être avec toi. Et que tout cela, je le fais aussi pour nous, pour notre avenir.

Ça va un peu mieux ?

OK.

Maintenant, la moins bonne nouvelle. Je ne peux pas rentrer tout de suite. Pas pour Noël, comme je te l'avais promis. Il me faut encore un peu de temps pour réaliser ma collection. Je ne peux pas refuser, c'est une occasion trop importante. Je sais que tu le comprends.

Ne sois pas déçue ou triste, je t'en supplie. Cette seule idée me fait mal. Nos retrouvailles ne sont que partie remise. N'aie pas peur. Tu as compris ? N'aie pas peur. Je n'aime que toi. Toi et aucune autre. Nous avons résisté à l'éloignement pendant sept mois, nous pouvons attendre encore un peu, je sais que nous le pouvons !

Réponds-moi tout de suite, s'il te plaît. Dis-moi que tu as compris.

Lorenza posa la lettre sur le bureau et s'aperçut que ses mains tremblaient. Son cœur battait encore la chamade, mais cette fois, c'était de rage. Non, il ne l'aimait pas, pensa-t-elle. Il ne reviendrait plus jamais. C'était un menteur lui aussi. Comme tous les autres. Comme son père.

18

Février 1948

Anna posa son châle de laine sur ses épaules, versa le lait tiède dans sa tasse et alla s'asseoir sur le banc dans le jardin. Les premiers moments de la journée, scandés par ces petits rituels, étaient ceux qu'elle préférait : dans le silence de son endroit secret, elle se sentait pleinement en paix pour mettre de l'ordre dans ses pensées.

La veille, elle avait vu Giovanna dans le village, qui marchait tête basse, l'air défait, et pendant un instant – mais elle s'était peut-être trompée – il lui avait semblé que son amie avait levé les yeux et cherché son regard.

– *Bonjour maman**.

Roberto arriva soudain derrière elle et lui posa un baiser sur la joue.

– *Bonjour mon chéri**.

Roberto s'assit à côté d'elle sur le banc, les cheveux en bataille et les yeux gonflés de sommeil. Il remonta les genoux contre sa poitrine et posa la tête sur l'épaule de sa mère. Il avait quinze ans, mais il lui arrivait de se comporter avec elle comme un enfant.

– À quoi tu pensais ? Tu avais l'air toute songeuse, dit-il.

Anna but une gorgée de son lait.
– À Giovanna, dit-elle.
– Elle te manque ?
– Oui. Beaucoup.
Roberto redressa la tête.
– Et tu vas le lui dire, non ?
– Elle le sait déjà. Du moins je l'espère.
Il leva un sourcil, exactement comme elle le faisait quand elle était contrariée.
– Si tu ne lui dis pas, comment elle pourrait le savoir ?
Anna eut un sourire amer.
– Ce n'est pas si simple. C'est comme si… comment te dire ? Voilà, c'est comme si elle était sous l'emprise d'un charme. Et je ne connais pas la formule pour l'annuler.
Roberto serra les lèvres et réfléchit quelques instants.
– Eh bien, finit-il par dire, c'est peut-être un de ces charmes qui ne peuvent être rompus que par un autre, encore plus puissant.
Anna haussa les épaules.
– Je ne sais pas… Si c'est le cas, je ne vois vraiment pas quel sortilège ce pourrait être.
– À mon avis, c'est tout le bien que tu lui veux. Le charme contraire, je veux dire.
Anna lui ébouriffa les cheveux.
– Mais voyez-moi ce fils plein de sagesse !
Il se leva en s'étirant.
– Je sais, répliqua-t-il. Papa me dit souvent que je suis aussi sage que lui, ajouta-t-il avec un sourire.
Et cette fois, il avait bien la même expression espiègle que son père.
– Écoutez-moi ça ! s'exclama Anna. Ton père est très intelligent. Il est même rusé. Mais sage, sûrement pas.
Un peu plus tard, alors qu'elle pédalait sur sa Bianchi sous

le ciel nuageux et venteux, elle repensa aux paroles de son fils. C'était lui qui avait raison : elle devait simplement aller chez Giovanna et lui dire qu'elle lui manquait. Lui rappeler qu'elle l'aimait, chaque jour s'il le fallait. « C'est peut-être vrai qu'à la longue, un charme bienveillant finit par en annuler un mauvais », conclut-elle.

Perdue dans ses pensées, elle parcourut la route qui conduisait aux confins du village pour aller remettre sa dernière lettre de la matinée. Elle s'arrêta devant une maison délabrée aux murs décrépits, à la porte en bois rongée par le temps. Un homme très grand, à la peau ambrée et aux bras musculeux vint lui ouvrir. Derrière lui, Anna aperçut un tapis de feuilles de tabac et une femme et deux enfants, un garçon et une fille, assis par terre les jambes écartées, occupés à placer les feuilles nettoyées dans des boîtes en carton. Anna tendit un télégramme à l'homme. Il le prit, lui fit un bref signe de tête et referma la porte.

Anna se remit en selle pour retourner dans le centre, mais elle s'arrêta au bout de quelques mètres et regarda sa montre : il était une heure, Giulio était sûrement dans sa paroisse. Elle fit aussitôt demi-tour et fonça droit vers Contrada La Pietra, luttant contre le vent qui soufflait en sens contraire.

Quand Giovanna ouvrit la porte, elle n'eut pas besoin de dire un seul mot. Dès qu'elle vit Anna, ses grands yeux couleur noisette se remplirent de larmes, et son corps, qui semblait amaigri, fut secoué de sanglots.

Anna ressentit une tendresse infinie, comme elle n'en avait peut-être jamais éprouvé pour personne. Un instant, elle pensa à sa petite Claudia, sans défense et si fragile. Puis elle s'élança pour étreindre Giovanna.

– Excuse-moi, dit celle-ci sans cesser de sangloter, blottie comme une petite fille entre les bras de son amie. C'est toi qui avais raison.

– Chut, chut, je suis là, maintenant. Calme-toi, lui murmura Anna.

Elle lui caressa la tête, mais elle s'arrêta d'un coup en sentant un endroit où le cuir chevelu était à nu, comme si les cheveux avaient été arrachés. Elle se détacha de Giovanna d'un air préoccupé et la fit pivoter : oui, il y avait un trou dans la chevelure de son amie.

– C'est lui qui t'a fait ça ? siffla-t-elle.

– Non, répondit Giovanna en reniflant. C'est moi.

La nuit précédente, assise nue dans son lit et le regard perdu, elle s'était mise à s'arracher les cheveux un par un. Elle ne s'était pas arrêtée, même quand Giulio lui avait serré le bras avec force en lui hurlant de cesser. Un peu avant, il était entré dans la chambre à coucher avec sa soutane et son col, et il lui avait ordonné de se déshabiller. Pendant que Giovanna ôtait ses vêtements, il s'était dénudé lui aussi, puis soudain il lui avait saisi les poignets et les avait attachés avec un ruban, tandis qu'elle tentait en vain de se libérer. Il lui avait ensuite lié les chevilles, puis, la poussant sur le lit, il l'avait possédée avec violence. C'était la première fois que ça arrivait, lui jura Giovanna entre deux sanglots.

Anna la fixa d'un regard glacé, puis elle la prit par la main et entra dans la maison.

– Tu as bien un sac quelque part ? demanda-t-elle.

Giovanna regarda autour d'elle d'un air égaré.

– Oui. Sous l'évier, peut-être... Je ne sais plus.

Anna se mit à la recherche du sac. Elle regarda sous l'évier et sous le lit, ouvrit toutes les armoires et tous les tiroirs, et finit par le trouver dans le bahut de la chambre à coucher. Elle le posa sur le lit, alla vers l'armoire et entreprit d'y jeter les quelques vêtements de son amie, avec son manteau et ses culottes.

– Qu'est-ce que tu fais ? demanda Giovanna d'une voix tremblante en serrant ses bras contre elle.

– Je ne te laisse pas ici, répondit Anna en continuant à remplir le sac. Tu viens t'installer chez moi. Pas de discussion.

En silence, elles parcoururent la route qui les ramenait au village. Giovanna avançait la tête basse, en essuyant ses larmes du dos de la main. Anna marchait à son côté en poussant sa bicyclette.

Une fois à la maison, Anna ouvrit en grand les fenêtres de la chambre d'amis, fit le lit avec des draps qui sentaient la lavande, rangea dans l'armoire les affaires de Giovanna et lui donna un savon de Marseille encore enveloppé dans son papier.

– Prends un bon bain chaud, lui dit-elle. Les serviettes sont dans le tiroir du haut. Tu as tout ton temps. Je t'attends en bas.

Assise sur le lit, les yeux fixés à terre, Giovanna se borna à hocher la tête.

Dès qu'Anna fut sortie de la chambre, elle se leva et s'approcha de la commode. Elle trouva des serviettes en lin soigneusement pliées et parfaitement repassées. Elle allait en prendre une, quand elle aperçut un objet dans un coin du tiroir. « Oh, un *pumo* ! Ça fait des années que je n'en ai pas vu… », pensa-t-elle en retournant le bouton de rose en céramique entre ses mains. Elle se souvint que sa mère Rosalina en avait un qui trônait sur la table de la cuisine. « C'est un porte-bonheur, gare à toi si tu le casses », lui disait-elle toujours. Elle caressa le *pumo* et, le prenant dans ses bras comme un enfant, l'installa sur sa table de nuit.

Le soir même, après le dîner, Anna passa une tête dans la chambre à coucher tandis que Carlo desserrait son nœud de cravate devant le miroir.

À voix basse, elle lui raconta ce qui s'était passé ce jour-là et conclut en disant :

– Giovanna va rester un peu chez nous. Je ne sais pas combien de temps. Ça ne t'ennuie pas, n'est-ce pas ?

– Bien sûr que non. Elle peut rester aussi longtemps qu'elle voudra.

Il retira sa cravate avec un soupir de soulagement et se mit à l'enrouler soigneusement.

– Je te jure que je pourrais étrangler ce Giulio de mes propres mains, dit Anna en croisant les bras.

– Je sais bien que tu en serais capable, mon amour, répliqua-t-il. Ah ! à propos, ajouta-t-il, comme s'il s'en souvenait à cet instant seulement, la vieille école va être démolie. On l'a décidé aujourd'hui.

– Et elle sera remplacée par quoi ?

– C'est là qu'on va déplacer le marché du samedi, qui va devenir permanent, abrité sous des pavillons en bois. Le projet a été présenté par l'ensemble des commerçants, et le conseil l'a voté à l'unanimité.

Anna eut l'air déçue.

– Quel dommage. Mon projet aurait été bien meilleur. Si seulement on avait eu plus de temps pour obtenir cette myriade de documents…

– Ça t'étonne ? C'est la bureaucratie de ce pays…, dit Carlo. (Il se leva du lit, s'approcha et l'attira doucement à lui.) Je suis désolé pour ta Maison des femmes, murmura-t-il. Mais crois-moi, tu t'es évité une désillusion et beaucoup de travail pour rien. Je connais les hommes du conseil, ils n'auraient jamais voté pour une idée aussi… moderne, disons.

Anna se renfrogna et s'apprêtait à lui demander s'il pensait la même chose qu'eux, quand on entendit frapper des coups furieux à la porte d'entrée.

– Qui ça peut être à cette heure ? demanda Carlo en plissant le front.

– À ton avis ? riposta Anna.

Ils descendirent ensemble pour aller ouvrir et se trouvèrent face à un don Giulio extrêmement agité.

– Qu'est-ce que tu veux ? demanda Anna.

– Giovanna est ici, pas vrai ?

– Ça ne te regarde pas.

– Tu ferais mieux de partir, lui dit Carlo.

– Giovanna ! cria don Giulio en cherchant à entrer.

Carlo le saisit par le bras et le repoussa.

– Sors de chez moi !

– Giovanna ! répéta don Giulio.

– Carlo, fais-le sortir, je t'en prie, dit Anna.

Carlo voulut refermer la porte, mais l'autre la bloqua avec le pied.

– Je ne m'en irai pas tant qu'elle ne sera pas venue me parler.

Soudain, Giovanna apparut en haut de l'escalier, pieds nus et en chemise de nuit.

– Ah, te voilà, toi ! cria don Giulio. Qu'est-ce qui t'a pris de quitter la maison, hein ?

– Giovanna, retourne dans ta chambre, dit Anna. S'il te plaît.

Giovanna, le souffle coupé, restait plantée sur le palier, la main crispée sur la rampe.

– Allez, rentre à la maison, lui ordonna don Giulio.

Giovanna fit un pas en arrière.

– Non, chuchota-t-elle.

– Tu as entendu ? dit Carlo. Giovanna reste ici. Et maintenant, va-t'en, ou je te fiche dehors à coups de pied aux fesses.

– Moi, je ne bouge pas de la maison, tu as compris ? continua dont Giulio sans cesser de fixer Giovanna.

– C'est sa maison, pas la tienne, dit Anna.

– Giovanna, je t'attends là-bas, répéta-t-il.

– Alors tu vas attendre longtemps. Et si tu essaies encore une fois de t'approcher d'elle, je te jure que je te dénoncerai, aussi vrai que je m'appelle Anna, le menaça-t-elle en pointant le doigt sur sa poitrine.

– Tu as compris ? dit Carlo.

Don Giulio desserra son col et fixa Giovanna d'un air dégoûté.

– Ils ont bien raison, tu n'es qu'une pauvre folle, lança-t-il avant de tourner les talons.

Elle serra la rampe encore plus fort et baissa les yeux.

Lorenza n'avait pas répondu à la lettre de Daniele. Il lui avait écrit de nouveau pour Noël : un télégramme, qu'Elena avait transcrit de sa petite écriture. Il lui souhaitait de bonnes fêtes et la suppliait de lui écrire au moins quelques lignes. Lorenza avait froissé le télégramme en boule avant de le jeter dans la corbeille.

Mue par la fureur et le désir de vengeance, elle invita Tommaso chez sa tante le soir de Noël. À cette occasion, elle eut avec lui une attitude presque coquette : au dîner, elle s'assit à son côté et rit à chacune de ses blagues ; elle le bombarda de sourires langoureux et de regards appuyés. Elle lui avait même acheté un chapeau en feutre gris foncé. Sous le grand sapin que Carlo et Roberto avaient décoré comme chaque année, Tommaso ouvrit le paquet, heureux et stupéfait de ce présent inattendu. Lorenza sortit le couvre-chef de la boîte en disant : « Allez, essaie-le ! », et le lui mit sur la tête avant de faire un pas en arrière. « Je le savais, s'exclama-t-elle. Les chapeaux te vont à merveille. Promets-moi de le porter dès aujourd'hui. » Bien sûr, Tommaso depuis l'avait porté chaque jour que Dieu faisait.

Quelque temps plus tard, vers le nouvel an, il lui proposa d'aller au cinéma, à la séance du samedi après-midi. Ils allèrent voir *Miracle sur la 34e rue* et, pendant la projection, Lorenza lui effleura la main plusieurs fois. Un dimanche matin, il demanda à Agata s'il pouvait emmener sa fille faire un tour dans sa Fiat Topolino ; il la lui ramènerait pour le déjeuner, elle pouvait être tranquille. Bien sûr, Agata consentit. Tommaso lui plaisait et elle n'en faisait pas mystère : c'était un brave homme à qui on pouvait faire confiance. Aussi, par ce matin ensoleillé et sans vent, elle les salua d'un large sourire tandis que Tommaso ouvrait la portière à Lorenza avant de prendre le chemin de la mer. Il acheta des oursins fraîchement pêchés qu'ils mangèrent assis sur un banc devant la mer, en récupérant la pulpe avec de la mie de pain. Quand ils retournèrent à la voiture, Tommaso ôta son chapeau et la surprit par un baiser qui lui parut un peu trop humide et suffocant, mais malgré tout très tendre. Le lendemain, au bureau de poste, ils échangèrent de longs regards, à la fois complices et embarrassés.

– Qu'est-ce qui s'est passé entre le directeur et toi ? demanda Elena à Lorenza avec un petit rire en se penchant sur son bureau. Je vous ai observés, tu sais ? ajouta-t-elle en levant deux fois les sourcils.

Lorenza sourit en secouant la tête.

– Il s'est passé quelque chose, en effet.

– Et ton bel Américain ? Il n'arrête pas de t'envoyer des télégrammes, le pauvre. Réponds-lui, au moins…

Lorenza s'assombrit aussitôt.

– Pour moi, il peut bien rester là où il est, maintenant.

Le dimanche suivant, Tommaso l'emmena dans une trattoria de Lecce, où ils déjeunèrent de pain frit avec du fromage et burent une bouteille de Donna Anna. Ils firent quelques pas jusqu'à la piazza Sant'Oronzo et ce fut là, sous la colonne du saint, que Tommaso sortit de sa poche une petite boîte en velours rouge et mit un genou à terre.

Lorenza le regarda, le souffle coupé. Pendant un instant, elle eut envie de se mettre à courir, de s'échapper n'importe où, dans un ailleurs quelconque qui ne soit pas cet instant-là, dans l'angle de cette place, avec Tommaso.

Pourtant, quand elle le vit agenouillé, fixant sur elle des yeux désespérément amoureux, des yeux remplis de dévotion qui lui disaient : « Moi je ne m'en irai jamais », Lorenza dit « oui » et se laissa étreindre.

Tommaso insista pour faire leur grande annonce dès le lendemain devant toute la famille rassemblée. Il semblait incapable de contenir sa joie, mais gardait pourtant un air inquiet, comme s'il craignait qu'elle reprenne son « oui » et lui rende son anneau en disant : « Excuse-moi, je me suis trompée. Tu n'es pas l'homme que je veux. Tu ne l'as jamais été. »

Lorenza se laissa donc convaincre de les inviter tous à dîner chez Tommaso. « Il dit qu'il veut vous remercier pour le dîner de Noël », prétendit-elle. Il habitait encore l'un des appartements de la famille de Giulia : après la mort de sa femme, ses beaux-parents avaient insisté pour qu'il y reste. « Désormais, tu es comme un fils pour nous », lui avaient-ils dit en le serrant dans leurs bras.

Quand Agata arriva, elle regarda autour d'elle, bouche bée : la maison de Tommaso n'était pas très grande, mais c'était un véritable joyau ; dans chaque pièce, des tapis persans recouvraient entièrement le sol ; il y avait des divans en noyer tapissés de velours, des rideaux en satin, des tables en ébène aux tablettes de marbre, des tableaux aux cadres dorés…

– C'est vraiment une belle maison, commenta-t-elle en s'asseyant sur le divan du salon, tandis qu'Antonio s'installait dans un fauteuil aux bras en bois marqueté à l'aspect fort inconfortable.

– Je n'y suis pour rien, dit Tommaso. Ce sont mes beaux-parents qui l'ont entièrement meublée... Mes anciens beaux-parents, ajouta-t-il d'un air gêné à l'endroit de Lorenza.

Elle lui répondit par un demi-sourire et se mit à tourner dans le salon avec indolence, passant la main sur le marbre, effleurant les bibelots et le tissu des divans et jetant des regards en biais aux portraits de famille suspendus aux murs.

Tommaso s'approcha d'elle et, comme s'il avait lu dans ses pensées, lui murmura à l'oreille :

– Si quelque chose ne te plaît pas, tu pourras le modifier à ta guise. Tout ce qui m'importe, c'est que tu sois là avec moi.

Lorenza lui lança un sourire de gratitude. Non, rien ne lui plaisait là-dedans. Tout lui semblait vieux, oppressant et prétentieux. On avait l'impression qu'on ne pouvait vivre là qu'en robe de soirée.

Au bout de quelques minutes, on vit arriver Anna, Carlo, Roberto et Giovanna.

– Cette maison ne te ressemble pas du tout, dit aussitôt Anna en enlevant son manteau.

– Je le sais, répondit Tommaso. Mais ça va changer, ajouta-t-il en regardant Lorenza. (Puis il les invita tous à passer dans la salle à manger.) J'espère que vous avez faim. Je suis en cuisine depuis quatre heures.

– Mais c'est formidable ! s'exclama Agata en tentant de se relever du divan. (Roberto lui tendit une main secourable, qu'elle agrippa avec reconnaissance.) Tu sais même cuisiner...

Une fois tout le monde assis, Tommaso déboucha deux bouteilles de vin rouge sans étiquette et le servit à la ronde. Carlo en but une gorgée.

– Il est bon, commenta-t-il. C'est un *primitivo*, n'est-ce pas ?

– Oui, je l'ai pris en vrac à l'auberge, expliqua Tommaso. Et ton rouge à toi ? Quand est-ce qu'on pourra le goûter ?

– Eh, il est encore trop tôt..., dit Carlo en reposant son verre sur la table.

Le dîner se déroula dans un climat serein. Agata ne cessait de répéter après chaque plat que tout était vraiment excellent. Lorenza remarqua que Tommaso avait le don de converser avec tout le monde, et de s'intéresser à ce qui tenait à cœur à chacun. Il se révéla empressé sans être pressant.

Au moment du dessert, Lorenza, qui s'était assise à côté de lui, le regarda. Il se pencha alors vers elle et lui chuchota à l'oreille : « Oui, je m'en charge, ne t'inquiète pas. »

Il alla à la cuisine, et revint avec un grand gâteau au chocolat qu'il posa au centre de la table.

– Attention, celui-là, ce n'est pas moi qui l'ai fait. Il vient tout droit de la pâtisserie.

Pendant que chacun se servait, Lorenza se leva et le rejoignit en tête de table. Il lui prit la taille et lui lança un regard très doux.

Agata s'agita soudain sur sa chaise avec un sourire impatient.

– Je suis si heureux de vous apprendre cette nouvelle... Vous n'imaginez pas à quel point, commença Tommaso. Voilà, Lorenza et moi, on va se marier.

Agata eut un petit cri de joie et battit des mains.

– Oh, très Sainte Vierge !

Elle se leva et courut étreindre d'abord sa fille, puis Tommaso. Antonio se leva et serra la main de son futur gendre.

– Je suis content que ce soit toi, lui dit-il.

Puis il s'approcha de Lorenza.

– Alors, ça y est ? lui dit-il.

Elle hocha la tête avec un sourire.

Antonio l'attira à lui et la prit dans ses bras en la berçant.

– Je suis si heureux pour toi, lui chuchota-t-il à l'oreille.

Carlo félicita les deux fiancés avant de verser à boire à tout le monde.

– Un toast pour les futurs mariés ! lança-t-il.

Roberto aussi serra la main de sa cousine et celle de Tommaso. Puis ce fut le tour de Giovanna, qui s'approcha de Lorenza, les yeux humides.

– Les mariages m'ont toujours fait pleurer, balbutia-t-elle d'une petite voix.

Parmi les rires et les étreintes, Anna restait pétrifiée sur sa chaise. « Et Daniele ? Et votre amour, que lui est-il arrivé ? », aurait-elle voulu demander à Lorenza devant tout le monde, interrompant d'un coup ces manifestations de joie qui lui semblaient à la fois prématurées et injustes. Elle chercha avec insistance les yeux de Lorenza, mais comprit bientôt que sa nièce faisait exprès de les garder baissés. À côté d'elle, Carlo et Antonio se regardèrent avec un petit sourire.

« Curieux... », pensa Anna en levant un sourcil. Il lui avait paru percevoir une sorte de soulagement dans cet échange silencieux. Mais non, elle devait se tromper.

Le lendemain, Lorenza rejoignit Anna en retard, comme d'habitude.

– Bonjour, tatie, dit-elle d'un ton détaché.

– Bonjour..., répondit Anna.

Elles se mirent en route en silence.

– J'avais hâte d'être seule avec toi. Je voulais te parler, finit par dire Anna.

– Pourquoi ? Tu voulais t'excuser pour hier soir ? répliqua sèchement Lorenza.

– Je suis désolée. Tu sais combien j'ai du mal à...

– Oui, on le sait tous, l'interrompit sa nièce. Et on ne s'en étonne même plus, comme tu le vois.

Anna fronça les sourcils.

– Pourquoi es-tu si dure ?

– Tu me le demandes ? Il aurait suffi que tu te lèves de cette chaise, et que tu montres que tu étais contente pour nous, ne serait-ce qu'un peu.

– Je serais heureuse pour toi si tu l'étais vraiment.

– Et qui te dit que je ne le suis pas ?

– Lorenza..., dit Anna avec un profond soupir. Je te connais depuis ton enfance...

– Eh bien, j'ai grandi, et j'ai changé, au cas où tu ne t'en serais pas aperçue.

Anna s'arrêta.

– Et Daniele ? Tu y renonces comme ça ?

– Tu le vois, toi ? répondit Lorenza en écartant les bras. Où ça ? Ce qui est sûr, c'est qu'il n'est pas ici. Pas avec moi.

– Tu sais bien qu'il reviendra. Pourquoi te refuser la joie d'épouser un homme que tu aimes ?

– Tu te trompes. Je ne l'aime pas. Je ne l'aime plus.

– Menteuse..., dit Anna en adoucissant son regard.

– Tommaso est l'homme qu'il me faut, répliqua Lorenza d'un air résolu. C'est un homme bon, qui sera toujours à mon côté...

– Mais tu n'en es pas amoureuse, l'interrompit Anna. Et tu le sais parfaitement.

– Je l'aime beaucoup, gronda Lorenza.

– Ce n'est pas une raison suffisante pour épouser quelqu'un. Moi aussi j'aime beaucoup Tommaso. C'est mon ami. Mais ce n'est pas pour ça que je l'épouserais.

Lorenza fit une grimace et voulut reprendre sa route, mais Anna l'arrêta en la saisissant par le bras.

– Ne te précipite pas, je t'en supplie. Réfléchis bien. Laisse ton cœur décider.

– J'ai déjà décidé, répondit Lorenza en se dégageant d'un geste brusque.

Une heure plus tard, dans le bureau du télégraphe, Lorenza composa le texte du télégramme destiné à Daniele.

J'ai cessé de t'attendre. J'en aime un autre. Je me marie en mai. Lorenza.

Quand elle l'eut envoyé, elle se sentit soudain attristée et vide. Elle comprit qu'elle n'avait dit « oui » à Tommaso que parce qu'elle avait hâte que Daniele l'apprenne. Qu'il souffre à l'idée de l'avoir perdue. Qu'il paie pour son absence.

Mais la satisfaction qu'elle pensait en tirer s'était muée en cendres.

19

Mai-juin 1948

Don Ciccio mourut dans son sommeil le soir du 28 avril, et à partir de minuit, les cloches de l'église San Lorenzo commencèrent à sonner le glas. La veillée funèbre avait lieu dans la chambre à coucher. Gina était assise à côté du cercueil, versant des larmes silencieuses, caressant doucement les joues rugueuses de son mari, que l'on avait habillé de son complet couleur sable, d'une chemise bleue et d'une cravate rouge. Assis à côté d'elle, Nicola lui tenait la main.

Carmela, en revanche, faisait des allers-retours entre la chambre et la cuisine : elle accueillait les gens venus présenter leurs condoléances, leur prenait des mains les plateaux de gâteaux et les paquets de café qu'ils avaient apportés, et allait les poser sur la table de la cuisine, où les sœurs de Gina, arrivées d'un village voisin, maintenaient sur le fourneau deux cafetières à la fois, la grande de douze tasses et la plus petite de trois.

Carlo entra dans la maison bondée et ôta son chapeau. Il avança dans le couloir parmi les gens qui le saluaient d'un « bonjour, monsieur le maire ». Il entra dans la chambre, s'approcha du cercueil et fixa le corps sans vie de don Ciccio, dont le visage était resté contracté dans une grimace de souffrance. Il ne l'aurait jamais avoué, mais la vérité était qu'il n'arrivait pas à être vraiment peiné. Il éprouvait plutôt un vague sentiment de libération, sans pouvoir vraiment s'en expliquer la raison. Il fit le signe de croix et posa un petit baiser sur le cercueil, puis se pencha pour embrasser Gina qui, dès qu'elle vit, se moucha et essuya une larme.

– Où est Carmela ? chuchota-t-il à Nicola.

– Va voir dans la cuisine, finit-il par lui dire après avoir regardé autour de lui.

C'est là que Carlo la trouva ; l'air fatigué, elle buvait un café, appuyée contre l'évier.

Il hésita avant de lui poser une main sur le bras.

– Je suis vraiment désolé, dit-il. Comment tu vas ?

Carmela but la dernière goutte de son café et reposa sa tasse. Puis elle se redressa en lissant le corsage de sa robe noire.

– Au moins, il a cessé de souffrir, répondit-elle.

Carlo hocha la tête et tourna son chapeau entre ses mains.

– Je peux t'être utile en quoi que ce soit ?

Elle le considéra d'un air pensif.

– En effet, il y a une chose que tu peux faire… Moi, je suis coincée ici.

– Dis-moi.

– Il faudrait avertir Daniele.

– Bien sûr. J'y vais tout de suite.

Il remit donc son chapeau et se rendit au bureau de poste.

– Tonton ! s'exclama Lorenza, surprise. Qu'est-ce que tu viens faire ici ?

– Je dois envoyer un télégramme à Daniele pour l'avertir de la mort de son grand-père.

Le visage de Lorenza se durcit. Puis elle baissa les yeux, saisit un stylo et sortit un formulaire.

– Vas-y, dicte-moi, dit-elle, feignant l'indifférence.

Elle transcrivit en morse le texte du télégramme et dit simplement, une fois qu'elle l'eut expédié : « C'est fait. »

Son dernier échange avec Daniele remontait à début mars. Au télégramme qui lui annonçait son mariage, il avait répondu par un autre qui disait simplement : *Pourquoi nous faire cela, à toi comme à moi ?*

Elle avait décidé de l'ignorer, laissant passer les jours en silence, comme une punition. Puis il lui en avait envoyé un autre : *Ne fais pas de bêtises. Attends.* Et puis un autre encore : *Pourquoi est-ce que tu ne me fais plus confiance ?* Jusqu'au dernier, qui disait simplement : *Je ne te dérangerai plus. Félicitations...*

Daniele répondit aussitôt. Il envoya d'abord un message à Carlo pour le remercier de l'avoir averti, puis un autre à sa mère. Il revint à Lorenza de transcrire les deux. Le second disait : *Je suis vraiment désolé pour grand-père. Je ne sais pas quand je pourrai rentrer. Je fais tout mon possible, promis.*

Lorenza fixa ces phrases et ne put retenir une grimace sarcastique. Elle avait vraiment bien fait de ne pas l'attendre plus longtemps, se dit-elle. Sa mère avait raison : les promesses de Daniele avaient toujours été des promesses de tramontane.

– Alors ? demanda Agata. Vous avez vu le Colisée ? Qu'est-ce que vous avez mangé ? Il a fait beau ? Et l'hôtel, il était comment ?

Tommaso tenait la main de Lorenza, assise à son côté sur le divan. Pour leur retour de voyage de noces, Agata avait invité toute la famille à dîner, avec au menu sa fameuse tourte à la viande. Tommaso parlait sans arrêt, exalté par la beauté de la capitale, la majesté de ses monuments, son histoire millénaire. Lorenza se bornait à hocher la tête en ponctuant son récit de « oui, en effet », ou de « c'est vrai ».

Le mariage avait été célébré un peu plus d'une semaine auparavant, le 4 mai, par une journée nuageuse et maussade. Après une nuit d'insomnie, Lorenza s'était assise sur le lit en contemplant sa robe de mariée suspendue à un cintre sur la porte de l'armoire, celle-là même qu'avait portée Agata le jour de son mariage. « Enfin, le grand moment est arrivé », avait dit sa mère en la lui montrant, la voix tremblante et les yeux humides. La robe avait une traîne assez courte, un corsage brodé avec des manches longues en dentelle et un voile qui descendait aux épaules, fixé par un petit bijou en forme de peigne. Elle n'avait rien à voir avec celle d'Elizabeth, pensa-t-elle. Ni avec celle que Daniele avait dessinée un jour lointain sur un de ses cahiers noirs, lui décrivant en détail le bustier de velours à l'échancrure en forme de cœur et les manches en dentelle de Sangallo, les boutons en nacre et la jupe en corolle arrivant jusqu'aux pieds.

Au moment où Lorenza secouait la tête pour écarter cette pensée, Agata était entrée dans la chambre, accompagnée de tout un groupe de femmes venues pour « préparer » la mariée : l'une l'avait aidée à ramener ses cheveux en chignon, une autre avait repassé un pli de la robe, une autre encore s'était agenouillée pour lui enfiler ses chaussures... Dans ce tourbillon, Lorenza s'était laissé habiller, peigner, pomponner comme une poupée. Et elle en avait tiré un grand réconfort.

Anna était la seule femme de la famille à n'être pas présente.

– Je t'attends à l'église, lui avait-elle dit la veille au soir. (Puis elle avait ajouté :) Si jamais tu as des remords au dernier moment, n'aie pas peur. Envoie tout au diable.

D'un côté, Lorenza devait admettre que tout était beaucoup plus facile sans le regard de blâme de sa tante sur elle. Mais de l'autre, Anna était bien la seule qui lui ait demandé si elle était heureuse. Personne d'autre – ni sa mère, ni son père, et encore moins son oncle Carlo – ne s'était soucié de s'en assurer, et c'était sans doute beaucoup mieux comme ça.

Et maintenant ? Maintenant qu'enfin elle ne dormait plus entre ses draps roses au revers brodé ? À présent qu'elle avait un mari et une maison, est-ce qu'elle se sentait heureuse ?

Comme si elle avait parlé à voix haute, Lorenza sentit le regard inquisiteur d'Anna fixé sur elle. Alors elle serra la main de Tommaso et lui rendit son regard d'adoration.

– Et le dernier jour, conclut-il, nous l'avons passé simplement à nous promener dans le centre. Mais combien de choses nous avons vues ! Ah, c'est sûr, nous y retournerons, à Rome. Pas vrai, Lorenza ?

– Comme ça devait être beau, intervint Giovanna. J'aimerais tant y aller moi aussi, un jour.

– Et qui t'en empêche ? répondit Anna. On peut partir quand tu veux. Toi et moi.

Agata leur lança un coup d'œil mécontent et scandalisé.

– Il est temps de passer à table, dit-elle en se levant pour se diriger vers la salle à manger.

Tous se levèrent également pour la suivre. Carlo posa les deux mains sur les épaules de Roberto et le poussa en avant d'un air espiègle.

– Tu sens ça ? C'est l'appel de la tourte de ta tante Agata ! s'exclama-t-il en reniflant l'air.

Antonio se mit à rire, glissa son bras sous celui de Tommaso et les suivit. Anna en revanche ne bougea pas, et quand elle fut seule avec Lorenza dans le salon, elle lui dit dans un murmure qu'elle devait lui parler.

– Vas-y, ne m'attends pas, lança-t-elle à Giovanna, arrêtée sur le seuil.

Lorenza croisa les bras sur sa poitrine.

– Qu'y a-t-il ? demanda-t-elle sèchement.

Anna s'éclaircit la gorge.

– Il y a une chose que tu dois savoir, et il vaut mieux que ce soit moi qui te l'apprenne maintenant.

Sa nièce fronça les sourcils.

– Que se passe-t-il ?

– Voilà, pendant que tu étais partie, il est arrivé un autre télégramme de Daniele pour sa mère...

– Pourquoi tu m'en parles ? Ça ne m'intéresse pas, l'interrompit Lorenza.

– Je crois que si, poursuivit Anna. (Et elle sortit d'entre ses seins une feuille pliée en deux.) Pour une fois, Elena s'est montrée discrète, ne t'inquiète pas. Je l'ai recopié pour toi, dit-elle en le lui tendant.

Lorenza la fixa longuement, puis saisit la feuille et la déplia. Anna, qui la connaissait par cœur, la relut mentalement en même temps que sa nièce.

J'ai réussi à tout régler ici. J'ai acheté mon billet. J'arrive le 5 juin au matin à Naples. S'il te plaît, demande à Carlo de venir me chercher en voiture.

La respiration de Lorenza s'accéléra.

– Ça va ? lui demanda Anna en lui posant une main sur le bras.

La jeune femme se mordit la lèvre si fort que ses yeux se remplirent de larmes.

Anna entra dans la chambre à coucher et vit que la valise, ouverte sur le bahut au pied du lit, était encore vide.

Carlo, agenouillé, fouillait dans un tiroir de la commode.

– Qu'est-ce que tu cherches ?

– Ma cravate bleue à rayures. Tu as une idée de l'endroit où elle est fourrée ?

Anna leva un sourcil.

– Pourquoi tu as besoin d'une cravate ?

– C'est quoi, cette question ?

– Allez, pousse-toi, va. (Elle se pencha et renversa le tiroir.) La voilà, dit-elle en l'extirpant du tas. Tu l'avais sous le nez.

Carlo la lui prit des mains et la posa sur le lit. Anna croisa les bras et le fixa.

– Tu as l'air nerveux... Tout va bien ?

Carlo sortit de l'armoire un complet beige, l'observa un instant, puis hocha la tête.

– Mais oui, ça va, dit-il. Il va falloir que je conduise plusieurs heures, c'est normal que je sois un peu sur les nerfs, tu ne crois pas ?

Anna ne répondit pas, se bornant à le regarder pendant qu'il terminait sa valise et la chargeait sur la banquette arrière de la Fiat 1100.

– Tu as tout ? Tu en es bien sûr ? s'enquit-elle sur un ton légèrement ironique.

– Je crois que oui, répondit Carlo, sérieux comme un pape. De toute façon, ce n'est que pour une nuit, s'il me manque quelque chose je pourrai toujours l'acheter. (Il referma la portière.) Et Roberto, il est où ? Il ne descend pas me dire au revoir ?

– Je crois qu'il prend son bain. Ce soir, il va au cinéma avec ses amis, à ce que j'ai compris.

– Très bien. Dis-lui au revoir de ma part, dit-il, un peu déçu.

Anna s'approcha pour arranger le col de sa veste.

– Tu le reverras demain soir... Ou tu envisages de t'embarquer ?

– Dans ce cas, répondit-il en souriant enfin, je t'aurais emmenée avec moi.

Il l'embrassa, monta dans la voiture et disparut. Anna rentra dans la maison où Giovanna, le front plissé, était en train de lire *Crime et Châtiment*.

– Il est difficile, ce livre, s'exclama-t-elle en levant les yeux sur Anna. Il me donne la migraine.

Anna sourit et vint s'asseoir à côté d'elle sur le divan.

– C'est Antonio qui me l'a donné, il y a des années. Mais comment tu as fait pour choisir précisément celui-là ? Il y a tant d'autres romans qui te plairaient davantage, j'en suis certaine, ajouta-t-elle en désignant la bibliothèque derrière elle.

Giovanna retourna le livre entre ses mains.

– À cause de la dédicace, répondit-elle.

Elle ouvrit le livre à la première page et lut :

La grandeur de ce roman est de nous enseigner que chaque coupable, même le plus abject, mérite notre compassion.

Bonne lecture.

Antonio

– Tu le penses aussi ? Tu crois que nous devons éprouver de la compassion pour les coupables ?

Anna allongea le bras sur le dossier du divan et remonta les jambes.

– Je ne sais pas, dit-elle après quelques instants de réflexion. La compassion va peut-être de pair avec le remords. Je ne crois pas que je pourrais en éprouver pour quelqu'un qui ne manifesterait pas une once de repentir.

Giovanna hocha la tête et parut réfléchir.

– Tu crois que tu pourrais éprouver de la compassion pour Giulio ? finit-elle par dire. S'il se repentait, je veux dire.

– Il n'a pas besoin de ma compassion… Il a déjà celle de Dieu, non ? répliqua Anna d'un ton ironique.

– Je parle sérieusement, insista Giovanna. S'il me disait par exemple qu'il a mal agi et qu'il se repent…

– Tu le croirais ? l'arrêta Anna.
– Je ne sais pas. Je crois que oui…
– Et tu aurais tort. Les hommes comme lui ne changent pas du jour au lendemain. Et sans doute ne changent-ils jamais.
Giovanna s'assombrit.
– Il est peut-être encore en train de m'attendre…
Anna secoua la tête et prit sa main entre les siennes.
– Giulio n'est plus retourné à Contrada.
– Et comment tu le sais ?
– J'y suis allée de temps en temps. Pour vérifier. Il n'y a plus rien à lui…
Giovanna se mordit les lèvres.
– Tu n'es pas obligée d'y retourner si tu n'en as pas envie, la rassura Anna comme si elle avait lu dans ses pensées. Tu peux rester vivre ici, si tu veux.
Son amie se rasséréna aussitôt.
– Tu es sûre que ça ne dérange pas Carlo ?
– Bien sûr que non ! Et même, ça lui fait plaisir de t'avoir avec nous.
Et c'était vrai. La présence de Giovanna à la maison ne gênait personne, bien au contraire : elle était légère et discrète, attentive sans être jamais envahissante.
– Mais… Si le fait que je sois là commence à vous peser, il faut me le dire…
– Ne dis pas de bêtises, l'arrêta aussitôt Anna. Tu n'es un poids pour personne, toi.
Et c'était tout aussi vrai. Carlo et elle pouvaient assumer Giovanna sur le plan économique sans difficulté.
Anna avait même tenté de lui trouver un travail, mais cela s'était révélé une entreprise si ardue qu'elle n'avait même pas osé lui en parler, de crainte qu'elle n'en souffre trop. Pendant des semaines, elle avait frappé à la porte de toutes les boutiques du village, en demandant si elles cherchaient

de la main-d'œuvre. Les rares qui lui avaient répondu par l'affirmative avaient aussitôt fait marche arrière en entendant le nom de Giovanna. « Madame la postière, je vous respecte beaucoup, et Carlo aussi, mais celle-là, vraiment, non », avait dit le buraliste. « Par pitié, je n'aurais plus qu'une seule cliente si elle était ici, celle-là », avait répondu la mercière. « Soyons sérieux, ici on ne prend que des gens respectables », avait commenté le droguiste.

– Tu as compris ? répéta Anna. Ne pense jamais que ta présence ici peut nous peser.

– Merci, murmura Giovanna en se jetant dans ses bras. Tu es la meilleure amie du monde.

Anna sourit et lui planta un baiser sur la joue.

– Allez, viens, on va préparer le dîner, dit-elle en s'extirpant du divan. Ce soir, on va fêter ça toutes les deux.

Tandis que Giovanna commençait à hacher l'ail, Anna descendit à la cave où Carlo gardait sa petite collection de bouteilles de vin. « Voyons, du champagne... », murmura-t-elle en cherchant parmi les vins français. « Mmm... Pas celle-là. Celle-là non plus... » Juste avant de trouver le champagne, elle tomba sur une bouteille qui ne semblait pas à sa place : on aurait dit du Donna Anna, mais elle n'avait pas d'étiquette et elle était vide, comme si elle n'avait jamais été remplie. Pourtant, le bouchon était bien enfoncé. « Vraiment bizarre », pensa-t-elle. Puis elle haussa les épaules et la remit où elle l'avait trouvée.

Dès que Roberto fut sorti, Anna déboucha le champagne.

– Je suis sûre que Carlo n'y verra pas d'inconvénient. Du moins je l'espère, ajouta-t-elle.

Elle remplit leurs verres et, assises pieds nus sur le tapis, les deux femmes finirent par écluser toute la bouteille.

Anna mit sur le gramophone le disque de *La Vie en rose* et allongea la main pour inviter Giovanna à danser. Son amie accepta, l'air amusé, et elles se mirent à évoluer maladroitement, jusqu'à ce qu'Anna, à la fin de la chanson, renverse Giovanna en arrière comme au tango, et qu'elles tombent toutes les deux par terre.

Étendues sur le sol, elles se regardèrent un instant et partirent d'un fou rire qui leur fit monter les larmes aux yeux.

Le matin du 15 juin, Carlo sortit de l'hôtel sur la piazza Orefici, à deux pas du port de Naples, et alla reprendre sa Fiat 1100 garée dans une petite rue latérale. La journée était si chaude qu'il ôta sa veste et roula les manches de sa chemise. Arrivé au port, il poursuivit à pied jusqu'au quai Angioino, où le *Saturnia* était annoncé.

Il trouva à s'asseoir et sortit un cigare de sa poche. Il essuya son front où perlait de la sueur et desserra le nœud de sa cravate bleue à rayures.

– Pas un souffle d'air ce matin, hein ? dit-il à un homme assis non loin de lui.

Puis il alluma son cigare et à la première bouffée se mit à tousser. En voyant que sa toux ne s'apaisait pas, son voisin s'approcha et lui offrit une gorgée de sa bouteille. Carlo la prit et but d'un trait.

– Merci, dit-il ensuite en lui rendant la bouteille.

– C'est passé ? demanda l'homme.

– Oui, oui, dit Carlo. Merci encore.

Il était près de midi quand le majestueux *Saturnia* entra enfin dans le port.

Carlo se joignit à la foule qui s'agglutinait pour assister aux opérations d'accostage. Lorsque le débarquement des passagers commença enfin, il se dressa sur la pointe des pieds pour regarder par-dessus cette marée de têtes devant lui. Il lui fallut attendre plus d'une demi-heure avant de voir Daniele en haut de l'échelle de coupée. Le cœur battant, il se mit à jouer des coudes pour s'approcher.

Daniele l'aperçut et lui fit un signe. « Bon sang, ce qu'il a changé », pensa Carlo en venant à sa rencontre. Pas dans son regard, qui était toujours aussi tendre et désarmant, mais plutôt dans son attitude, sa façon de marcher. Il avait l'air si sûr de lui, si résolu, habité par toutes les choses nouvelles qu'il avait vues et vécues, et qu'il rapportait à la maison avec lui.

– Mon garçon ! le salua Carlo en ouvrant les bras.

– Salut, Carlo, répondit Daniele avec un sourire.

Il posa sa valise à terre et l'étreignit.

20

Juillet-septembre 1948

– Toc, toc, dit Anna joyeusement en donnant deux petits coups à la porte ouverte du bureau d'Antonio.

– Salut, répondit-il en reposant un classeur en carton sur une étagère.

Anna entra et referma derrière elle.

– Je t'ai rapporté ton livre, dit-elle en le sortant de sa sacoche.

C'était *La Belle Romaine*, d'Alberto Moravia.

– Alors ? Il t'a plu ?

Elle s'installa dans le petit fauteuil à côté de la fenêtre.

– Tu sais que j'ai un préjugé à l'égard des hommes qui croient savoir ce que ressent une femme et sont persuadés de pouvoir le raconter…

– Hum, dit aussitôt Antonio, en s'asseyant en face d'elle. Je dois en déduire qu'il ne t'a pas plu.

– Laisse-moi finir, s'exclama Anna.

– Excuse-moi, dit-il en levant les mains. Continue, je t'en prie.

– Ce que j'étais en train de dire, c'est qu'au contraire Moravia dans ce roman y réussit étonnamment bien. J'ai souligné beaucoup plus de phrases, cette fois.

Antonio sourit et se mit à feuilleter le livre. Il s'arrêta sur une phrase soulignée deux fois au crayon : « Si tu éprouvais du mépris pour moi, c'était de ta faute et non de la mienne. » Il hocha la tête.

– D'accord, commenta-t-il, les yeux toujours fixés sur la page.

– Et il y en a beaucoup d'autres. Tu trouveras dans la marge mes notes habituelles.

Antonio releva les yeux.

– Ça veut dire que ce soir, j'aurai de quoi me régaler, dit-il en souriant avant de refermer le livre.

– Et maintenant ? Qu'est-ce qu'on lit ? demanda Anna.

– Le prochain, c'est toi qui le choisis.

– Affaire conclue, dit-elle. (Puis elle jeta un œil à sa montre.) Oh ! Il est affreusement tard. (Elle se leva et se dirigea vers la porte.) Autre chose, dit-elle en se retournant. Tu as parlé à Lorenza, récemment ?

– Pourquoi ? Il s'est passé quelque chose que je devrais savoir ?

– Non, non, dit Anna en agitant la main. Je voulais seulement te demander comment tu la trouves. Depuis que Daniele est revenu, je veux dire.

– Pourquoi remettre ça sur le tapis ? demanda Antonio d'un air perplexe. C'est de l'histoire ancienne. À présent, c'est une femme mariée…

Anna leva un sourcil.

– Tu en es sûr ? Tu n'as vraiment rien remarqué ? Toi qui vois toujours tout ?

– Qu'est-ce que j'aurais dû remarquer ?

– Qu'elle est triste, Antonio. Terriblement triste. Est-il possible que tu ne le voies pas ? Elle sait bien qu'elle a fait une énorme bêtise. Elle a agi sur une impulsion, par dépit, et elle s'est condamnée elle-même. J'ai bien essayé de la prévenir…

Antonio bondit de son fauteuil.

– Daniele n'est pas l'homme qu'il faut pour ma fille, siffla-t-il. Les choses se sont passées comme elles devaient se passer.

– Comme elles devaient se passer ? Tu peux m'expliquer ce que tu as contre ce garçon ? Ce n'est pas la première fois que tu réagis comme ça quand on parle de lui. Ce jour-là aussi, au meeting de Carlo… Il y a quelque chose que j'ignore ?

Il resta un instant interdit.

– Non… Bien sûr que non, murmura-t-il en s'asseyant et en posant les coudes sur son bureau. Je pense simplement que pour Lorenza, avec son caractère inquiet et son besoin d'affection, il vaut mieux un homme plus mûr qu'elle, un homme posé qui lui offre la sécurité. C'est tout.

Anna le scruta.

– Quelle absurdité ! soupira-t-elle.

Antonio ne répliqua pas. Elle s'en alla en agitant les doigts dans un rapide salut.

Elle sortit de la fabrique, irritée qu'Antonio n'ait pas voulu entendre raison, et reprit sa tournée. L'étape suivante, la villa des Tamburini, se trouvait à quelques centaines de mètres. Anna pédala jusqu'à une sorte de hauteur entourée de verdure, puis descendit de vélo et poursuivit à pied. La demeure des Tamburini était un édifice ancien avec un long balcon en pierre, de grandes fenêtres, des rideaux de velours et un double escalier conduisant à la porte d'entrée. Dans le jardin entourant la maison, un homme en chapeau de paille était penché sur des buissons, armé de cisailles. Anna monta l'escalier et frappa à l'aide du heurtoir. De sa sacoche, elle sortit une enveloppe fermée avec un sceau. « Encore une invitation à une de leurs fiestas de riches », se dit-elle en la retournant entre ses mains.

À ce moment, la porte fut ouverte par une gamine à l'expression sérieuse, presque effrayée, aux cheveux relevés en chignon. Elle portait un tablier blanc sur une ample robe noire.

Anna ne la connaissait pas, mais elle ne s'en étonna pas : les bonnes des Tamburini semblaient durer très peu de temps, et il y avait toujours une autre jeune fille prête à reprendre le poste de celle qui... était partie ? Avait été licenciée ? « Mais celle-là est vraiment très jeune, pensa-t-elle. Quel âge peut-elle avoir ? Douze ans ? treize ans ? Elle devrait être à l'école, et pas en train de fourbir l'argenterie ! »

– C'est qui ? tonna une voix de femme à l'intérieur.

La petite sursauta.

– C'est le courrier, Madame, répondit-elle en se retournant légèrement.

– Apporte-le-moi immédiatement ! ordonna la femme.

La gamine s'inclina en murmurant :

– Merci, madame la postière. Bonne journée.

Et elle s'empressa de refermer la porte.

Anna resta plantée là quelques secondes, avec cette fois une sensation de malaise à laquelle sur le moment elle ne sut pas donner de nom.

Du jour où il avait remis les pieds à Lizzanello, tout avait paru plus petit à Daniele. Les maisons avaient-elles toujours été aussi basses et les rues aussi étroites ? se demandait-il en errant dans le village, qu'il considérait avec des yeux nouveaux. Il lui fallut du temps pour se réhabituer à ce paysage et y reprendre ses marques.

Aurait-il été de la même humeur si ç'avait été Lorenza qui

était venue l'accueillir en le serrant dans ses bras ? Si elle l'avait attendu, comme elle l'avait promis ? Les premières semaines, il avait eu soin de se tenir à l'écart de la place, des alentours du bureau de poste, de la rue où elle habitait à présent avec un autre homme. Il avait passé beaucoup de temps étendu sur son lit à fixer le plafond, les mains croisées sur le ventre. De temps à autre, il se rendait à la cave Greco pour dire bonjour et donner un coup de main. Carlo lui avait proposé un nouvel emploi taillé sur mesure : il voulait faire de lui l'agent commercial de la cave, au vu des excellents résultats qu'il avait obtenus à New York.

– Tu sais vendre, mon garçon, lui avait-il dit sur le chemin du retour. On sent que tu es né pour ça. Commence par te reposer quelques jours. Quand tu te sentiras prêt, la cave sera là à t'attendre.

Daniele n'avait pas eu le courage de lui avouer qu'il avait désormais bien d'autres projets. Il n'avait rien dit du succès de ses vêtements, de l'enthousiasme du propriétaire de la boutique sur la Ve Avenue, de sa proposition d'une collaboration régulière qu'il avait dû refuser. Ce qui à New York lui avait paru si naturel était redevenu une chose honteuse qu'il fallait dissimuler. Comme si, en revenant, il entendait à nouveau les paroles de sa mère siffler à ses oreilles : « La couture n'est pas une affaire d'homme. »

Il n'était allé voir ses parents qu'une seule fois, pour dîner, le lendemain de son retour. Et il les avait retrouvés semblables à eux-mêmes, chacun piégé dans son rôle : sa mère en bourreau, avec ses manières discourtoises et arrogantes, et son père en victime, qui se faisait tout petit et baissait la tête. À la fin du repas, pendant que Carmela préparait le café à la cuisine, Daniele s'était penché vers Nicola pour lui demander à voix basse :

– Papa, c'est toi qui as rangé mon armoire ? Je ne trouve

plus ma boîte en métal, celle qui contient mes cahiers. Tu l'aurais mise ailleurs, par hasard ?

Nicola avait ouvert de grands yeux et bafouillé qu'il ne savait rien de rien, qu'il n'avait absolument touché à rien...

– C'est moi qui l'ai, ta précieuse boîte, avait dit Carmela en revenant dans la salle à manger avec le plateau et les tasses fumantes.

Daniele s'était levé d'un bond.

– Tu as fouillé dans mes affaires ? Dans *ma* maison ?

– Calme-toi, avait-elle répondu en se rasseyant d'un air placide. À présent, j'ai découvert ton secret.

Daniele s'était tourné vers Nicola, qui gardait les yeux baissés.

– Papa... Je t'avais demandé une chose, une seule ! Pourquoi est-ce que tu l'as laissée entrer ?

Mais Nicola n'avait rien répondu.

– Je dois reconnaître que tu es doué pour raconter des mensonges, avait repris Carmela en prenant une gorgée de café.

Daniele l'avait fixée d'un air furieux.

– Rends-moi mes croquis. Tout de suite !

Carmela avait posé sa tasse avec une moue.

– Trop tard. Je les ai déjà réalisés. Tous autant qu'ils étaient.

– Tu as fait quoi ?

Daniele n'arrivait pas à le croire.

– Une faveur ! Voilà ce que je t'ai fait, avait-elle répliqué en élevant la voix. Tu ne comprends pas que tu te ridiculises ? Tu veux qu'on dise que tu es un efféminé ? Grandis un peu et arrête avec ces histoires. Tu en as un, de travail d'homme, grâce à ton grand-père, d'ailleurs, parce que si j'avais dû attendre après lui... (Et d'une grimace, elle avait désigné Nicola.) Alors maintenant, tu te conduis sérieusement et tu penses uniquement à la cave, avait-elle conclu en tapant du doigt sur la table.

Daniele avait lancé un regard désolé à son père, qui gardait les yeux baissés, avant de faire face à sa mère.

– Je… je n'arrive même pas à trouver les mots pour te dire ce que tu es…, avait-il murmuré d'une voix brisée avant de claquer la porte.

Depuis lors, il n'était pas retourné chez ses parents.

En revanche, il se rendait tous les jours chez sa grand-mère Gina, et restait le plus souvent déjeuner avec elle.

– Que c'est bon de t'avoir à nouveau ici, disait-elle en allongeant une main fripée sur la table. Tu nous as tellement manqué. Surtout à ton grand-père, même s'il n'a jamais été doué pour dire certaines choses.

Daniele serrait sa main et lui souriait.

– Mais maintenant je suis là, grand-mère.

– Tu irais m'acheter un panier de cerises ? lui demanda Gina un beau matin. Aujourd'hui, je ne me sens pas trop bien… (Elle prit un éventail et se mit à l'agiter devant elle.) Non, je n'ai pas le courage. Il fait trop chaud…

Daniele hésita un instant avant de dire :

– Bien sûr, grand-mère, j'y vais.

Ce fut ce matin-là, tandis qu'il s'éloignait avec un filet de courses dans les mains, qu'il revit Lorenza. Elle sortait de la poste, rejointe un instant plus tard par Tommaso, qui posa un bras sur ses épaules. Daniele serra le filet et resta immobile à la regarder tandis qu'elle traversait la place en direction du café. Elle lui parut encore plus belle que la dernière fois qu'il l'avait vue, même s'il fut frappé par son expression mélancolique, presque résignée. Son mari au contraire marchait à côté d'elle avec un air radieux, comme s'il s'estimait le plus heureux des hommes.

Devant le café, Tommaso salua un homme avec qui il entama

la conversation. Leurs propos à l'évidence n'intéressaient pas Lorenza, qui regardait autour d'elle d'un air ennuyé.

Jusqu'à ce qu'elle aperçoive Daniele qui la dévorait des yeux.

Elle se raidit, ouvrit légèrement la bouche et le regarda en retour : ils se fixèrent pendant un instant qui lui parut une éternité. Mais aucun des deux ne leva la main pour saluer l'autre, aucun des deux ne fit un pas vers l'autre. Ils restèrent immobiles, le souffle suspendu, jusqu'à ce que Tommaso salue son interlocuteur et entoure à nouveau de son bras les épaules de Lorenza. Elle eut un petit sursaut, baissa les yeux et s'éloigna à son côté.

Roberto ouvrit le petit meuble de bois clair, sortit le disque de sa pochette et le posa sur le tourne-disque dernier modèle qu'il venait d'acheter avec son propre argent de poche. Au bout de quelques instants, un air de swing envahit le salon, et Roberto se mit à danser, les yeux clos.

– C'est quoi ? demanda Carlo, occupé à lire le journal dans son fauteuil près la cheminée.

Sans s'arrêter, Roberto rouvrit les yeux.

– *Il mago dello swing*, d'Aldo Donà, répondit-il.

Carlo le fixa d'un air amusé.

– Tu bouges bien, tu tiens ça de moi.

Anna entra dans la pièce à cet instant, tenant sous le bras les draps qu'elle venait de retirer du fil à linge. Roberto s'approcha d'elle, la prit par la main et l'attira au milieu du salon. Les draps propres finirent à terre.

– Tu veux vraiment que je danse maintenant ? Avec tout ce que j'ai à faire ! protesta Anna en souriant.

– Tais-toi et danse, *maman**, lui ordonna Roberto.

Anna se plaça en face de lui et commença à imiter ses gestes.

– Et maintenant, comme ça, dit-il soudain, en lançant la jambe en arrière et en tournant sur lui-même.

Anna se mit à rire, lança un bref regard à Carlo et s'efforça de répéter le mouvement.

– Bravo ! s'exclama Roberto. Pas vrai, papa, qu'elle est magnifique ?

Carlo acquiesça avec un sourire.

– La meilleure, dit-il.

Quand le disque se termina, Roberto s'inclina devant sa mère.

– Remets-le du début, va, dit-elle, haletante, les mains sur les hanches. Je veux danser avec ton père.

Et elle lança un coup d'œil malicieux à Carlo. Ce dernier empoigna des deux mains les bras de son fauteuil et se releva, un peu essoufflé.

– Allez, mon petit vieux, se moqua-t-elle. Viens par ici.

– Petite vieille toi-même, mauvaise femelle, plaisanta Carlo en relevant un sourcil.

Il la prit par la taille, la serra contre lui et ils se mirent à danser, tandis que Roberto, à côté du tourne-disque, les regardait avec un sourire affectueux, en claquant des doigts pour marquer le tempo.

Mais après avoir virevolté un moment, Carlo s'arrêta d'un coup. Il se mit à tousser si fort qu'il dut se plier en avant, les mains sur les cuisses.

Roberto releva le saphir et le disque s'interrompit.

– Je vais te chercher de l'eau, dit Anna en se dirigeant vers la cuisine.

Roberto s'approcha et entoura les épaules de son père de son bras. Carlo toussait si fort que son visage était cramoisi et ses yeux marqués de veinules rouges.

– Papa ? dit Roberto d'un air soucieux.

– Voici ton eau, dit Anna en revenant avec un verre plein.

Elle l'approcha de la bouche de Carlo et l'aida à boire. Il but à petites gorgées, puis d'un geste éloigna le verre, pour dire que ça suffisait.

– C'est passé, murmura-t-il enfin avec un soupir.

– J'avais bien raison, alors, de dire que tu es un petit vieux, tenta de plaisanter Anna.

Carlo eut un sourire contraint, retourna à son fauteuil et s'y laissa tomber. Puis il sortit un cigare de la boîte en métal posée à côté de lui et l'alluma, le souffle encore court.

À partir de cet après-midi-là, la toux de Carlo devint l'arrière-fond de ces torrides semaines estivales, comme un disque tournant sans trêve sur le plateau. Il toussait à la mer le dimanche, quand il allait nager et qu'il devait soudain revenir sur la rive parce que le souffle lui manquait ; il toussait au cours des réunions du conseil municipal, parfois d'une façon si intense qu'il était obligé de se lever et de sortir de la pièce ; et il toussait même pendant qu'il faisait l'amour avec Anna. Une fois ou deux, il s'était détaché de son étreinte en lui disant avec un filet de voix : « Excuse-moi, mais je suis incapable de continuer. » Un jour, les journaliers l'avaient fait appeler pour discuter du fait qu'avec cette chaleur exceptionnelle, il vaudrait sans doute mieux avancer la récolte. Il s'était rendu au domaine, mais n'avait pu dire que quelques mots avant d'être saisi d'un accès singulièrement violent, qui semblait ne plus devoir finir. Heureusement, Daniele était là, occupé à choisir quelques bouteilles pour les envoyer à Mister James, le propriétaire de la boutique de New York, et il se proposa aussitôt pour le ramener à la maison en voiture.

Carlo se laissa tomber sur le siège du passager et baissa sa vitre.

– Qu'est-ce que tu as ? lui demanda Daniele, pensif.

– Mais rien, répondit Carlo. C'est à cause de cette humidité...

– Tu es allé voir le médecin ?

– De quoi tu parles ? s'exclama Carlo. Écoute-moi, plutôt... Tu as réfléchi à ma proposition ?

Il se remit à tousser. Daniele hésita avant de répondre.

– Oui, j'y ai pensé... En réalité, je n'ai pas encore pris ma décision, mentit-il. Tu sais, parfois je me demande si c'est vraiment le travail que je veux faire.

Carlo eut une grimace de déception.

– Ah, les jeunes, soupira-t-il dans un râle.

Ces accès de toux l'affaiblissaient, lui laissant une permanente sensation de fatigue et de léthargie. Après le déjeuner, il n'arrivait pas à garder les yeux ouverts et devait faire une petite sieste ; le soir, il s'écroulait sur le divan après le dîner, et Anna devait le réveiller après avoir éteint les lumières du salon. « Allez, Carlo, viens dormir dans la chambre », lui murmurait-elle.

– Il faut que tu ailles chez le médecin, déclara-t-elle un matin du mois d'août, alors qu'ils étaient étendus sur le ventre dans la pénombre.

– Mais c'est cet air, ce sirocco qui vous empêche de respirer..., marmonna-t-il en caressant d'un doigt la courbe de son dos.

– Si c'est ça, le médecin te le dira.

– Ne t'inquiète donc pas. Ça s'en ira comme c'est venu.

– Carlo ! s'exclama-t-elle, agacée par cette obstination.

– Très bien, très bien. Je vais y aller, murmura-t-il en réponse.

– Quand ?

– Dans la semaine.

– Non ! Demain.

Carlo prit un air sérieux et fit le salut militaire.

– À vos ordres, capitaine.

– Idiot, dit Anna avec un sourire. Non mais quel idiot tu fais !

Le médecin était un homme au front dégarni et à l'expression rassurante. Il fit asseoir Carlo torse nu sur la table d'auscultation en lui demandant de respirer profondément par la bouche. « Encore une fois », demanda-t-il à plusieurs reprises, l'oreille collée à son stéthoscope. « Mmm », murmura-t-il enfin, enjoignant à Carlo de se rhabiller.

Il s'assit à son bureau, remit ses lunettes et se mit à écrire sur une feuille. « Voilà », dit-il ensuite en la tendant à Carlo, qui la prit et la parcourut rapidement.

– Je t'ai prescrit une radiographie, expliqua le médecin. Juste pour lever tous les doutes. Va voir le docteur Calò, c'est le meilleur à Lecce. Il a une consultation à l'hôpital, c'est là qu'il te recevra.

Le lendemain matin, Carlo sortit de très bonne heure.

– Tu es sûr que tu ne veux pas que je t'accompagne ? lui demanda Anna, assise sur son banc en train de boire son lait tiède.

– Ne t'inquiète pas, ce sera vite fait, répondit-il en lui posant un baiser sur le front.

Il monta dans la 1100 et parcourut la brève distance jusque chez Antonio. Il descendit de voiture en laissant le moteur allumé et frappa à sa porte.

Antonio ouvrit aussitôt, encore en maillot de corps.

– Tu te rappelles ce que je t'ai dit hier ? Eh bien, j'ai changé d'avis, dit Carlo. Je ne veux pas y aller tout seul.

– Bien sûr que non, répondit Antonio. Laisse-moi juste finir de m'habiller.

À l'hôpital, après la radiographie, ils s'assirent dans la salle d'attente. Carlo lançait des coups d'œil nerveux autour de lui, considérant le vert terne des murs, le carrelage ébréché par endroits, les vitres opaques des grandes fenêtres.

– Je n'ai jamais aimé les hôpitaux, s'exclama-t-il. Et puis, cette odeur de désinfectant..., ajouta-t-il en fronçant le nez. Ça me monte à la tête.

– Je crois que ça ne plaît à personne, Carletto.

– Ouais, murmura-t-il en continuant à regarder autour de lui. Écoute, Anto'... Tu vas voir que ça ne sera rien. Il va me donner quelque chose, peut-être un sirop très fort, et fin de l'histoire.

– Je n'en suis pas si sûr, répondit doucement son frère.

– Signor Greco ?

Le docteur Calò apparut sur le seuil de la porte. C'était un homme élancé aux épaules un peu affaissées, au visage anguleux et aux yeux vifs. Carlo et Antonio sautèrent sur leurs pieds en même temps.

– Lequel de vous deux ? dit le médecin.

– Moi, répondit Carlo en levant une main.

– Installez-vous, je vous en prie.

– Je voudrais venir aussi, si c'est possible, dit Antonio. Je suis son frère aîné.

– Si le patient est d'accord, moi aussi.

Le médecin alla droit au but. Il y avait une tache sur le poumon gauche, expliqua-t-il en la montrant sur la radio.

Antonio serra très fort le bras de Carlo, qui gardait les yeux rivés sur le négatoscope, le visage impénétrable.

– Ne vous alarmez pas, signor Greco, le tranquillisa le médecin. Nous allons commencer tout de suite la radiothérapie. Rien n'indique que vous ne puissiez pas guérir.

Antonio et Carlo remontèrent en voiture et gardèrent le silence jusqu'à Lizzanello. Mais une fois aux portes du village, Carlo appuya sur l'accélérateur et tourna sur la route qui conduisait à Pisignano.

– On va où ? demanda Antonio.

– Au grand chêne vert, répondit Carlo, concentré sur la route, les mains crispées sur le volant.

Une fois arrivés, ils s'assirent, le dos appuyé au tronc massif. Antonio ferma les yeux et serra la main de Carlo dans la sienne. Ils restèrent un moment silencieux, bercés par le froissement du feuillage qui s'agitait au vent.

Antonio ouvrit les yeux et contempla la trame serrée des branches.

– Tu te rappelles Nino ? dit-il soudain.

– Bien sûr que je me le rappelle.

Antonio eut un petit rire.

– Je viens de me souvenir du jour où on l'a amené ici et où il a grimpé jusqu'en haut de l'arbre.

– J'ai bien failli me rompre le cou pour aller le récupérer. Sans compter le risque de me faire attraper par papa.

– Ce chat et toi vous aviez le même caractère : il était joueur et affectueux, comme toi… D'ailleurs, tu étais son préféré.

– Pas du tout. Il nous aimait tous les deux.

– Oui, mais la nuit, il dormait toujours à côté de toi.

– Parce que tu ronfles. Tu ronflais déjà quand tu étais petit.

Antonio feignit de se fâcher et donna une bourrade à son frère.

– Nino…, murmura Carlo avec un sourire en regardant fixement devant lui. Ça en fait remonter, des souvenirs…

Ils restèrent sans parler quelques instants, plongés chacun dans l'évocation de ce chat qu'ils avaient adoré, d'une époque sans souci, d'un bonheur apparemment infini. Puis Carlo reprit d'un ton sérieux :

– Je vais guérir, Antonino, pas vrai ?

– Bien sûr que tu vas guérir.

– Tu dis ça uniquement pour que je me sente mieux.

Antonio se retourna pour le regarder.

– Je ne veux pas te voir partir vaincu d'avance. Ça ne te ressemble pas. Ça serait plutôt moi…, voulut-il plaisanter.

Mais soudain, les yeux de Carlo s'emplirent de larmes.

Antonio mit son bras autour de ses épaules et l'attira à lui.

– Ne t'inquiète pas, Carletto. On va s'en sortir.

Comme on pouvait s'y attendre, Anna réagit à la nouvelle à sa manière. Devant Carlo, elle resta de marbre, et même elle le fixa d'un air assuré en lui disant : « Le traitement va marcher et tout va bien se passer. » Puis elle releva les manches de sa robe et alla à la cuisine, où elle passa le reste de l'après-midi à faire ce qui depuis toujours avait le pouvoir de la calmer : le pesto. C'est ainsi que Giovanna la trouva, penchée sur son mortier, en train de broyer du basilic avec acharnement. Elle tira lentement une chaise, s'assit et resta quelques instants à observer le visage crispé d'Anna, ses lèvres serrées, ses yeux rouges et humides.

Puis, sans un mot, elle prit la coupelle contenant les pignons et la lui passa.

Début septembre, Lorenza revint de ses vacances avec Tommaso à Otrante, dans une des résidences d'été de ses anciens beaux-parents où pendant des années il avait passé ses étés avec Giulia.

– Salut papa, je peux ?

Lorenza passa une tête par la porte ouverte du bureau d'Antonio, vêtue d'un tailleur et les cheveux relevés en chignon. Son visage était pâle et creusé, comme si elle n'avait pas passé un seul jour à la mer.

– Lorenza ! Je ne savais pas que vous étiez rentrés, dit-il en l'étreignant. Viens donc t'asseoir. Comment ça s'est passé ? demanda-t-il en s'installant sur le fauteuil en face d'elle.

Lorenza promena son regard autour d'elle.

– Ça fait des lustres que je ne suis pas venue ici, murmura-t-elle. C'est nouveau, ça, non ? demanda-t-elle en indiquant une lampe sur le bureau.

Antonio se retourna.

– Pas si nouveau que ça, répondit-il. (Et, se calant dans son fauteuil, il se remit à examiner sa fille.) Raconte-moi. C'était comment, à Otrante ?

Lorenza le fixa en silence.

– Je suis enceinte, papa, finit-elle par dire. Tu es la première personne à qui je le dis.

Antonio la regarda, surpris, puis se leva pour l'étreindre.

– Mais quelle magnifique nouvelle !

Lorenza resta raide. Il s'écarta.

– Qu'est-ce qu'il y a ? Tu n'as pas l'air contente…

– Si. Non. Enfin si, bien sûr.

– Alors, pourquoi ce petit museau renfrogné ?

– Pour rien, papa. Tout va bien… Je suis juste un peu fatiguée.

– Ta mère va être folle de joie, s'exclama Antonio en se rasseyant. Je la vois d'ici.

Lorenza esquissa un sourire où il n'y avait aucune trace de joie.

– Oui, elle mérite bien un peu de bonheur, lâcha-t-elle en se levant.

– Tu t'en vas déjà ? Mais tu viens tout juste d'arriver, dit-il, un peu déconcerté.

– Je vais annoncer la nouvelle à maman.

– Attends, je t'accompagne. On va le lui dire ensemble.

– Non, merci papa. Je veux le lui dire toute seule.

Lorenza sortit de la fabrique et arriva au croisement où elle aurait dû tourner à droite et prendre la rue Giuseppe Garibaldi, qui devenait ensuite la *via* Paladini, où était la maison de ses parents. Là, après un rapide regard sur sa droite, elle prit la rue à gauche, qui menait chez Daniele.

21

En ouvrant la porte ce jour-là, Daniele éprouva une surprise mêlée de gêne en découvrant Lorenza sur le seuil. Il n'avait pas osé l'approcher pendant tous ces mois ; il s'était imposé de ne pas interférer dans sa vie, de respecter sa condition de femme mariée et « intouchable ». Lorenza avait fait son choix, il n'y pouvait plus rien. Et en se retrouvant soudain face à elle, il fit un pas en arrière, comme apeuré.

– Tu ne me fais pas entrer ? lui demanda-t-elle d'une voix rauque.

– Je ne sais pas. Tu ne devrais pas être ici.

– Je t'en prie, l'implora Lorenza.

Un instant plus tard, elle éclatait en sanglots, le visage enfoui dans ses mains.

Daniele la fit donc entrer, l'installa sur le divan et lui apporta un verre d'eau.

– Calme-toi, lui murmura-t-il. (Il s'assit sur le bras du divan en s'efforçant de garder ses distances.) Ça va mieux ? dit-il ensuite, dès qu'elle eut reposé le verre vide sur la petite table.

Lorenza acquiesça faiblement, puis elle leva sur lui des yeux gonflés de larmes.

– Pourquoi es-tu venue ?

Elle s'approcha de lui, lui posa une main sur la joue, la

caressa, et l'embrassa. Daniele ne chercha pas à l'arrêter, il ne s'écarta pas. Il lui rendit son baiser, oubliant d'un coup tout ce qui n'était pas elle. Ils se déshabillèrent mutuellement sans cesser de s'embrasser, tombèrent sur le divan et firent l'amour pour la première fois. Ensuite, ils restèrent longtemps dans les bras l'un de l'autre, nus et heureux ; et puis, pas encore rassasiés, ils recommencèrent.

– C'est comme ça que ça devait se passer, lui murmura-t-il en effleurant ses cheveux. Si seulement tu m'avais fait confiance…

– J'étais furieuse… Et j'ai eu peur. Peur de rester seule pour toujours, peur que tu ne reviennes jamais.

– Je sais.

– Et tu veux savoir le plus drôle ? poursuivit-elle d'un ton amer. C'est que je ne me suis jamais sentie aussi seule que depuis que je suis mariée… Ce n'est pas la faute de Tommaso, qui est si gentil et affectueux… Mais chaque fois qu'il me touche, j'ai envie de hurler.

Et aussitôt après, elle lui avoua qu'elle attendait un enfant, et que c'était la pire chose qui pouvait lui arriver.

Daniele l'écarta de lui et s'assit, mains croisées, le regard fixé à terre.

Lorenza aussi baissa les yeux.

– Tu es en colère ? souffla-t-elle.

Il se passa une main dans les cheveux et se leva d'un bond. Il remplit un verre d'eau et le but adossé à l'évier.

– Non, je ne suis pas en colère, dit-il enfin d'une voix faible. Je suis désolé pour toi, pour ce malheur que tu ressens.

À partir de ce jour, ils n'avaient plus cessé de se rencontrer en cachette. À l'automne, Daniele se mit en quête d'un appartement à Lecce où installer son atelier et où ils pourraient se voir loin des yeux du village. Il eut du mal à le trouver : ceux qu'il visitait n'avaient pas le bon éclairage, étaient trop humides, ou si délabrés qu'ils auraient exigé une rénovation totale, et il n'avait pas tant d'argent. Il finit par tomber sur une petite maison de trois pièces avec de grandes fenêtres *via* Santa Maria del Paradiso, une ruelle du quartier delle Giravolte, à quelques pas de la Porta Rudiae. « C'est ici qu'habitaient mes grands-parents, lui expliqua un garçon qui avait à peu près son âge. Je ne m'en sers pas, j'ai déjà un endroit où habiter. » Ils étaient donc tombés d'accord sur un forfait à l'année, du moins pour le moment.

Les après-midi où Tommaso restait au bureau, Lorenza filait à l'anglaise et prenait le car pour Lecce. Même affaiblie par sa grossesse, elle voulut aider Daniele à réaliser son rêve : elle lava par terre, nettoya les vitres et les portes. Et quand, avec la camionnette d'un ami, il apporta sa Singer, ses étoffes et tous ses instruments de travail, ce fut elle qui se chargea de tout installer.

– Et ta boîte de croquis ? s'enquit-elle tout en empilant les rouleaux d'étoffe et en les répartissant par couleur.

– Elle n'existe plus.

Il lui raconta alors la discussion avec sa mère, les modèles qu'elle lui avait volés, et combien il s'était senti trahi par la mesquinerie de Carmela…

– J'y suis habitué. Elle ne changera jamais, conclut-il avec tristesse. Mais je ne veux plus y penser. À présent, je vais dessiner une ligne de vêtements encore plus moderne, que même une New-Yorkaise pourrait porter.

Lorenza l'écoutait, l'air contrarié.

– Ça me paraît un merveilleux objectif. Je suis sûre que tu vas surprendre tout le monde, s'écria-t-elle avec un peu trop d'enthousiasme.

En réalité, elle se sentait coupable : le soir de l'anniversaire de son oncle Carlo, elle avait vu juste quand il lui avait semblé que Carmela portait un des modèles de Daniele. Pourtant, elle avait aussitôt écarté cette pensée, et n'avait pas cherché plus loin. Elle aurait sans doute dû aller tout droit chez Carmela et lui demander des explications. Mais à quoi bon ruminer tout cela à présent ? Et surtout, pourquoi le raconter à Daniele après tout ce temps, maintenant qu'ils s'étaient retrouvés ?

– Il ne manque plus qu'une table, un miroir, des petits divans et une penderie, dit Daniele en regardant autour de lui.

– Et tu dois te faire fabriquer une enseigne, ajouta Lorenza. J'aimerais te l'offrir. J'y tiens.

Il la regarda avec un sourire.

– Merci, tu es un amour.

Il s'approcha d'elle et lui caressa d'abord la tête, puis le ventre.

– Tu sais quel serait mon plus grand désir ? dit-elle. Que ce soit ton enfant.

Il la serra dans ses bras et lui susurra à l'oreille :

– Je le voudrais aussi.

Giada naquit à la maison le 18 avril, à l'issue d'un travail de quatorze heures, pendant que toute la famille attendait derrière la porte, à l'exception d'Agata, qui resta à côté de sa fille tout le temps en lui tenant la main tandis que la sage-femme lui ordonnait de pousser. Tommaso ne cessait de se lever et de s'asseoir, incapable de tenir en place ; Antonio lui posait une main sur l'épaule en lui répétant : « Tout va bien se passer, tu vas voir. Mange plutôt quelque chose. » Anna et Giovanna, à la cuisine, préparaient des *friselle* à la tomate et à l'origan, et se chargeaient de fournir à la sage-femme les serviettes propres et l'eau bouillante qu'elle réclamait. Quand Carlo arriva à son tour, il ne resta que quelques minutes. « Il faut que j'aille m'étendre », dit-il sur un ton d'excuse, l'air fatigué et les yeux marqués de cernes rougeâtres. Et il rentra chez lui appuyé au bras de Roberto.

– Une petite fille ! s'exclama Tommaso, les yeux brillants de joie. J'espérais tellement que ce soit une fille. Ma petite princesse, dit-il en effleurant les mains du nourrisson.

Épuisée, Lorenza s'endormit. Agata fit sortir tout le monde de la pièce, installa l'enfant dans son berceau, ferma les rideaux et s'assit à côté du lit. De temps à autre, elle tamponnait avec un mouchoir le front perlé de sueur de Lorenza et lui humectait les lèvres avec un peu d'eau, puis elle se levait sur la pointe des pieds pour jeter un coup d'œil à la petite. Quand Giada se réveilla et se mit à pleurnicher de faim, Agata la prit dans ses bras et la berça pendant quelques instants. « C'est la chérie de sa grand-mère », lui murmura-t-elle avec tendresse. Elle ouvrit un peu les rideaux et se pencha sur Lorenza.

– La petite doit manger, dit-elle.

Lorenza fit une grimace.

– J'ai besoin de dormir, grogna-t-elle sans ouvrir les yeux.

– Tu vas l'allaiter, et après tu pourras te rendormir, lui dit Agata.

Lorenza s'assit péniblement dans le lit et sa mère lui passa l'enfant.

La première tétée se révéla une torture.

– Aïe ! ne cessa de se lamenter Lorenza, le visage crispé.

– Un peu de patience, c'est comme ça la première fois et puis ça passe, la rassura Agata, assise à côté d'elle sur le lit.

– Mais ça fait mal ! insista Lorenza.

Et elle éloigna la petite.

Les jours suivants, ce fut encore pire. Giada pleurait jour et nuit. Exaspérée, Lorenza la prenait dans ses bras et la berçait énergiquement, mais cela ne semblait qu'ajouter au désespoir de l'enfant.

– Je ne sais plus quoi faire pour qu'elle s'arrête. Elle me rend littéralement folle, répétait-elle à Tommaso, au bord des larmes.

Il se levait du lit en disant :

– Donne-la-moi, je vais essayer de la calmer.

– Mais qu'est-ce que tu y connais, toi, marmonnait-elle. Et elle recommençait à bercer le bébé avec rage.

– Laisse-moi essayer, répondait-il calmement.

Et à chaque fois, dès que Tommaso prenait la petite dans ses bras, elle s'arrêtait brusquement de pleurer.

– Dieu soit loué, soupirait Lorenza.

Agata arrivait tôt chaque matin pour prendre le relais de Tommaso.

– Ça ne va pas, ça, ma fille, disait-elle à Lorenza d'un ton de reproche. Les enfants sentent tout ce qu'il y a en toi. Et toi, à l'intérieur, tu n'as que du venin.

Lorenza n'avait pas revu Daniele depuis la veille de l'accouchement, et elle avait l'impression de devenir folle. Elle regardait sa fille et n'arrivait pas à éprouver le moindre élan d'amour ou de tendresse pour elle ; elle n'avait en tête que les douleurs de la tétée, les nuits sans sommeil, la fatigue permanente, les cris aigus qui lui donnaient envie de s'enfuir.

À qui aurait-elle pu dire ce qu'elle éprouvait réellement ? Personne n'aurait compris ; on se serait indigné, on l'aurait jugée folle, on aurait dit que quelque chose n'allait pas dans sa tête.

Anna venait lui rendre visite tous les jours en sortant du travail. Elle caressait le visage de Giada, écartait de son front ses boucles de cheveux, puis elle venait s'asseoir à côté de sa mère.

– Tu n'as pas bonne mine, *ma petite**, lui dit-elle un jour.

– Merci, j'étais déjà au courant, répliqua sèchement Lorenza.

– Tu veux bien qu'on parle un peu ?

– Et de quoi ? Comme tu le vois, je n'ai pas grand-chose à raconter, ces derniers temps, ironisa Lorenza.

Anna se tourna vers le berceau et regarda l'enfant qui dormait tranquillement.

– Eh bien, je n'en ai pas l'impression…

– La vérité, c'est que j'ai tout raté, tatie.

– Tu as une enfant adorable et en bonne santé. Ça ne me donne pas l'impression que tu aies tout raté, qu'en penses-tu ?

Lorenza eut une grimace agacée.

– Je…, tenta-t-elle de dire, mais elle se bloqua.

– Tu quoi ? Continue, je t'en prie, l'exhorta Anna.

Lorenza soupira, puis sortit du lit et alla se planter devant la fenêtre.

– Je n'arrive pas à l'aimer, dit-elle sans se retourner. Je la regarde, et je n'éprouve rien. Parfois… (Elle eut un profond soupir.) Parfois, je voudrais qu'elle n'existe pas. Comme ça je serais libre.

Une larme coula sur sa joue. Anna voulut se lever pour s'approcher d'elle, mais quelque chose la retint.

Lorenza s'essuya le visage de la paume de la main, puis se retourna vers sa tante.

– Tu ne dis rien ? Je sais, tu penses que je suis un monstre.

Anna la contemplait avec tristesse. Où était passée la petite fille joyeuse et pleine de vie qui courait à sa rencontre, toujours si gentille et enthousiaste ?

– Pas du tout, répondit-elle d'une voix rauque. Je pensais au contraire à l'époque où tu étais petite fille…

– Ça fait un moment que je ne le suis plus, l'interrompit Lorenza.

– Oui, ça je le sais.

Lorenza quitta la fenêtre et vint se rasseoir en face de sa tante.

– Ça fait deux semaines que je n'ai pas vu Daniele…, murmura-t-elle. (Anna leva les sourcils et ouvrit la bouche, mais Lorenza l'arrêta.) Oui, je sais : tu me l'avais bien dit. Et ça s'est passé comme tu l'avais prévu. Tu es contente ?

– Absolument pas, murmura Anna.

– Excuse-moi, tatie. Je suis si fatiguée…, dit-elle en tendant la main vers elle. Je sais bien que ce n'est pas ta faute.

Anna lui prit la main. Ça lui faisait mal de voir Lorenza dans cet état, victime d'elle-même et de son mauvais choix. Elle éprouva de la pitié pour elle, en l'imaginant en train de se mettre au lit soir après soir à côté d'un homme qu'elle n'aimait pas ; et elle était très contrariée de la savoir heureuse uniquement pendant les heures volées à cette vie, dans la clandestinité de ses rencontres avec Daniele…

– Il y a une chose que je peux faire pour toi, si tu veux, dit-elle alors. Demain après-midi, je le fais venir à la maison. Comme ça, vous pourrez être un peu ensemble tranquillement. De chez moi, tu peux rentrer en quelques minutes si jamais Giada a besoin de toi. De toute façon, Agata reste avec elle, non ? Je vais trouver une excuse pour ta mère, ne t'inquiète pas : je lui dirai que tu as besoin de te détendre quelques heures, que je dois te couper les cheveux ou quelque chose de ce genre. Pour ton oncle, sois tranquille, il sera absent tout l'après-midi… Il doit aller inaugurer cette nouvelle zone commerciale, expliqua-t-elle avec un geste nonchalant, et Roberto ira avec lui. Quant à Giovanna, eh bien tu peux lui faire confiance, tu le sais.

Lorenza parut s'épanouir d'un coup. Elle s'élança dans les bras de sa tante.

– Oh, tatie ! Tu ferais vraiment ça pour moi ?

Anna lui effleura les cheveux.

– Si ça doit te faire sourire de cette façon, oui, *ma petite**.

Le lendemain après-midi, Daniele arriva chez Anna en proie à une grande agitation. Le cœur battant et le souffle court, il frappa à la porte.

Anna l'accueillit avec un sourire.

– Viens, installe-toi dans le salon, lui dit-elle. Lorenza va arriver dans un instant. Tu veux un café ? Un verre d'eau ? Quelque chose me dit que tu en as besoin...

Daniele avança, embarrassé. Il s'assit sur le divan que lui indiquait Anna et murmura :

– Oui, peut-être un peu d'eau, merci.

Anna se dirigea vers la cuisine tandis que Daniele regardait autour de lui : la grande cheminée, les tableaux sur les murs, le petit meuble contenant la radio, le tourne-disque... Il fut frappé par l'absence des bibelots et du bric-à-brac dont les maisons étaient en général envahies. « Ah non, il y a quelque chose ! », se dit-il ensuite en découvrant un personnage en papier mâché sur le manteau de la cheminée. Il se leva et s'approcha pour mieux le voir : c'était une femme vêtue de blanc qui tenait un panier de pommes rouges. Un côté de son visage était un peu ébréché.

Anna revint avec le verre d'eau.

– Elle est belle, hein ? Je l'ai achetée deux mois après mon arrivée ici. Le type sur le marché l'avait cachée derrière les autres personnages uniquement à cause de ce petit éclat sur sa figure qui la rendait différente. Moi, ça ne m'a jamais fait peur, d'avoir l'air différente. C'est pour ça que je la garde encore après toutes ces années.

Daniel ébaucha un sourire.

– Voilà pour toi, dit-elle ensuite en lui tendant le verre.

Daniel le prit et l'expédia d'une seule gorgée.

Puis Anna s'assit sur le divan et, d'un geste, l'invita à s'asseoir à côté d'elle.

– Tu sais, reprit-elle, je suis heureuse que tu sois ici. Ça fait si longtemps que je voulais faire ta connaissance. C'est bizarre, tu ne trouves pas ? Carlo, Lorenza… Nous avons en commun deux personnes qui comptent beaucoup pour nous, et pourtant nous n'avons jamais eu l'occasion de bavarder, toi et moi.

Daniele se détendit aussitôt.

– Oui, c'est bizarre, dit-il en souriant et en posant le verre sur la table. J'ai dit ton nom plus souvent que le mien, ajouta-t-il avec un petit rire. Je pense que "Donna Anna" sont les mots que j'ai le plus souvent prononcés dans ma vie.

Anna s'esclaffa à son tour.

– Je ne sais pas comment te remercier pour aujourd'hui, dit-il ensuite. Quand tu es venue frapper chez moi hier, j'ai craint que tu veuilles me dire mes quatre vérités. Je ne voudrais pas que tu te fasses une mauvaise idée de moi. J'aime vraiment Lorenza, elle m'aime aussi, et…

Il s'arrêta, baissa les yeux.

– Et tu étais là le premier. C'est cela que tu veux me dire, fit Anna avec douceur.

Il leva les yeux et la regarda avec reconnaissance.

– Oui, approuva-t-il. Quelque chose comme ça.

À cet instant, on entendit frapper à la porte.

– La voilà, dit Anna. Et elle alla ouvrir.

Daniele se leva, les yeux rivés sur l'entrée.

Lorenza entra, haletante, l'air impatient. Elle courut vers Daniele et l'étreignit. Lui la serra très fort et plongea la tête dans ses cheveux.

Anna se dirigea vers la cuisine, ferma doucement la porte et rejoignit Giovanna qui, dès qu'elle avait entendu arriver Daniele, s'était retirée au jardin.

Au bout d'une demi-heure, on entendit une clé tourner dans la serrure. Anna se précipita, Giovanna sur ses talons. Daniele et Lorenza se levèrent du divan d'un air alarmé.

Sur le seuil, Carlo s'appuyait lourdement sur Roberto.

– Que s'est-il passé ? dit Anna en aidant Roberto à soutenir Carlo qui, à l'évidence, ne tenait pas debout.

Daniele se précipita à leur secours. Puis, tous les trois, ils le firent étendre sur le divan.

Le visage de Carlo avait une expression de profonde souffrance. Anna ne l'avait jamais vu ainsi.

– Carlo, l'appela-t-elle en se penchant sur lui. Qu'est-ce que tu as ? Qu'est-ce qui s'est passé ?

Il eut un accès de toux et se recroquevilla sur le flanc.

– Il s'est senti mal, expliqua Roberto d'une voix tremblante.

Daniele s'agenouilla à côté du divan. Comme s'il ne s'apercevait de sa présence qu'à ce moment, Carlo ouvrit les yeux et murmura : « Mon garçon… » Puis il regarda Lorenza, qui était restée immobile, incapable de faire ou de dire quoi que ce soit.

Il referma aussitôt les yeux avec une moue désolée : il avait compris.

Il s'apprêtait à couper le ruban pour inaugurer la zone commerciale quand il était devenu pâle comme de la cire et avait été pris d'une toux caverneuse, déchirante, comme il n'en avait jamais eu jusqu'alors, expliqua Roberto. Tous les gens présents s'étaient hâtés vers lui ; certains le tenaient, d'autres lui tapaient dans le dos, d'autres hurlaient : « Il ne respire pas ! » Ils l'avaient soutenu jusqu'à ce qu'il finisse par cracher un gros caillot de sang.

– Va appeler l'oncle Antonio, dit Anna à son fils. On l'emmène tout de suite à l'hôpital.

– J'y vais, moi, chercher papa, dit Lorenza.

Mais avant de sortir elle regarda Daniele avec des yeux

désolés et gonflés de désir et lui fit un signe qui disait « demain ? ».

Anna et Antonio aidèrent Carlo à s'installer sur la banquette arrière de la Fiat 508, puis Antonio prit le volant en direction de l'hôpital.

Le docteur Calò l'examina pendant plus d'une heure.

Anna et Antonio ne purent rien faire d'autre que patienter, assis sur les chaises inconfortables de la salle d'attente.

Anna avait la tête appuyée en arrière contre le mur, Antonio était penché en avant, les coudes sur les genoux. Elle lança un coup d'œil à l'horloge.

– Ça va durer longtemps ?

Antonio la regarda.

– Je n'en ai aucune idée.

– Il n'avait jamais craché de sang, jusqu'ici, poursuivit Anna.

Antonio acquiesça, les yeux dans le vide, tout en tapotant le carrelage de la pointe du pied.

Elle passa les mains dans ses cheveux en soupirant bruyamment.

– J'ai peur, Antonio, finit-elle par dire. Je *meurs* de peur, ajouta-t-elle d'une voix tremblante.

Il hésita, puis posa une main sur son genou. Elle la serra si fort qu'elle y laissa la trace de ses ongles.

– Moi aussi, murmura Antonio.

La porte de la salle de consultation s'ouvrit : Carlo sortit le premier, suivi du médecin. Ils avaient tous deux le visage grave des porteurs de mauvaises nouvelles.

Anna et Antonio se levèrent aussitôt.

Carlo les regarda de l'air le plus désolé qu'ils lui aient

jamais vu. Puis il avança de quelques pas et, sans un mot, écarta les bras et les serra tous les deux contre lui.

Début mai, Anna sortit de son bahut ses vêtements d'été et ceux de Carlo. Elle vida les armoires des vêtements d'hiver et les rangea dans le bahut à la place des autres. Enfin, elle rassembla les vestes, les chemises et les pantalons de coton de Carlo, qu'elle empila dans un grand sac.

Elle jeta un coup d'œil dans la chambre à coucher pour s'assurer que Carlo dormait. Quand elle l'entendit ronfler, elle referma la porte et descendit l'escalier.

– Je vais chez la couturière. Tu restes ici avec papa ?

Roberto releva les yeux d'un exemplaire fatigué de *Roméo et Juliette*. Il avait été choisi pour interpréter Roméo lors du spectacle de fin d'année, et dès qu'il avait fini ses devoirs, il passait chaque jour des heures à mémoriser son rôle. Parfois, il montait dans la chambre de ses parents, s'allongeait sur le lit à côté de Carlo et lui tenait compagnie en lui disant ses répliques.

– Oui, bien sûr, ne t'inquiète pas, dit-il à sa mère.

Son sac sur l'épaule, Anna prit la rue qui menait chez la couturière.

Quand Carmela lui ouvrit la porte, les deux femmes se fixèrent pendant quelques instants. À son air douloureux, Anna comprit qu'elle savait déjà tout. Comme toujours, il était impossible de cacher quoi que ce soit au village, et le fait que Carlo se soit temporairement retiré de sa charge de maire et de la cave n'avait fait que confirmer les rumeurs.

– *Trasi*, l'invita Carmela.

Anna posa son sac sur la table. D'une voix ferme, elle lui expliqua qu'il contenait les vêtements de Carlo, et qu'elle les lui apportait pour les rétrécir. Désormais, ils étaient trop grands d'au moins deux tailles, précisa-t-elle.

Carmela ouvrit le sac et commença à les extraire avec délicatesse, en les posant au fur et à mesure sur sa table. Anna avait déjà fixé avec des épingles les nouvelles mesures, là où il fallait rétrécir ou couper.

– Je me rends compte que c'est beaucoup de travail, dit Anna. Mais je te demande comme une faveur de le faire le plus tôt possible. Je te paierai le double, si nécessaire.

Carmela secoua la tête.

– Tu vois ? C'est à ce genre de choses que l'on comprend que tu es et que tu resteras toujours une étrangère.

– Pourquoi, qu'est-ce que j'ai dit ? s'indigna Anna.

Carmela la regarda droit dans les yeux.

– Par ici, quand l'un de nous va mal, personne ne penserait à le faire payer, ou à faire payer sa famille pour un service, répliqua-t-elle d'un air dur. Reviens dans cinq jours, ce sera prêt, ajouta-t-elle avant de la congédier.

Carmela referma la porte avec irritation et alla se rasseoir à sa table. Elle chaussa ses lunettes de vue et s'apprêtait à reprendre l'ouvrage qu'elle avait en train, mais elle s'interrompit. Elle regarda longuement les vêtements de Carlo, puis elle sortit une chemise du tas : elle était bleu ciel, avec des boutons en nacre ; c'était celle qu'il portait le jour où il s'était présenté à sa porte en lui demandant : « Je dérange ? » Et elle, comme une idiote, l'avait fait entrer.

Elle porta la chemise à son visage et la respira, les yeux fermés : l'odeur de Carlo, ce mélange de tabac et d'après-rasage mentholé, elle l'aurait reconnue entre mille.

22

Juin 1949

J'ai le manteau de la nuit pour me dérober à leurs yeux,
Mais si tu ne m'aimes pas laisse-les me trouver ici.
Mieux vaut perdre la vie par leur haine
Que d'attendre la mort sans être aimé de toi.

Juché sur un escabeau en bois, Roberto répétait ses répliques, tandis que Carlo, assis dans son fauteuil, une couverture à carreaux sur les jambes, s'efforçait de suivre le texte. Les traitements avaient fait tomber tous ses cheveux, le laissant complètement chauve.

– Je l'ai bien dit ? demanda Roberto.

– Oui, oui, confirma Carlo avec un filet de voix. Je t'interromprai si tu te trompes quelque part.

Il eut un accès de toux.

– Tu es fatigué. On fait une pause, dit Roberto en descendant de son escabeau.

– Oui, juste un instant, répondit Carlo en posant le livre sur la petite table.

Roberto alla s'asseoir sur le tapis aux pieds de son père et posa la tête contre ses jambes.

– Papa, je voudrais te demander quelque chose.

– Dis-moi.

– Qu'est-ce que tu as éprouvé quand tu as rencontré maman ? Je veux dire, comment tu as compris que tu étais tombé amoureux ?

Carlo réfléchit quelques instants.

– Ce que j'ai ressenti avant tout, je crois, c'est une grande intimité. Cette impression de pouvoir montrer tes côtés les plus fragiles en sachant que l'autre les comprendra, les acceptera, et ne s'en servira jamais contre toi. Tu comprends ce que je veux dire ?

Roberto hocha la tête.

– Je crois que oui…

– Pourquoi tu me demandes ça ? Il y a une fille qui te plaît ?

– À en mourir, papa, répondit-il avec un soupir. C'est seulement que je ne sais pas si je lui plais, à elle.

Carlo sourit.

– Elle s'appelle comment ?

– Maria. Elle s'appelle Maria. C'est elle qui fait Juliette.

Carlo se mit à rire et à tousser en même temps.

– Ah, alors c'est le destin. Et je te promets que ni moi ni ta mère ne nous mettrons en travers, plaisanta-t-il.

– Papa…, répéta Roberto, après quelques secondes de silence.

– Quoi ?

– Je crois que je suis amoureux. Quand je suis avec elle, j'ai la même impression que tu as eue avec maman.

Carlo désormais ne sortait plus. Le docteur Calò avait été clair : il devait observer un repos absolu, éviter tout effort, ne pas tirer sur la corde. Il avait été brutalement sincère : la tumeur s'était étendue d'une façon imprévisible.

– Il me reste combien de temps ? lui avait demandé Carlo à la fin de la dernière visite.

Le médecin s'était assombri, puis avait croisé les mains sur son bureau.

– Je ne peux pas vous le dire. Continuez à vous soigner, s'était-il borné à répondre.

Au cours de ces semaines, Anna ne l'avait pas laissé seul un instant. Elle avait pris un congé de la poste, le premier en quatorze ans, pour pouvoir rester avec lui.

– Les médecins peuvent se tromper. Ce sont des êtres humains eux aussi, bon sang, lui répétait-elle. Tu vas guérir, je le sais.

Elle refusait d'admettre qu'il puisse ne pas y arriver, convaincue que l'envie de vivre de Carlo l'emporterait sur la maladie. Combien de fois aurait-il voulu lui dire qu'elle ne l'aidait nullement en se comportant ainsi ; il ne voulait pas qu'on lui fasse miroiter un espoir trompeur, il refusait d'ignorer la réalité pour poursuivre un mirage. Le pire pour lui aurait été de se persuader qu'il pouvait vivre encore longtemps : le moment des adieux n'en aurait été que plus inacceptable et déchirant.

Il aurait voulu dire : « Tais-toi, ça suffit, ne me parle plus de tout ce qu'il nous reste à faire ensemble, ne me parle plus de l'avenir. Ça me fait mal. Tu comprends que ça me fait mal ? »

Et pourtant, Carlo n'arrivait jamais à la contredire. Il avait le cœur serré à la pensée qu'elle aussi, à sa façon, cherchait à le protéger du mieux possible. Il continuait à cracher du sang, à se sentir privé de souffle, avec un poids permanent sur la poitrine. Il le voyait bien, que les choses allaient en empirant. Et Anna le voyait aussi…

Le jour où il lui demanda de faire venir le notaire, elle se renfrogna et croisa les bras sur la poitrine.

– Tu te comportes comme si tu allais vraiment mourir. Arrête ça ! lui dit-elle.

Carlo tenta de s'asseoir dans le lit, mais en vain.

– Je t'en prie, Anna, fais ce que je te demande, la supplia-t-il dans un râle.

Finalement, ce fut Antonio qui dut aller chercher le notaire, un petit homme pimpant qui se présenta avec sa serviette en cuir noir à la main et le visage rasé de frais, à en juger par une petite entaille sur sa joue gauche.

Anna ouvrit la porte et le salua à peine. Puis elle se rendit à la cuisine et fit claquer la porte derrière elle.

– Excusez-la, dit Antonio, embarrassé, en le conduisant le long de l'escalier jusqu'à la chambre à coucher.

Carlo informa le notaire que son frère serait présent à l'énoncé du testament. Antonio ferma la porte à clé et s'assit sur la chaise, jambes croisées. C'était peut-être le moment le plus difficile de sa vie, et pourtant il s'obligea à se montrer fort, à être le roc auquel Carlo s'agrippait depuis toujours, à ne pas laisser paraître son angoisse. « Je dois d'abord m'occuper de lui », se répétait-il pour se donner du courage. Il connaissait son frère, il savait parfaitement de quoi il avait besoin : feindre que tout allait bien n'aurait fait qu'accentuer la peur et la solitude qu'il éprouvait déjà.

Il resta à écouter en silence, pendant que le notaire transcrivait ce que lui dictait Carlo sur une feuille à l'intérieur d'un classeur.

Il laissait à Anna la maison de la *via* Paladini et la totalité de l'argent. Roberto devait hériter de soixante-dix pour cent du domaine et de la cave Greco. Les autres trente pour cent iraient à Daniele Carlà « pour son remarquable dévouement et les nombreux profits qu'il avait rapportés à la cave grâce à son expérience accumulée au cours des années. Il a donc gagné ma totale et inconditionnelle confiance. Je suis certain qu'il continuera à faire prospérer la cave ». En souhaitant, fit-il ajouter, que Roberto et Daniele la gèrent ensemble « dans une collaboration pacifique et fructueuse, digne des deux garçons les plus brillants que j'aie jamais rencontrés ».

Antonio écarquilla les yeux et s'agita sur sa chaise ; il s'apprêtait à ouvrir la bouche, mais Carlo lui fit signe de se taire : il en avait décidé ainsi, point final.

Mais une fois le notaire parti, Antonio referma la porte et laissa libre cours à sa colère.

– Comment tu vas expliquer ça à Anna ? lui demanda-t-il, sincèrement troublé. Et Roberto, comment tu penses qu'il va réagir ? Tu ne peux pas t'en sortir avec un pareil coup de théâtre. Et s'il commençait à soupçonner quelque chose ? Tu ne veux pas qu'il l'apprenne de cette façon, quand... (Il poussa un profond soupir.) Quand tu ne pourras plus lui fournir d'explication. Tu dois le lui dire tout de suite, maintenant. (Carlo détourna la tête.) Ou alors, change ce testament pendant qu'il en est encore temps, pour l'amour du ciel !

– Ne t'inquiète donc pas comme ça, répondit Carlo d'une voix faible. Ils vont penser que j'ai décidé ça parce que je me soucie de mes affaires, point final. Du bien de la cave et de leur avenir. Je connais Anna, je connais mon fils, conclut-il d'une voix haletante.

– Et si tu te trompais au contraire et..., tenta de répliquer Antonio, mais Carlo l'interrompit aussitôt.

– Je ne veux plus en parler.

Antonio eut un soupir désolé.

Tout le monde venait lui rendre visite : les employés de la cave, ceux de la commune, les camarades du parti, les membres du conseil municipal... Chacun lui souhaitait de se remettre rapidement et de ne pas laisser la maladie prendre le dessus. « On ressent ton absence » ; « Ne vous faites pas de souci, à la cave tout se passe comme d'habitude » ; « On t'attend, ne fais pas l'idiot » ; « Dès ton retour, il faudra reprendre ce projet » ; « Quand tu seras à nouveau sur pied, on en reparlera ».

Après chaque visite, Carlo se sentait littéralement épuisé, submergé par cette avalanche de paroles vides, de promesses absurdes. Aussi finit-il par prier Anna de ne plus laisser entrer personne. Elle devait tous les renvoyer, leur dire qu'il se reposait, qu'il ne pouvait pas les recevoir. Il ne voulait plus voir personne à part sa famille.

– Attends, ajouta-t-il avant qu'elle referme la porte de la chambre. Si Daniele vient, fais-le entrer. Lui, il ne me dérange jamais.

Depuis que l'état de Carlo s'était aggravé, Daniele avait décidé de repousser l'ouverture de son atelier pour revenir s'occuper de la cave. « Je le lui dois », avait-il expliqué à Lorenza. Il en vint peu à peu à remplacer Carlo dans toutes ses fonctions : il distribuait la paie, discutait avec les employés, contrôlait les expéditions, tenait en ordre les registres, s'assurait qu'il n'y avait pas de retard. Une fois par semaine, en général le samedi, il se rendait chez Carlo pour lui faire un compte rendu détaillé.

Celui-ci l'écoutait et hochait la tête d'un air satisfait.

– Bravo. Tu fais un excellent travail, lui disait-il à chaque fois.

Un matin, Carlo se résolut à lui parler du testament et des trente pour cent qui lui reviendraient.

– Comme ça, tu y seras préparé, conclut-il.

Daniele resta stupéfait.

– Je ne sais pas quoi dire. Je... je ne m'y attendais pas.

Et d'ailleurs, pourquoi faire déjà ton testament ? Je veux que tu guérisses, Carlo, et...

Sa voix se brisa.

– Viens ici, mon garçon, dit Carlo en tapotant le lit.

Daniele obéit.

– Je ne sais pas si je guérirai, reprit-il, aussitôt interrompu par un accès de toux. J'ai voulu tout régler à temps. Tu le comprends, n'est-ce pas ? ajouta-t-il d'une voix haletante.

Daniele se moucha et frotta ses yeux humides.

– Je ne veux pas y penser, murmura-t-il en secouant la tête.

Carlo plissa les lèvres et posa sa main sur la sienne.

– Pourquoi moi ? poursuivit Daniele. Ton fils est au courant ? Et Anna ?

Carlo le regarda longuement. Dieu sait combien il aurait voulu tout lui avouer, et qu'il le regarde pour une fois – une seule fois, il n'en demandait pas plus – avec les yeux d'un fils. Pourtant, il ne réussit pas à lui parler : les mots moururent dans sa gorge.

– Parce que tu l'as mérité, mon garçon, répondit-il. Tu l'as bien mérité. Et c'est ma décision. Tu n'as pas à t'inquiéter pour Anna et Roberto

Enfin, peu avant que Daniele s'en aille, il lui demanda de lui faire une promesse.

– Tout ce que tu veux.

– Lorenza, soupira Carlo. (Daniele se raidit aussitôt.) Tu sais, j'ai compris ce qui se passe. Et ça ne va pas, mon garçon. C'est une femme mariée, elle a une fille. Cette affaire ne peut t'apporter que des ennuis. Mon frère ne le supporterait pas. Oublie-la. Pense à toi. Tu trouveras une autre fille à aimer.

Daniele détourna les yeux.

– Il vaut mieux que je m'en aille, dit-il en se levant lentement. Et toi, ne pense qu'à te reposer.

En le regardant partir, Carlo ne put s'empêcher de repenser

aux paroles que don Ciccio avait prononcées ce jour-là, dans la pénombre de sa chambre à coucher : « Mais ne va pas t'imaginer que ça servira à quelque chose. » Il avait eu raison.

Daniele sortit de chez Carlo abasourdi, et sans savoir pourquoi, puisqu'il ne lui avait encore rien pardonné, il se rendit tout droit chez sa mère. Il ouvrit la porte de son atelier et la trouva assise devant sa Singer, ses lunettes sur le nez, retenues par une petite chaîne dorée.

– Tiens, voilà mon fils… C'est un miracle, dit-elle d'un ton sarcastique.

– Salut, dit-il froidement.

– Ça fait des siècles que je ne t'ai pas vu.

Daniele ne répondit pas et se laissa tomber dans un fauteuil avec un soupir.

Carmela se leva et alla s'asseoir en face de son fils. Elle retira ses lunettes et les laissa glisser sur sa poitrine.

– Tu veux un café ?

Daniele secoua la tête.

– Je viens d'en prendre un. Chez Carlo, dit-il.

Carmela croisa les jambes et posa ses mains sur les accoudoirs.

– Comment il va ?

Il haussa les épaules d'un air affligé. Carmela déglutit.

– Et le docteur, qu'est-ce qu'il dit ?

– Je ne sais pas, murmura Daniele. Mais rien de bon, je crois, puisque Carlo a fait son testament.

– Ah, s'étonna Carmela en se raidissant. Et comment tu le sais ? Ce sont des affaires privées. C'est sa femme qui te l'a dit ? demanda-t-elle d'un air méprisant.

– Non, répliqua Daniele avec agacement. C'est lui qui me l'a dit.

Et là-dessus, il se leva.

– Et pourquoi il t'a dit ça ? En quoi ça te concerne ?

– Je n'en sais rien. Je me le demande encore.

Elle sentit son cœur s'accélérer.

– Je ne te suis pas.

Daniele s'appuya à la table.

– Il m'a laissé trente pour cent du domaine et de la cave. Ça n'a aucun sens : pourquoi moi ?

Carmela le contempla, figée, tandis que ses pensées se bousculaient : en un instant, elle se revit gamine, avec Carlo qui était « fou d'elle » et la voulait à tout prix ; puis la première fois qu'ils avaient fait l'amour, les larmes qu'elle avait versées quand il l'avait quittée avec une misérable lettre, la naissance de Daniele, la rage qu'elle avait couvée toutes ces années où il était resté au loin, les battements de son cœur lorsqu'elle l'avait revu après tout ce temps, l'émotion de se retrouver entre ses bras, son ressentiment aveugle quand il l'avait abandonnée pour la seconde fois… Mais surtout, elle repensa aux paroles de don Ciccio : « À la fin, il lui donnera quelque chose. Et ce ne sera pas une petite part. Fie-toi à moi, je sais comment les choses se passent. Le sang l'emporte toujours. »

Elle eut un frémissement de pur bonheur. Elle se leva de son fauteuil, s'approcha de son fils, prit son visage entre ses mains et le regarda droit dans les yeux.

– Tu ne dois plus jamais te demander pourquoi. Tu as compris ? Plus jamais. Tu as travaillé dur et tu l'as bien gagné. *Nisciunu* ne fait cadeau de quoi que ce soit. *Nisciunu*, répéta-t-elle.

Le soir du 21 juin, Anna disposa avec soin son dîner et celui de Carlo sur un plateau en bois et l'apporta dans la chambre.

– Du pain et des tomates avec beaucoup d'huile, comme tu aimes, s'exclama-t-elle en entrant dans la chambre.

Sans ouvrir les yeux, Carlo répondit par un marmonnement.

Anna posa le plateau sur la table de chevet et s'assit à côté de lui.

– Allez, Carlo, mange quelque chose.

– Je n'y arrive pas, j'ai la nausée…

– Au moins quelques bouchées, je t'en prie.

Il fit non de la tête et ouvrit les yeux.

– Je n'y arrive pas.

– Attendons un peu alors, répondit Anna avec douceur. La faim arrivera peut-être tout à l'heure.

– Viens t'allonger, dit-il en posant la main à côté de lui.

Anna ôta ses chaussures et se blottit contre lui sous le drap.

– Et Roberto, il est où ? demanda Carlo.

– Il est allé au cinéma.

– Avec cette fille ?

– Quelle fille ? s'exclama Anna en levant la tête.

– Une fille qui lui plaît.

– Et pourquoi je ne suis pas au courant ?

– Parce que tu es jalouse et que tu la ferais fuir, plaisanta-t-il.

– Moi, jalouse ? Mais quelle idée !

Carlo rit encore faiblement et referma les yeux.

– Parle-moi encore, Anna. Qu'est-ce qu'il est allé voir au cinéma ?

– Je ne sais pas, il ne me l'a pas dit, répondit-elle, un nœud dans la gorge.

– Un film avec ton Clark Gable ?

– Si c'était le cas, j'y serais allée moi aussi, en te laissant ici tout seul, dit-elle pour lui arracher un sourire.

– Ah, s'exclama Carlo, il est plus beau que moi ? Tu me quitterais pour Clark Gable ?

Elle se recroquevilla entre ses bras et le serra contre elle.

– Non. Personne ne me plaît plus que toi.

– C'est bien, mon amour, plaisanta-t-il.

Il se mit à caresser son visage de la pointe des doigts. Puis il rouvrit les yeux et la regarda intensément.

– Qu'y a-t-il ? demanda Anna en souriant.

– Je sais ce que tu t'apprêtais à me demander, ce jour-là.

– Mais quand ? répliqua-t-elle d'un air amusé.

– Tu voulais savoir si moi aussi je pensais comme les hommes du conseil à propos de ta Maison des femmes, dit-il. (Anna ouvrit la bouche, mais il reprit aussitôt :) Est-ce que je pense que c'est une idée trop moderne pour ce village ? Oui. Est-ce que je pense que tu dois la réaliser quand même ? Oui, et encore oui.

Anna lui effleura la joue avec tendresse.

– Je suis désolé que nous n'en ayons jamais reparlé, ajouta-t-il. Promets-moi de ne pas y renoncer.

– Je n'y renonce pas. Tôt ou tard, je vais le faire. C'est seulement que, pour le moment, ce n'est pas ma priorité…

– Sers-toi de notre argent. Mets sur pied quelque chose de privé, sans rien demander à personne, insista Carlo, mais la toux l'obligea à s'interrompre.

– Chut. Assez parlé, dit-elle. Essaie de dormir un peu.

Ainsi ils fermèrent les yeux tous les deux et quelques minutes plus tard ils dormaient, enlacés et les mains entremêlées.

Le dîner sur le plateau resta intact.

Le lendemain matin, quand Anna ouvrit les yeux, son Carlo avait disparu.

TROISIÈME PARTIE

novembre 1950 – mai 1952

23

Novembre-décembre 1950

Dans la chambre à coucher plongée dans la pénombre, Anna ouvrit la porte de l'armoire de Carlo. Elle caressa les vestes qui y étaient suspendues, puis les enferma délicatement entre ses bras et y plongea le nez en inspirant à fond : le parfum mentholé de son après-rasage s'atténuait chaque jour un peu plus. Elle referma l'armoire et descendit au salon. Sur une petite table était posée la boîte en métal dans laquelle Carlo conservait ses cigares. Elle souleva le couvercle : il n'en restait plus que deux. Elle en sortit un, l'approcha de son nez et le huma, les yeux clos. Puis elle l'alluma, tira une bouffée, toussa, et le posa dans le cendrier, laissant l'odeur épicée se répandre dans la pièce.

Elle s'assit sur le divan et remonta ses genoux contre sa poitrine. Le lendemain, son Carlo aurait eu quarante-sept ans. « Il aurait certainement donné une de ses mémorables fêtes », pensa-t-elle. Elle contempla le salon silencieux et imagina la scène : les plateaux débordants de nourriture, les verres en cristal pleins à ras bord de Donna Anna, le tourne-disque en marche, les bavardages et les sourires des invités, tous sur leur trente et un… Et Carlo au milieu de tout ça, très élégant, avec son rire irrésistible qui résonnait dans toutes les pièces. En fermant les yeux, il lui semblait l'entendre. Elle avait toujours détesté ces soirées, la marée de gens qui envahissaient la maison, le désordre qu'ils laissaient en s'en allant ; à ce moment pourtant, elle aurait donné tout l'or du monde pour fêter une fois encore l'anniversaire de Carlo et l'entendre dire, à la fin de la soirée, quand enfin ils restaient seuls et qu'elle commençait à rassembler les assiettes et les verres : « Quand même, c'était une belle fête, pas vrai ? »

Anna poussa un profond soupir, s'efforçant de dénouer le nœud qui lui serrait la gorge. Elle se leva du divan et se dirigea vers son jardin secret où Giovanna, juchée sur un escabeau en bois, cueillait les dernières grenades de la saison qu'elle déposait au fur et à mesure dans un grand panier en osier glissé sous son bras.

– Je pense que nous en avons suffisamment, dit Anna en la rejoignant.

– Encore une, répondit Giovanna en détachant une grenade toute rouge et mûre à souhait.

Elles rentrèrent dans la cuisine et s'assirent l'une en face de l'autre, le panier posé entre elles. Elles se mirent à éplucher les fruits, en recueillant les graines dans un bol pour faire le jus. De temps en temps, presque en catimini, Giovanna s'en mettait dans la bouche une petite poignée.

Elle n'était jamais retournée à Contrada La Pietra. Elle avait entendu dire par quelqu'un qui avait des parents à Vernole que don Giulio était à présent le curé du village et qu'il « aidait » une malheureuse jeune femme aux yeux bleus.

Après la mort de Carlo, la présence de Giovanna avait été une véritable bénédiction. Elle avait aussitôt compris que le meilleur soutien qu'elle pouvait offrir à son amie consistait en petites attentions quotidiennes. Le matin, pendant des semaines, elle lui avait porté au lit son lait tiède ; puis, sur un ton calme, elle l'avait encouragée à se lever, à se laver, à s'habiller et à se brosser les cheveux. Au début, Anna n'avait aucune réaction et Giovanna s'en allait, la laissant seule dans l'obscurité de la chambre. Puis elle avait commencé à réagir de façon mécanique, comme une automate, et Giovanna l'avait aidée à enfiler une robe ou à se peigner, mais sans jamais la forcer. Au bout d'un certain temps, elle lui avait fait quelques timides propositions : « Si on allait faire les courses, on n'a plus rien dans le garde-manger ? » Ou encore : « Si on faisait le pesto ensemble, ce matin ? » Elle avait cherché à soulager la douleur de la mort de Carlo en offrant à Anna ce dont elle avait le plus besoin : le silence dans lequel laisser décanter les souvenirs, comme en ce moment où elles égrenaient leurs grenades, chacune perdue dans ses pensées.

Une fois le bol rempli, Anna se leva, étendit un torchon en coton sur la table et y transféra les graines, une poignée à la fois. Puis elle l'enroula et se mit à le presser pour en extraire le jus.

La voix aiguë de Roberto retentit soudain dans l'entrée.

– *Maman* !* Je suis rentré !

– On est là ! répondit Anna.

Roberto déboucha dans la cuisine avec un sourire gourmand.

– Juste à temps pour le jus de grenade, s'exclama-t-il en soulevant la carafe et en se versant un verre du liquide rouge vif.

– Ou étais-tu ? demanda Anna.

Son fils lui adressa une grimace malicieuse semblable à celles de Carlo, et elle eut un petit coup au cœur. Il avala une dernière gorgée, s'essuya les lèvres et posa son verre.

– J'étais avec Maria, dit-il enfin. Et aussitôt après, comme s'il avait quelque chose à se faire pardonner, il se pencha pour planter un baiser sur la joue de sa mère. Puis il en donna un à Giovanna, qui rougit en se mordillant les lèvres.

– Tu as terminé tes devoirs pour demain ?

– Je n'ai plus que la version latine.

– Alors va travailler dans ta chambre. Je monterai tout à l'heure et on la reverra ensemble.

– À vos ordres, signora, dit Roberto en éclatant de rire.

Anna secoua la tête, amusée, et le suivit du regard. Oui, en dépit de tout, Roberto n'avait pas perdu le sourire. Carlo aurait été fier de ce fils si courageux.

Giovanna remplit deux verres de jus de grenade et en passa un à Anna, qui le leva en murmurant « *santé** ! » tandis que l'odeur du cigare qui se consumait dans le salon envahissait la cuisine.

Il pleuvait si fort le matin du 29 novembre que le fracas de l'eau frappant contre les fenêtres réveilla Anna. Elle releva sur son front son masque de soie noire et prit appui sur ses coudes, restant quelques instants à fixer le ciel gris derrière les vitres sillonnées de pluie. Un accès d'angoisse la saisit, qu'elle chercha aussitôt à chasser en repoussant sa couverture et en enfilant les pieds dans ses pantoufles. Elle endossa son peignoir de soie bleue et descendit dans la cuisine obscurcie par le mauvais temps. En attendant que son lait chauffe, elle se contraignit à prendre de grandes inspirations, mais comme souvent ces derniers temps, l'air semblait ne pas atteindre ses poumons. Elle sentit son cœur battre soudain plus vite et porta instinctivement une main à sa poitrine. Depuis que Carlo était parti, c'était comme si l'oxygène s'enlisait quelque part en elle : elle s'efforçait alors d'inspirer profondément, mais elle avait parfois la sensation qu'elle allait s'effondrer sur le sol en suffoquant. Au bout de quelques minutes, pourtant, tout rentrait dans l'ordre. Mais elle sortait de ces épisodes épuisée et épouvantée à l'idée que cela puisse se reproduire.

Elle éteignit la flamme et versa le lait tiède dans sa tasse. Soudain, le vent fit claquer la persienne contre la porte-fenêtre avec une violence telle qu'elle sursauta. Serrant la tasse entre ses mains, elle s'approcha de la vitre et, regardant le jardin trempé, but sa première gorgée de lait. Elle prit une nouvelle inspiration, et cette fois l'air parut passer sans problème ; son cœur reprit un rythme régulier.

« Bon anniversaire », murmura-t-elle, les yeux fixés sur la pluie qui commençait à s'apaiser.

Après s'être habillée, elle mit la table pour le petit déjeuner de Roberto et de Giovanna, puis posa un mot entre les deux tasses : *Je suis sortie tôt, ne vous inquiétez pas.* Sa montre indiquait presque sept heures. Elle enfila son manteau par-dessus la veste de son uniforme et posa son béret sur sa tête. Puis elle quitta la maison et enfourcha sa bicyclette. Elle n'avait aucune idée de l'endroit où elle allait, mais elle ne pouvait pas rester à la maison une minute de plus. Pas le jour de l'anniversaire de Carlo. Pas sans lui.

Il n'y avait personne sur la route, et il flottait dans l'air une odeur âcre et terreuse. La Fiat 1100, toujours là où il l'avait garée la dernière fois, était ruisselante. Anna lança un rapide regard à ce qui restait de l'avis funéraire collé sur le mur à côté de la porte : des lambeaux de papier décoloré, des inscriptions désormais indéchiffrables. Du prénom de Carlo, il ne restait que le *C* et le *L* ; en haut à droite on distinguait encore une croix noire, et en bas, comme un avertissement, le mot « défunt ».

Elle se mit à pédaler doucement, offrant son visage à la pluie fine. Parvenue devant la maison d'Antonio, elle s'arrêta. Derrière les rideaux, dans le bureau où il dormait, la lumière était déjà allumée, dévoilant sa silhouette à contre-jour. Elle descendit de vélo, ramassa un caillou et le lança sur la vitre. Antonio écarta aussitôt le rideau et son regard s'adoucit en découvrant Anna qui agitait la main. Il lui fit signe d'attendre. Un instant plus tard, il ouvrit la porte et vint à sa rencontre, refermant son manteau sur son pyjama, tandis que ses pantoufles s'imprégnaient d'eau.

– Qu'est-ce que tu fais dehors à une heure pareille ?

– Rien. La pluie m'a réveillée.

Antonio la regarda attentivement. Ces derniers temps, les cernes d'Anna s'étaient faits plus profonds, comme si la douleur s'était condensée autour de ses yeux.

– Oui, murmura-t-il. Moi aussi elle m'a réveillé.

– Tu me fais un câlin ? lui demanda-t-elle à brûle-pourpoint. Je t'en prie.

Antonio hocha la tête et la prit doucement dans ses bras. Anna appuya la tête sur sa poitrine et ferma les yeux.

– Aujourd'hui, je n'y arrive pas, dit-elle.

Il posa son menton sur sa tête.

– Je sais, répondit-il, la gorge nouée. Je sais.

« Mon Carletto est parti. » Antonio n'aurait pas su dire combien de fois il avait formulé cette pensée. Des centaines, des milliers de fois. C'était sa seule façon de se convaincre que c'était bien la réalité. Il n'y avait pas cru, même quand, assis dans un coin, il avait regardé Agata enfiler avec des gestes sûrs son complet du dimanche au corps sans vie de son frère, et quand il avait dû porter le cercueil sur son épaule de l'église au cimetière. Il avait vécu ces moments avec un sentiment d'hébétude, comme dans un songe. La première fois qu'il avait compris que Carlo s'en était allé pour toujours, c'était le lendemain de l'enterrement, lorsqu'il avait ouvert les yeux et que cette pensée – « mon Carletto est parti » – l'avait frappé comme un coup de poing en plein visage. Il venait de s'éveiller dans un monde où son frère n'existait plus.

– Je n'arrivais pas à respirer, ce matin, murmura Anna sans se défaire de son étreinte.

Antonio eut un soupir et lui caressa le dos.

– Laisse-moi le temps de m'habiller, dit-il. Je vais t'emmener quelque part.

Il rentra dans la maison et en ressortit quelques minutes plus tard. Anna l'attendait, assise sur le seuil. La pluie avait complètement cessé et un faible rayon de soleil se frayait un passage entre les nuages.

– On prend la voiture, dit-il avec un sourire en coin.

– Mais on va où ?

– Pas de questions. C'est une surprise.

Ils montèrent dans la Fiat 508 et Antonio prit la route qui menait à Pisignano. Ils firent le trajet en silence, Anna fixant le ciel où était apparu un pâle arc-en-ciel.

Antonio gara la voiture contre un mur de pierres sèches au-dessus duquel pointait la ramure du grand chêne vert.

– C'est quoi, cet endroit ? demanda Anna en se penchant en avant.

– Viens, dit-il en sortant de la voiture.

Il s'approcha de l'arbre et posa une main sur le tronc humide. Puis il leva les yeux vers sa cime, étincelante de gouttes d'eau.

Anna le rejoignit avec un regard interrogateur.

– Voici le grand chêne vert, lui expliqua-t-il. C'était notre endroit. Le mien et celui de Carlo.

Elle plissa le front.

– Et pourquoi je n'étais pas au courant ?

– Personne ne l'a jamais su, dit-il. On voulait le garder pour nous… Tu sais, quand j'ai l'impression que je ne vais pas y arriver, quand mon frère me manque comme l'air que je respire, je viens ici. Je m'assieds par terre et je lui parle, comme s'il était assis à côté de moi.

Anna s'adossa au tronc, les bras croisés.

– Et ça marche ?

– Pendant un moment... Tu sais, ajouta-t-il après un silence, je me dis qu'il faut que tu t'en trouves un, toi aussi. Un endroit où tu puisses être avec lui. Un endroit qui te donne la paix.

Anna secoua la tête.

– Il n'y en a pas, répliqua-t-elle d'un ton résolu. Aucun endroit que j'ai partagé avec Carlo ne parvient à me donner la paix. Là où il n'est pas, je ne vois jamais qu'un grand vide.

– Eh bien, remplis-le. Ce vide, je veux dire.

– J'aimerais bien savoir comment faire, répliqua Anna, en donnant un coup de pied dans une petite motte de terre qui resta collée à sa chaussure.

– On fait ça avec les souvenirs les plus heureux. Je suis persuadé que Carlo voudrait qu'on pense à lui avec joie. Il voudrait nous voir déboucher une de ses meilleures bouteilles et boire à sa santé, à sa vie.

Anna baissa les yeux et une larme coula sur sa joue. Antonio posa sa tête contre la sienne.

– C'est plus difficile aujourd'hui, je sais, dit-il en lui essuyant le visage du doigt.

– Tu vois, chaque fois que je cherchais une réponse, je savais la trouver dans les livres. Ça a toujours été comme ça, dit-elle d'une voix brisée. Mais cette fois...

– Cette fois, tu ne la trouves pas...

– C'est ça.

– Je te comprends. Je n'arrive plus à lire la moindre page... Comme si je savais déjà que je n'y trouverais aucun réconfort. Pourtant, certains écrivains ont plongé au plus profond de la douleur et ont réussi à la raconter avec une absolue sincérité.

Anna laissa ses yeux vaguer sur la cime de l'arbre.

– C'est curieux non ? Le réconfort, tu l'as trouvé ici, dans le silence, dans l'absence de paroles.

– Oh, non ! Des paroles il y en a, et beaucoup. Mais ce sont seulement les miennes.

– Celles que tu dis à Carlo...

– Oui, celles-là, murmura-t-il.

Elle poussa un grand soupir avant de jeter un regard las à sa montre.

– Il faut que j'aille travailler, même si j'aimerais mieux rester ici toute la journée.

Antonio lui sourit.

– Moi aussi. Allez, on y va, je te raccompagne.

Et il l'aida à se relever en lui entourant la taille.

Dès qu'il fut rentré chez lui, Antonio entendit le fracas de vaisselle venant de la cuisine. Il ôta son manteau et l'accrocha dans l'entrée.

Agata, encore en peignoir, était occupée à laver les assiettes de la veille. Elle se retourna et le regarda, les yeux gonflés de sommeil.

– Où étais-tu ? La voiture n'était plus là. Et puis j'ai vu la bicyclette dehors..., dit-elle sur un ton à la fois perplexe et mécontent, en s'essuyant les mains avec son torchon.

Antonio s'assit.

– Oui. Anna est venue.

– Et elle voulait quoi, à cette heure ?

– Tu as oublié quel jour on est aujourd'hui ? répliqua-t-il d'un ton agacé.

Agata ne dit rien. Elle lui tourna le dos et se mit à dévisser la cafetière.

– Je sais quel jour on est, finit-elle par dire.

Elle débarrassa la cafetière du fond de café précédent, versa de l'eau dans le réservoir, remplit le filtre de café moulu.

– Alors ça ne me paraît pas le moment de faire des histoires, qu'en dis-tu ? gronda Antonio en se dirigeant à grands pas vers la porte.

– Tu vas où ? Je suis en train de faire le café, s'exclama-t-elle.

– Je vais le prendre au comptoir, répliqua-t-il en sortant.

Agata le regarda s'en aller, une main sur l'évier, l'autre sur sa hanche.

Elle secoua la tête avec un soupir, vissa la cafetière et la mit sur le feu.

Puis elle s'assit et se mit à tambouriner des doigts sur la table. Son mari désormais n'était plus que « Anna » par-ci et « Anna » par-là... « Je vais voir si Anna a besoin de quelque chose », lui disait-il en sortant de la maison le matin très tôt. « Aujourd'hui, Anna semblait un peu mieux », l'informait-il avec soulagement quand il rentrait pour le dîner. Ou encore : « Je vois bien qu'elle a maigri. Elle ne mange pas assez. On devrait l'inviter à dîner à la maison. » Dans les semaines qui avaient suivi l'enterrement, Agata s'était beaucoup démenée, cuisinant à toute heure pour sa belle-sœur et son neveu, et même pour « cette Giovanna, là ». Elle avait nettoyé leur maison avant et après la veillée funèbre ; elle leur avait rendu visite tous les jours, s'offrant à les soulager des corvées en tout genre. Mais pour son mari, il semblait que ce n'était jamais assez. À supposer même qu'il s'en soit aperçu...

Plus d'une année s'était écoulée depuis la mort de Carlo, et jamais personne ne lui avait demandé comment elle se sentait, elle. Elle aimait son beau-frère, elle l'aimait vraiment beaucoup. Il la traitait toujours avec gentillesse, lui ; et puis, comme il la faisait rire avec ses blagues continuelles... Oui, à sa mort, Agata avait versé des larmes de douleur sincère. Et pourtant, son deuil semblait invisible aux yeux d'Antonio ou d'Anna ; c'étaient eux qui souffraient, eux qui avaient besoin de compréhension et de réconfort, les seuls qui l'avaient perdu pour de vrai.

– Oh, qu'ils aillent au diable ! gronda-t-elle quand elle entendit le gargouillement de la cafetière.

Elle se leva, éteignit le feu et versa le café dans sa tasse. Elle le but debout, en vitesse, puis monta s'habiller dans sa chambre : comme chaque matin, elle allait garder Giada pendant que Lorenza et Tommaso étaient au travail. « Grâce à Dieu, il y a cette petite », pensa-t-elle, la main sur la rampe de l'escalier.

« La terre, il faut la prendre par la force », disait Carmine avec ferveur. Adossé à la porte de la salle du télégraphe, il expliquait à Elena pourquoi il était juste que les journaliers aillent occuper l'Arneo, un immense domaine de dizaines de milliers d'hectares situé entre Nardò et Taranto, livré à l'incurie par son propriétaire. Depuis qu'il s'était inscrit à la Cgil[1], Carmine s'était mis à soutenir la cause des paysans et ne s'intéressait plus à autre chose. « Il n'a jamais autant parlé depuis que je le connais », pensa Anna en entrant au bureau en plein milieu de ce meeting improvisé. Quand la réforme agraire était passée, en octobre, Carmine était arrivé vent debout contre le gouvernement, qui avait exclu le territoire de Lecce de la loi provisoire et de l'expropriation des terres incultes. Depuis lors, il répétait chaque jour qu'il fallait mobiliser les ouvriers agricoles pour contraindre le gouvernement à inclure le Salento dans le programme de redistribution des terres.

1. Confédération générale italienne du travail.

– Ce n'est pas vrai, ce que je dis, la postière ? lança Carmine en se tournant vers elle.

Après tant d'années, c'était peut-être la première fois qu'ils étaient d'accord sur quelque chose. Le fait qu'Anna partage les revendications des paysans avait soudain changé la nature de leurs rapports : lui qui l'avait traitée jusque-là avec détachement, voire avec rudesse, lui témoignait à présent une sympathie mêlée de bienveillance.

– Tu parles d'or, dit Anna en posant sa sacoche sur la table. Espérons cependant que cette fois ils n'obtiennent pas que des miettes.

– Exactement ! s'exalta Carmine.

– Bah, moi je ne comprends rien à tout ça, grogna Elena. C'est comme si tu venais chez moi et que tu me disais qu'à partir de maintenant tu es chez toi. En quel honneur, je peux le savoir ?

– Alors vraiment, ça ne te rentre pas dans la cervelle ? gronda Carmine en reprenant son meeting.

Anna les observa quelques secondes, amusée, puis commença à trier le courrier.

Lorenza et Tommaso arrivèrent ensemble peu après. Il salua tout le monde en souriant, comme d'habitude. Anna remarqua que depuis quelques jours déjà, il ne portait plus le chapeau que Lorenza lui avait offert trois ans auparavant à Noël, et qu'il n'avait pourtant jamais ôté depuis.

Sa nièce passa devant elle et se dirigea tout droit vers le bureau du télégraphe.

– Eh, bonjour, toi ! la rappela Anna.

Lorenza se retourna, le visage sombre.

– Oh, bonjour, tatie ! Excuse-moi, murmura-t-elle avant de franchir le seuil en passant à l'écart de Carmine.

– Il faut porter un coup décisif à la propriété terrienne, disait celui-ci.

– Oh, Seigneur ! Il remet ça avec ses discours… Ça suffit, pour l'amour de Dieu, se lamenta Lorenza.

– Toi aussi, la gamine, tu devrais écouter, gronda-t-il.

– C'est moi que tu appelles une gamine ? se rebiffa Lorenza.

– Allez, allez, tout le monde au travail, maintenant, dit Tommaso d'un ton conciliant avant de s'asseoir à son bureau.

Tout en mettant sa sacoche en bandoulière, Anna le scruta : outre qu'il avait l'air vraiment fatigué, il lui était venu autour des yeux et sur le front des rides qui le faisaient paraître beaucoup plus vieux que ses quarante-quatre ans. Elle se sentit envahie d'un sentiment de culpabilité qu'elle chassa aussitôt.

Tommaso, se sentant observé, leva les yeux sur elle. Anna baissa rapidement les siens et dit : « Bon j'y vais. »

Elle était sur le pas de la porte quand Lorenza la rejoignit.

– Attends, tatie. Je peux te parler un instant ?

Tommaso releva les yeux de ses papiers.

– Bien sûr, répondit Anna. Mais dépêche-toi. Qu'y a-t-il ? lui demanda-t-elle une fois qu'elles furent sorties.

– Je peux te laisser Giada pour deux heures cet après-midi ? De trois à cinq heures au maximum.

– Tu retournes à Lecce ? Chez lui ? demanda Anna en levant un sourcil.

Lorenza hocha la tête.

– Alors, tu peux me la garder ou non ?

– Oui, bien sûr. Tu sais que ça me fait plaisir d'être avec elle.

Le visage de Lorenza s'illumina.

– Oh, merci, merci, merci ! s'exclama-t-elle en embrassant sa tante.

Puis elle rentra dans le bureau de poste et, sans accorder un regard à Tommaso, s'assit à son bureau.

– Quel joli teint tu as aujourd'hui ! Tu es vraiment très bien, dit-elle, toute joyeuse, à Elena.

Celle-ci lui lança un coup d'œil perplexe.

– Mais de quoi tu parles ? Je n'ai pas fermé l'œil de la nuit, répondit-elle.

Et elle entreprit d'expliquer pour la énième fois comment elle avait perdu le sommeil depuis la guerre.

Lorenza n'écouta pas un mot ; elle pensait seulement que dans quelques heures, elle serait dans les bras de Daniele. Cela faisait six interminables jours qu'elle ne l'avait pas vu.

À la mi-décembre, un chargement de Donna Anna cuvée 1950 destiné à New York était prêt à quitter la cave. Daniele se chargea de l'expédition jusque dans les moindres détails, ajoutant à chaque caisse une lettre de remerciement rédigée de sa main, en sus d'une bouteille de Don Carlo, le premier vin rouge du domaine Greco, mis en bouteilles au début de l'année et que Carlo, hélas, n'avait pas pu voir.

Ce nom était une idée de Daniele. Quand il le proposa à Anna et Roberto, elle prit sa main entre les siennes en lui disant d'un air ému : « Il en aurait été très heureux. » Roberto lui-même, les yeux humides, demanda à le goûter. Daniele remplit donc deux verres et lui expliqua comment le déguster. Il fallait d'abord faire tourner le vin dans le verre : « Comme ça, tu vois ? C'est pour dégager les arômes » ; puis il lui montra comment incliner le verre à la hauteur du nez avant d'inspirer à fond.

– Qu'est-ce que tu sens ?

Roberto plongea le nez dans le verre, puis l'éloigna avec une expression de doute.

– Une odeur de vin, répondit-il, un peu embarrassé.

Daniele et Anna se mirent à rire, puis l'invitèrent à recommencer.

– Tu ne sens pas la cerise, par exemple ? Ou la mûre ? (Roberto huma le vin à nouveau.) Il devrait y avoir aussi une pointe de poivre.

– Oui, répondit Roberto, hésitant. Mais je ne le sens que maintenant que tu me l'as dit.

– Le nez va en s'affinant. C'est une question d'exercice, le rassura Daniele avec un sourire. Et maintenant, l'épreuve du palais.

Il prit une petite gorgée et la garda un moment dans sa bouche avant de l'avaler.

– Tu ne sens pas ce goût très doux et velouté qui te reste en bouche ?

Roberto l'imita et hocha la tête, mais il ne semblait guère convaincu.

– Tu verras, avec le temps tu percevras tout ça, conclut Daniele en lui donnant une petite tape sur l'épaule.

Les jours qui avaient suivi la mort de Carlo avaient été très difficiles pour Daniele, et pas seulement à cause de la douleur de ne plus avoir à côté de lui cet homme qui avait changé sa vie. Il s'était en effet convaincu que le testament serait source d'ennuis, qu'il y aurait des litiges et des malentendus, et que son rapport avec les Greco, la famille de sa Lorenza, en serait irrémédiablement affecté. Il était certain que si sa mère avait été à leur place, elle l'aurait qualifié de fou furieux et se serait opposée à ce qu'il hérite avec une détermination d'acier. En se rendant chez le notaire pour la lecture du testament, il avait même pensé renoncer à ces trente pour cent, pour ne pas faire de vagues. Il était entré dans le bureau sur la pointe des pieds, avec l'air de s'excuser. Il avait salué Anna et Roberto d'une poignée de main, avant de prendre place à leur côté. Pendant la lecture du testament, il n'avait cessé de leur lancer des coups d'œil en se tordant les mains, redoutant l'instant où le notaire allait citer son nom. Mais leur réaction l'avait stupéfié : ils étaient restés imperturbables, se bornant à hocher la tête de temps à autre. « Si Carlo en a décidé ainsi, c'est qu'il avait d'excellentes raisons, et cela me suffit », l'avait rassuré Anna en sortant du bureau du notaire. Et elle avait précisé : « Roberto doit finir le lycée, donc, jusque-là, tu devras t'occuper tout seul de la cave. » À quoi Roberto avait ajouté en s'ébouriffant les cheveux d'une main : « Et tu devras tout m'apprendre, parce que moi, le vin, je n'y connais rien. »

Daniele ferma la dernière caisse. « Pour ce matin, on a fini », dit-il au chef de cave – l'homme qui l'avait remplacé pendant qu'il était à New York – en lui serrant amicalement l'épaule. Puis il jeta un coup d'œil à la pendule en se disant qu'il avait encore le temps de prendre le car pour Lecce qui partait à midi et demi : il pourrait dessiner pendant quelques heures et revenir à la cave dans l'après-midi. Il avait hâte de terminer le croquis qu'il avait commencé quelques jours plus tôt. Désormais, il n'arrivait guère à se rendre à son atelier plus de deux fois par semaine : le travail à la cave l'absorbait entièrement. Il le faisait par affection pour Carlo, pour honorer la confiance qu'il avait mise en lui, tout en continuant à payer le loyer de l'atelier, dans l'espoir de pouvoir mener les deux activités de front. Mais au bout d'un certain temps, il avait dû reconnaître que c'était impossible. Alors il dessinait quand il le pouvait, entre deux portes, en attendant que Roberto reprenne la direction de la cave. Pour le moment, l'atelier était surtout l'endroit où Lorenza et lui pouvaient se retrouver en paix chaque mercredi après-midi.

Il avait déjà enfourché sa Taurus Lautal noire quand il vit arriver la Fiat 508 d'Antonio, enveloppée d'un nuage de poussière. Il descendit de sa bicyclette, l'appuya contre le mur et alla à sa rencontre.

– Bonjour, Antonio, dit-il en se baissant vers la vitre ouverte.

– Tu partais déjà ?

– Oui, mais ne t'inquiète pas, je peux rester encore un peu. Viens, entrons.

Antonio descendit de voiture et le suivit jusqu'au bureau qui avait été celui de Carlo. Daniele ferma la porte et l'invita à s'asseoir. Puis il prit un dossier sur la table et le lui tendit.

– Je l'ai mis à jour hier, lui dit-il.

Antonio ouvrit le dossier et le parcourut jusqu'aux dernières pages, comme il le faisait chaque semaine. Il jetait un coup d'œil aux registres, contrôlait la comptabilité, s'obstinant à traiter Daniele comme un employé quelconque.

– Le poste des salaires est un peu plus élevé que la semaine dernière. Comment ça se fait ? demanda-t-il en levant les yeux.

– J'ai accordé une légère augmentation, expliqua Daniele.

Antonio serra les lèvres, contrarié, et se carra dans sa chaise.

– Veille bien à ne pas toujours les contenter… Si tu les augmentes à chaque fois qu'ils se plaignent, tu perdras toute autorité à leurs yeux. Montre-toi compréhensif mais ferme, surtout quand il s'agit de dire non.

Daniele aurait voulu lui répondre que ces concessions lui semblaient plus que justes, et qu'en général il était entièrement d'accord avec les revendications des ouvriers agricoles. Il avait été un journalier lui aussi : il savait combien c'était fatigant, et combien de fois il s'était dit que la paie était vraiment trop maigre. Certes, Carlo n'avait jamais été un patron arrogant et despotique comme tant d'autres. Il se montrait disponible pour ses ouvriers, leur demandait conseil, les écoutait quand ils avaient quelque sujet de plainte, et n'avait jamais hésité à leur concéder des jours de congé. Mais il n'était pas des leurs : malgré tous ses efforts, il n'avait jamais réussi à les comprendre vraiment. Daniele, lui, les comprenait parfaitement – et les ouvriers le savaient. Il aurait voulu dire tout cela à Antonio, mais il se retint : sa relation avec lui était toujours sur le fil du rasoir, et il savait qu'un rien aurait suffi à la détruire. Il se montrait aimable mais distant, courtois mais toujours sur ses gardes. Et puis, il y avait ces moments où Antonio se mettait à le fixer d'un air préoccupé, et où Daniele, la gorge serrée, se demandait s'il avait compris. Que se serait-il passé s'il avait suivi Lorenza et l'avait surprise en train de pénétrer dans son atelier ? Il ne voulait même pas l'imaginer.

– Très bien. Je m'en souviendrai, murmura-t-il en plongeant les mains dans ses poches.

Antonio le retint encore une vingtaine de minutes : il éplucha les registres, refit différents calculs, demanda des comptes sur ceci ou cela. Daniele surveillait l'horloge avec une pointe de rancœur, en se disant que cette fois, il avait manqué le car.

– Bon, je crois que tout est en ordre, finit par dire Antonio en refermant le dossier. Je ferais bien de me dépêcher, ajouta-t-il. Aujourd'hui, on est tous invités chez Lorenza et Tommaso.

Il lui lança un regard de biais.

– Eh bien, bon appétit alors, répondit Daniele avec un sourire forcé, avant de l'accompagner jusqu'à la sortie.

On était une semaine avant Noël, et cet après-midi-là, Giovanna insista pour traîner Anna à Lecce.

– Allons au marché de Noël, s'il te plaît, lui demanda-t-elle sur un ton enfantin. J'ai entendu dire qu'il est magnifique. Allez, allez, je t'en prie.

Anna commença par grogner, puis elle consentit de mauvaise grâce, uniquement pour faire plaisir à Giovanna : elle n'avait aucune envie de voir des décorations et des paillettes, ni de se plonger dans cette foule jacassante. L'année précédente, elle avait refusé de célébrer Noël, et elle était résolue à ne pas le fêter cette année non plus. « Jamais plus sans Carlo », s'était-elle juré.

Comme elle l'avait prévu, la foire l'irrita : trop de lumières, trop de gens, trop de sourires. Elle remarquait chaque couple qui passait près d'elle, surtout les amoureux qui se tenaient par la main. Giovanna en revanche n'avait d'yeux que pour les étalages, en particulier ceux qui proposaient des douceurs. Elle voulait goûter à tout : les pralines, les *mustazzoli*, les croquants aux amandes, les *purceddhruzzi*...

– On peut y aller maintenant ? répétait Anna avec insistance.

– Encore deux minutes, répondait Giovanna, avant de foncer sur un autre stand. Oh, regarde ! Des petits trains en bois ! J'ai toujours aimé ça... Et, la saisissant par la main, elle la traînait devant l'étal.

Elles ne rentrèrent à la maison qu'à l'heure du dîner, par le dernier car, épuisées et les pieds douloureux. Dès qu'Anna ouvrit la porte de la maison, elle trouva Roberto et Antonio côte à côte qui l'attendaient en souriant. Giovanna les rejoignit, puis, tous ensemble, ils s'exclamèrent : « Surprise ! »

Anna avisa soudain le grand sapin au milieu du salon, décoré exactement à la manière de Carlo. Sans dire un mot, elle s'avança lentement dans la pièce.

– Il te plaît, *maman** ? demanda Roberto en se frottant les mains. Avec l'oncle Antonio, on a passé tout l'après-midi à le décorer.

– C'est lui qui a tout fait, précisa Antonio avec un sourire. Je lui ai seulement servi d'assistant.

Anna prit un petit ange en bois auquel manquait une aile. C'était celui que Carlo se refusait obstinément à jeter, bien qu'il fût cassé depuis des années et qu'elle lui répétât qu'il était vraiment affreux à voir. « Qu'est-ce que ça peut faire ? C'est un souvenir, répliquait-il. Et on ne jette pas les souvenirs. »

– Alors, maman, répéta Roberto, il te plaît ?

Giovanna s'approcha et lui posa une main sur l'épaule.

– On voulait seulement te faire plaisir…

Anna renifla et essuya une larme.

– Démontez-le tout de suite, s'il vous plaît, dit-elle sans regarder personne.

Elle se dirigea vers l'escalier, mais quand elle passa à côté d'Antonio, elle s'arrêta et leva les yeux sur lui.

– Comment ça a pu te passer par la tête ? lui dit-elle d'un ton âpre.

Dans ses yeux humides, il y avait de la douleur et du reproche. Antonio lui rendit son regard, décontenancé.

– Je ne…, balbutia-t-il.

Anna lui tourna le dos et commença à monter l'escalier.

– Anna, attends !

Elle ne répondit pas. Un silence tomba dans le salon. Puis Antonio s'approcha à pas lents du sapin.

– Allez, viens m'aider à le démonter, murmura-t-il à Roberto.

24

Avril-mai 1951

Anna lança un coup d'œil impatient à sa montre et vit que les aiguilles marquaient encore midi vingt-cinq, comme deux minutes plus tôt.

Elle demanda l'heure à Tommaso, qui consulta sa propre montre et lui répondit qu'il était une heure moins le quart. Elle ôta alors la sienne et tourna la couronne pour amener les aiguilles sur l'heure exacte.

Cela faisait un moment déjà qu'elle était rentrée de sa tournée, et pourtant elle ne se décidait pas à s'en aller. Elle attendait avec anxiété le retour de Carmine qui, en ce 24 avril, avait demandé quelques heures de congé pour assister à l'audience finale du procès contre les ouvriers qui avaient envahi l'Arneo : soixante personnes étaient impliquées, ouvriers agricoles, dirigeants de la Cgil et représentants du Parti communiste, pour délit d'« occupation abusive des terres ». L'installation jugée illicite remontait au mois de décembre de l'année précédente, quand deux mille ouvriers du secteur, montés sur leurs vélos, leurs outils de travail chargés sur l'épaule et portant une myriade de drapeaux rouges, l'avaient décidée au cri de « La terre à ceux qui la travaillent ! ». Elle avait duré à peine une semaine, jusqu'au 3 janvier : ce jour-là, la police avait chassé les ouvriers et brûlé leurs vélos sur un énorme bûcher. Parmi ceux-ci se trouvait la Bianchi Suprema d'Anna, qu'elle avait prêtée à la femme d'un journalier de Copertino, un village situé à une vingtaine de kilomètres de Lizzanello. La femme s'appelait Marisa, et son mari, Donato, était l'un des frères de Carmine. Celui-ci s'était présenté un matin chez Anna en lui demandant d'offrir sa bicyclette « pour la lutte », ou plutôt pour Marisa, résolue à suivre son mari jusqu'à l'Arneo. « Seulement, ils n'ont pas de bicyclette pour femme, c'est déjà beau que j'aie pu acheter celle de Donato, avec la misère qu'on gagne. Tu ne lui prêterais pas la tienne, hein, la postière ? Je m'assurerai qu'elle te revienne intacte », lui avait dit Carmine.

Anna n'avait pas eu un instant d'hésitation : elle avait pris par le guidon sa Bianchi garée dans la cour et la lui avait remise.

– Ça veut dire que pendant un moment, je vais recommencer à faire ma tournée à pied. Comme au bon vieux temps, avait-elle plaisanté.

– Merci de tout cœur, *camarade* Anna ! l'avait saluée Carmine en s'en allant.

Quand il vint, l'air désolé, l'informer du bûcher des bicyclettes, il s'offrit aussitôt à la dédommager, mais Anna refusa.

– Ne t'inquiète pas, lui dit-elle en lui posant une main sur le bras. Je m'en rachèterai une moi-même.

Il marmonna que ce n'était pas juste, que c'était à lui de le faire, mais elle répliqua :

– Ce n'est pas ta faute. Si quelqu'un devait me la racheter, ce serait plutôt la police.

Elle se rendit donc le lendemain chez le même vendeur qui lui avait fourni sa Bianchi Suprema en lui demandant de lui en trouver une autre, même d'occasion. C'était un homme dans la cinquantaine, très maigre, qui nageait dans son pantalon et avait toujours sa casquette vissée sur la tête. En l'espace de quelques jours, il réussit à lui trouver la même, mais à moitié prix.

– Vous faites une affaire, madame la postière ! lui lança-t-il depuis le seuil de son magasin, non sans avoir recompté l'argent qu'Anna lui avait remis dans une enveloppe.

Enfin Carmine arriva et, en boitant légèrement, se dirigea vers son bureau, l'air à la fois affairé et pensif.

– Te voilà, à la bonne heure, lui dit Anna en se levant de sa chaise. Alors ?

Il répondit par un grognement.

Elena vint les rejoindre, curieuse, tandis que Tommaso posait sa plume et se préparait à l'écouter, bras croisés. Il lança un rapide regard vers le bureau du télégraphe, mais Lorenza resta vissée sur sa chaise.

– Ça aurait pu mieux se passer, commença Carmine en s'asseyant. Ils en ont condamné vingt-cinq sur soixante. Ils ont appelé ça une peine symbolique, mais c'est toujours une peine. Ils auraient dû être tous blanchis, en réalité.

– Une peine symbolique, c'est-à-dire ? demanda Tommaso.

– Un mois de prison et six mille lires d'amende, répondit Carmine avec une grimace.

– Punaise, dit Anna. La seule consolation, c'est qu'au moins ça n'a pas été complètement inutile.

– Oui, soupira-t-il en s'adossant à sa chaise.

L'occupation de l'Arneo avait éveillé un grand écho dans la presse nationale : pendant des jours, elle avait fait l'objet de longs articles dans des journaux comme *Il Paese* et *L'Unità*, et Anna n'en avait pas perdu une miette. On y décrivait les occupants de l'Arneo comme des héros, des hommes en haillons qui, « animés par le noble projet de mise en culture de la zone, avaient donné l'assaut au domaine ». À la fin, grâce à la lutte de ses ouvriers agricoles, la province de Lecce avait elle aussi été inscrite dans le projet de réforme agraire, mais c'était une bien maigre compensation : sur les deux cent soixante-six mille hectares susceptibles d'expropriation, cinquante-cinq mille seulement avaient été inclus dans la loi provisoire.

– Ce ne sera jamais suffisant, avait dit Anna à Carmine. Et même, tu vas voir les tensions que ça va susciter chez les journaliers, entre ceux qui auront de la terre et les autres. Comment un mouvement peut-il rester uni quand on crée une pareille disparité en son cœur ?

Carmine lui donnait raison, et s'échauffait encore plus.

– C'est vrai, la lutte est loin d'être terminée, répondit-il en frappant de son poing la paume de sa main.

Anna regarda de nouveau sa montre. Les aiguilles n'avaient pas bougé.

– Mais comment ça se fait ? s'exclama-t-elle, irritée.

– Que se passe-t-il ? demanda Tommaso.

– Ma montre, répondit-elle en la désignant du doigt. Elle ne marche plus.

Tommaso haussa les épaules.

– Tu n'as qu'à en acheter une neuve.

En sortant du bureau de poste, Anna se dit qu'elle allait la porter tout de suite chez le bijoutier. Elle n'avait pas la moindre intention de la remplacer : elle portait cette montre depuis seize ans, bon sang ! C'était celle que lui avait offerte Antonio, et elle n'en voulait aucune autre.

Roberto et Daniele arpentaient le domaine côte à côte. Daniele avait les manches relevées jusqu'au coude et portait son pantalon de travail à bretelles, alors que Roberto avait mis son costume d'école – chemise et veste bleue. Penchés sur la vigne, les ouvriers étaient absorbés dans leur travail, mais de temps à autre l'un d'eux levait les yeux pour les observer. Ils procédaient à la taille d'été, expliqua Daniele, tandis que Roberto, tenant des deux mains la poignée de son cartable, écoutait avec une grande attention.

– Ça veut dire que l'on taille les gourmands, ces rameaux qui ressortent malgré la taille. Ils volent la sève et ils sont stériles, il faut donc les enlever pour ne pas affaiblir la plante.

– Il y a tellement de choses à savoir, soupira Roberto, un peu découragé.

Il s'assit sur une pierre et posa son cartable à terre. Désormais, dès qu'il descendait du car qui le ramenait de Lecce, il poursuivait à pied jusqu'à la cave, où il restait une couple d'heures. D'ici quelques semaines, il aurait terminé le lycée, et se consacrerait alors entièrement à la cave de son père. Il en avait décidé ainsi.

Daniele lui sourit et s'assit par terre face à lui, puis remonta les genoux contre sa poitrine.

– Allons, tu vas voir que tu apprendras très vite, comme je l'ai fait. Quand je suis arrivé ici, j'étais un gamin qui ne savait strictement rien, dit-il en appuyant ses paroles d'un geste tranchant.

Roberto parut soulagé et se détendit.

– New York ne te manque jamais ? demanda-t-il ensuite à brûle-pourpoint.

– Par moments, répondit Daniele. Cette ville est… magique.

– Raconte-moi ! Moi aussi je veux y aller un jour.

– Qu'est-ce que tu veux savoir ? dit Daniele en souriant et en posant les avant-bras sur ses genoux.

– Tout. Les filles, par exemple, répondit Roberto avec un clin d'œil. Elles sont différentes des nôtres ? Et puis, les gratte-ciel, ils sont comment quand on les regarde d'en bas ? Ça ne donne pas le vertige ? Tu as déjà pris un de leurs taxis jaunes ? Et tu es monté en haut de la statue de la Liberté ?

– Attends, l'interrompit Daniele, amusé. Je ne me rappelle même plus la première question…

– Les filles !

– C'est ça. Les filles. Je ne sais pas, je ne les ai pas beaucoup regardées.

Roberto lui lança un regard espiègle et incrédule à la fois.

– Je te le jure ! dit Daniele. Je n'y ai même pas pensé.

Puis il baissa les yeux, un peu embarrassé.

Roberto le scruta pendant quelques instants.

– On peut dire que tu l'as écrit sur la figure.

– Quoi donc ?

– Que tu es encore amoureux de ma cousine.

Soudain sérieux, Daniele se redressa, s'appuya sur sa paume pour se relever, et une fois debout, se frotta les mains pour les nettoyer.

– Gros bavard, s'exclama-t-il ensuite en ébouriffant les cheveux de Roberto. Viens, retournons à la cave. On doit encore examiner les propositions pour les nouvelles bouteilles.

– À vos ordres, s'exclama Roberto.

Puis, tandis qu'ils traversaient le vignoble, il lui donna un coup de coude.

– Qu'est-ce qu'il y a encore ? dit Daniele en riant.

– Tu ne m'as pas répondu sur les gratte-ciel.

– Ah, c'est vrai les gratte-ciel. Que te dire… Au bout d'un moment, on s'y habitue.

Et il haussa les épaules.

Comme tous les jeudis soir, Roberto et Maria traînèrent le petit meuble contenant la radio jusqu'au milieu du salon, entre les deux divans. À 20 h 58, on donnait sur Rete Rossa *Rosso e nero*, un programme de variétés dont Anna et Giovanna ne manquaient jamais un épisode. Anna en particulier se tordait de rire chaque fois que Franca Valeri faisait la demoiselle snob en roulant exagérément les *r*.

Pour l'occasion, Anna préparait le pesto. En effet, le reste de la famille avait fini par se joindre à cet événement : ils dînaient tous ensemble, puis, dès que l'émission commençait, se hâtaient de prendre place sur les divans.

– Quelqu'un peut me dire quelle heure il est ? hurla Anna depuis la cuisine. Si seulement j'avais encore ma montre, murmura-t-elle ensuite.

Elle l'avait portée chez l'horloger, mais celui-ci, après l'avoir examinée, avait relevé les yeux d'un air déconfit.

– Pour celle-ci, c'est terminé... Il faut vous en acheter une neuve. Vous voulez voir les modèles pour dame que je viens juste de recevoir ?

– Non merci, avait-elle répondu sèchement.

Elle était rentrée chez elle et, à contrecœur, avait rangé la montre dans le tiroir de la commode. Elle ne s'était pas encore décidée à la remplacer.

– Il est sept heures ! cria Roberto, de retour de l'autre pièce.

« Parfaitement dans les temps », songea Anna. Et elle commença à essuyer les feuilles de basilic avec le linge humide.

Giovanna était assise à la table, absorbée par son ouvrage. Depuis un moment, il lui était venu la manie du crochet : c'était la voisine, la vieille dame au balai, qui le lui avait appris pendant qu'Anna était au travail. Giovanna s'exerçait chaque jour pendant des heures. Elle avait commencé par de simples maniques – il y en avait deux à présent à la cuisine, à rayures bleues et jaunes –, puis elle avait affiné sa technique avec un porte-monnaie et quelques napperons pour la chambre à coucher, avant de se lancer dans des ouvrages plus complexes.

– Ça me détend tellement, disait-elle toujours. Quand je fais ça, je ne pense à rien d'autre. C'est tellement... réconfortant, voilà.

– Roberto ! appela Anna. Commencez à mettre la table.

Main dans la main, Roberto et Maria firent leur entrée dans la cuisine.

– À vos ordres ! dit son fils en portant la main à son front.

« Exactement comme le faisait Carlo quand il voulait se moquer de moi », pensa Anna avec une pointe de tristesse.

Roberto sortit du buffet huit assiettes creuses en porcelaine au bord décoré de fleurs bleues, pendant que Maria ouvrait le tiroir des couverts pour y prendre les fourchettes. Anna leur jetait de temps en temps un regard de côté : elle ne savait pas encore si cette fille lui plaisait ou non. Elle comprenait sans mal pourquoi son fils avait été conquis : de longues boucles châtaines retenues par un serre-tête, un petit visage aux joues roses et aux traits délicats, un corps menu et harmonieux. Les mots qu'Anna l'avait entendue prononcer le plus souvent étaient « merci », « excusez-moi », « si ça ne vous dérange pas ». Tout le monde s'accordait à dire qu'elle était adorable. Pourtant, se montrer toujours si douce et comme il faut était aux yeux d'Anna le signe d'un manque de caractère, d'une docilité excessive. Elle était restée perplexe, par exemple, quand Maria avait annoncé que si Roberto n'allait pas à l'université, elle ne s'y inscrirait pas non plus. « Je pourrais tenir le secrétariat de la cave… L'important pour moi, c'est d'être près de lui », avait-elle dit avec un sourire désarmant, en posant sur Roberto des yeux débordants d'amour. Anna avait l'impression que cette fille n'avait qu'une idée en tête : se modeler sur son fils, comme si elle avait été de glaise molle.

– Tu te trompes, avait protesté Roberto la seule fois où Anna avait abordé le sujet. Maria n'est pas du tout comme tu crois. Elle est plus forte et plus déterminée qu'elle n'en a l'air. Elle a ce type de force qu'on puise dans le calme et la douceur. J'aimerais que tu prennes le temps de mieux la connaître. Fais-le pour moi, s'il te plaît.

Depuis, par amour pour son fils, Anna s'était imposé non seulement de ne plus exprimer à voix haute aucune opinion sur Maria, mais aussi de noter scrupuleusement tout ce qui parlait en sa faveur. D'ailleurs, si Roberto en était à ce point amoureux, c'est qu'elle devait bien avoir des qualités...

Elle s'apprêtait à ajouter les pignons dans le mortier quand elle entendit des voix : Antonio et Agata venaient d'arriver.

– Non, ne referme pas, Tommaso est en train de se garer, disait Agata à Roberto.

Antonio passa une tête dans la cuisine et la salua d'un air joyeux.

– Qu'est-ce que tu fais ? demanda-t-il ensuite à Giovanna en s'asseyant à côté d'elle d'un air curieux.

– Un châle d'été en coton...

– Mais tu es très douée ! s'exclama-t-il.

– Elle progresse de jour en jour, intervint Anna avec fierté.

La porte d'entrée se referma et ils entendirent le joyeux gazouillis de la petite Giada, accompagné des exclamations de toute la famille.

– Mais quelle ravissante petite robe ! s'exclama Maria.

– Elle est belle, hein ? C'est moi qui la lui ai achetée, dit Agata.

– Elle te plaît, mon amour, la robe de mamie ? demanda Tommaso.

Giovanna sourit, lâcha son ouvrage sur la table et se dirigea vers la petite.

– Quel parfum ! dit Antonio en glissant un doigt dans le mortier.

– Hé là, protesta Anna. Si tu recommences, je te l'écrase avec le reste !

Antonio porta son doigt à la bouche en riant.

– C'est délicieux... comme toujours, d'ailleurs.

Il croisa les mains sur la table et la regarda faire. Il lui fallut quelques secondes pour s'apercevoir qu'elle n'avait plus sa montre.

– Pourquoi tu l'as enlevée ? lui demanda-t-il, le front plissé, en indiquant son poignet d'un signe de tête.

Anna s'arrêta.

– Oh, elle ne marchait plus ! Ce charlatan d'horloger n'a pas su la réparer. Je devrais me décider à en acheter une neuve, mais c'est celle-là que je veux, répondit-elle.

– Il y a une petite fille qui veut dire bonjour à sa tante Anna, les interrompit Giovanna en débouchant dans la cuisine, Giada dans les bras.

– Te voilà, toi, dit Anna avec un sourire tout en continuant à travailler.

Agata entra en trombe à son tour.

– L'eau bout ? demanda-t-elle, anxieuse.

– Non je ne l'ai pas encore mise, répondit Anna, sans quitter Giada des yeux.

– J'ai compris. C'est moi qui m'en charge, soupira Agata, de l'air de celle qui doit penser à tout.

Elle se dressa sur la pointe des pieds pour sortir la grande marmite du buffet.

Ils se mirent à table à huit heures : Anna posa au centre la marmite fumante de *trofie* au pesto, et Antonio remplit les verres de Don Carlo.

Roberto et Maria étaient assis côte à côte, échangeant ici et là de petits baisers furtifs. Giada était assise sur sa chaise haute à côté d'Agata, qui la nourrissait à la cuillère, et en face de Tommaso, qui couvait sa fille d'un regard extasié. Lorenza était en face de son mari, qui avait pour voisin Antonio. Anna et Giovanna furent les dernières à s'installer. Comme toujours, Giada fut le centre de l'attention et suscita l'hilarité générale avec ses inventions. « Coupapapa ! » s'exclama-t-elle en indiquant le couteau, et elle salua d'un vigoureux « voisauce ! » le moment où Agata porta à sa bouche la première bouchée de *trofie*.

Tout le monde riait, sauf Lorenza, qui paraissait ce soir-là plus morose que d'habitude. Elle n'avait presque pas touché à son assiette ; elle penchait la tête comme si elle écoutait les différentes conversations, mais n'entendait en réalité qu'un bruit de voix confus. Elle n'arrivait pas à s'ôter de la tête la discussion qu'elle avait eue la veille avec Daniele, et qui avait été leur première dispute.

Comme chaque mercredi après-midi, elle avait laissé Giada chez Anna et, prenant le car de trois heures, l'avait rejoint à Lecce. Il était assis à sa machine à coudre, mais en la voyant entrer, il avait couru vers elle et ils s'étaient unis dans un baiser qui contenait tous les baisers refoulés depuis leur dernière rencontre. Ils s'étaient déshabillés avec fougue, puis Daniele l'avait soulevée par la taille et l'avait plaquée contre le mur. Elle avait serré les jambes autour de son corps et fermé les yeux.

À cinq heures ce jour-là, un quart d'heure avant le départ du car pour Lizzanello – comme d'habitude, Daniele prendrait le car suivant –, elle lui dit avec excitation :

– Écoute, ça fait une semaine que j'y pense... Partons à New York, toi et moi.

Daniele la regarda, stupéfait, puis commença à se rhabiller.

– Pourquoi tu réagis comme ça ? s'exclama-t-elle, surprise et irritée.

Il enfila sa chemise et prit son visage entre ses mains :

– Et comment je fais ? Je lâche la cave ? Je lâche l'atelier ? Et ta fille ?

– Tout ce qui m'intéresse, c'est d'être avec toi, répliqua-t-elle.

Daniele eut un mouvement de recul.

– Tu ne peux pas y penser sérieusement. À laisser Giada, je veux dire.

– C'est mon choix, ça ne te regarde pas.

– Comment peux-tu dire que ça ne me regarde pas ?

– La vérité, c'est que tu ne m'aimes pas, cria-t-elle soudain.

La cave, l'atelier, ma fille… Tout ça, ce sont des excuses. Si tu m'aimais vraiment, tu dirais oui tout de suite, sans même avoir besoin d'y réfléchir.

Daniele mit les mains sur ses hanches.

– Tu penses vraiment que je ne t'aime pas ? Sérieusement ?

– Tu es en train de me le prouver en ce moment même.

– Simplement parce que je t'invite à être raisonnable ? À penser à ta fille ?

– Oh, va au diable ! Tu veux la vérité ? Je t'intéresse uniquement quand tu veux t'enfiler entre mes jambes.

– Tu es mesquine de parler comme ça…

– Je dis simplement la vérité.

Daniele se tut un long moment. Puis il murmura :

– Tu vas manquer le car. Vas-y, s'il te plaît.

« Je dois absolument le voir avant mercredi », pensait Lorenza, en ruminant les moyens de le rencontrer. Il n'y avait rien de mal à ce qu'elle aille faire un tour à la cave le lendemain : elle pourrait toujours dire qu'elle venait discuter de quelque chose avec Roberto…

– Maman ! dit Giada en tendant sa petite main vers elle. Maman !

Tommaso la souleva de sa chaise et la porta jusqu'à Lorenza.

– La voilà, ta maman, dit-il en la lui mettant dans les bras.

Elle l'assit sur ses genoux et s'appuya à son dossier.

– De l'eau, maman, demanda Giada.

Lorenza ne bougea pas.

– De l'eau, maman, répéta-t-elle.

– Chérie, la petite te demande de l'eau, intervint Tommaso d'une voix un peu trop haute.

– Oui, excuse-moi, balbutia-t-elle. Maman va t'en donner, dit-elle à la petite en prenant la carafe.

– Eh, c'est bientôt l'heure, annonça Roberto en lançant un coup d'œil à la pendule sur la cheminée. Plus que trois minutes !

Il alla allumer la radio et tout le monde prit place sur les divans. Le fauteuil où s'asseyait toujours Carlo, à côté de la cheminée, demeura vide. Anna ne permettait à personne de s'y asseoir. Jamais.

À cet instant, la voix de Mario Carotenuto souhaita le bonsoir à tous les auditeurs.

Anna l'avait dit tout net : pour son anniversaire, elle ne voulait pas de surprise, de dîner ou de fête d'aucune sorte. Elle préférait de loin passer la journée toute seule.

– Alors essayez de vous en souvenir, avait-elle déclaré à tout le monde.

Le jour de ses quarante-quatre ans – qui cette année-là tombait un dimanche –, elle fit la grasse matinée et ne se leva qu'en sentant l'odeur d'oignon frit qui venait de la cuisine. Giovanna en mettait toujours beaucoup dans le ragoût du dimanche.

Elle ôta son masque en soie, enfila ses pantoufles et son peignoir et, en ouvrant sa porte, faillit écraser une rose rouge. Posée à côté, une petite enveloppe blanche où était écrit *Maman*. À l'intérieur, le billet disait :

Bon anniversaire à la maman la plus casse-pieds du monde.
Je t'aime.

Roberto

Anna serra le billet contre son cœur, ramassa la rose et descendit. Un vase rempli de marguerites était posé sur une petite table et elle mit la rose dedans.

Elle entra dans la cuisine, souhaita le bonjour à Giovanna, prit dans le buffet la petite casserole et sa tasse.

– Roberto est sorti ?

– Ça fait bien deux heures. Il a dit qu'il devait faire un saut à la cave.

– Un dimanche ? demanda Anna, surprise, en versant le lait dans la casserole.

– Il avait quelque chose à faire avec Daniele, répondit Giovanna en haussant les épaules. (Puis elle la regarda d'un air hésitant et finit par dire à voix basse :) Je peux au moins te souhaiter un bon anniversaire ?

Anna se retourna et éclata de rire.

– Mais oui. Bien sûr que tu peux.

C'était une journée ensoleillée et chaude, sans l'ombre d'un nuage. Tout en savourant son lait, assise sur le banc, Anna jouissait de la chaleur du soleil sur son visage, en pensant que la seule chose qu'elle avait envie de faire ce jour-là, c'était de monter sur sa bicyclette et de pédaler sans but. Elle pourrait même aller jusqu'à la mer…

Elle rentra dans la maison et dit à Giovanna que ce dimanche-là, Roberto et elle devraient déjeuner seuls.

– J'ai envie de sortir, mais je ne sais pas quand je rentrerai… Ça t'ennuie ?

– Ce qui m'ennuierait, c'est que tu ne passes pas une bonne journée, répondit Giovanna. Va donc.

Anna lui posa un baiser sur le front.

– Merci, murmura-t-elle.

Une demi-heure plus tard, elle avait enfourché sa Bianchi et s'était mise à pédaler lentement.

« Bonjour, madame la postière », lui lança en agitant la main le petit vieux qui recevait chaque semaine une lettre de son fils parti travailler en usine à Milan. « Bon dimanche, signora Greco », dit ensuite un homme en ôtant son chapeau. « Bonjour, Anna », s'exclamèrent deux femmes qui bavardaient sur le seuil de leur porte. « Hé, pas de courrier aujourd'hui ? », plaisanta une grosse femme qui écossait des petits pois, assise sur le trottoir. Anna accueillit chaque salut avec un sourire contraint, et quand elle prit finalement la route menant à la mer, elle poussa un soupir de soulagement. À ce moment où elle désirait avant tout qu'on la laisse en paix, elle eut la nostalgie des premiers mois, quand elle était encore une inconnue dans le village ; à présent, elle ne pouvait pas faire un pas sans que quelqu'un l'interpelle ou l'arrête pour bavarder deux minutes. « C'est tellement fatigant parfois… », pensa-t-elle. Elle dépassa des oliveraies et des champs labourés, délimités par de longs murs de pierres sèches. Le silence qu'elle cherchait l'enveloppa enfin comme un manteau. Au bout d'une quinzaine de kilomètres, elle parvint à un carrefour et poursuivit sur un chemin de terre. Le paysage changea et elle sentit soudain l'odeur des pins. Elle lui rappela sa pinède bien-aimée de Bordighera et les petits sommes qu'elle y faisait étant enfant, étendue sur un tapis d'aiguilles de pin, quand le soleil tapait et que la seule façon d'y échapper était de trouver refuge parmi les conifères. Peu de temps après, la pinède apparut, ainsi qu'un panneau indiquant la mer. Elle descendit de sa bicyclette et, la poussant à son côté, pénétra parmi les arbres en inspirant à pleins poumons.

Soudain, il y eut du sable blanc et l'étendue bleue de la mer. Anna appuya sa Bianchi contre un arbre et courut jusqu'à la rive. Elle ôta en vitesse ses chaussures, son pantalon en lin et son corsage blanc. En culotte et soutien-gorge, elle plongea dans l'eau étale.

Elle se mit sur le dos, bras tendus, et ferma les yeux. C'était la première fois qu'elle se baignait complètement seule, songea-t-elle. L'été, à Bordighera, il y avait toujours eu ses petites cousines pour la suivre à la trace ; après, il y avait toujours eu Carlo. Comme chaque fois qu'elle pensait à son mari, Anna sentit une ombre tomber sur elle. Presque deux ans s'étaient écoulés depuis sa mort, et elle n'aurait pas su dire ce qui lui faisait le plus mal : voir le monde continuer à tourner sans lui, ou sentir que jour après jour elle s'habituait à son absence. Quand elle s'apercevait qu'elle l'avait oublié pendant toute une heure, ou que quelque chose la faisait rire, elle se sentait envahie d'un brûlant sentiment de culpabilité. « Combien de temps après la perte d'un amour a-t-on le droit de recommencer à rire ? » se demanda-t-elle.

Elle plongea la tête dans l'eau et retint son souffle quelques secondes.

Quand elle revint sur la rive, elle n'avait plus aucune notion de l'heure. Elle se rhabilla aussitôt et se hâta vers sa bicyclette. Elle parcourut la route de retour complètement trempée, la chaleur du soleil lui réchauffant les bras et le visage, qui piquaient à cause du sel.

Elle arriva aux portes de Lizzanello quand la lumière commençait à baisser. « Je suis tout près de Contrada La Pietra, pensa-t-elle soudain en regardant sur sa droite. C'est peut-être le moment d'aller jeter un coup d'œil à la ferme… Dieu sait dans quel état elle est. Ça fait un bon moment que je n'y suis pas allée… » Elle prit aussitôt la direction de la maison. Le petit portail en bois était érodé par la pluie et décoloré par le soleil, et la porte n'était pas fermée à clé. Dès son entrée, une forte odeur de renfermé et d'humidité lui sauta au nez. Tout était à sa place, comme pétrifié. Elle fit le tour des pièces : des toiles d'araignée dans les coins, des couches de poussière accumulée sur les meubles, de l'humidité sur les murs… « Je devrais revenir passer au moins un coup de propre, pensa-t-elle. Ce soir, je demanderai à Giovanna si… »

À cet instant, elle eut une illumination. Elle regarda autour d'elle et vit chaque chose avec une clarté absolue : le séjour pouvait devenir une salle de classe avec un tableau et des bancs ;

le grand mur auquel était adossé le divan pouvait accueillir une bibliothèque ; il suffisait d'enlever le buffet et quelques meubles dans la cuisine pour la transformer en atelier ; à l'étage, il était facile d'installer un petit dortoir. Sans parler du jardin, qui pouvait être transformé en un vaste potager.

« Pourquoi diable n'y ai-je pas pensé plus tôt ? » se dit-elle. Et tandis que tout prenait forme devant ses yeux, elle entendit dans sa tête la voix de Carlo qui lui disait : « Promets-moi de ne pas y renoncer… Sers-toi de notre argent sans rien demander à personne. »

Elle sentit sa gorge se nouer. Comme toujours, son Carlo avait eu raison.

Elle remonta sur sa bicyclette et parvint à la maison. En ouvrant la porte, elle sentit aussitôt l'odeur du ragoût qui avait envahi toutes les pièces. Elle appela Giovanna à tous les échos, sans recevoir de réponse. « Elle a dû aller voir Giada, pensa-t-elle. Patience, on en reparlera demain matin. »

S'affalant sur le divan avec ses vêtements encore humides et ses cheveux embroussaillés par l'eau salée, elle laissa vaguer son regard dans le salon ; puis elle posa les yeux sur la table basse devant elle et vit un petit paquet entouré d'un papier doré et d'un ruban rouge. Elle se pencha pour le prendre, l'observa quelques instants en le retournant entre ses mains ; puis elle déchira le papier, révélant un écrin en velours bleu. Il contenait une montre au cadran rectangulaire, au rebord doré, avec un bracelet en cuir vert. Elle la prit et la fixa longuement ; en la retournant, elle vit qu'une phrase était gravée au dos.

Le cœur battant, elle approcha la montre de ses yeux et lut à voix haute.

À Anna de la part d'Antonio.
Pour tout le temps qui viendra.

25

Été 1951

– Et donc, ce serait quoi ?
– Bah. Une espèce d'école, à ce qu'on dit.
– Ce n'est pas une école, elle dit que ce sera « une maison ».
– Parce que ça n'est pas déjà une maison ?
– Si, mais une maison différente. Une Maison pour les femmes.
– Et pour nous les hommes, rien ?
– Mais ça veut dire quoi, « pour les femmes » ?
– Qu'on y fera des choses. Des choses de femmes.
– Bah, je savais bien que c'était une école.
– C'en est pas une, je te dis.

À l'abri du rideau en corde du Castello, Antonio buvait son café en écoutant les commentaires des joueurs de belote installés sur la terrasse du bar.

– Ma femme, elle lui a demandé, à la postière, de lui montrer à l'occasion comment on fait les édredons, intervint un homme aux épais cheveux bouclés, assis à la table à côté.

– Alors, tu vois que j'avais raison ? C'est une école, mais de choses féminines, gronda le premier joueur.

– Moi, j'ai entendu dire qu'on y apprendra plutôt à lire

et à écrire, et aussi l'histoire, la géographie et le calcul, dit un autre en caressant ses longues moustaches.

– C'est ce que je disais. Une école, répliqua le premier.

– C'est bien possible, mais je n'y comprends goutte. En tout cas, c'est bien une idée d'étrangère. Elle ne sait pas que des écoles, il y en a déjà ? protesta le second joueur.

Antonio riait sous cape. Ce n'était pas la première fois qu'il entendait des discours de ce genre sur la Maison des femmes d'Anna. Dans le pays, on s'interrogeait à n'en plus finir. Tout ce qu'on savait, c'était que la postière s'apprêtait à « faire quelque chose » de la ferme de Giovanna la folle. L'un soutenait qu'elle l'avait achetée pour quatre sous, l'autre que Giovanna la lui avait donnée pour régler sa dette.

– Sûrement. Elle est logée, nourrie, blanchie à ses frais, insinua quelqu'un.

– Ouais, et avant ça encore elle était logée nourrie aux frais de Carlo, paix à son âme.

Antonio reposa sa tasse sur le comptoir et sortit. Les hommes se turent brusquement en le voyant surgir du bar.

– Tu crois qu'il nous a entendus ? murmura le premier joueur en se penchant vers l'autre.

– Et qu'est-ce qu'on a dit de mal ? répliqua l'autre en haussant les épaules.

– Bonjour, messieurs, les salua Antonio en souriant.

– Bonjour à toi, Antonio, répondirent-ils en chœur.

– Tu tombes à pic. On parlait justement de ta belle-sœur.

– J'ai entendu.

– Très bien. Alors tu nous l'expliques, ce que c'est que cette... cette chose qu'elle veut faire ? demanda l'homme aux cheveux bouclés. Même ma femme n'a pas bien compris.

– Eh bien, murmura Antonio en se frottant le nez, je dirais que vous avez tous un peu raison. Cet endroit va être tellement de choses... Ce qui est sûr en effet, c'est qu'il sera ouvert uniquement aux femmes. Ce sera une école pour celles qui n'ont pas pu étudier, mais aussi un atelier pour apprendre un métier, et un refuge pour celles qui sont en difficulté.

Les hommes échangèrent des coups d'œil perplexes.

– En somme, c'est un endroit pour aider les gens. Rien de plus, rien de moins, conclut Antonio avant de s'éloigner.

Mais il entendit un murmure dans son dos :

– Bah, moi, j'ai encore moins compris qu'avant.

Quand Anna, près de deux mois plus tôt, lui avait parlé, pleine d'enthousiasme, de sa Maison des femmes, Antonio avait senti son cœur se réchauffer : il avait enfin revu dans ses yeux cette ardeur qu'il connaissait bien et qu'il aimait chez elle par-dessus tout. Celle qu'il avait vue quand elle avait décidé de se présenter au concours des postes et quand elle s'était mise à recueillir des signatures pour le vote des femmes : l'étincelle du défi au monde.

Depuis que Carlo était tombé malade, les yeux d'Anna ne s'étaient plus illuminés de cette façon, et c'était un véritable soulagement de la voir soudain aussi vive et impliquée dans un nouveau projet. En l'entendant le lui décrire, Antonio s'était senti fier : elle seule pouvait avoir l'idée de créer une chose qu'on n'avait jamais vue et qui pouvait faire tant de bien aux femmes.

– Laisse-moi te donner un coup de main, lui avait-il dit.

Et il n'avait pas ménagé ses efforts. En l'espace de quelques semaines, ils avaient débarrassé la ferme de son mobilier, le chargeant avec les deux employés les plus costauds sur les chariots qu'il avait fait venir de la fabrique d'huile ; ils avaient remplacé la barrière, repeint les portes et les fenêtres ; puis ils avaient arraché les mauvaises herbes, délimité les espaces pour le potager avec des palissades, réparé les fuites du toit. De temps en temps, au beau milieu des travaux, ils échangeaient un sourire complice.

– Maintenant, je la vois encore plus clairement, disait Anna en laissant vaguer ses yeux alentour.

– Toute cette énergie, si tu la consacrais plutôt à notre maison, hein ? grondait Agata quand Antonio rentrait pour le dîner. Combien de fois je t'ai demandé d'acheter des nouveaux meubles ? Et d'enlever des murs ce vilain papier qu'y avait mis ta mère, paix à son âme.

Quand elle entamait cette litanie, Antonio la laissait dire, persuadé qu'elle s'arrêterait tôt ou tard. Mais Agata continuait de plus belle.

– Personne dans le village n'y comprend rien, et moi encore moins que les autres. Qu'est-ce que ça veut dire, une Maison pour les femmes ? Elle et ses idées bizarres... Et va savoir pourquoi elle éprouve toujours le besoin de t'y entraîner.

C'était la même question que lui avaient posée ses amies du rosaire à la récitation du samedi précédent. Quand Agata était arrivée chez sa voisine et s'était installée sur l'une des chaises libres, un silence s'était fait soudain et les femmes déjà assises en cercle avaient échangé des regards.

– Qu'est-ce qui se passe ? Pourquoi vous ne dites plus rien ? avait demandé Agata, agacée.

Sa voisine, une femme filiforme vêtue de noir, arborant un duvet bien visible sur la lèvre, avait regardé les autres avant de trouver le courage de dire :

– C'est qu'on se demande comment tu vas, si toute cette histoire ne finit pas par te donner de l'ennui...

– Quelle histoire ? l'avait interrompue Agata d'un ton bref.

– Entre ton mari et ta belle-sœur...

Agata s'était agitée sur sa chaise.

– Mais de quoi vous parlez ?

– Je t'en prie, ne le prends pas mal, était intervenue une grosse dame aux cheveux très noirs. Tout le monde le sait, qu'Antonio l'aide jour et nuit, pour cette Maison des femmes qu'on ne comprend pas ce que c'est.

– Quand personne ne comprend, c'est qu'il y a anguille sous roche, avait coutume de dire mon père, ajouta une ancienne aux sourcils blancs et à la voix rauque.

– Jour et nuit, et quoi encore ? Il faut toujours que vous exagériez, avait répondu Agata. Il y consacre une ou deux heures par jour, tout au plus.

Les femmes avaient à nouveau échangé des regards.

– Mais pourquoi elle a embarqué ton mari là-dedans ? avait insisté sa voisine.

– C'est vrai. Si c'est quelque chose pour les femmes, en quoi ça le concerne ?

– Et pareil pour le recueil des signatures, vous vous rappelez ? avait repris l'ancienne.

– On dirait que vous oubliez qu'il est le frère de Carlo, paix à son âme, avait répliqué Agata en faisant un signe de croix.

Et les autres s'étaient signées à sa suite.

– Et ça veut dire quoi ? Qu'il doit l'avoir sur le dos lui aussi ?

« Le pire, c'est que je ne leur donne pas tort », avait pensé Agata avec un soupir. Antonio prenait désormais soin de deux familles – la sienne et celle de son frère. Après la mort de Carlo, son mari accourait à chaque fois qu'Anna avait besoin de lui. « Au diable, qu'elle se débrouille toute seule ! La barbe pour elle et pour le jour où elle a débarqué », avait pensé Agata plus d'une fois dans un mouvement de jalousie. Mais ce jour-là, elle s'était bornée à répondre :

– Vous savez comment il est, mon Antonio : trop bon, trop généreux… Mais je suis fière de lui et de tout ce qu'il fait pour notre belle-sœur et notre neveu, avait-elle ajouté, espérant mettre fin une bonne fois aux bavardages.

– C'est sûr qu'il est bon ! Comme le bon pain ! Il l'a

toujours été, depuis qu'il est petit, avait renchéri la grosse dame pour la sortir d'embarras.

Les autres s'étaient regardées d'un air gêné et n'avaient plus rien osé dire. Là-dessus, sa voisine avait attaqué l'*Ave Maria* et tous l'avaient suivie en chœur.

Agata avait récité ses prières, la tête baissée et les yeux clos, mais entre un *Mater Dei* et un *Ora pronobis peccatoribus*, elle avait ravalé sa rage et son humiliation.

Par cette étouffante matinée de juillet, personne au bureau de poste ne semblait avoir envie de bavarder. On entendait en bruit de fond le cliquetis du télégraphe et le tapotement du stylo de Tommaso sur les documents qu'il était occupé à lire. Carmine avait l'air pensif et ne cessait de toucher sa barbe grisonnante et hirsute, qu'il laissait désormais pousser librement. Même Elena, qui en général n'avait pas la langue dans sa poche, s'occupait ce jour-là de ses propres affaires. Quant à Lorenza, elle était aussi grognon que d'habitude. Anna triait son courrier, mais elle aussi avait la tête ailleurs : il lui fallait non seulement un tableau, mais aussi des bancs et des chaises… Autant de choses qui ne se trouvent pas exactement sous le sabot d'un cheval. Tout le reste, elle l'achèterait – les lits, les draps, les vêtements, les graines pour le potager, les outils de jardinage, les cahiers, les stylos et tout le matériel pour les ateliers d'artisanat – mais où donc allait-elle dénicher le mobilier pour une salle de classe ?

Et puis, autre chose encore la tourmentait : le fait que Giovanna ne veuille s'impliquer en rien dans la Maison des femmes.

– Je n'ai pas encore le courage de revoir Contrada, lui avait-elle dit sans cesser de crocheter, les yeux rivés sur son châle de coton presque terminé. Mais je suis heureuse pour toi, et c'est un très beau projet. Vraiment.

– J'aimerais que ça devienne *notre* projet, avait répliqué Anna d'un air de regret.

D'un certain point de vue, elle la comprenait, mais que don Giulio ait encore un tel pouvoir sur ses choix la rendait furieuse. Ce n'était pas juste, bon sang !

Elle mit à part dans un petit sac le courrier destiné à la cave Greco : elle le remettrait à Roberto à la maison – s'il rentrait déjeuner. Depuis qu'il avait terminé le lycée, il s'était jeté à corps perdu dans la gestion de la cave et du domaine, comme il l'avait promis, faisant preuve d'un grand sens du devoir. « C'est bien mon fils », se dit-elle avec fierté.

Elle prit sa sacoche et passa une tête dans le bureau du télégraphe.

– Des télégrammes de dernière minute ? demanda-t-elle.

Elena se retourna et secoua la tête en serrant les lèvres ; elle avait l'air fatiguée, des cernes violets sous les yeux. Ses problèmes de sommeil n'étaient pas une nouveauté, mais ces derniers temps, ils semblaient aller en empirant.

– Non, tatie, répondit Lorenza. Rien de neuf.

Elle non plus n'avait pas bonne mine ce matin. Sans doute une nouvelle prise de bec avec Tommaso : on respirait chez eux une mauvaise humeur à couper au couteau.

– J'ai encore quelques minutes, dit-elle à sa nièce. Tu viens prendre un café en vitesse au bar ?

– Oui, répondit Lorenza en repoussant sa chaise. J'en ai vraiment besoin.

Sur la place, l'atmosphère était étouffante. Les feuilles du grand palmier étaient si immobiles qu'elles semblaient peintes sur le bleu du ciel ; les portes des boutiques étaient fermées pour ne pas laisser entrer la chaleur ; les deux petits vieux assis sur le banc et les quatre hommes en maillot de corps qui jouaient aux cartes à l'intérieur du bar avaient l'air apathiques, comme sur le point de se liquéfier.

Anna appuya sa bicyclette contre le mur et s'installa à une table à l'extérieur, tandis que Lorenza allait prendre les cafés.

– Tommaso m'a paru nerveux ce matin, dit Anna en faisant tourner sa petite cuillère dans sa tasse.

– S'il pouvait se calmer un peu…, répliqua Lorenza. Il est obsédé par cette gamine ; il se fait du souci pour tout, même quand il n'y a aucune raison. Et puis, on dirait que c'est toujours ma faute : si la petite pleure, si elle ne dort pas assez, si elle fait des caprices…

Anna sentit qu'il y avait autre chose, mais ne dit rien.

– Sans parler de cette histoire d'Otrante. Je ne comprends pas pourquoi on doit se traîner là-bas chaque été.

Anna leva un sourcil. « Le voilà, le véritable motif », pensa-t-elle.

– Je le lui ai dit clairement : cette année, je ne veux pas y aller, poursuivit Lorenza. Et tu sais ce qu'il m'a répondu ? Que je suis capricieuse et ingrate. Moi ! Mais est-ce qu'on m'a jamais demandé mon avis ? C'est toujours lui qui décide de l'endroit où on va en vacances. Pas une seule fois il ne m'a posé la question.

Anna s'éclaircit la gorge.

– Tu ne veux pas trop t'éloigner de Daniele…, dit-elle. C'est pour ça ?

Lorenza plissa les paupières et détourna les yeux.

– Ce ne sont que deux semaines, murmura Anna. Fais-le pour Giada. Tu sais combien elle aime la mer.

– La mer, on l'a aussi tout près, répliqua Lorenza.

– Oui, mais là-bas vous avez une maison, et c'est vraiment dommage qu'elle reste fermée. Qu'est-ce que ça te coûte ? Deux semaines, Lorenza. Pas plus.

– Ça me coûte énormément ! s'exclama-t-elle, de plus en

plus irritée. Il y a des choses que tu ne sais pas, des choses qui se sont passées… Je ne peux pas m'éloigner de lui précisément maintenant. C'est impossible, dit-elle en secouant la tête.

– On dirait que tu as peur de quelque chose…

– Bien sûr que j'ai peur. Il pourrait s'en trouver une autre et l'épouser. Tu crois quoi, qu'il va rester célibataire pour l'éternité ? Qu'il ne va pas se fatiguer de vivre ainsi ?

– Et tu penses qu'il va la trouver précisément pendant les deux semaines où tu seras absente avec ta famille ? demanda Anna avec une pointe d'ironie.

– Je ne veux pas qu'il la trouve. Jamais.

– Tu ne peux pas parler comme ça, tu le sais.

– Tout pourrait être si simple…, l'interrompit Lorenza. Si seulement on partait d'ici. Loin de tout et de tous. Nous pourrions être si heureux…

C'était la première fois qu'Anna l'entendait dire une chose pareille, et cela l'inquiéta profondément. Après quelques instants de silence, elle reprit :

– Comme Anna Karénine et le comte Vronsky ?

– Oui, exactement comme eux, murmura Lorenza.

Anna poussa un soupir, fouilla dans sa sacoche et en sortit quelques pièces qu'elle posa sur la table.

– Il faut que j'y aille, dit-elle. Mais rappelle-toi une chose : Anna Karénine a payé son choix très cher. Réfléchis-y.

Et elle s'éloigna.

Lorenza s'adossa à sa chaise. Elle connaissait bien l'histoire d'Anna Karénine : elle avait lu le roman à l'adolescence et elle se rappelait avoir éprouvé une grande admiration pour cette héroïne romantique qui avait eu le courage de suivre son inclination, au risque de tout perdre. À présent comme alors, elle n'y voyait aucun mal.

Le mercredi suivant, lors de son rendez-vous avec Daniele, Lorenza amena Giada avec elle. Dans le car, l'enfant ne cessa de pleurnicher à cause de la chaleur, frottant de ses petits poings ses yeux gonflés de larmes.

– Reste tranquille, lui répétait Lorenza. On va dans un bel endroit faire la connaissance d'un ami de maman.

Quand elles arrivèrent, Daniele était penché sur sa table de travail et dessinait.

– Nous voici, s'exclama Lorenza avec un sourire incertain.

Daniele les regarda et bondit sur ses pieds, ses yeux allant de la mère à la fille.

Giada s'arrêta sur le seuil, contemplant Daniele de ses yeux encore humides.

– Allez, entre avec maman, la poussa Lorenza.

Daniele lui lança un regard déconcerté, puis il s'approcha de Giada et s'accroupit devant elle.

– Enchanté, je m'appelle Daniele, dit-il en lui tendant la main.

Au bout de quelques instants, Giada posa sa petite main sur la sienne.

– Tu sais que tu es très belle ? poursuivit-il en caressant ses petits doigts. Je n'ai jamais vu une petite fille aussi belle que toi, je te le jure.

La petite porta un doigt à sa bouche et, sans le quitter des yeux, ébaucha un sourire en faisant un petit pas en avant.

Lorenza l'accompagna à l'intérieur en la poussant par les épaules, puis referma la porte avec un soupir.

– Tu t'appelles Giada, n'est-ce pas ? dit Daniele.

La petite hocha la tête.

– Est-ce que tu sais que c'est le nom d'une pierre d'une très belle couleur ?

La petite secoua la tête, amusée.

– Viens, je vais te montrer. (Il se releva et, prenant la main de l'enfant, la conduisit aux rouleaux de tissu. Puis il en déroula un d'un beau vert brillant.) Voilà. C'est ça la couleur du jade.

Giada allongea sa petite main et toucha le tissu.

– Il te plaît ?

– Oui ! s'exclama-t-elle d'un air ravi.

– Tu sais ce qu'on va faire, maintenant ? Une belle robe. Pour toi.

Il lui donna une petite tape sur la joue. Lorenza les avait observés pendant tout ce temps avec un sourire satisfait.

Les heures qui suivirent furent à la fois paisibles et joyeuses : Lorenza et Daniele prirent les mesures de la petite en s'amusant à la faire tourner sur elle-même comme une princesse ; puis ils coupèrent le tissu. Avec quelques coupons récupérés dans un panier, Daniele fabriqua des bandeaux qu'il noua sur la tête de Lorenza, sur celle de Giada et enfin sur la sienne, suscitant le rire cristallin de la petite.

Puis Giada alla jouer dans un coin avec des bouts d'étoffe.

– Tu arrives à travailler ? demanda Lorenza en indiquant la Singer d'un mouvement de tête.

– J'essaie. Depuis que ton cousin s'occupe de la cave tous les jours, je viens ici beaucoup plus souvent.

– J'aimerais tellement jeter un coup d'œil à tes nouveaux modèles. Je peux ?

– Ce ne sont que des ébauches, dit Daniele en rougissant. (Il se pencha vers elle et remit délicatement une boucle rebelle derrière son oreille.) Mais quand ils seront terminés, tu seras la première à les voir.

– J'ai hâte… (Elle ferma les yeux, soupira et sourit.) Si tous les après-midi pouvaient être comme ça, dit-elle.

– Giada est vraiment adorable, murmura-t-il.

– Tu n'as jamais pensé que ça pourrait être toujours comme ça ? reprit Lorenza en baissant la voix.

– Comment, comme ça ?

– Toi, moi et Giada.

Il la considéra comme s'il n'était pas certain d'avoir compris.

– Tu as dit que tu ne me permettrais jamais de la laisser, poursuivit-elle. Alors, emmenons-la avec nous. À cette condition, tu le ferais ? Tu partirais avec moi ?

Daniele écarquilla les yeux, puis il s'éclaircit la gorge et se tourna vers Giada.

– Tu ne sais pas ce que tu dis, répliqua-t-il finalement.

– Tu l'as dit toi-même, que le problème, c'est Giada, siffla Lorenza. Moi, dit-elle en élevant la voix, je te propose une solution !

L'enfant s'arrêta soudain de jouer et leva la tête.

– L'enlever à son père ? À ses grands-parents ? C'est ça ta solution ? répliqua Daniele.

– Moi, au moins, j'essaie d'en trouver une, grinça-t-elle.

Soudain, Giada se mit à sangloter, puis elle saisit les bouts de tissu et les jeta loin d'elle.

– Qu'est-ce qui t'arrive, ma petite ? dit aussitôt Daniele. C'est parce que maman a l'air en colère ? Mais elle plaisantait ! Elle vient juste de me dire qu'elle est si contente de partir samedi pour la mer avec toi et ton papa. (Lorenza ouvrit la bouche, mais Daniele lui jeta un regard dur qui la fit taire.) Pas vrai, Lorenza ? conclut-il.

Giada cessa de pleurer et fixa sa mère.

Lorenza jeta à Daniele un regard où se mêlaient la douleur et la rage.

– Oui, très contente, dit-elle ensuite d'une voix tremblante.

Puis elle se rua sur sa fille, la prit dans ses bras et se dirigea vers la porte.

– Lorenza, reviens..., la supplia Daniele.
Elle ne se retourna même pas.

Anna était en train d'enfiler ses chaussures à toute vitesse. Antonio allait passer la prendre d'un moment à l'autre. « Sois prête demain matin à dix heures », lui avait-il dit – et elle le savait extrêmement ponctuel. Ce jour-là, le premier des deux semaines de vacances d'Anna, ils se rendaient chez une espèce d'antiquaire installé à la campagne qui, à en croire Antonio, possédait un vieux tableau mural.

– Tu es sûre de ne pas vouloir venir ? demanda Anna à Giovanna.

– Non merci, répondit celle-ci. (Elle était assise à la table de la cuisine avec son crochet et une pelote de laine rose, en train de travailler à un bonnet de nuit.) J'aime mieux rester ici. Et puis, il fait trop chaud pour sortir.

– Comme tu veux, dit Anna sans pouvoir réprimer sa déception.

À cet instant on entendit le klaxon de la Fiat 508.

– Le voilà ! s'exclama Anna. Bon, à plus tard, je serai de retour pour le déjeuner.

Antonio l'attendait, la vitre baissée et le bras appuyé à la portière.

– Tu es la personne la plus outrageusement ponctuelle que je connaisse ! s'exclama Anna.

– La ponctualité est la politesse des rois, répliqua-t-il avec malice.

Dès qu'ils furent en route, une légère brise entra par la vitre, ébouriffant les cheveux d'Anna.

– Contente d'être en vacances ? demanda Antonio.

– Contente surtout d'avoir plus de temps à consacrer à la

Maison des femmes, répondit-elle. Tu sais, j'y pensais hier soir, et j'aimerais qu'elle soit prête pour la fin septembre. Si je m'y mets vraiment pendant ces deux semaines, je peux y arriver.

– Ah, mais tu n'avais pas parlé de novembre ? s'étonna Antonio. Qu'est-ce qui t'a fait changer d'idée ?

– Rien de précis, dit Anna en haussant les épaules. Plus vite elle sera prête, mieux ce sera.

– Oui, mais fin septembre c'est dans un peu plus d'un mois. Et moi, je vais être absent ces dix prochains jours. Ça m'ennuie que tu doives t'en occuper toute seule. Pourquoi ne pas attendre ? Il n'y a pas le feu !

Le lendemain, Antonio devait rejoindre à Otrante sa femme et sa fille, qui s'y trouvaient déjà depuis plusieurs jours avec Tommaso et la petite. Agata avait offert de prendre soin de Giada. « Comme ça, tu pourras être un peu seule avec ton mari », avait-elle dit à Lorenza sans dissimuler son ton de reproche. Antonio avait promis de les rejoindre après avoir expédié quelques tâches à la fabrique d'huile.

– Mais oui, bien sûr, la fabrique..., avait répondu Agata avec un petit rire amer. Et depuis quand la fabrique est-elle destinée aux femmes, hein ?

Anna posa sa main sur celle d'Antonio, crispée sur la boîte de vitesses.

– Tu es très gentil. Mais ne te fais pas de souci pour moi. Je dois pouvoir m'en tirer toute seule.

Antonio prit un air pensif et passa la troisième. Anna retira sa main.

– Je peux aussi rester, reprit-il. Si tu as besoin de moi, je ne pars pas, c'est tout.

Anna se tourna vers lui.

– Ne dis pas de bêtises, dit-elle avec douceur.

Ils parcoururent cinq kilomètres le long d'une route qui serpentait dans la campagne en direction de Lecce.

– Ça doit être ici, après le puits à droite, murmura Antonio en tournant sur une petite route.

Presque aussitôt, ils découvrirent une grande ferme entourée d'un verger d'amandiers et d'orangers.

– Je crois qu'on y est, dit Anna en se penchant en avant.

Antonio gara la 508 contre un mur de pierres sèches et éteignit le moteur.

Ils descendirent de la voiture et traversèrent le verger ; Antonio s'arrêta pour détacher deux amandes d'un arbre, en cassa une avec les dents et la tendit à Anna.

– Quand on était petits, précisément à cette période, Carlo et moi on s'en allait dans la campagne pour voler des amandes. On s'en empiffrait littéralement, dit-il en cassant la seconde pour lui. Un jour, un propriétaire nous a découverts et poursuivis avec une bêche. « Petits misérables ! », braillait-il pendant qu'on courait comme des dératés. Carlo s'est retourné et lui a fait un bras d'honneur. L'autre était tellement furieux qu'il nous a poursuivis jusqu'à la maison.

Il se mit à rire, et Anna sourit en imaginant la scène.

– J'aurais tellement aimé vous connaître quand vous étiez petits, dit-elle.

Le portail de la ferme était entrouvert. Antonio passa la tête dans l'ouverture.

– Il y a quelqu'un ?

Aucune réponse.

– Hou, hou ! cria Anna.

Silence. Ils se regardèrent un instant d'un air de doute, puis entrèrent.

Ils se trouvèrent devant une sorte d'immense marché sur lequel se serait abattue une tornade. Un vaste capharnaüm où s'entassaient des meubles anciens en piteux état, des lampes à pétrole, des cruches en bronze doré, des chandeliers en fer battu, des statuettes de saints, des tasses en tout genre, des théières, des horloges, des éventails, des livres, des cadres, des tabourets, des tables de nuit, des bahuts...

– C'est extraordinaire, s'exclama Anna. Si ça se trouve, il a un de ces nécessaires de toilette comme avait ma grand-mère...

– Il était comment ? demanda Antonio en s'approchant.

– En argent, avec les manches en métal repoussé, expliqua-t-elle. Il y avait la brosse à cheveux, la brosse pour les vêtements et un petit miroir. Quand j'étais petite, je jouais avec pendant des heures pour me faire belle, comme ma grand-mère.

– J'imagine que ça ne te donnait pas beaucoup de mal, murmura Antonio en regardant autour de lui.

– Qui va là ? dit soudain une voix derrière eux.

Ils se retournèrent d'un bloc : dans l'encadrement de la porte se tenait un homme dans la soixantaine au visage émacié, avec une longue barbe blanche en broussaille. Il avait une pipe à la main.

– Excusez-nous, dit Anna. On était simplement en train de fureter.

– Vous devez être le signor Bruno, dit Antonio en s'approchant de lui.

– C'est moi, répondit l'homme en lui serrant la main.

– Enchanté. Je m'appelle Antonio Greco. Et voici ma belle-sœur Anna.

– Anna Allavena, précisa-t-elle. C'est un endroit magnifique, ajouta-t-elle dans un grand sourire que Bruno lui retourna, flatté.

– Vous cherchez quoi ?

– On nous a dit que vous aviez un vieux tableau de classe..., expliqua Antonio. Et justement on en cherche un.

– On vous a bien renseignés. Venez, dit Bruno en se dirigeant vers la pièce suivante.

Là, entre des armoires, des bureaux, un pressoir, une charrue et un évier en marbre, se trouvait un tableau mural avec sa corniche en bois.

– Le voici, dit le propriétaire en exhalant un nuage de fumée.

Anna se baissa pour mieux le regarder et caressa la surface lisse de l'ardoise.

– Qu'est-ce que tu en dis ? Il m'a l'air bien, non ? demanda Antonio en s'accroupissant à côté d'elle.

– Il est parfait. On le prend, dit-elle à Bruno.

Antonio sortit du coffre une corde avec laquelle ils fixèrent le tableau sur le toit de la voiture en la faisant passer plusieurs fois à travers les vitres ouvertes. Bruno resta à les observer, adossé au chambranle, bras croisés. De temps en temps, il portait la pipe à sa bouche et en tirait de grosses bouffées.

– Ça tient par là ? demanda Antonio de l'intérieur de la voiture.

– On dirait, répondit Anna en tirant sur la corde de son côté.

Ils remontèrent en voiture et eurent juste le temps de sortir de l'allée et de revenir sur la route principale avant d'entendre un bruit sourd.

Le tableau gisait à terre au beau milieu de la chaussée.

Antonio se tourna vers Anna :

– Pourtant, tu avais bien fait le nœud ?

– Quel nœud ?

Après un instant de stupéfaction, ils éclatèrent de rire. Anna pouffait encore quand Antonio descendit pour tenter de replacer le tableau sur le toit.

– Arrête un peu de rigoler et viens me donner un coup de main.

Mais le rire cristallin d'Anna continuait à résonner parmi les oliviers et à se répandre alentour comme des grains de pollen. Elle s'aperçut alors que c'était la première fois qu'elle riait vraiment depuis la mort de Carlo. La première fois sans se sentir coupable, sans se demander s'il était juste d'être si gaie après avoir perdu l'amour de sa vie.

Une fois rentrés à Contrada La Pietra, ils fixèrent le tableau au mur avec de gros clous. Sur le mur opposé, se dressait une vaste bibliothèque qui deux semaines plus tôt abritait encore les archives des factures de la fabrique d'huile. « Je trouverai un autre endroit pour tous mes dossiers, ne t'inquiète pas », lui avait dit Antonio en lui en faisant cadeau. Les deux premières étagères étaient déjà occupées par tous les livres de classe de Roberto, à commencer par ceux de l'école primaire. Sous peu, il y aurait aussi des chaises et des pupitres. « Alors, ça ressemblera vraiment à une salle de classe », pensa Anna. Gigetto, le menuisier, lui avait fait un excellent prix pour une dizaine de bancs, et même pour les lits superposés qu'elle allait installer à l'étage.

– Ne t'inquiète pas, la postière, tout sera prêt à la fin de l'été, lui avait-il assuré. Et si tu as besoin de matelas, je peux t'envoyer chez un de mes amis. Je lui dirai de te faire un prix.

– Je dirais que maintenant, on a bien mérité un café, tu ne crois pas ? dit Antonio.

– Entièrement d'accord ! répondit Anna.

Sur la place, il n'y avait pas âme qui vive : la canicule avait fait fuir tout le monde. À l'intérieur du Castello, également désert, Nando essuyait des verres avec un torchon, tandis que du transistor posé sur le comptoir sortait *Grazie dei fiori*, de Nilla Pizzi, la chanson ayant remporté la première édition du Festival de la chanson italienne.

Nando posa les deux tasses devant eux.

– Si je peux me permettre… Essayez ce sirop d'amande à la place du sucre. (Et, sans attendre la réponse, il prit une bouteille et versa quelques gouttes dans les tasses fumantes.) Ma femme l'a fait hier, et je vous le recommande… Offert par la maison, bien sûr !

Antonio prit une gorgée de café.

– Nando, c'est délicieux ! Tous mes compliments à ta femme.

Nando hocha la tête avec fierté.

Anna en revanche s'apprêtait à dire que c'était un peu trop sucré pour son goût, quand Antonio se mit à chantonner à mi-voix en même temps que Nilla Pizzi : « *In mezzo a quelle rose ci sono tante spine, memorie dolorose di chi ha voluto bene… Son pagine già chiuse con la parola fine…* »

« Au milieu de ces roses il y a tant d'épines, souvenirs douloureux de ceux qui ont aimé… Sur ces pages déjà refermées on a inscrit le mot "fin"… » Anna se figea, sa tasse en l'air, fixant les lèvres d'Antonio qui bougeaient doucement en suivant les paroles de la chanson. Et à cet instant précis, elle sentit une sorte de sursaut, exactement à l'endroit du cœur.

– Qu'y a-t-il ? demanda Antonio en se sentant observé.

– Rien, s'empressa-t-elle de dire, les joues en feu, détournant aussitôt le regard.

Et elle expédia sa dernière gorgée de café.

Le 22 août, dans le vignoble du domaine Greco, les vendanges de 1951 commencèrent.

À cinq heures du matin, Daniele arriva devant chez Roberto en actionnant la sonnette de son vélo Taurus Lautal.

– Je ne veux pas que tu fasses la route à pied à cette

heure-ci, quand il fait encore nuit. Je passe te prendre, j'aime mieux ça, lui avait-il dit la veille.

Et quand Roberto ouvrit la porte, abruti de sommeil, Daniele le salua, tout pimpant, et le fit asseoir sur la barre de son vélo.

– Mais tu es sûr que tu vas arriver à voir la route ? demanda Roberto une fois installé.

– Ça va, je vois bien.

De temps à autre, le long du trajet, il suffisait que Roberto fasse un mouvement pour que le vélo parte à gauche ou à droite.

– Oooh ! s'écriait-il, effrayé, en se cramponnant à la barre.

– Eh, mais il ne faut pas que tu bouges ! s'amusait Daniele.

Les journaliers commencèrent à arriver par grappes : qui à pied, qui à bicyclette, d'autres encore sur des chariots traînés par des ânes. Peu après six heures, le soleil finit par poindre entre les rangs : les hommes se dispersèrent dans la vigne et se mirent au travail de bon cœur, taillant les grappes mûres et remplissant leurs hottes posées à terre.

Daniele prit deux paires de cisailles et en donna une à Roberto.

– Viens avec moi, lui dit-il en lui mettant une main sur l'épaule.

Et il le conduisit au milieu d'un rang.

Dans les rares occasions où Carlo l'avait emmené assister aux vendanges, Roberto n'avait jamais vu son père se mêler aux travailleurs, et encore moins faire les mêmes choses qu'eux. Il prenait son fils par la main et tournait entre les rangs et les hottes remplies de grappes, s'assurant que tout se passait bien. Une fois seulement il lui avait permis de pénétrer dans les cuves pour piétiner le raisin avec les autres enfants.

– Regarde-moi, et fais comme moi, lui dit Daniele en taillant d'un coup sec le haut d'une grappe.

Lui, en revanche, se mêlait aux paysans et travaillait avec

eux sans ménager ses efforts. Roberto n'aurait su dire quelle attitude lui semblait la meilleure, celle, bienveillante mais distante, de son père ou celle plus humble de Daniele. Il se dit qu'il le comprendrait de lui-même tôt ou tard.

Soudain, à quelques rangées d'eux, un paysan entonna une ritournelle d'une voix aiguë :

E fior di tutti i fiori…

Et les autres, dans chaque rang, reprirent après lui en chœur :

Fior di lu pepe
Tutte le fontanelle so' siccate
Povero amore mio more di sete.

Puis l'homme entonna seul le premier vers de la deuxième strophe :

Eru piccinnu e me morse la mamma…

Après quoi les autres poursuivirent à leur tour :

Lu viziu me rimase de la minna
Gni donna ca visciu la chiamu mamma[1].

Ils chantèrent ainsi en travaillant jusqu'à neuf heures, quand Daniele décida d'une pause.

1. « C'est la fleur de toutes les fleurs/celle du poivrier/toutes les fontaines sont asséchées/et mon pauvre amour meurt de soif.

J'étais petit quand ma mère est morte/il m'est resté l'envie du sein/et chaque femme que je vois/je l'appelle "maman". »

– J'ai une de ces faims…, marmonna Roberto en se tenant l'estomac.

– Viens, allons à la cantine prendre du vin pour tout le monde, dit Daniele. Et puis on mangera nous aussi.

Ils revinrent avec deux dames-jeannes de Don Carlo, que les ouvriers se passèrent de main en main.

Daniele et Roberto se joignirent à l'un des petits groupes qui s'étaient installés en cercle pour manger. Un garçon qui avait environ l'âge de Roberto amollit deux galettes en les trempant dans l'eau, il y écrasa des tomates et arrosa abondamment le tout d'huile d'olive.

– Voilà pour vous, dit-il en en tendant une à Daniele et une autre à Roberto.

– Et les fourchettes ? demanda Roberto.

Sa question fut saluée par un rire sonore.

– Eh, le petit monsieur qui veut une fourchette ! s'exclama l'un des hommes, qui mastiquait la bouche ouverte.

Daniele s'esclaffa à son tour.

– Qu'est-ce que j'ai dit ? s'étonna Roberto.

– Explique-moi. Toi, la galette tu la manges avec des couverts ? demanda Daniele en engloutissant la sienne.

– Et comment, sinon ? Ma mère me l'a toujours fait manger à la fourchette, répondit Roberto, comme s'il s'agissait d'une évidence.

– Essaie avec les doigts, lui dit Daniele en lui faisant un clin d'œil. Tu verras qu'elle est cent fois meilleure.

Roberto obéit. « Si ma mère me voyait, elle me couperait la main », pensa-t-il, amusé. Il allait la porter à sa bouche quand un homme arriva à vélo, hors d'haleine et dégoulinant de sueur.

– Daniele ! Daniele Carlà ! cria-t-il.

Quelqu'un se leva, un autre redressa la tête, tandis que d'autres continuaient à manger comme si de rien n'était.

– Je suis là, dit-il en bondissant sur ses pieds. Que se passe-t-il ?

L'homme à vélo s'arrêta devant lui, en nage, le souffle court.

– Bois, si tu ne veux pas crever, dit un ouvrier en lui tendant la dame-jeanne.

L'homme prit une longue gorgée et s'essuya les lèvres du poignet. Puis, le visage tendu et encore essoufflé, il dit :

– C'est ta mère qui m'envoie. Tu dois rentrer chez toi tout de suite.

Daniele le fixait, déconcerté.

– Ton père, poursuivit l'homme. Il a eu une crise cardiaque.

26

Octobre-décembre 1951

Daniele rejoignit la maison de ses parents en pédalant à toute allure. Mais quand sa grand-mère Gina lui ouvrit la porte, sanglotant dans un mouchoir, il comprit qu'il arrivait trop tard. Son père ne l'avait pas attendu.

En l'espace de quelques heures, la maison se remplit de l'odeur des chrysanthèmes et du parfum au jasmin de Carmela. Vêtue d'une robe noire qui lui arrivait au mollet et le visage dissimulé sous un voile d'organza, celle-ci resta assise tout le temps de la veille, tandis que les gens défilaient pour lui présenter leurs condoléances. Elle se montra impeccable dans le rôle de la veuve affligée, et pourtant personne ne la vit verser une larme.

À l'égard de Daniele, elle se montra tout aussi détachée, du moins jusqu'au matin de l'enterrement, quand il entra dans la cuisine où sa mère et sa grand-mère étaient en train de boire le café.

– Le cercueil m'a coûté plus cher que l'église, disait Carmela d'un ton méprisant. Ces derniers temps il avait plus grossi qu'un troupeau de porcs.

Daniele serra les poings et cria « Ça suffit ! » d'une voix

tremblante de rage. Puis il sortit en courant de la maison. Il monta sur son vélo et s'élança comme un forcené en essuyant de la paume de la main son visage baigné de larmes. Il ne pouvait pas supporter cette ultime humiliation infligée à son père ; toute sa vie, il l'avait vu subir en silence, incapable de se défendre contre l'hostilité de Carmela, son absence de respect, ses regards venimeux. Et si Daniele se hasardait à prendre sa défense, Nicola l'arrêtait en lui posant la main sur le bras. « Ta mère a raison, disait-il. C'est moi qui l'ai mise en colère. » Quelle frustration il avait éprouvée, enfant, à voir cet homme se faire chaque jour plus petit. « Réagis ! avait-il pensé mille fois. Élève la voix ! Mets-toi en colère une bonne fois ! C'est elle qui a tort, pas toi ! Tu es un homme bon, papa. »

À l'église, pendant l'office, il n'accorda pas un regard à sa mère, alors qu'elle glissait son bras sous le sien et appuyait la tête sur son épaule, comme si l'épisode dans la cuisine n'avait jamais eu lieu. Il garda les yeux fixés sur le cercueil, en pensant à toutes les fois où il n'était pas allé voir son père, à tous les repas qu'ils n'avaient pas pris ensemble, à ces échanges qu'ils n'avaient pas eus : en espaçant ses visites à sa mère, il avait laissé la relation avec lui s'effilocher lentement. Il avait tout fait pour écarter Carmela de sa vie, et ce faisant, il avait aussi fermé la porte à Nicola.

Dans ces heures de douleur, Lorenza lui avait terriblement manqué. Il s'était repenti de l'avoir traitée si mal ce jour-là à l'atelier. Furieuse et blessée, elle était finalement partie pour Otrante avec sa famille, alors qu'elle était bien la seule qu'il aurait voulu tenir dans ses bras.

Il se sentait écrasé sous un bloc de tristesse, seul au monde malgré tous ces gens venus à l'enterrement qui l'avaient embrassé, caressé, étreint. Et puis Roberto s'était offert à porter le cercueil de l'église au cimetière. « Je sais ce que tu éprouves », lui avait-il dit avec une expression de regret sincère, en lui serrant l'épaule avec affection.

Une fois l'enterrement terminé, Anna s'approcha de lui et le prit à part.

– Antonio m'a laissé l'adresse d'Otrante, en cas de besoin. Si tu veux, je peux l'avertir. En toute discrétion.

Daniele la contempla, une lueur d'espoir dans les yeux.

– Je t'en serais reconnaissant, lui dit-il en reniflant.

Le télégramme d'Anna arriva à Otrante par une matinée torride, alors que la famille se trouvait à la plage. Seul Antonio était resté sous la véranda pour lire *Le Conformiste*, le nouveau roman d'Alberto Moravia. Ils l'avaient choisi avec Anna comme lecture d'été, en se promettant d'en parler au retour de vacances. Quand le facteur lança un coup de sifflet devant la grille, Antonio se leva de sa chaise longue pour aller à sa rencontre. « Un télégramme pour Antonio Greco », dit l'homme en lui remettant une enveloppe jaune. Antonio la retourna entre ses mains et dès qu'il lut le nom de l'expéditeur – Anna Allavena –, il déchira l'enveloppe.

Le père de Daniele est mort d'un infarctus. Il a été enterré aujourd'hui. J'ai envoyé une couronne en notre nom à tous.

Antonio garda la nouvelle pour lui, soucieux de ne pas gâcher la journée ; peut-être vers le soir trouverait-il le moment propice pour l'annoncer à la famille. Ils remontèrent donc de la plage à l'heure du déjeuner, mangèrent dans la véranda, en costume de bain et couverts de sel, puis Giada fit sa sieste, pendant que Tommaso et Lorenza s'installaient pour jouer aux cartes, en repoussant d'un côté de la table les assiettes sales. Il lui apprenait le Tressette, en lui expliquant que le trois avait la valeur la plus haute, suivi du deux, de l'as, du roi, et ainsi de suite. De temps à autre, Antonio levait les yeux de son livre pour les observer : sa fille lui semblait d'un calme inhabituel ; pendant le déjeuner, elle avait même ri à une plaisanterie de son mari.

Au coucher du soleil, Tommaso proposa à Lorenza une promenade le long de la mer. Antonio les regarda s'éloigner côte à côte et eut la certitude que la nouvelle de la mort du père de Daniele aurait fait s'écrouler comme un château de sable le peu d'harmonie qui se reconstruisait lentement entre eux. Il attendit donc que tout le monde soit au lit, puis il sortit sur la véranda, résolu à se débarrasser du télégramme et à faire comme s'il n'était jamais arrivé à destination.

– Qu'est-ce que tu as là ? demanda Lorenza en débarquant à l'improviste, en chemise de nuit et tout ébouriffée.

– Rien, répondit Antonio en fourrant le télégramme dans sa poche.

– Pourquoi tu le caches, alors ?

– Tu n'arrives pas à dormir ?

– Ne change pas de sujet, dit-elle, agacée. Qu'est-ce qu'il y a dans cette enveloppe ?

– Une communication de la fabrique, rien du tout.

Sa fille croisa les bras et s'approcha de lui.

– Tu t'imagines que j'ai encore dix ans ? Mais qu'est-ce que tu caches, à la fin ?

Antonio poussa un soupir. À contrecœur, il sortit l'enveloppe de sa poche et la lui tendit.

– Je ne voulais pas gâcher les vacances par une mauvaise nouvelle, se justifia-t-il faiblement.

Lorenza lui lança un regard de biais et sortit le télégramme de l'enveloppe. À sa lecture, elle entra dans une fureur folle et exigea qu'Antonio la ramène à Lizzanello sans attendre.

– Mais il fait nuit… Réfléchis un peu !

– Je m'en fiche éperdument qu'il fasse nuit ! Je dois aller le retrouver, il a besoin de moi, se mit à crier Lorenza.

Antonio la saisit par un bras et lui susurra sur un ton péremptoire :

– C'est auprès de ton mari que tu devrais aller. C'est lui qui a besoin de toi.

Lorenza lui jeta un regard consterné.

– Retourne dormir, Lorenza. Ne me fais pas enrager.

Elle se libéra de son étreinte d'un coup sec.

– Soit tu m'emmènes immédiatement, soit j'y vais toute seule. Maintenant. Même si je dois faire la route à pied.

La dispute avait fini par réveiller Tommaso et Agata, qui descendirent en vitesse, inquiets.

– Mais qu'est-ce qui se passe ? demanda Agata, une main sur la poitrine.

– Ça va, Lorenza ? demanda Tommaso en lui posant une main dans le dos.

Lorenza fixa sur son père un regard furieux, attendant qu'il trouve une explication crédible.

– Rien du tout, dit Antonio d'un ton rassurant en s'éventant avec l'enveloppe jaune. Des petits problèmes à la fabrique. Il faut que j'aille faire un saut à Lizzanello demain matin, mais j'essaierai de revenir dans la soirée.

Agata poussa un profond soupir.

– Vous me ferez mourir d'une crise cardiaque !

– C'est pour ça que tu t'es mise en colère ? demanda Tommaso à sa femme. Ne t'inquiète pas, il ne s'en va pas. Il vient de dire qu'il rentrera demain…

Puis il sourit à Antonio, comme pour signifier qu'ils connaissaient tous deux les accès de fureur de Lorenza.

– Je préfère l'accompagner pour être certaine qu'il va revenir, répondit Lorenza. Tu as compris ? ajouta-t-elle en se tournant vers son mari. Demain, j'irai avec mon père.

« Je n'arrive pas à y croire. On y est presque », commenta Anna, les mains sur les hanches, en regardant autour d'elle. En l'espace de quelques mois, la ferme de Giovanna avait subi une transformation totale. Sur la porte d'entrée, une enseigne en bois indiquait : *Maison des femmes*. C'était Anna qui l'avait tracé elle-même à l'encre noire, de son écriture ronde et nette.

À l'intérieur, les murs repeints en blanc donnaient à l'ensemble un air de fraîcheur et de propreté ; dans la vieille cuisine, à droite de l'entrée, il n'était resté que la cuisinière, l'évier, un placard mural et quelques étagères ; le reste de l'espace était occupé par une grande table rectangulaire, entourée de chaises, où trônait un vase de fleurs ; contre un mur, une table avec une machine à coudre et une grande étagère contenant le nécessaire de couture et le matériel pour travailler le papier mâché et la céramique. Anna avait décidé que la Maison serait aussi un atelier d'artisanat, dont les produits seraient vendus directement à la ferme ou au marché. Ils porteraient la marque Maison des femmes, et la moindre lire gagnée irait dans la poche de celles qui avaient réalisé les objets.

La pièce de gauche, autrefois le séjour, était devenue la salle de classe, avec son tableau et ses pupitres. Outre les manuels d'école de Roberto, la bibliothèque contenait tous les livres préférés d'Anna, de Jane Austen à Flaubert, qu'elle avait rapportés de la maison.

À l'étage, les deux chambres abritaient à présent un dortoir de dix lits, six dans une chambre et quatre dans l'autre. Anna y avait même ajouté deux berceaux.

L'inauguration aurait lieu un mois plus tard, le 29 novembre, jour de l'anniversaire de Carlo. Anna en avait décidé ainsi.

En outre, il aurait été impossible d'ouvrir la Maison des femmes plus tôt.

– Eh bien, on y est ! soupira Antonio à son côté, le visage sombre.

– Mais qu'est-ce que tu as aujourd'hui ? On dirait que tu as la tête ailleurs.

– Excuse-moi…

– C'est que tu as l'air tellement… Je ne sais pas. Tu as l'air triste, voilà.

– J'ai des soucis, c'est tout, répondit-il en haussant les épaules.

– Et on peut savoir lesquels ?

Antonio se tut quelques instants.

– Viens, allons prendre un peu l'air, lui proposa-t-il en lui tendant la main.

Anna la serra et ils sortirent ensemble dans le jardin. Antonio s'assit par terre en tirant Anna pour qu'elle s'asseye à son tour.

– Alors ? reprit-elle en croisant les chevilles.

– Je suis inquiet pour Lorenza, finit-il par dire. J'espérais que l'histoire avec Daniele serait terminée, mais au contraire…

Anna déglutit, mais resta silencieuse.

– Je l'ai observée attentivement pendant tous ces mois… Je l'ai même suivie…

– Tu as fait quoi ?

– Ce que je devais, dit-il en se raidissant. Tu sais où elle va chaque mercredi, quand elle te laisse Giada ?

Anna haussa les épaules, puis détourna le regard et se mit à caresser les brins d'herbe haute.

– Je sais que chaque semaine elle va retrouver cette amie de lycée à Lecce, mentit-elle.

– Eh bien, si c'est ce qu'elle t'a dit, elle t'a raconté un beau mensonge.

– Elle va où, alors ?

– Chez lui. Elle y va tous les mercredis. Ils se voient à Lecce, dans un endroit proche de la Porta Rudiae, dit-il avec un soupir.

– Je ne peux pas croire que tu l'aies espionnée.

– Mais tu as entendu ce que je viens de te dire ?

– J'ai entendu.

Antonio la scruta.

– Pourquoi tu n'as pas l'air surprise ?

– Parce que je savais depuis le début, dit-elle en le fixant en retour, que les choses allaient finir comme ça. Je te l'avais dit, tu te rappelles ?

– Anna, il faut que tu m'aides. Tu dois parler à Lorenza. Toi, elle t'écoute. Ramène-la à la raison, fais-lui comprendre que c'est mal. Arrête-la avant qu'elle se mette dans les ennuis, avant que… Je ne veux même pas y penser.

Il se prit la tête entre les mains.

– Calme-toi, dit-elle en lui passant les doigts dans les cheveux. Je vais essayer de lui parler, d'accord.

Antonio hocha la tête, prit sa main entre les siennes, la porta à ses lèvres et l'effleura d'un baiser. Anna se sentit rougir, tandis qu'un frisson lui parcourait l'échine.

– Merci, dit-il.

On était à moins d'une heure de l'inauguration, et Anna faisait les cent pas en se tordant les mains. Elle portait un tailleur crème en laine et soie, cintré à la taille, avec une jupe au-dessous du genou, acheté précisément pour l'occasion. Elle avait dans la poche de sa veste un papier où elle avait jeté une sorte de discours de bienvenue.

De temps à autre elle s'arrêtait, regardait Antonio et disait :

– Et s'il ne venait personne ?

– Ils vont venir, ils vont venir, disait-il pour la tranquilliser.

Dans l'atelier, Anna avait préparé un petit rafraîchissement, avec des bouteilles de Donna Anna et de Don Carlo que Roberto et Antonio avaient chargées dans la Fiat 508 et apportées à la fin de la matinée, pendant qu'elle faisait sa tournée.

– Ce n'est pas exactement mon fort, l'organisation de fêtes ou de choses de ce genre, grogna-t-elle en s'asseyant sur un banc.

Antonio vint s'installer sur le banc en face d'elle.

– C'était Carletto qui était bon pour ce type de festivités, dit-il. Tu imagines, s'il était ici ?

– Il aurait même invité le pape, plaisanta Anna.

– C'est sûr, répliqua Antonio avec un sourire mélancolique.

Elle, au contraire, n'avait voulu inviter aucun homme d'Église. Quelques jours plus tôt, à la sortie du café, elle était tombée sur don Luciano, qui était allé à sa rencontre les bras grands ouverts.

– Bonjour, la postière, lui avait-il dit. J'espérais vous rencontrer. Sinon, je serais allé vous chercher au bureau de poste.

– Me chercher, moi ? Et pourquoi donc ? avait-elle répondu en levant un sourcil.

– Eh bien, pour la bénédiction. Il faut que nous nous mettions d'accord. À quelle heure dois-je venir ? C'est bien ce jeudi, n'est-ce pas ?

Anna l'avait regardé, stupéfaite.

– Quelle bénédiction ?

Don Luciano avait eu un petit rire.

– Mais comment cela ? Pour votre Maison des femmes, non ?

– Moi et la Maison n'avons besoin d'aucune bénédiction !

Le prêtre avait fait un pas en arrière, déconcerté. Deux hommes assis à une petite table non loin de là avaient levé les yeux des cartes qu'ils tenaient en main.

– Chaque nouvelle activité a besoin de la bénédiction de Notre Seigneur, avait affirmé don Luciano d'un air grave.

– Pas la mienne, désolée, avait répondu Anna en haussant les épaules, puis elle était remontée en selle en le plantant là.

Elle consulta l'heure à nouveau : dans quelques minutes, il serait cinq heures.

– Qu'est-ce que tu dirais d'un petit toast en attendant, juste tous les deux ? lui proposa Antonio.

– Je dirais que c'est une excellente idée ! répondit-elle en battant des mains.

Antonio alla prendre sur la table une bouteille de Donna Anna et un tire-bouchon. Anna entre-temps avait sorti deux verres, qu'elle lui tendit avec un grand sourire.

– À la Maison des femmes, dit Antonio en levant le sien.

Ils trinquèrent.

– Et à nous qui l'avons faite. *Santé** !

– *Santé* ! répéta-t-il.

Les premiers à arriver à cinq heures précises furent Roberto et Maria.

– Excuse-moi, maman, on voulait venir plus tôt pour te donner un coup de main, mais on a eu un problème à la cave, dit Roberto en lui plantant un baiser sur la joue.

– C'est ma faute, s'empressa de dire Maria. Je me suis trompée dans une commande.

Et elle se mit à regarder autour d'elle avec son expression habituelle de stupéfaction ; comme si chaque nouveauté était pour elle un motif d'émerveillement.

Anna eut un sourire contraint et posa son verre sur la table.

– Allez, viens, je vais te faire visiter.

Peu après arrivèrent Lorenza et Tommaso, et derrière eux Agata, avec la petite Giada dans les bras.

– Et tatie, elle est où ? demanda Lorenza.

– En haut, avec Maria, répondit Roberto. Quelqu'un voudrait du vin ?

– Oui, volontiers, dit Tommaso.

– Mais oui. Une petite goutte aussi pour moi, ajouta Agata.

– Soyez les bienvenus, dit Anna en entrant dans la pièce à cet instant.

Maria était derrière elle, les mains croisées, et elle s'empressa de rejoindre Roberto qui lui entoura la taille du bras.

À six heures moins le quart, personne n'était encore arrivé. Giada pleurnichait et se frottait les yeux de ses poings.

– Il faut coucher la *piccinna*, dit Agata en la berçant dans ses bras. Il vaudrait mieux la ramener à la maison, non ? dit-elle à Tommaso. D'autant qu'ici, il n'y a pas grand-chose à faire, ajouta-t-elle d'un ton venimeux.

– Oui, tu as raison, répondit-il en se levant de sa chaise. Lorenza, tu rentres avec nous ?

– Tu veux que je reste avec toi, tatie ?

Bien que la nuit fût presque tombée, Anna continuait à fixer la campagne par la fenêtre, les bras croisés.

– Mais non, ma petite, vas-y, dit-elle en se détournant un instant.

Antonio s'approcha d'Agata et lui murmura :

– Je vais rester encore un peu.

Sa femme ne répondit pas. Quand Lorenza sortit à son tour, Antonio la fixa d'un air sévère.

– Salut, papa, dit-elle en soutenant son regard.

– Salut, dit-il d'un air froid. Puis il referma la porte et rejoignit Anna.

– Je te l'avais dit, qu'il ne viendrait personne, murmura-t-elle.

Il la regarda d'un air désolé et lui posa une main sur l'épaule.

– Je ne comprends pas, dit-il. Il doit y avoir une explication…

Le regard d'Anna se durcit.

– En tout cas, je m'en fiche, répliqua-t-elle d'un air résolu. J'irai de l'avant, quoi qu'il arrive. Tu crois que je vais me laisser décourager par cette bande de rustres ?

Le lendemain matin, au bureau de poste, Elena ne savait plus comment s'excuser.

– Je voulais venir, je te le jure. Mais comprends-moi, aussi : avec ces pieds gonflés comme des saucisses, comment j'aurais pu arriver jusque là-bas ?

– Ça ne fait rien, répondit Anna sans lever les yeux de son courrier disposé sur la table.

Même Carmine, dès qu'il pénétra dans le bureau, s'empressa de lui dire combien il était désolé de ne pas avoir été présent. Mais une réunion du syndicat avait été décidée à l'improviste, que pouvait-il faire ?

Tous ceux qu'Anna rencontra ce matin-là semblaient avoir une excuse toute prête. En lui servant son café grappa, Nando lui dit qu'il aurait été vraiment heureux de venir à l'inauguration. Il avait même fermé le café exprès, mais ensuite sa femme lui était tombée dessus et l'avait obligé à ranger le grenier.

– Quand elle a décidé qu'il y a quelque chose à faire… Il faut le faire quand elle le dit et comme elle le dit.

– Ne t'inquiète pas, Nando, avait répondu Anna. Tu trouveras bien une autre occasion.

Mais ce qui l'avait le plus blessée était l'absence de Giovanna. Elle avait espéré jusqu'au dernier moment la voir arriver à Contrada, mais en vain. Et quand elle était rentrée à l'heure du dîner pour s'entendre demander d'un ton candide : « Ça s'est bien passé ? », elle avait explosé.

– Ça t'intéresse vraiment de le savoir ?

– Pourquoi tu me parles comme ça ? avait demandé Giovanna, stupéfaite.

– C'est toi qui me le demandes ? Aujourd'hui, j'avais besoin que tu sois là, que tu sois là pour *moi*. Mais toi, tu n'y étais pas. Et pourquoi ? Pour qui ? Combien de temps encore vas-tu te laisser impressionner par cet homme ?

Et elle monta dans sa chambre en claquant la porte.

Quelques heures plus tard, Anna était au lit en train de lire à la lumière de sa lampe de chevet, quand Giovanna frappa doucement à sa porte.

– Je peux ? J'ai quelque chose à te dire. (Elle entra dans la chambre la tête basse, en se mordillant la lèvre.) C'est toi qui as raison. J'ai eu tort, je le sais. Mais tu dois comprendre que je ne suis pas forte comme toi…

– Si, tu l'es, l'interrompit Anna en s'asseyant dans son lit.

– Non, ce n'est pas vrai, dit Giovanna en secouant la tête.

Puis elle s'installa au bord du lit, les mains croisées sur ses genoux.

– La vérité, c'est que j'ai encore peur, susurra-t-elle.

– De qui ? De ce pauvre type ?

– Non, pas de lui. De moi. De ce que je pourrais éprouver là-bas… Je ne suis pas encore prête, voilà.

Anna poussa un soupir d'exaspération, puis la regarda avec tendresse.

– Si, tu l'es, mais tu ne t'en rends pas compte.

– C'est possible, je ne sais pas, répondit Giovanna. Mais ne me reproche pas d'essayer de le comprendre toute seule…

– Non, tu as raison, dit Anna. Excuse-moi, toi aussi. Vraiment.

Et elle allongea la main sur le couvre-lit, à la recherche de celle de Giovanna. Celle-ci tendit la sienne et la posa sur celle d'Anna, comme pour dire que tout était rentré dans l'ordre.

Comme chaque année début décembre, Daniele porta à sa grand-mère Gina une des premières bouteilles de la nouvelle cuvée du Donna Anna. Celle de 1951 s'annonçait exceptionnelle, grâce à un été ensoleillé mais doux, et à quelques pluies tombées à point qui avaient rafraîchi les journées les plus chaudes.

Il frappa.

– Grand-mère, c'est moi ! cria-t-il ensuite, sachant bien que Gina entendait de plus en plus mal. Mais ce fut Carmela qui vint lui ouvrir la porte.

– Voyez donc qui voilà, dit-elle, sanglée dans sa robe noire de veuve.

Daniele se raidit.

– Grand-mère n'est pas là ?

– Bien sûr qu'elle est là. Où veux-tu qu'elle aille ? répondit Carmela en ouvrant la porte. *Trasi.*

Il pénétra dans la cuisine et se pencha pour poser un baiser sur la joue ridée de sa grand-mère.

– Voilà, dit-il en posant la bouteille sur la table.

– Oh, c'est magnifique ! se réjouit Gina. Ouvre-la s'il te plaît. Je veux le goûter tout de suite.

Daniele lui sourit et sortit le tire-bouchon du tiroir : en dépit de ses soixante-dix ans passés, sa grand-mère n'avait jamais perdu l'envie d'une petite goutte de temps en temps.

– Je vais chercher les verres, dit Carmela. Je veux le goûter moi aussi.

Daniele versa le vin, puis invita sa grand-mère à en respirer le parfum.

– Qu'est-ce que tu en dis ?

Gina inspira à fond.

– Je le trouve bon, comme toujours.

Carmela expédia son verre d'une seule gorgée.

– Vas-y doucement, ma fille, l'avertit Gina. Ton père ne t'a donc rien appris ? Le vin, ça se déguste.

Sa fille claqua des lèvres.

– Il est bon, dit-elle – et elle se versa un autre verre.

– Je dois y aller, maintenant, annonça Daniele en caressant les cheveux blancs de sa grand-mère.

– Tu t'en vas déjà ? Mais tu viens à peine d'arriver ! s'offusqua Carmela. Et elle but encore.

– Oui, répondit-il sans la regarder. Il faut que je retourne à la cave.

– Et Roberto, à quoi il sert ? siffla-t-elle. Tu travailles plus que lui.

– Ce n'est pas vrai, dit Daniele. C'est juste qu'en ce moment, on s'occupe de choses différentes. Il en est encore au stade de l'apprentissage, mais il apprend vite.

– Ça se peut.

Carmela tordit le nez et avala la dernière gorgée de vin restée dans son verre. Puis elle allongea la main vers la bouteille et tourna l'étiquette vers elle.

– « Donna Anna », lut-elle d'une voix un peu pâteuse. J'aimerais vraiment savoir, maintenant que tu es patron, toi aussi, quand tu dédieras un vin à ta mère. « Donna Carmela » : ça sonne bien, non ?

Daniele soupira, impatienté, puis regarda sa grand-mère et dit qu'il devait vraiment partir.

– Tu ne réponds pas ? gronda Carmela. Qu'est-ce qu'il y a ? Je ne mérite pas un vin de la cave Greco, peut-être ?

Son fils la regarda d'un air sévère.

– Non, je dirais que non.

– Vas-y, mon trésor, intervint Gina, soucieuse de calmer les esprits.

– Il n'ira nulle part tant qu'il ne m'aura pas dit en face ce qu'il pense.

– Pas la peine de dépenser sa salive, lâcha Daniele en s'apprêtant à partir.

– Ah, tu t'en vas ? Alors pars, pars ! dit Carmela en agitant la main. Tu es vraiment le portrait craché de ton père. Ce que vous savez faire de mieux, c'est vous défiler.

– Je t'accompagne à la porte, intervint Gina en tentant péniblement de se relever.

Mais elle était trop agitée et elle retomba dans son fauteuil.

– Non, attends, l'arrêta Daniele sans quitter sa mère des yeux. Là, je n'ai pas compris. Quand exactement papa serait-il parti ? Il n'a rien fait d'autre que te supporter toute sa vie.

– Toute sa vie. Mais bien sûr, railla Carmela.

– Mon trésor, il vaut mieux que tu t'en ailles, dit Gina d'une voix tremblante en prenant la main de son petit-fils dans les siennes.

Mais il ne bougea pas.

– Pas question. Même mort, tu es incapable de le laisser en paix, lança-t-il à sa mère. C'est au-dessus de tes forces… Tu voulais savoir ce que je pense vraiment ? Eh bien, je vais te le dire.

Carmela le regarda d'un air de défi.

– Je t'écoute.

– Tu sais pourquoi jamais, au grand jamais, je ne donnerai ton nom à un vin ? Parce que je n'arrive pas à éprouver même un brin d'estime pour les femmes comme toi.

Elle plissa les paupières et avança de quelques pas.

– Et pour cette Anna, au contraire, tu as de l'estime, hein ? gronda-t-elle entre ses dents.

– Oui, et alors ? répliqua Daniele.

Elle s'approcha tout près de son visage et le scruta.

– Ouais, siffla-t-elle. Comme je le disais. Le portrait craché de son père.

– Tais-toi ! lui cria Gina.

– Au contraire, il se trouve que j'ai envie de parler enfin, s'exclama Carmela.

Dans un effort surhumain, Gina se jeta sur elle et voulut la tirer en arrière.

– Tais-toi, malheureuse !

– Calme-toi, grand-mère, dit Daniele d'un ton apaisant.

– Vous, les Greco, vous en êtes obsédés, de celle-là, c'est pire qu'une maladie, dit Carmela d'un seul souffle.

Daniele se retourna, déconcerté. Gina se renfonça dans son fauteuil et ferma les yeux en portant une main à son cœur.

– Qu'est-ce que tu dis ? Je ne comprends pas...

Un grand silence tomba dans la pièce.

Il lui fallut quelques instants pour renouer les fils.

Et puis, tout à coup, dans un grand déchirement, Daniele comprit.

Chaque après-midi après le travail, Anna se rendait à la Maison des femmes et y passait des heures entières. En général, Antonio venait lui tenir compagnie.

– Je n'aime pas te savoir ici toute seule, disait-il.

– Que veux-tu qu'il m'arrive ? minimisait Anna.

– Je ne sais pas. Mais l'idée ne me rassure pas.

Antonio sortait donc de la fabrique beaucoup plus tôt que d'habitude et allait la rejoindre. Il trouvait toujours du bricolage à faire : poser dans la bibliothèque quelques livres nouveaux, arroser le potager, ajuster une étagère qui lui semblait un peu instable. Il restait là jusqu'au coucher du soleil, et disait alors à Anna : « Allez, il se fait tard, je te raccompagne. » Et il l'escortait jusqu'à sa maison, elle pédalant devant la voiture et lui l'éclairant par-derrière avec les phares.

Au début de l'après-midi, deux semaines après l'inauguration, Anna entendit frapper et alla ouvrir, persuadée qu'il s'agissait d'Antonio. Mais sur le seuil, elle se retrouva face à une femme menue aux sourcils fournis, à la chevelure striée de gris, qui avait l'air de n'avoir pas mangé depuis un moment. Sur l'épaule, elle portait un gros sac défraîchi qui contenait sans doute tout ce qu'elle possédait.

– On m'a dit qu'ici on pourrait m'aider, dit la femme.

Anna remarqua au coin de sa bouche un archipel de croûtes minuscules.

– Bien sûr. Entre, assieds-toi. Je vais te faire un café, murmura-t-elle, un peu incrédule.

La femme s'appelait Melina. Et elle « faisait le métier », ajouta-t-elle aussitôt, en fixant Anna comme dans l'attente d'une expression, même imperceptible, de dédain.

Impassible, Anna prépara le café et exhorta Melina à parler.

Celle-ci expliqua qu'elle avait perdu son mari à la guerre et qu'elle avait tous les jours l'estomac vide parce qu'elle n'avait rien à se mettre sous la dent.

– Quand l'homme n'est plus là, le pain non plus, dit-elle.

– C'est précisément ce qu'ils veulent nous faire croire, répliqua Anna.

– Moi, je ne suis pas allée à l'école. Je ne sais même pas écrire mon nom, continua Melina. Je ne sais rien faire. J'ai seulement ça, ajouta-t-elle en écartant les bras. Et ça m'a donné à manger. Du moins jusqu'à maintenant. (Elle s'adossa à sa chaise.) Mais à présent, ce corps est tout vide et tout mou, et les *masculi* n'y trouvent plus leur compte. (Elle soupira et se pencha en avant.) Il faut que je trouve à m'occuper, et là, dehors, personne ne veut me donner de travail. J'ai besoin que tu m'aides. J'apprendrais bien quelque chose. Je suis une putain, mais je ne suis pas idiote.

Anna l'observa quelques instants, puis se laissa aller à sourire.

– Eh bien, je dirais que tu as frappé à la bonne porte, dit-elle en se levant.

– Encore une chose, continua Melina en restant assise. Il y a une amie à moi... Un salopard, je ne sais pas qui, l'a mise dans les ennuis, et à présent elle attend un petit. Sa mère l'a chassée de la maison et elle ne sait plus où aller. Elle peut venir ici même si elle est enceinte ?

Quand Antonio arriva quelques heures plus tard, Anna lui ouvrit la porte d'un air radieux.

– Que se passe-t-il ? demanda-t-il avec un sourire.

Anna prit son visage dans ses mains et lui posa un baiser sonore sur la joue.

– Mais qu'est-ce qui se passe ? répéta-t-il, un peu troublé.

– Il y a une femme à l'intérieur. Et demain il va en arriver une autre.

Antonio lui prit la main et la regarda dans les yeux.

– J'en étais sûr, dit-il. Il suffisait d'attendre un peu.

– Oui. Merci d'avoir attendu avec moi.

Elle lui serra la main très fort. À ce moment, Melina apparut derrière Anna.

– Salut, dit-elle.

– Salut, répondit Antonio, un peu gêné, en feignant de ne l'avoir jamais vue.

– La voici, dit Anna. Melina, je te présente mon beau-frère Antonio. Antonio, voici Melina. C'est la première habitante de la Maison des femmes.

– Enchantée, dit la femme en posant une main sur sa hanche.

– Tout le plaisir est pour moi, dit Antonio.

Le lendemain matin, avant de se rendre au bureau de poste, Anna fit un crochet par la grande pépinière installée à la lisière du village.

Elle avança sous le hangar entre les citronniers, les amandiers et les grenadiers en regardant autour d'elle.

– Je peux vous aider ? lança une voix sur sa droite.

C'était celle d'un homme grand et massif, en train d'essuyer ses mains pleines de terre avec un chiffon qui semblait n'avoir pas connu l'eau et le savon depuis très longtemps.

– Je voudrais vous commander un arbre de Noël, répondit-elle. Le plus grand que vous ayez.

27

Février 1952

Le téléphone sonna longtemps avant qu'Anna aille répondre. Elle n'avait pas encore pris l'habitude de ce bruit insistant et importun, qui la faisait sursauter à chaque fois. C'était Roberto qui le lui avait offert pour Noël : il avait sorti d'une boîte ce vilain machin noir en Bakélite avec son disque et son cornet et, tout exalté, lui avait demandé : « Il te plaît, maman ? J'en ai aussi acheté un pour la cave ! »

– C'est qui ? demanda Anna d'un ton brusque en soulevant le combiné.

À l'autre bout du fil, elle entendit son fils qui riait.

– Roberto ! Pourquoi tu ris ?

– Mais comment tu fais pour mettre autant de temps à répondre ? dit-il. Et puis, on ne dit pas « c'est qui ? », on dit « allô ».

– Et qui a décidé ça ?

– Je ne sais pas, mais c'est comme ça.

– Bah, moi, je me sens idiote quand je dis « allô ».

– Comme tu veux, maman, répondit Roberto, amusé. Qu'est-ce que tu fais ?

– Que veux-tu que je fasse ? Je cours partout, comme

toujours : je viens de rentrer du travail et je dois encore préparer le déjeuner. On m'attend à deux heures à la Maison des femmes pour le cours.

– Voilà, c'est justement pour ça que je t'appelle. Je n'ai pas le temps de rentrer déjeuner ; je vais manger un morceau sur le pouce à la cave. Alors pas la peine de m'attendre. On se verra ce soir. Ah, Maria dîne avec nous, tu n'as pas oublié ?

Anna enregistra l'information, grommela quelque chose d'indistinct et raccrocha sans même dire au revoir.

– C'était qui ? demanda Giovanna en entrant dans le séjour. Elle avait sur les épaules le châle qu'elle avait crocheté et dont elle ne se séparait jamais.

– Qui veux-tu que ce soit ? Une des deux personnes qui ont notre numéro de téléphone, plaisanta Anna. On fait des pâtes en vitesse ? Il faut que je parte dans moins d'une heure.

Giovanna acquiesça, puis ouvrit la bouche, hésita.

– Qu'est-ce qu'il y a ? Tu allais dire quelque chose, s'enquit Anna.

Son amie s'éclaircit la gorge et finit par dire timidement :

– Je pensais… Et si je t'accompagnais aujourd'hui à Contrada ?

Anna s'illumina.

– Mais si je me sens bizarre en voyant la ferme, je te préviens, je m'en vais tout de suite.

– Bien sûr, répondit Anna.

Puis elle répéta dans un murmure : « Bien sûr. »

Roberto raccrocha en secouant la tête ; les conversations au téléphone avec sa mère se concluaient toujours de la même façon : de but en blanc, elle décidait que c'était tout pour le moment, et elle vous raccrochait au nez.

– Je retourne au chai, dit-il en passant devant le bureau de Maria, débordant de paperasses.

– D'accord, murmura-t-elle d'un ton distrait.

Roberto descendit au milieu des tonneaux en bois où le Don Carlo finissait de s'affiner. Il faudrait encore dix-huit mois avant que le rouge de la cave Greco soit prêt pour la mise en bouteilles, mais ils allaient s'occuper de la récolte 1950 dès la fin du mois. C'était tout proche, et à la cave ces journées de la mi-février étaient particulièrement intenses. Roberto travaillait jusqu'à seize heures par jour, arrivant aux premières heures de la matinée et restant tard le soir. En effet, Daniele était beaucoup moins présent désormais. Il pouvait se passer des journées entières sans qu'il vienne à la cave, et quand il le faisait, il ne restait jamais plus d'une heure.

Roberto n'aurait su dire pourquoi, mais depuis quelque temps Daniele lui semblait différent : perturbé par quelque chose, ou triste peut-être. Durant l'une de ses rares apparitions, il avait essayé de l'interroger, mais n'avait obtenu en réponse qu'un sourire forcé et un : « Ne te fais pas de souci pour moi, tout va bien, vraiment. » Roberto ne l'avait pas cru, mais n'avait pas voulu insister. En réalité, il avait déjà une idée de la raison du mal-être de Daniele, qui semblait être en rapport avec sa cousine Lorenza. Il avait commencé à le soupçonner un mois plus tôt, en voyant arriver celle-ci à la cave un mercredi en fin d'après-midi, alors qu'elle n'y mettait jamais les pieds.

– Cousine, quel bon vent t'amène ? Il t'est venu l'envie de t'offrir un petit verre ?

– En effet, j'en aurais bien besoin, avait-elle murmuré en se tordant les mains.

– Viens avec moi, alors.

Sur le court trajet entre l'entrée et le bureau de Roberto, Lorenza n'avait cessé de regarder autour d'elle ; une fois ou deux, elle s'était même retournée brusquement en entendant des pas remonter du chai ou passer le portail. Il lui avait fallu plusieurs minutes, et un doigt de la cuvée spéciale Donna Anna que Roberto gardait dans son bureau, pour révéler le motif de sa présence.

– Daniele n'est pas là, n'est-ce pas ?

– Je l'ai vu en vitesse ce matin, mais il n'est pas resté longtemps.

– Et il n'est pas revenu ?

– Non…

– Il ne t'a pas dit par hasard s'il avait quelque chose de prévu cet après-midi ?

Roberto avait fait un geste d'ignorance.

– Je comprends, avait murmuré Lorenza.

Elle s'était levée d'un bond, l'avait salué et avait pris le chemin de la sortie.

– Merci pour le vin, lui avait-elle dit en se retournant un instant.

Anna filait comme une flèche, et Giovanna avait beau pédaler aussi vite qu'elle le pouvait, elle avait du mal à la suivre. Sa bicyclette était un cadeau de Noël de la famille Greco. Quand Giovanna l'avait vue, avec son guidon orné d'un gros nœud rouge, elle s'était sentie profondément embarrassée, en se disant combien paraîtraient misérables en comparaison les petits cadeaux au crochet qu'elle avait confectionnés pour eux.

Hors d'haleine, elle s'engagea sur la route qui menait à Contrada La Pietra. Anna finit par ralentir, et elles arrivèrent ensemble devant la grille. Quand Giovanna se retrouva devant sa maison, elle ne se sentit nullement « bizarre », comme elle l'avait redouté, et même elle sentit son cœur se réchauffer.

« C'est sans doute ça qu'on éprouve quand on revoit un être aimé », songea-t-elle. Elle ne pouvait s'expliquer pourquoi elle avait décidé de revenir à Contrada précisément ce jour-là, après s'en être tenue à l'écart si longtemps, et malgré la peur qui l'étreignait encore. Peut-être parce que désormais elle était toujours seule, puisque entre son travail et la Maison des femmes, Anna n'était quasiment jamais chez elle. Ou peut-être, comme l'avait dit Anna, était-elle vraiment prête, mais sans s'en rendre compte.

Elle examina la nouvelle façade de la ferme, avec sa porte et ses volets peints en bleu marine, et des vases remplis de fleurs de couleurs vives sur le rebord de ses fenêtres. Puis elle avança lentement vers la porte d'entrée, en regardant d'un air émerveillé le jardin à présent si bien entretenu et son magnifique potager…

Maison des femmes, lut-elle avec un sourire sur la porte d'entrée. Anna l'entrouvrit, puis s'arrêta.

– Comment tu te sens ? lui demanda-t-elle, anxieuse.

– Bien, répondit sereinement Giovanna.

– Vraiment ?

– Mais oui.

– Eh bien, entrons, alors ! s'exclama Anna.

L'intérieur laissa Giovanna bouche bée : des récits détaillés d'Anna, elle savait qu'il y avait eu du changement, et qu'elle aurait sans doute du mal à reconnaître sa vieille maison… Mais la voir en réalité fut une énorme surprise. Elle se retrouva dans un lieu complètement nouveau, qui était à la fois une maison, une école et un atelier ; un endroit accueillant et plein de lumière où il semblait impensable que certains événements aient pu se produire.

Anna la prit par la main et la traîna de pièce en pièce, en la bombardant de « Alors, qu'est-ce que tu en penses ? », « Et ça, ça te plaît ? » , « Et ça aussi ? ». Puis elle lui présenta les quatre femmes qui vivaient là : la première était Melina, et Giovanna eut l'impression de l'avoir déjà vue quelque part, même si elle n'arrivait pas à se rappeler où et quand ; puis il y avait Elisa et Michela, deux sœurs de quatorze et seize ans, orphelines de mère et de père inconnu ; deux semaines plus tôt encore elles étaient au service des Tamburini comme femmes de chambre, mais la dame ayant remarqué certains regards de son mari – le très « respectable » signor Tamburini –, elle les avait licenciées sur-le-champ, les laissant sans toit et sans travail ; la dernière, Elvira, avait vingt-deux ans, de grands yeux bleus, et elle était enceinte : selon ses calculs, elle devait accoucher en mai. Elle n'était pas d'ici, expliqua-t-elle. Elle était née et avait vécu à Vernole. En entendant le nom du village où se trouvait la cure de don Giulio, Giovanna eut un sursaut qui n'échappa ni à la jeune femme ni à Anna.

– Tu connais quelqu'un dans ce coin ? lui demanda Elvira avec curiosité.

– Non, personne, répondit Giovanna.

Anna les invita à s'installer dans la salle de classe : c'était l'heure de la leçon. Giovanna alla s'asseoir sur le banc du fond, appuya sa joue sur la paume de sa main et écouta Anna qui expliquait et écrivait au tableau, tandis que les quatre femmes, et notamment les deux sœurs, qui semblaient les plus attentives, prenaient des notes sur leur cahier. Ce jour-là, Anna parla des modes verbaux, des temps simples et des temps composés. Giovanna s'étonna de se rappeler parfaitement ces explications qu'elle avait écoutées tant d'années auparavant dans la pièce même où elles se trouvaient à présent, quand elles avaient lu ensemble *Orgueil et Préjugés*.

À la fin de la leçon, pendant qu'Anna donnait le devoir pour le lendemain, arriva une dame aux mains rugueuses qui répandait un parfum de lavande. Elle était là pour leur apprendre à réaliser des courtepointes, dit Anna à Giovanna.

– Tu sais que c'est un art antique et précieux, ajouta-t-elle.

– Oui, ma grand-mère en faisait pour les vendre... Elles étaient magnifiques. J'aurais tellement voulu apprendre, mais elle n'avait jamais le temps, ni d'ailleurs l'envie, de me montrer. « Va voir là-bas, ma petite, et ne m'embête pas », me disait-elle...

Entre-temps, Melina et Elvira s'étaient assises face à la dame, qui s'appelait Pina, occupée à sortir d'un panier des pelotes de laine et des aiguilles à tricoter où elle avait déjà monté quelques mailles.

Giovanna approcha une chaise et s'installa à côté d'elles.

– Choisis les trois couleurs qui te plaisent le plus, lui dit Melina en lui indiquant le panier débordant de pelotes.

Giovanna se pencha et fouilla à l'intérieur. Elle choisit une pelote d'un beau rouge vif, puis une turquoise et une orange.

– Voici tes aiguilles, lui dit la signora Pina.

– Merci, dit Giovanna, heureuse comme une gamine.

– Maintenant, je vais te montrer comment monter les mailles.

Les deux sœurs, qui ne s'intéressaient nullement aux courtepointes, étaient occupées à fouiller dans les romans de la bibliothèque. À côté d'elles, Anna les guidait dans leur choix. « Celui-là, on verra peut-être plus tard », dit-elle en enlevant des mains d'Elisa un exemplaire de *Crime et Châtiment*. Giovanna leva les yeux sur elles un instant. Elle se rappelait ce livre : c'était l'exemplaire qu'Antonio avait offert à Anna, avec la dédicace qui disait que même les coupables ont droit à notre compassion.

– Voilà, prends plutôt celui-ci, dit Anna en passant à Elisa un autre volume. Giovanna le reconnut aussitôt : c'était précisément *Orgueil et Préjugés*. « Si ça se trouve, cette gamine aussi le lira en s'imaginant être Elizabeth tout au long du roman », pensa-t-elle avec un sourire.

Anna et Giovanna ne partirent que vers le soir, alors que les quatre locataires de la Maison des femmes s'apprêtaient à préparer le repas : les deux sœurs mettaient le couvert, Melina tranchait un oignon et lavait les épinards qu'elle était allée cueillir dans le potager, et Elvira coupait le pain en tranches.

– À demain, dit Anna. Ah, Elvira ! Demain, après la leçon, on pourra aller jeter un coup d'œil au trousseau pour l'enfant.

Elvira acquiesça.

– Je te jure que si c'est une fille, je l'appellerai Anna, comme toi, ajouta-t-elle.

– Prie pour que ce soit un garçon, crois-moi, intervint Melina en essorant ses épinards.

Tandis qu'elles reprenaient leurs bicyclettes, Giovanna demanda à son amie s'il y aurait le lendemain une nouvelle leçon sur les courtepointes.

– Non, Pina reviendra vendredi, répondit Anna. Demain, on aura un artisan du papier mâché qui est un ami de Carmine.

Giovanna se retourna et observa la maison quelques instants, en se disant qu'elle y avait vraiment passé un excellent après-midi. Elle avait hâte d'être au vendredi.

Cette fois, la table de travail de l'atelier de la *via* Santa Maria del Paradiso était vide. Les cahiers à couverture noire, les coupons d'étoffe, les porte-aiguilles, les mètres de couturière, les ciseaux et les dés à coudre étaient désormais empilés dans une boîte en carton. À côté étaient posés la Singer, le fer à repasser, les rouleaux d'étoffe et un mannequin-buste en bois.

Daniele jeta un dernier coup d'œil autour de lui pour être sûr de n'avoir rien oublié, puis il ouvrit la porte et commença à charger ses affaires dans l'Ape, le petit fourgon à trois roues que lui avait prêté le propriétaire du bar del Duomo, l'un des rares à en posséder un.

– Je te le ramène demain matin, lui avait assuré Daniele.

L'autre avait répondu qu'il n'y avait pas urgence, il pouvait prendre son temps.

– Alors comme ça, on ne te verra plus par ici ? avait-il ajouté. Quel dommage !

Daniele recouvrit ses affaires d'une toile blanche qu'il fixa ensuite à l'aide d'une corde. Puis il sortit la clé de sa poche de pantalon et alla la poser sur la table. Le garçon à qui il louait la maison viendrait la prendre plus tard, c'était convenu ainsi.

Il alla vers la porte et la referma derrière lui, en évitant de se retourner une dernière fois.

Quitter l'atelier avait été le premier pas : il devait encore régler avec Roberto les affaires de la cave, mais surtout il lui restait à parler à Lorenza, et il savait combien ce serait difficile. La décision de partir avait mûri en lui au cours des dernières semaines, et il s'était convaincu que c'était la seule solution. Rester et faire semblant de rien n'était pas envisageable : il se connaissait, et il savait qu'il n'aurait jamais pu regarder Roberto dans les yeux tous les jours sans lui dire la vérité. Pas plus qu'il n'aurait pu continuer à voir Lorenza de cette façon. Depuis ce terrible jour dans la cuisine où sa mère lui avait révélé qui il était vraiment d'une façon aussi lâche, Daniele était plongé dans une tristesse abyssale. Il s'était terré chez lui et n'avait plus voulu voir personne. Il avait passé Noël tout seul dans son petit appartement, le ventre noué et taraudé par l'envie de disparaître. Carmela avait tenté plus d'une fois de le faire sortir de sa tanière : elle était venue frapper à sa porte en l'implorant de lui pardonner ; en larmes, elle l'avait conjuré de lui ouvrir pour qu'elle lui explique comment les choses s'étaient réellement passées. Mais Daniele l'avait laissée dehors. « Tu vas faire mourir ta grand-mère de chagrin si tu ne vas pas lui parler », avait-elle fini par lui dire. Daniele avait continué à l'ignorer. Une fois seulement il s'était approché et lui avait parlé, mais sans ouvrir la porte.

– Qui d'autre était au courant ?

– Qu'est-ce que ça peut te faire ? avait répondu Carmela d'une voix tremblante. Ouvre, mon fils, je t'en supplie.

– Non. Réponds à ma question.

Il avait entendu sa mère soupirer et avait attendu dans un silence obstiné jusqu'à ce qu'elle lui réponde.

Il avait ainsi découvert que ses deux grands-parents le savaient, et aussi Carlo, mais pas depuis le début : il l'avait appris juste avant que Daniele commence à travailler comme journalier au domaine Greco. Ça avait été une idée de son grand-père de l'envoyer là-bas, et c'était lui aussi qui avait « réglé la question » quand sa mère était tombée enceinte.

– Papa était d'accord avec vous ?

Carmela lui avait juré que non : Nicola n'en savait rien, et il n'avait jamais rien soupçonné, elle en était certaine.

– Vous devriez avoir honte, tous autant que vous êtes.

C'étaient les dernières paroles qu'il avait adressées à sa mère. On était le premier janvier 1952, et il était tombé de la grêle.

Daniele avait passé les jours suivants étendu sur son lit à penser à Carlo et à la relation qu'il avait eue avec lui. Il s'était remémoré tous les moments partagés tous les deux, ses regards, son habitude de l'étreindre sans raison, sa façon de l'appeler « mon garçon », le jour où il lui avait dit qu'il l'envoyait à New York et celui où il l'avait revu à Naples à sa descente du bateau, la dernière fois qu'ils s'étaient parlé avant sa mort, la découverte de la part d'héritage qu'il lui avait laissée…

Tout était clair, à présent. Daniele s'était ensuite convaincu qu'Antonio savait tout, lui aussi : voilà pourquoi il avait toujours eu ce comportement bizarre avec lui. Il avait peur, tout simplement. Et puis, il avait pensé à Roberto et une larme silencieuse avait coulé sur sa joue. « J'ai un frère se répétait-il. Un frère ! Le sang de mon sang ! » Combien de fois, étant enfant, avait-il demandé à Carmela de lui faire un petit frère, pour ne plus jouer tout seul ? « Tous mes amis ont des frères et sœurs, pourquoi pas moi ? », pleurnichait-il. « Apprends à te suffire à toi-même », lui répondait immanquablement sa mère. Or, un frère, il en avait un… Et tous les adultes à qui il avait fait confiance dans sa vie le lui avaient dissimulé. Il avait éprouvé de la rage à l'égard de chacun d'eux : envers ses grands-parents et sa mère, qui comme des montreurs de marionnettes avaient manipulé toute son existence et celle de Nicola, profitant de sa bonté d'âme ; mais aussi vis-à-vis de Carlo, parce qu'il n'avait pas trouvé le courage, même à la fin, de rompre le cycle des mensonges.

Et puis il y avait Lorenza, sa Lorenza. « Ma cousine », se dit-il en secouant la tête, comme s'il avait encore du mal à le croire. Il se rappelait l'affection qu'il avait aussitôt éprouvée pour elle quand ils s'étaient parlé pour la première fois, des années auparavant. Il l'avait aimée aussitôt, comme ça, d'instinct. Puis cette affection s'était transformée en amour… Peut-être l'avait-il adorée dès ce premier instant et ne s'en apercevait-il que maintenant.

« Et à présent ? se demanda-t-il. Que va-t-il se passer entre nous à présent ? »

Lui avouer la vérité était impossible. Il connaissait trop bien Lorenza, son impulsivité, son caractère inquiet : elle serait allée tout droit chez Anna, puis chez Roberto, détruisant leur vie, faisant s'écrouler toutes leurs certitudes. Non, se dit-il, il ne le permettrait pas. Anna et Roberto ne méritaient pas ça. *Son frère* ne méritait pas ça.

Par la suite, il n'avait plus réussi à la toucher. La première fois qu'il l'avait revue et qu'elle s'était approchée pour l'embrasser, Daniele s'était écarté brusquement.

– Mais qu'est-ce que tu as ? lui avait-elle demandé.

– Excuse-moi, Lorenza, aujourd'hui je ne me sens pas très bien…

Comment aurait-il pu lui faire l'amour, à présent qu'il savait ?

Ainsi, peu à peu, il avait commencé à se dérober, à être absent de l'atelier le mercredi après-midi, à couvrir ses traces. C'était douloureux, déchirant. Il savait qu'il la faisait souffrir et il en ressentait une terrible culpabilité. Mais il ne pouvait pas être avec elle. Plus jamais. La seule issue était la fuite. Ce serait douloureux et ça le resterait longtemps, mais il sentait que c'était l'unique solution pour leur sauver la vie à tous. Et c'était tout ce qui comptait.

Là-bas, à New York, il recommencerait de zéro. Avec ses croquis.

Une fois arrivé chez lui, il gara l'Ape et descendit. « Je ferais mieux de tout décharger avant qu'il fasse nuit », se dit-il en commençant à défaire les nœuds de la corde.

– Te voilà enfin.

C'était la voix de Lorenza dans son dos. Il se retourna.

– Ça fait longtemps que tu es là ?

– Je t'ai cherché partout…

– Excuse-moi, j'ai eu à faire.

– Mais tu vas me dire ce que tu as ? Si tu ne veux plus me voir, dis-le-moi, c'est tout. Mais ne me traite pas comme ça, je t'en prie.

– Excuse-moi, répéta Daniele. C'est que…

– Qu'est-ce que tu as là-dedans ? l'interrompit-elle en indiquant le petit fourgon. Et sans attendre la réponse, elle s'approcha de l'Ape et tira la toile d'un seul geste.

Dès qu'elle vit tout l'atelier entassé à l'intérieur, elle fit pleuvoir sur Daniele une rafale de questions qui devinrent bientôt des récriminations, et enfin des accusations.

– Alors comme ça, tu t'enfuyais ? Et quand pensais-tu me le dire ? Tu as fait tout ça dans mon dos. Il y en a une autre ? C'est ça, hein ? Bien sûr qu'il y en a une autre. Tu es un lâche, voilà tout. Tu n'as pas eu le courage de me le dire, c'est ça ? Tu as attendu que je comprenne par moi-même. C'est qui ? Tu me jettes, maintenant que je ne te sers plus à rien ?

Daniele la laissa parler, jusqu'au moment où il perdit patience.

– Ça suffit ! Il n'y en a aucune autre ! Arrête !

Il se passa une main dans les cheveux d'un geste découragé.

Lorenza se tut d'un seul coup. C'était la première fois que Daniele criait sur elle.

– Excuse-moi, je suis désolé d'avoir élevé la voix, murmura-t-il un instant plus tard. Viens, s'il te plaît, il faut qu'on parle.

Elle pénétra dans la maison et Daniele la suivit en pensant : « C'est la dernière fois que je la vois, la dernière fois que je lui parle. »

Elle s'assit sur le divan et croisa les bras.

– Je t'écoute, siffla-t-elle.

Daniele écarta une chaise de la table et la posa en face d'elle. Il s'assit, se pencha en avant et la regarda droit dans les yeux.

– J'ai pris une décision, commença-t-il. Et je l'ai mûrement réfléchie.

– Tu me quittes, l'interrompit-elle.

– Laisse-moi parler. (Il prit une grande inspiration avant de poursuivre :) Ta vie et la mienne sont un désastre. Tu es en train de détruire ta famille, Giada est en train de grandir avec une mère perpétuellement malheureuse et en colère, et moi... Eh bien, si on continue comme ça, je n'aurai jamais de famille à moi. Je veux... qu'on en reste là.

– Tu ne peux pas, je ne te le permettrai pas, gronda Lorenza. Il y a une solution, et tu le sais...

– Lorenza, je m'en vais.

– Qu'est-ce que tu veux dire ? Comment ça, tu t'en vas ?

– Je retourne à New York. Je pars dans une semaine. C'est la meilleure solution pour tout le monde, dit-il d'une voix brisée.

Lorenza sauta sur ses pieds, furieuse.

– Tu ne peux pas faire ça.

– Ce n'est pas à toi d'en décider.

– Dans ce cas, cria-t-elle, je viens avec toi.

– Tu ne vas nulle part. Tu restes ici. Avec ta famille. Avec ta fille.

– Là où tu vas, je vais. Tu n'iras pas à New York sans moi.

Daniele se mit debout et fit nerveusement quelques pas dans la pièce. Puis il s'arrêta et se décida à lui dire la seule chose capable de l'arrêter. C'était un mensonge, un de plus. Mais il le fallait.

– Je ne t'aime plus, dit-il en pointant son doigt sur elle.

– Ce n'est pas vrai, lui rétorqua-t-elle aussitôt d'une voix tremblante.

– Je ne t'aime plus, répéta-t-il.

Et il sentit son cœur se réduire en cendres.

– Elle est vive, elle apprend très vite, dit Anna.

– Je ne sais pas, répondit Antonio. Comment va-t-elle réussir à mémoriser tout ça en si peu de temps ? J'ai besoin d'elle dans trois semaines, pas dans un an.

– Elle va y arriver, je le sais. Fais-moi confiance.

La secrétaire d'Antonio, Agnese, s'apprêtait à prendre sa retraite, et Anna lui avait proposé d'embaucher Michela pour la remplacer. Elle n'avait que seize ans, certes, mais Anna l'avait bien observée pendant toutes ces semaines, et elle avait découvert en elle une intelligence très vive et une finesse peu commune pour une fille de son âge. Elle était toujours très attentive pendant les leçons, et à la fin elle réclamait toujours à Anna « quelque chose à faire en plus ». Aussi lui donnait-elle chaque fois plusieurs exercices supplémentaires, en lui suggérant de lire des livres plus difficiles.

– Je ne doute pas qu'elle soit aussi éveillée que tu le dis, mais apprendre en un mois ce que fait Agnese depuis près de vingt ans… Eh bien, ça ne me paraît pas réaliste. Il me faut une secrétaire experte.

– Elle va le devenir, répliqua Anna avec conviction. Fais-la travailler avec Agnese dès demain. Elle saura bien te dire, elle, à quelle vitesse elle apprend.

Tout en réfléchissant, Antonio faisait machinalement osciller son fauteuil de droite et de gauche. Puis il l'immobilisa.

– Bon, d'accord. Essayons, finit-il par dire.

Anna, satisfaite, battit des mains.

– Mais sache que tu me dois une faveur, ajouta-t-il en la menaçant du doigt.

– Je t'offre un billet de cinéma ce soir, répondit-elle aussitôt.

– Vous m'invitez au cinéma, *madame* ?

– Idiot, dit-elle en riant. Eh bien oui.

– Qu'est-ce qu'ils donnent ?

– *Umberto D.*, un film de De Sica. Ils étaient en train de changer l'affiche ce matin quand je suis passée.

– Affaire conclue.

À ce moment, ils entendirent un bruit de talons dans le corridor. Les pas se précipitèrent avant de cesser d'un coup, et la porte du bureau d'Antonio s'ouvrit à la volée.

– Lorenza ! s'exclama-t-il, surpris.

– Salut, *ma petite**, dit Anna. Mais la jeune femme était visiblement hors d'elle et son sourire s'éteignit aussitôt.

– C'était toi, n'est-ce pas ? cria Lorenza en marchant droit sur son père.

– Moi quoi ? demanda Antonio d'un air perdu.

– Qu'est-ce que tu lui as dit ? Tu l'as menacé ?

– Lorenza, calme-toi, dit Anna en s'approchant d'elle.

– Mais de qui tu parles ? demanda Antonio.

– Tu le sais très bien ! Ne fais pas semblant avec moi, n'essaie même pas !

– Ça suffit, Lorenza, lui dit-il en se levant. Je ne te permets pas de me parler sur ce ton.

– Tu dois te calmer, *ma petite**, intervint Anna en lui posant une main sur le bras. Ton père ne sait absolument pas de quoi tu parles. Tu ne veux pas le lui expliquer, s'il te plaît ?

Lorenza les regarda l'un après l'autre, puis elle éclata en sanglots.

– Il s'en va, murmura-t-elle en regardant Anna. Daniele. Il retourne à New York.

– Je ne le savais pas, répondit aussitôt Antonio. Je te le jure.

Sa fille le fixa un instant de ses yeux humides, puis elle cacha son visage dans ses mains et se remit à sangloter.

– Tatie…, murmura-t-elle en se jetant dans les bras d'Anna.

– Allez, allez, dit celle-ci en lui caressant la tête et en levant les yeux vers Antonio, qui était resté debout derrière son bureau.

Mais il baissa les siens.

– Non, ce n'est pas ça. C'est que j'aurais préféré l'apprendre par toi plutôt que par ma mère. Ça m'a fait un peu mal, c'est tout, dit Roberto en suivant du regard la première caisse de bouteilles de Don Carlo que l'on portait dans la section de l'étiquetage.

Daniele hésita avant de murmurer :

– Tu as raison. J'aurais dû me douter qu'Anna te le dirait aussitôt... Je suis désolé.

– Allez-y doucement, ordonna Roberto aux deux hommes qui traînaient assez maladroitement la palette de bouteilles. (Puis, se retournant vers Daniele avec une petite grimace :) Ça va, ce n'est pas grave.

– On va faire un tour dans le vignoble, tu veux ? lui proposa celui-ci.

Ils se dirigèrent vers la sortie de la cave sans se parler. Daniele avait les mains dans les poches et Roberto gardait la tête baissée, mais de temps à autre il la relevait pour regarder autour de lui. Une forte tramontane soufflait en cette matinée de la fin février, et les cimes des arbres le long de la route qui conduisait au domaine oscillaient sans cesse.

– C'est à cause de ma cousine que tu t'en vas ? finit par demander Roberto.

– Aussi. Mais ce n'est pas la seule raison. J'ai besoin de changer d'air. Et puis, je savais déjà que je ne voulais pas faire ça toute ma vie. Je l'ai fait pour Carlo... et pour toi.

– J'avais bien compris. Pour toi et Lorenza, je veux dire. Pourquoi tu as fait semblant de rien quand je t'ai posé la question ?

– Je ne sais pas. Pour la protéger, peut-être.

– Tu ne m'as pas fait confiance.

Il y avait une grande amertume dans la voix de Roberto. Daniele s'arrêta.

– Non, ce n'est pas vrai. Tu dois me croire. C'est que… Je ne savais pas comment tu allais le prendre.

– Et comment aurais-je dû le prendre ? Tu es mon ami…

Daniele sentit son estomac se nouer.

– … Et avec moi tu peux toujours parler de tout. Je ne t'aurais pas jugé… Je ne juge personne.

– Ça, c'est vrai, dit Daniele avec un petit sourire.

Ils se remirent en marche.

– Tu vas me manquer, en tout cas, reprit Roberto.

Daniele lui entoura les épaules de son bras.

– Toi aussi. Et beaucoup.

– Et tu reviendras quand ?

– Je ne sais pas. Peut-être pour goûter le prochain Don Carlo.

– Hum ! ronchonna Roberto, comprenant aussitôt que c'était un mensonge. Moi, je pense que tu ne reviendras plus. Et comment je vais faire, sans toi…

– Bien sûr que je vais revenir… De toute façon, ces deux derniers mois, tu t'es occupé de la cave pratiquement tout seul, alors…

– Et si j'ai besoin de te demander un conseil ?

– Tu me téléphoneras. Pourquoi tu as acheté un téléphone, si ce n'est pas pour t'en servir ? dit Daniele avec un sourire en coin.

– Hum ! grogna à nouveau Roberto. (Puis, le regardant droit dans les yeux :) Tu es certain que tu seras heureux, là-bas ?

Daniele ne répondit pas tout de suite. Puis il haussa les épaules.

– Je ne sais pas. Mais je te promets d'essayer.

– Alors, débrouille-toi pour réussir, répliqua Roberto d'un air de faux reproche.

Ils parvinrent finalement au domaine, où la vigne était

dépouillée de feuilles et de couleurs. Sur le panneau en bois, l'inscription *Domaine Greco* était désormais toute grise et avait perdu l'aspect éclatant d'autrefois, quand Daniele était arrivé là pour la première fois. Un instant, il se revit gamin, avec sa casquette sur la tête et son pantalon trop grand d'une taille soutenu par des bretelles, levant les yeux de la vigne pour regarder la Fiat 508 qui s'arrêtait à côté de la pancarte. « Bonjour, signor Carlo », lui disait-il à chaque fois en ôtant sa casquette.

Daniele s'approcha de l'enseigne et en effleura les lettres une à une.

– Il va vraiment falloir la faire repeindre, dit-il à son frère.

28

Avril-mai 1952

Quand Antonio descendit à la cuisine pour le petit déjeuner, il trouva Agata très affairée et le visage maculé de farine. Elle avait dû se réveiller très tôt, puisque le gâteau cuisait déjà dans le four.

– Quel arôme, dit-il en se penchant pour jeter un coup d'œil. Ça fait un moment que tu n'as pas fait ton gâteau au chocolat.

– C'est le préféré de Giada, répondit Agata en souriant.

Antonio se versa du café déjà prêt sur la table et s'assit.

– Tu veux lécher la casserole avant que je la mette à laver ? demanda Agata.

– Quelle question ! Donne-moi ça, répondit-il. (Et d'un doigt il recueillit le reste de la crème au chocolat.) Hmm, c'est délicieux !

– À la bonne heure, commenta Agata d'un air satisfait.

Antonio avala une gorgée de café tiède. Agata avait dû le préparer au moins une heure plus tôt.

– Lorenza aussi, quand elle était petite, voulait toujours du gâteau au chocolat pour son anniversaire, dit Antonio en souriant.

Agata répondit par un soupir, puis elle lui reprit la casserole et la posa dans l'évier au-dessus d'une pile d'assiettes sales.

– Espérons qu'elle s'est levée du bon pied ce matin, et qu'elle ne va pas gâcher la fête de la *piccinna*, soupira-t-elle.

– Oui, espérons-le, murmura Antonio.

Depuis que Daniele était parti, début mars, Lorenza n'était plus qu'un paquet de nerfs, au visage creusé et aux bras comme des allumettes. « Je n'ai pas faim », disait-elle en repoussant son assiette chaque fois qu'ils se retrouvaient pour dîner ensemble.

Désormais, elle ne s'adressait plus à Tommaso que sur un ton de reproche permanent. Une fois, elle s'était mise en colère uniquement parce qu'il avait oublié d'apporter l'huile sur la table, et Antonio s'était vu contraint d'intervenir.

– Lorenza, tu exagères !

Elle s'était levée d'un bond et était allée s'enfermer dans sa chambre en claquant la porte. Agata s'apprêtait à la suivre, mais Tommaso l'avait arrêtée.

– Oublie-la. Au moins, on va pouvoir manger en paix.

Dans cette phrase, Antonio avait entendu toute la fatigue de Tommaso, dont la patience était sans doute à bout. Ou peut-être qu'il s'en moquait, à présent, de ce que Lorenza pouvait faire ou ne pas faire.

Antonio avait cherché plus d'une fois à parler à sa fille : il lui avait proposé une promenade seule avec lui, il l'avait invitée au restaurant, au cinéma... Il était même allé la chercher au bureau de poste, mais elle l'avait toujours repoussé, s'enfermant dans un silence hostile.

– Je sais que tu es content qu'il soit parti, ça ne m'étonne pas de toi, lui avait-elle dit une fois.

Antonio avait baissé les yeux, incapable de le nier. Comment l'aurait-il pu ? Dès que Daniele avait disparu, il avait poussé un énorme soupir de soulagement, en se disant qu'avec le temps sa fille finirait par l'oublier et retrouverait la paix avec son mari et sa fille.

La petite fête pour l'anniversaire de Giada commença dans l'après-midi chez ses grands-parents. Le gâteau au chocolat, recouvert de sucre glace, trônait sur la table du séjour ; à côté étaient empilées les assiettes à dessert du beau service, avec les petites cuillères en argent au manche gravé qu'Agata ne sortait que dans les grandes occasions.

La petite arriva dans les bras de son père. Elle portait une robe rose en organza et un nœud de velours blanc dans ses cheveux coupés au carré.

– C'est l'anniversaire de qui, aujourd'hui ? demanda Agata en lui prenant les mains.

– De Giada, répondit la petite d'un air ravi.

– Et tu as quel âge ? Dis-le à ta mamie.

– Est-ce que c'est vraiment indispensable, toutes ces simagrées, marmonna Lorenza en ôtant son manteau.

– Montre à mamie combien d'années tu as, dit Tommaso en posant l'enfant par terre.

Giada leva trois doigts.

– Bravo ! l'applaudit Agata avant de l'embrasser.

– Tu as vu que mamie t'a fait ton gâteau au chocolat ? dit ensuite Antonio en lui caressant la tête.

Roberto et María arrivèrent quelques instants plus tard. Elle avait à la main une boîte fermée par un gros nœud rouge.

– Oooh ! C'est pour qui, ce cadeau ? dit Agata à l'enfant.

Assise sur le divan à l'écart des autres, Lorenza secoua la tête en grognant, elle n'en pouvait plus des questions idiotes de sa mère.

Aidée de Maria, la petite entreprit d'ouvrir la boîte. Antonio se retourna un instant vers Lorenza et, avec un froncement de sourcils sévère, l'invita à se joindre à eux.

– Une poupée ! s'exclama Giada en écarquillant les yeux devant une petite poupée en porcelaine aux cheveux blonds et à la bouche peinte en rouge, dans une robe de campagnarde à carreaux bleus et blancs.

Lorenza s'approcha un instant en allongeant le cou pour y jeter un coup d'œil, puis retourna s'asseoir sur le divan.

– Tatie, ce gâteau a l'air délicieux, dit Roberto.

– Si ta mère se dépêche d'arriver, on va pouvoir le manger, répliqua Agata.

– Elle a dit qu'elle serait un peu en retard… Elle donnait une leçon à la Maison des femmes, intervint Antonio. Mais elle va arriver d'un moment à l'autre.

– Espérons-le, dit Agata avec un soupir.

Anna arriva au bout d'une dizaine de minutes en s'excusant d'être en retard.

– Et Giovanna ? demanda Antonio en refermant la porte.

– Elle est restée là-bas… Aujourd'hui, il y avait la leçon qu'elle adore sur les courtepointes, répondit Anna en souriant. Mais laissez-moi souhaiter un bon anniversaire à la plus jolie petite fille du monde, s'exclama-t-elle en tendant les bras vers Giada, qui courut à sa rencontre. J'ai un cadeau pour toi, ajouta-t-elle en sortant un petit paquet de la poche de son pantalon.

C'était un médaillon en or avec le *G* de Giada gravé en relief.

– Je l'ai fait faire spécialement pour toi, lui dit-elle.

– Merci de tout cœur, Anna, dit Tommaso, un peu embarrassé. C'est trop…

– Et maintenant, on découpe le gâteau ! lança Agata en battant des mains.

Antonio y piqua trois petites bougies et les alluma. Tout le monde entonna « Joyeux anniversaire… ». Giada s'apprêtait à souffler, mais Maria l'arrêta.

– Attends, il faut que tu fasses un vœu.
– Mais sans le dire, sinon ça ne marche pas, ajouta Roberto.
La petite réfléchit quelques instants, puis ses yeux se posèrent sur Lorenza, assise en face d'elle.
– Je sais ce que je veux, dit-elle ensuite à Maria.
Et elle souffla, dans l'enthousiasme général.
Anna prit deux tranches de gâteau et alla vers Lorenza.
– Voilà pour toi, *ma petite**, fit-elle en lui tendant l'assiette.
– Non, tatie. Ça ne me dit rien.
– Pourtant, il est délicieux, insista Anna en s'asseyant à côté d'elle et en prenant son morceau.
– J'ai la nausée rien que de le voir, s'obstina Lorenza en secouant la tête.
– Je me disais, continua Anna tout en mastiquant, pourquoi tu ne viendrais pas me donner un coup de main l'après-midi à la Maison des femmes ? Il y a une autre fille qui vient d'arriver, Giulia. Elle a ton âge, tu sais.
Lorenza hocha la tête avec l'air de quelqu'un qui s'en moque éperdument.
– Alors, insista Anna en reposant l'assiette vide. Tu viendras ?
– Mais pour faire quoi ?
– Pour m'aider. Je crois que ça te ferait du bien.
– Certainement, dit Lorenza avec un sourire ironique.
Puis elle se mit à se gratter le bras. Mais comme l'étoffe la gênait, elle releva la manche de son chemisier, découvrant sa peau nue.
Anna ne put s'empêcher de remarquer la cicatrice d'une entaille.
– Mais qu'est-ce que tu t'es fait, là ?
– Rien, s'empressa de répondre Lorenza en tirant sur sa manche. J'ai eu un instant de distraction à la cuisine. Ça arrive, ajouta-t-elle en haussant les épaules.

Anna, qui avait oublié cette entaille, eut l'occasion d'y repenser trois jours plus tard. C'était une journée tranquille au bureau de poste, au point qu'à onze heures et demie elle avait déjà terminé sa tournée et était rentrée chez elle. Elle en profita donc pour exécuter un projet qu'elle avait en tête depuis un moment : ouvrir un livret d'épargne au nom de la Maison des femmes. Elle y verserait chaque mois une certaine somme dont les locataires pourraient se servir librement pour la nourriture, les vêtements, le savon, les produits ménagers et tout le reste, sans devoir lui demander de l'argent à chaque fois.

– Tu es sûre ? marmonna Tommaso. Il ne vaudrait pas mieux un fonds de caisse que tu gérerais, toi, de façon à pouvoir contrôler les dépenses ?

– Ce ne sont pas des gamines, et je ne suis pas leur mère, répliqua-t-elle en levant un sourcil. Elles n'ont pas besoin qu'on les contrôle, elles ont besoin qu'on leur fasse confiance. Et de se sentir responsables de leur propre vie.

– Mais imaginons que celle qui a la procuration sur le livret se mette à faire des bêtises ? Qu'elle prélève tout l'argent et pouf ! qu'elle disparaisse dans la nature ?

– Personne ne fera jamais ça.

– Comment peux-tu en être certaine ?

– Je le sais, c'est tout.

– Comme tu veux, dit Tommaso. Je voulais seulement t'inviter à la prudence. Mais c'est ton argent, donc…

– Et je te remercie, dit Anna. Je sais ce que je fais.

– On dit certaines choses dans le village, les interrompit Elena en passant une tête depuis la salle du télégraphe.

– C'est-à-dire ? demanda Anna en se retournant.

– Cette Melina… elle habite là-bas, pas vrai ?

– Oui. Et alors ?

– Mais tu sais ce qu'elle fait ?

– Ce qu'elle *faisait*, tu veux dire, répliqua Anna, piquée. En tout cas, oui, je le sais. Et alors ?

– Et alors, c'est normal que les gens parlent. On dit que c'est devenu une maison pour les femmes de mauvaise vie.

– Et qui dit ça ? s'énerva Anna.

– Don Luciano, par exemple. Mais pas seulement lui.

– Don Luciano, répéta Anna en ricanant. Eh bien, ça ne m'étonne pas.

– Celui-là, les putains, il les connaît mieux que personne, intervint Carmine, qui n'avait pas perdu un mot de leur échange.

– Épargne-nous tes vulgarités, dit Elena.

– On dirait que tu n'es pas au courant, répliqua Carmine.

– De toute façon, ça m'est égal, ce qu'ils racontent. Surtout ce don Luciano, déclara Anna.

– Ah, mais si ça ne te dérange pas, très bien, marmonna Elena. Garde donc ta Maison pour femmes de mauvaise vie.

– Et même, vous savez quoi ? dit Anna après un instant de réflexion. Je crois que je vais carrément aller le lui dire en face !

Elle sortit du bureau de poste en coup de vent et traversa la place pleine de monde en piquant droit sur l'église.

– Tu es pressée, la postière ? lui cria un homme aux bras musculeux assis sur le banc.

C'était celui qui travaillait le tabac dans la maison délabrée au bout du village.

Anna ne répondit pas et poursuivit sa route, imperturbable. Elle trouva don Luciano sur le parvis, l'enfant de chœur derrière lui : il parlait avec un petit groupe de fidèles qui étaient restés après la messe de onze heures.

Anna s'avança et, arrivée à la hauteur du prêtre, lui donna une petite tape sur l'épaule.

Les fidèles se turent avec un bel ensemble.

– Je peux vous dire deux mots ?

– Bonjour, madame la postière, répondit-il d'un air affable. En quoi puis-je vous aider ?

– Eh bien, déjà en arrêtant de répandre des bruits aussi faux que malintentionnés sur la Maison des femmes.

Les fidèles échangèrent des regards, fascinés : « Qui voudrait manquer une scène pareille ? »

– L'expérience m'a enseigné que quand les rumeurs deviennent... disons, bruyantes, il y a presque toujours un fond de vérité, dit don Luciano.

Anna lui aurait volontiers flanqué des gifles.

– Sur vous aussi il circule certaines rumeurs, répliqua-t-elle. Si l'on s'en tient à votre raisonnement, nous devrions croire qu'elles disent vrai. « Presque toujours. »

Entre-temps, les quelques personnes qui se trouvaient sur la place s'étaient rapprochées. Don Luciano lança un regard à tous ces gens, puis revint sur Anna.

– Vous avez été imprudente en refusant la bénédiction, poursuivit-il. Si vous m'aviez écouté, vous ne vous retrouveriez pas aujourd'hui avec des femmes peu respectables, et il n'y aurait pas autant de rumeurs.

– Et qui donc est « respectable » ? répliqua Anna. Vous ? Vous prêchez la charité et la bonté divine, et vous fermez la porte au nez de femmes comme Melina ? Ne sommes-nous pas tous des enfants de Dieu ? Vous semblez dire qu'en réalité, certains sont plus les enfants de Dieu que d'autres.

– Ce n'est absolument pas ce que j'ai dit, protesta don Luciano en regardant ses fidèles. Mais un péché est un péché. Ce n'est pas à moi de le pardonner, mais à Dieu.

– Alors, je vous souhaite que votre Dieu vous pardonne aussi les vôtres, dit Anna. Et à ce qui se dit dans le village, ils ne seraient pas minces. Bonne chance, quand vous serez en Sa présence.

Et elle s'en alla, accompagnée d'un murmure semblable au bourdonnement d'un essaim. « Ne vous faites pas de mauvais sang, don Luciano... » ; « Ah, si Carlo était encore là, une si bonne âme » ; « Elle s'est toujours crue mieux que les autres, l'étrangère. »

Elena et Carmine étaient sortis sur le seuil de la poste ; à l'évidence, ils n'avaient pas perdu une miette de la scène.

– Tu lui as dit ses quatre vérités, hein ? lui dit Carmine, amusé.

– Pas encore assez, répondit Anna.

Elle rentra dans le bureau pour prendre son manteau et sa sacoche et s'en alla encore furieuse, le cœur tambourinant. Elle monta sur sa bicyclette et inspira profondément pour tenter d'alléger sa tension. « Tas d'imbéciles », grogna-t-elle pour elle-même.

Elle continua à pédaler jusqu'à s'apercevoir que, tout occupée à remâcher sa rage, elle s'était trompée de route. Elle se trouvait du côté de chez Tommaso et Lorenza, et il lui vint l'idée de passer voir sa nièce, qui n'était pas venue au bureau depuis deux jours. « Juste un petit rhume », avait dit Tommaso sans lever les yeux de ses papiers.

Elle sonna deux fois à la porte avant que Lorenza vienne lui ouvrir. Un coup d'œil suffit alors à Anna pour comprendre que ce n'était pas du tout un rhume qui l'avait gardée à la maison : elle était blême, avec des cernes violets autour des yeux, et ses coudes étaient entourés de pansements.

– Du calme, tatie. Je n'ai pas cherché à me tuer, si c'est ce que tu penses, dit-elle avec suffisance devant l'expression figée d'Anna. Viens, entre, mais ne fais pas de bruit : Giada vient juste de s'endormir.

– Je crois qu'il me faut un peu d'eau, dit Anna en se

laissant tomber sur le divan. Tommaso a dit que tu avais un rhume..., ajouta-t-elle en prenant d'une main un peu tremblante le verre que Lorenza lui apportait.

– C'est moi qui lui ai demandé de dire ça. Au bureau, à ma mère, à tout le monde, expliqua Lorenza.

Anna but d'un trait et serra avec force le verre vide.

– Maintenant, tu vas me dire ce qui t'arrive, murmura-t-elle en regardant sa nièce droit dans les yeux. Je ne m'en irai pas d'ici tant que tu ne m'auras pas parlé. Sinon, j'irai le demander à Tommaso – et tu sais que je le ferai.

Avec un soupir, Lorenza s'assit sur le divan et parla sans la regarder.

– Ce ne sont que des petites entailles, dit-elle. De petites entailles inoffensives...

– Inoffensives ? Tu plaisantes ? l'interrompit Anna, incrédule.

– Mais oui, que veux-tu que je te dise ? Elles me font me sentir mieux... Seulement, je ne savais pas que l'intérieur du coude saignait autant, c'est tout.

– C'est tout, répéta Anna. Tu es en train de me dire que pour toi, c'est une chose normale ?

– Normale..., murmura Lorenza comme si ce mot lui était inconnu. Tu sais ce qui n'est pas normal ? reprit-elle avec plus d'énergie en tournant la tête vers Anna. Que Daniele ait complètement disparu. Que je ne sache pas comment le retrouver. Que je sois ici, et lui à l'autre bout du monde. Voilà ce qui n'est pas normal.

– Ce n'est pas une bonne raison pour faire... ce que tu fais, répondit Anna en indiquant les entailles.

– Je te l'ai dit. Ça me fait me sentir mieux. Du moins pendant un moment.

– Mais enfin, Lorenza, ce que tu dis n'a aucun sens, tu

t'en rends compte ? Tu dois te faire aider. Tu ne peux pas continuer comme ça.

– Me faire aider, mais bien sûr, répondit-elle en levant les yeux au ciel.

– Laisse-moi le faire, moi, dit Anna en posant une main sur la sienne.

Lorenza releva la tête.

– Ah oui ? Tu veux vraiment m'aider ? Alors dis-moi où il est, où il habite.

– Mais qu'est-ce que j'en sais, moi…

– Essaie de le découvrir. Même Roberto dit qu'il ne le sait pas… Il me prend pour une idiote. Je sais qu'ils se parlent, ces deux-là.

– Et quand tu sauras où il est, tu feras quoi ?

– Je lui parlerai, je lui écrirai, je le convaincrai de me revenir, répondit-elle en haussant les épaules, comme si la réponse était évidente.

– Cela t'aiderait à te sentir mieux ? De lui parler, je veux dire ?

– Oh oui…

Anna réfléchit un moment.

– Alors d'accord, je vais t'aider. Mais toi, tu arrêtes ça tout de suite, dit-elle en indiquant les pansements.

Lorenza ne répondit pas.

Il faisait à peine jour en ce début du mois de mai quand Tommaso, portant Giada endormie, frappa à la porte de ses beaux-parents. Agata vint lui ouvrir en peignoir, les cheveux ramassés sous un bonnet. En entrant, Tommaso lui dit à mi-voix :

– Emmène Giada à l'étage, s'il te plaît.

Agata le regarda d'un air confus.

– Enfin, que se passe..., commença-t-elle, mais Tommaso l'arrêta en lui faisant comprendre qu'ils allaient se parler, mais pas en présence de la petite.

Pendant qu'Agata montait sa petite-fille dans la chambre à coucher, Antonio sortit de son bureau en attachant la ceinture de son peignoir.

– Tommaso... ? Qu'y a-t-il ? demanda-t-il en plissant le front.

– Attendons Agata, répondit celui-ci.

Ils s'assirent à la table de la cuisine. Tommaso sortit de sa poche une feuille de papier quadrillé pliée en deux et la tendit à ses beaux-parents. Antonio l'ouvrit, et Agata se pencha pour lire en même temps que lui.

Je vais bien. Ne me cherchez pas, était-il écrit.

L'écriture était celle de Lorenza, étroite et pointue. Ils levèrent les yeux en même temps sur leur gendre.

– Qu'est-ce que ça veut dire ? demanda Antonio.

Tommaso expliqua qu'il avait trouvé ce message quelques minutes plus tôt sur la table du séjour, quand il était descendu. Il ne savait rien d'autre, sinon qu'à l'évidence, Lorenza était sortie pendant qu'il dormait.

Antonio se leva et se mit à faire les cent pas en se frottant le visage.

– Vous vous êtes disputés, hier soir ? Elle s'est mise en colère pour quelque chose ? demanda Agata.

– Non..., murmura Tommaso.

– Mais comment as-tu pu ne rien entendre ? éclata Antonio. Elle s'en va de la maison comme ça, en pleine nuit...

– Calme-toi, dit Agata avec un geste apaisant.

Tommaso posa les coudes sur la table et se prit la tête entre les mains.

– Encore une de ses folies. Vous savez bien comment elle est, chercha à le réconforter Agata. Elle reviendra.

– Elle est peut-être allée chez cette amie à elle… À Lecce, suggéra Tommaso en levant les yeux.

Antonio s'arrêta et serra le dossier d'une chaise de toutes ses forces. Comment aurait-il pu leur révéler à cet instant que cette amie n'avait jamais existé ?

– Non, dit-il en secouant la tête d'un air résolu. Elle n'est pas là-bas.

– Elle n'a pas pu aller bien loin, dit Agata.

– Elle a pu prendre le car, objecta Tommaso. En tout cas, je ne peux pas rester ici sans rien faire. (Il regarda Antonio.) On va la chercher dans la campagne alentour ?

– D'accord, dit Antonio, peu convaincu. On va essayer.

Ils partirent chacun dans sa propre voiture en empruntant deux directions différentes. Antonio vérifia chaque *pagghiara* entre Lizzanello et Pisignano, puis rebroussa chemin pour aller fouiller vers le sud la campagne autour du village de Castri. « Mais où es-tu passée ? », murmurait-il en regardant autour de lui.

Après avoir tourné en tous sens pendant plus de deux heures, il se résolut à rentrer chez lui.

– Rien ? lui demanda Agata sur le seuil.

– J'ai cherché partout…, répondit Antonio en lançant les clés de la voiture sur la table.

– Tommaso l'a peut-être trouvée, murmura Agata en se tordant les mains.

Tommaso rentra peu après. Il avait poussé jusqu'à Lecce, dit-il, sans même savoir où chercher. Il n'avait pas averti le bureau de son absence, s'avisa-t-il soudain. Même son travail lui était complètement sorti de l'esprit.

– Oui, dit Antonio. À la fabrique aussi ils doivent m'avoir porté disparu.

– Allez-y, dit Agata. Pour l'instant, de toute façon, vous ne pouvez rien faire d'autre.

– Il vaut peut-être mieux que tu ailles chez Tommaso quand la petite se réveillera. Au cas où Lorenza reviendrait..., suggéra Antonio. On te rejoindra plus tard.

Agata hocha la tête.

– Pour le moment, n'en parlez à personne, leur recommanda-t-elle quand ils furent sur le seuil de la porte. Elle rentrera peut-être ce soir et on aura fait tout ce bruit pour rien. Dis à tes collègues qu'elle ne se sent pas bien... Et tu diras la même chose à Anna.

La glycine plantée à l'entrée de la maison de Tommaso était en pleine floraison. Agata avait toujours aimé son parfum, et avant d'ouvrir la porte, elle s'arrêta un instant pour inspirer à fond.

– Tu sens cette bonne odeur ? dit-elle à la petite tout ensommeillée qu'elle tenait dans les bras.

En mettant la clé dans la serrure, elle se dit qu'elle aurait aimé avoir un parfum uniquement composé de glycine.

Elle prépara un peu de lait pour l'enfant, sortit quelques biscuits et lui dit de commencer à manger.

– Grand-mère va monter un moment, mais elle revient tout de suite, lui dit-elle avec une caresse.

Elle monta dans la chambre. Tout en attendant Tommaso et Antonio, une idée terrible lui était venue à l'esprit. Le cœur en tumulte, espérant de toute son âme s'être trompée, elle courut au bahut, l'ouvrit et plongea la main tout au fond, sous les serviettes soigneusement pliées. L'écrin en bois clair où Lorenza rangeait ses bijoux était encore là. Les mains tremblantes, Agata l'ouvrit : il était vide. Il n'y avait plus trace des boucles d'oreilles, des bracelets et des colliers. Tout avait disparu, même le médaillon avec le *G* de Giada qu'Anna avait offert à la petite pour son anniversaire... Agata s'assit lourdement sur le lit, peinant à retenir ses larmes.

Ce soir-là, à table, personne n'avait faim.

– Elle est où, maman ? ne cessait de demander Giada.

– Elle est allée préparer une surprise, répondait Agata. Tu vas voir qu'elle va revenir avec un beau cadeau.

– Mais je ne veux pas de cadeau, je veux maman, pleurnichait la petite en se frottant les yeux.

Finalement, Agata prit l'enfant dans ses bras, l'emmena à l'étage et resta auprès d'elle jusqu'à ce qu'elle s'endorme.

En bas, Antonio faisait les cent pas. Tommaso au contraire était enfoncé dans le divan, les yeux dans le vide.

– Elle ne reviendra pas, dit-il dans un murmure.

Antonio s'arrêta net.

– Il faut que j'aille parler à Anna, dit-il.

– Agata ne veut pas que ça se sache encore, dit Tommaso. Attendons...

– Non, l'interrompit Antonio d'un air résolu en se dirigeant vers la porte.

Chez Anna, toutes les lumières étaient éteintes, sauf une lampe dans la chambre à coucher.

Antonio frappa doucement plusieurs fois jusqu'à voir la lumière s'allumer dans le séjour et entendre les pas résolus d'Anna – il les aurait reconnus entre mille – qui s'approchaient de la porte.

Elle lui ouvrit, vêtue de son peignoir de soie bleue et le visage luisant de crème.

– Antonio ? Que se passe-t-il ?

– Excuse-moi, tu dormais ?

– Pas encore, mais presque. Viens, entre.

– J'ai réveillé quelqu'un ? demanda-t-il.

– Non, je suis toute seule, répondit-elle en refermant la porte. Giovanna est restée dormir à Contrada avec les filles, et Roberto est allé dîner dans la famille de Maria. C'est l'anniversaire du père. Ou de la mère, je ne sais plus, murmura-t-elle en levant un sourcil.

Antonio la fixa puis s'élança pour l'étreindre, en enfouissant sa tête dans son cou.

– Mais qu'est-ce qui t'arrive ? demanda Anna, troublée.

– Elle est partie, murmura Antonio d'une voix brisée.

– Mais qui ? Qui est partie ?

Elle le traîna vers le divan et là, sa main serrée dans la sienne, Antonio lui raconta la journée la plus longue de sa vie.

Elle l'écouta, le souffle suspendu et les yeux écarquillés. Elle imaginait Lorenza en train d'écrire *Je vais bien. Ne me cherchez pas*, avant de se glisser hors de la maison au cœur de la nuit, le long de la route obscure et déserte.

– Aide-moi. Où est-ce que je pourrais encore la chercher ? dit Antonio. Je n'ai plus d'idées.

Anna libéra doucement sa main et se leva. Elle fit quelques pas, se couvrant la bouche de la main, puis elle s'arrêta et le regarda.

– Je sais où elle est allée.

Antonio se leva d'un bond et s'approcha d'elle.

– Où ça ?

Il vit ses yeux se remplir de larmes.

– Qu'est-ce que tu as ? demanda-t-il en posant ses mains sur ses bras.

– J'ai fait une chose… une chose stupide.

Antonio ôta ses mains et fit un pas en arrière.

– Je lui ai donné l'adresse de Daniele à New York. Elle voulait lui écrire, lui parler, elle était tellement mal…

Le visage d'Antonio exprimait un mélange de rage et de stupéfaction.

– Pourquoi as-tu fait ça ? siffla-t-il. Pourquoi ? J'avais demandé à Roberto de ne rien lui dire. Jamais.

– Roberto n'a rien à voir là-dedans. Je l'ai découverte toute seule, répliqua-t-elle.

– Mais pourquoi as-tu fait une chose pareille, Anna ?

– Tu ne les as pas vues, toi, ses entailles.

– Des entailles ? Mais quelles entailles ?

– Sur son bras, répondit-elle en indiquant le creux du coude. Elle m'a dit qu'elles la faisaient se sentir mieux...

– Mais de quoi tu parles, à la fin ? cria presque Antonio.

– Je sais, c'est absurde, et moi non plus je ne comprends pas très bien... Mais tu dois me croire, Antonio, l'implora-t-elle. Ce qui s'est passé, c'est que Lorenza allait vraiment très mal, et moi, j'ai eu peur.

– Et alors ? dit-il dans un murmure.

– Elle avait besoin de parler à Daniele... Et je voulais seulement qu'elle se sente mieux, je ne pensais pas que...

– Tu ne pensais pas, répéta-t-il d'un ton âpre. (Il fit quelques pas nerveux dans la pièce.) À cette heure-ci, elle est déjà sur un bateau ! hurla-t-il ensuite en écartant les bras. Où vais-je aller la récupérer maintenant ? Où ?

Anna porta une main à sa bouche.

– Je suis désolée, murmura-t-elle.

– Mais comment as-tu pu ne pas y penser ? poursuivit Antonio en se frappant le front du poing.

– Je voulais seulement qu'elle aille mieux..., répéta-t-elle avec un filet de voix.

– Tu devais rester à ta place, cria-t-il, bouleversé. Ce n'est pas ta fille ! (Sa voix s'abaissa dans un murmure.) Lorenza n'est pas Claudia.

Anna eut l'impression d'avoir reçu un coup de couteau dans le dos.

– Qu'est-ce que tu as dit ?

– Rien…

– Je t'ai entendu, dit-elle en se rapprochant. Aie le courage de le répéter.

Il fit un geste pour lui dire de ne pas insister et lui tourna le dos.

– Répète ! siffla-t-elle.

– Tu aurais dû te tenir à l'écart, dit Antonio en se retournant. Je t'avais demandé de m'aider à la ramener à la raison, pas de lui fourrer dans la main un billet pour l'autre bout du monde.

– Je ne lui ai absolument rien fourré dans la main ! Je voulais l'aider, comme je l'ai toujours fait.

Antonio plissa les paupières.

– Tu savais déjà tout, n'est-ce pas ?

– Que veux-tu dire ?

– Tu gardais Giada chaque mercredi en sachant où elle allait…

Anna détourna le regard et fit un pas en arrière, mais Antonio la saisit par le bras.

– Tu savais aussi qu'elle allait partir… Et tu l'as couverte et tu la couvres encore, ce n'est pas vrai ?

– Non ! cria-t-elle.

– Reconnais-le ! (Elle chercha à se soustraire à sa prise mais Antonio serra plus fort.) Tu es une menteuse. Je ne te ferai plus jamais confiance, ajouta-t-il d'une voix dure et le regard plein de colère.

Dans les yeux d'Anna passa un éclair de souffrance.

– Et toi ? Combien de mensonges as-tu dits, toi ? hurla-t-elle. Quand as-tu jamais révélé la vérité à Carlo ? Quand as-tu jamais eu le courage…

Antonio la lâcha soudain.

– Qu'est-ce que Carlo vient faire là-dedans… ? murmura-t-il, désemparé.

– Tu le sais, dit-elle sans le lâcher des yeux.

Jamais, de toute sa vie, elle n'avait éprouvé une fureur aussi aveugle. Elle sentait qu'elle s'apprêtait à les y engloutir tous les deux, à devenir une coulée de lave qui ne laisserait rien de vivant derrière elle, et pourtant elle continua.

– Dis-moi : qu'est-ce qu'on éprouve à faire semblant d'être celui qu'on n'est pas… Antonio le grand frère, Antonio le grand frère sincère…

– Arrête, siffla-t-il.

– Tu la connais, la vérité, poursuivit-elle. Carlo pouvait avoir tous les défauts, mais lui au moins était authentique. Il ne se cachait jamais. Il était meilleur que toi, et tu l'as toujours su.

Antonio ouvrit la bouche pour répliquer, mais il se ravisa et se dirigea vers la porte à pas vifs.

– Tu es soulagé, hein, à présent qu'il n'est plus là ? Maintenant que tu as la scène pour toi tout seul ? s'exclama Anna, consciente qu'elle venait de planter le poignard.

Antonio s'arrêta net sur le seuil. Il se retourna, marcha droit sur elle et de toutes ses forces lui asséna une gifle en plein visage.

– Répète ça encore une fois et je te tuerai de mes propres mains, dit-il d'une voix tremblante.

Anna porta la main à sa joue et le fixa, incrédule. Antonio serra les poings et se retourna vers la porte. Il venait de l'ouvrir quand Anna dit dans un murmure :

– Je ne te pardonnerai jamais ce que tu viens de faire.

Il se retourna un instant.

– Et moi non plus, répondit-il.

Il sortit, laissant la porte ouverte.

Épilogue

13 août 1961

– Grand-père, c'est l'heure de tes médicaments, dit Giada de sa voix aiguë en ouvrant la porte du bureau d'Antonio. Grand-mère veut que tu viennes, elle te les a préparés.

Antonio, assis à son bureau, se retourna brusquement. Quand elle souriait ainsi, Giada montrait une ressemblance saisissante avec sa mère. Ces derniers temps, il arrivait qu'Antonio se trompe et l'appelle Lorenza. Il n'avait plus revu sa fille depuis ce jour de mai 1952. Mais à chaque Noël était arrivée une carte de vœux de New York, pleine de points d'exclamation, et portant sa seule signature.

– J'arrive, petite, répondit-il. Ferme la porte, s'il te plaît.

Il attendit que Giada ait quitté la pièce, puis, les mains tremblantes, reprit la lettre dans le tiroir de son bureau. Son neveu Roberto la lui avait apportée quelques heures plus tôt, dans une enveloppe blanche où était simplement inscrit *Antonio.* Il avait aussitôt reconnu l'écriture d'Anna.

– Je n'ai aucune idée de ce qu'elle raconte. Mais j'espère te voir à l'enterrement tout à l'heure, lui avait dit Roberto avant de s'en aller.

Antonio caressa la lettre et la relut encore une fois.

Tu te rappelles le roman que je lisais à Gallipoli, durant l'été 1937, je crois, quand nous avions passé des vacances tous ensemble dans cette délicieuse petite villa qu'avait louée Carlo ? C'était Les Affinités électives, *de Goethe. La question qu'il posait avait suscité ma curiosité, puisque je me posais exactement la même à ce moment-là : qu'arrive-t-il à un couple d'éléments quand un troisième entre en jeu ? Alors, comme je l'ai toujours fait, j'espérais trouver la réponse dans un livre. Mais cette fois, ça n'est pas arrivé.*

Et tu sais pourquoi ? Parce que la réponse, je l'avais devant les yeux : c'était toi, qui chaque matin de cet été-là, te levais dès que tu entendais mes pas (tu croyais que je ne l'avais pas compris ?), me rejoignais dans la véranda et venais t'asseoir sur l'autre transat pour lire en même temps que moi. Pour être avec moi.

Eh bien, je dois t'avouer une chose : pendant toutes ces années de silence entre nous, j'ai continué à souligner chaque livre que j'ai pu lire, et à écrire pour toi mes notes dans la marge, même si je savais que tu ne les lirais plus jamais.

Je sais combien tu m'as haïe. Tu n'as pas perdu une occasion de me le faire comprendre, entre tes saluts distants quand on se croisait dans le village et les regards mauvais que tu me lançais de loin chaque fois que j'apportais le courrier à la fabrique et que je devais le laisser à la secrétaire. Tu n'es même jamais venu voir le nouveau siège de la Maison des femmes, à Lecce…

Combien d'énergie as-tu consacrée à me haïr ?

Bien trop, je le sais. La même que j'ai dépensée à te haïr, toi.

Sache bien que je ne t'ai pas encore pardonné cette gifle. Mais sache aussi que je ne me suis pas pardonné non plus les paroles venimeuses que je t'ai dites ce soir-là. Et pourtant, je n'ai jamais envisagé de venir te présenter des excuses.

La raison pour laquelle je ne l'ai pas fait ne m'est apparue clairement que depuis peu. Tu le sais, la maladie est comme la clé d'un verrou...

La vérité, mon cher Antonio, c'est que pendant tout ce temps nous avons eu besoin de nous haïr.

C'était la seule façon de ne pas trahir Carlo.

La vérité, comme tu me l'as dit une fois, se trouve entre les lignes. Et tu sais ce qu'il y a entre les miennes ? C'est que je risquais de t'aimer plus que je n'avais aimé Carlo. Et je ne pouvais pas permettre que cela arrive. Carlo ne le méritait pas.

Maintenant tu sais.

Les choses se sont passées comme elles le devaient.

Ou du moins je le crois.

Anna

Tout à coup, lui parvint de l'extérieur un léger bourdonnement, et aussitôt après la voix tonnante du prêtre qui entonnait la prière pour les morts, couvrant les murmures. Antonio s'appuya aux bras de sa chaise et se leva avec difficulté. À pas lents et incertains, il s'approcha de la fenêtre et écarta légèrement le rideau.

Le cercueil passa devant ses yeux, porté par Roberto, Carmine, Nando et un autre homme qu'Antonio ne connaissait pas, suivi d'un cortège d'habits sombres et de têtes inclinées. Antonio plissa les paupières et scruta la procession : il reconnut la femme de Roberto, Maria, suivie de Giovanna, Elena, Chiara au bras de son mari, Melina et Michela qui avait été sa secrétaire pendant quelques mois, et beaucoup d'autres femmes qu'il n'avait jamais vues.

Sur le cercueil, en lieu et place de la classique couronne de fleurs, était posé le béret d'Anna frappé de l'écusson de la poste.

En un éclair, ce fut de nouveau l'été 1934 dans le cœur d'Antonio : il soufflait un vent très chaud par cet après-midi de juin sur la place déserte, et lui se sentait heureux parce que son frère Carlo rentrait enfin à la maison. Du car bleu qui l'avait ramené dans le Sud était aussi descendue la plus belle femme qu'il ait jamais vue, aux yeux de la couleur des feuilles d'olivier, des yeux dont il n'avait pas réussi à détacher les siens ; et peut-être s'en était-elle rendu compte, puisqu'elle avait rougi comme une petite fille.

Une brise soudaine fit s'envoler le béret, qui finit à terre, à un pas de sa porte.

Antonio sursauta et laissa retomber le rideau.

Remerciements

Mon premier grand merci est pour Lila et Babu, pour avoir été présents à chaque mot et à chaque cliquetis du clavier, blottis contre mes jambes en hiver et couchés à mes pieds en été. Chaque fois que l'inspiration m'a manqué, ou que j'étais aux prises avec une scène un peu complexe, il m'a suffi de me promener avec eux dans le silence de la campagne du Salento pour trouver les réponses que je cherchais.

Merci à ma sœur Elisabetta, mon âme sœur, à qui est dédié *La Porteuse de lettres*. Lectrice passionnée depuis le premier jet, je sais qu'elle aime mes personnages autant que moi. Elle me dit parfois : « Tu imagines ce qu'aurait dit Carlo ? », ou bien : « Il méritérait vraiment une bonne réplique d'Anna ». Je remercie ma mère, Claudia, pour avoir conservé avec dévotion les souvenirs d'Anna : c'est à elle, sa petite-fille de prédilection, que notre porteuse de lettres a remis ses photos, ses cartes de visite, son mortier et toutes les choses qui lui tenaient à cœur. Y compris sa précieuse recette du pesto de Ligurie.

Merci à mon père, Franco, pour son inébranlable confiance dans chacun de mes projets et pour son soutien indéfectible à mes rêves.

Je remercie Ilaria Gaspari, qui alors que le livre n'était encore qu'une ébauche d'à peine trois pages, m'a encouragée à continuer avec un enthousiasme contagieux.

Une étreinte pleine de gratitude et d'affection pour mon éditrice,

Cristina Prasso. C'est grâce à elle que *La Porteuse de lettres* a trouvé sa maison. Je la remercie d'avoir pris à cœur cette histoire et d'avoir vu avant moi ce que le roman allait devenir. Travailler avec elle a été un honneur, et une merveilleuse aventure dont je garde la nostalgie.

Merci de tout cœur au staff du Nord pour la chaleur avec laquelle il a accueilli *La Porteuse de lettres*.

Merci à la cave Leone De Castris pour ses conseils techniques. Le Donna Anna est un hommage au Five Roses et à son extraordinaire histoire. Au cours des années, j'ai goûté un certain nombre de vins, pourtant le Five Roses reste mon préféré. Il est irremplaçable.

Quelques précisions avant de conclure : le village de Lizzanello décrit dans ces pages est en réalité une synthèse de différents bourgs du Salento. J'ai pris un fragment de chacun pour restituer le paysage et l'atmosphère de ce territoire ; les villageois qui peuplent ce roman sont entièrement le fruit de mon imagination, aussi toute ressemblance avec des personnes existantes ou ayant existé serait fortuite et involontaire ; il est bon également de préciser que les aventures de la famille Greco ont été largement remaniées pour des exigences narratives, et que l'histoire que je raconte n'est pas la leur.

Enfin, mon plus grand remerciement va à Anna, pour être venue me chercher. Les dernières paroles qu'elle a confiées à ma mère ont été : « Je ne veux pas être oubliée. »

Tu ne le seras pas. Je te le promets.

Retrouvez toute l'actualité des éditions Albin Michel
sur notre site albin-michel.fr
et suivez-nous sur les réseaux sociaux.
Instagram : editionsalbinmichel
Facebook : Éditions Albin Michel
X : AlbinMichel
YouTube : Editions Albin Michel

Composition : Nord Compo
Impression : CPI Firmin-Didot en mai 2025
Éditions Albin Michel
22, rue Huyghens, 75014 Paris
www.albin-michel.fr
ISBN : 978-2-226-49150-3
N° d'édition : 25812/03 - N° d'impression : 184541
Dépôt légal : avril 2025
Imprimé en France